CUANDO FUIMOS INMORTALES

GABRIELA LLANOS

CUANDO FUIMOS INMORTALES

PLAZA JANÉS

Papel certificado por el Forest Stewardship Council®

MIXTO
Papel procedente de
fuentes responsables
FSC® C117695

Penguin
Random House
Grupo Editorial

Primera edición: enero de 2023

© 2023, Gabriela Llanos
© 2023, Penguin Random House Grupo Editorial, S. A. U.
Travessera de Gràcia, 47-49. 08021 Barcelona

Printed in Spain – Impreso en España

ISBN: 978-84-01-02986-8
Depósito legal: B-20297-2022

Compuesto en Comptex & Ass., S. L.

Impreso en Liberdúplex,
Sant Llorenç d'Hortons (Barcelona)

L 0 2 9 8 6 A

A mis padres, Percy y Anita,
por educarme en la certeza de
que sin música y sin libros
la vida no tiene sentido

'Cause it's a bitter sweet symphony, this life
Trying to make ends meet, you're a slave to mo-
ney then you die
I'll take you down to the only road I've ever been
down
You know the one that takes you to the places
where all the veins meet, yeah

THE VERVE,
«Bitter Sweet Symphony», 1997

PRIMERA PARTE

Puedo cambiar, pero estoy aquí en mi molde…

1

Un hombre en una silla de ruedas

*Because maybe
You're gonna be the one that saves me
And after all
You're my wonderwall*

OASIS, «Wonderwall», 1995

El hombre en la silla de ruedas la recibió de espaldas, mirando por una ventana gigantesca que daba al jardín. Su imagen producía inquietud; acojonaba, más bien. Su silueta a contraluz desprendía un aura indefinible, un extraño halo entre sagrado y maldito. Lola lo observaba desde el umbral de la puerta sin atreverse a dar el primer paso. La chaqueta negra le quedaba enorme, parecía el torso de un niño con ropa heredada, un triste saco de huesos sobre una modernísima máquina llena de botoncitos. Lo que más le impactaba era su cabeza: una melena blanca y cardada con pretensión roquera y resultado chapuza, un look que le recordó a las abuelas de su barrio cuando entraban en la floristería postureando tras haber conseguido, litros de laca mediante, la santa asunción de sus cuatro cabellos al cielo.

El hombre presionó un botón del mando de su apoyabrazos. A ella el sonido le resultó familiar, parecido al de los insoportables trenes eléctricos que atontaban en la infancia a sus hermanos pequeños. La silla de ruedas giró ciento ochenta grados, como la del jurado en ascuas de ese concurso de televisión con audiciones a ciegas, y estuvieron frente a frente por primera vez, separados por un escritorio de madera de unas dimensiones que no favorecían a ninguno de los dos. Le molestó no poder mirarlo a los ojos —¿por qué llevaría gafas oscuras?— y tener que conformarse con el repaso de su cuello de gallina, sus pómulos salidos, el hoyuelo del mentón reducido a una línea recta sobre la piel transparente de un cadáver.

—No te pareces a mí.

Aquel hombre proyectó su voz grave, áspera y nasal, hacia cada esquina de esa biblioteca con techos inalcanzables. Lola entendió que así oficializaba el tono con el que transcurriría el encuentro, su primer encuentro, entre padre e hija: sin emociones, sin promesas, sin culpas.

—Tú tampoco te pareces a ti —respondió ella, y se dejó caer en un pretencioso sillón que había supuesto más mullido.

Se estaba precipitando. Lola enterraba demasiado pronto su débil intención de guardar las formas para adelantar un montón de casillas en el farragoso terreno de ir de frente. ¡Qué narices!, se dijo para infundirse ánimos, ¿por qué tendría que andarse por las ramas? Ella no tenía la culpa de que así, de repente —¡hala, bonita!, primer premio de lotería envenenado—, la identidad de su padre biológico le hubiera aterrizado en la cabeza. Sin haberla buscado, le colaron la respuesta a una pregunta que ella nunca se atrevió a formular, y ahora una enorme losa le machacaba a diario sus miserables certezas.

—Llevas razón. —Empezó a jugar con el reposabrazos de su silla de ruedas como si fuera una batería invisible—. La identidad queda congelada en los años en que somos jóvenes.

Lola tuvo que morderse la lengua para no revelarle que se había enganchado a YouTube por su culpa durante el último mes. ¡Por poco se deja los ojos en la pantalla del ordenador! Le hizo gracia recordarse a sí misma stalkeándole a lo bestia, olvidándose de comer, de ducharse, de dormir. Estuvo a nada de que le entrase la risa floja por su patetismo, así que desvió la mirada a la pared contraria al ventanal. ¿Cuántos CD tendría aquel hombre? Fingió concentrarse en la estantería de mil baldas repleta de discos encajados. ¡Qué zumbada había que estar! Chuparse millones de entrevistas y videoclips con su careto de atormentado, siempre con la camiseta de manga corta negra encima de otra larga blanca. Y, por supuesto, sus actuaciones en directo con los pringados del público fastidiando las canciones al dar palmas verbeneras. Se había enganchado especialmente a los programas de cotilleo cuando lo ponían verde por repartir hostias como panes entre los paparazis que lo perseguían en busca de alguna foto en la que le comiera la boca a la modelo de turno. Sin olvidar sus salidas de tono, sus comentarios mordaces evidentemente preparados en las ruedas de prensa ni sus presentaciones de discos en pleno clímax de la cogorza con las zapatillas encima de la mesa. Ella había llegado al colmo de repetir en bucle el saludo de su último concierto en el Vicente Calderón: «¡Hey, Madrid! ¿Te enrollas conmigo esta noche?», y ver una y otra vez cómo la marea humana explotaba en un sincronizado chillido antes de que el vídeo se fundiera a negro y Peter Russ, la estrella del pop de los años noventa en España, se convirtiese en el hombrecillo enjuto de la silla de ruedas que había resultado ser su padre.

—Tú naciste el 28 de agosto de 1997 —el hombre suavizó el tono áspero de su recibimiento—, y acabas de cumplir veintitrés hace quince días.

Lola se revolvió en el asiento, que no podía ser más incómodo, y se acarició el codo tras golpearse y sentir un calambre. Maldijo estar atrapada en ese tieso sillón orejero rosa chicle. Bajó la vista a la alfombra roja, más bien burdeos, que se había tragado la mitad de sus Converse como si fuera arena movediza.

—La exactitud en mi fecha de cumpleaños te suma un minipunto —le vaciló ella nerviosa—. Y, si la cosa va de juventud, supongo que ahora soy mi prototipo premium.

Observó con detenimiento cómo encajaba él su chascarrillo. ¿Lo consideraría muy cool o una auténtica gilipollez?, se preguntó analizando si ese gesto que hizo, como si le picaran los dientes, sería un tímido asomo de sonrisa. «¡Menuda chorrada!», se reprendió, y volvió a cambiar de postura. No iba a darle demasiadas vueltas, no tenía tiempo ni ganas de currarse su mejor versión para impresionar al hombre enjuto e inválido que era su padre. «¡A otra cosa, mariposa!», se animó, y se despegó el flequillo de la frente con un soplido porque, ¡vaya puntería!, el único rayo de sol que entraba por el ventanal le caía directo a los ojos y hacía que el jardín luciese como una penosa fotografía quemada. El sudor empezaba a surcarle la nuca, y esa sensación le daba repelús. Estaba incómoda en esa casa inmensa de Londres, encerrada en una biblioteca de sillones imposibles con respaldos abotonados, cortinas de borlas recogidas en el techo y flores, muchas flores, más que un domingo en una iglesia pija con doblete de bodas.

¡Y pensar que ella misma había crecido en una burbuja de algodón de azúcar! Se habría apostado el cuello a que no existía otro lugar en el planeta que, en cuanto a mantelería fina, cubiertos de plata y adornos con relieves dorados, superase el chalet familiar de Monteclaro. La casa de los Acosta, que también fue la suya, era uno de esos hogares que promocionaban junto al jamón y los turrones en los anuncios de Navidad. «¡Si es que donde hay categoría, hay categoría!», repetía su padre, el otro; bueno, el de siempre, el único que ella había conocido hasta ese momento, el alto, el bronceado, el atlético, ¿el «adoptivo», debería decir de ahora en adelante?

Aunque —era justo reconocerlo— ella lo sabía desde los diez años, la edad que los Acosta consideraron oportuna para confesarle lo evidente: que ella, Lola Acosta, no compartía información genética ni con sus padres ni con sus dos hermanos menores, también altos, bronceados y atléticos. Recordaba aquella escena con nitidez: siesta de verano en Marbella y otro incisivo rayo de sol cegando sus ojos. Ella se había quedado muda. Ni una sola pregunta les hizo a los Acosta, ni de las típicas: «¿De dónde vengo, dónde me encontrasteis, soy española o rusa?», ni mucho menos de las sofisticadas: «¿Fui vuestra primera opción o un saldillo de segundas rebajas, me recogisteis por pena o porque aún no sabíais que un par de años después tendríais dos críos guapísimos de cosecha propia?». Al contrario, tras un largo silencio, Lola se marchó corriendo y, mientras los papás Acosta pensaban que sufría una especie de shock traumático, ella googleaba el verbo «adoptar» y memorizaba la segunda acepción del diccionario: «Tomar como propio algo que no es exclusividad de nadie». Aquel concepto le llegó hasta el mismísimo tuétano, porque ese día decidió ser Lola a secas, Lola y punto, propiedad de nadie, exclusividad de sí misma.

La puerta de la biblioteca se abrió de golpe y la trajo de nuevo al presente. Entraron dos tíos jóvenes y cachas, con el cabello cortado al cero, guantes de látex, patucos desechables y pijama azul oscuro de enfermero que les marcaban musculitos y paquete. Uno de ellos llevaba un bote de medicinas y una jarra de cristal. «¿Para qué van en pareja?», pensó cuando la voz grave y nasal volvió a agitar la habitación.

—Tú perteneces a la generación Z. —El hombre de la silla de ruedas usó un tono de locutor petardo de la radio—. Chavales con la nariz pegada al móvil o al ordenador, buenistas, ecologistas, veganos…

«¿Por qué tiene un jarrón con una flor de loto?», se preguntó Lola mientras escuchaba de refilón la brasa de datos generacionales que, a la velocidad del primer dictado del colegio, la estaba poniendo de los nervios. Fijó la atención en los tres jarrones que decoraban la biblioteca: primero en el cursi, cerca de la puerta, con el grabado de la Rosa Tudor; después en otro más discreto situado sobre una mesa baja con rosas amarillas impresas, y, por último, en el más bonito, cilíndrico y con un rosal pintado que, si no se andaba muy fino de la vista, podría parecer una mancha de sangre.

Cuánta pereza le dio pillar de nuevo el hilo del discurso de aquel hombre que ahora atacaba a los mileniales. «Los niños perdidos de Nunca Jamás», así los definía, y sumaba perlas como «tontolabas», «mimados» y «blanditos», que desconocían el significado de la palabra «sacrificio». Lola no pudo evitarlo, su mente se trasladó desde los rosales pintados en los jarrones hasta los de verdad, esos de los que se había quedado prendada en la puerta principal de la casa. Eran unas flores perfectas, «la crema y nata», que diría doña Merche, clienta quisquillosa y marisabidilla donde las hubiese, que entraba en El Pétalo de Malasaña haciendo la gracia de cerrar los ojos para fardar de su habilidad para identificar el color de las rosas por el aroma a melocotón, a miel o a incienso de mirra.

A primera vista, no había localizado ningún estanque en el jardín de aquella casa. ¿Dónde cultivaba entonces las flores acuáticas?, se preguntó Lola, aunque, a decir verdad, tampoco había tenido tiempo de conocer más estancias de ese casoplón. Fue poner un pie en el aeropuerto de Heathrow y, como si estuviese en un episodio de *The Boys*, apareció en un pispás en esa biblioteca tan esnob del hombre inválido que —el asunto era ya bastante penoso— seguía ejerciendo de cincuentón al uso con la tabarra de la falta de compromiso de la juventud. ¿Tendría la oportunidad de darse una vuelta por el jardín? ¿Se quedaría a pasar la noche? ¿Un par de días? ¿Una semana? ¿O Peter Russ la despacharía con la información sobre su identidad y hala, bonita, a correr?

Le escocían los ojos y seguro que los tenía enrojecidos. Le ocurría cuando le costaba dormir, y las últimas semanas no había conseguido empalmar dos horas de sueño seguidas. Ojalá estuviera dentro de un episodio de *The Boys*, ojalá tuviese los poderes de A-Train para salir corriendo a toda pastilla y plantarse de nuevo detrás del mostrador de la floristería. «Uf», se le escapó un bufido de rabia. ¡Le jodía tanto mentirse a sí misma! Pensar todavía con nostalgia en aquella estúpida tienda de flores en Malasaña. Las flores habían sido el inicio de su espinoso camino de malas decisiones. Si no se hubiese enganchado a El Pétalo de Malasaña primero y al desagradecido de Fran después, jamás habría entrado en contacto con esa panda de frikis de la música de los noventa, ese maldito foro virtual que había puesto su mundo del revés. ¡Con lo a gusto que estaba ella! Lo que disfrutaba dejándose la piel en cada ramo, los más extravagantes de la zona, que las abuelas del barrio le agradecían con un táper de croquetas de bacalao o de empanadillas de atún. Salir cada tarde del trabajo oliendo a lirios, a gardenias, a lavanda; matar las horas en un banco de la plaza del Dos de Mayo y tomarse unas cañas en la inopia, a la maravillosa salud de no saber a ciencia cierta a quién echarle la culpa.

—Nosotros, los noventeros, fuimos la última generación analógica. —El hombre sacó dos pastillas de un bote y se las tragó a palo seco—. Creadores y testigos de la llegada de internet, los teléfonos móviles, los portátiles, los CD, los DVD, la PlayStation... ¡Hasta del mismísimo Tamagotchi! Era grandioso movernos fuera de vuestra asfixiante burbuja puntocom.

Lola crujió con fuerza los nudillos. ¡Decretado!, se dijo a sí misma, el famoso Peter Russ que tanto había googleado, el cantante por el que todas las chicas habían bebido los vientos, no era más que otro viejuno nostálgico al rebufo de la tecnología. ¡Ni siquiera los Acosta parecían tan radicales! De hecho, ellos habían sido listos y se escudaban en un discursillo —bastante jeta y disfrazado de altruismo— para pagarle unos euros al hijo de la cocinera, un empollón de manual «que les ayudaba a optimizar su experiencia dentro del ecosistema digital». ¡Menudos personajes los Acosta! Recordó a sus padres adoptivos sin nostalgia ni rabia, sin juicios y con algo de condescendencia, porque los pobres tuvieron que pasarlas canutas con ella, sin hallar ni un triste resquicio para colarle sus ideas, sus principios o su filosofía de vida. Cuanto más se esforzaban por integrarla en el clan, más subrayaban las diferencias. Las poquísimas veces que a Lola le había dado por lamerse las heridas, le bastaba con recurrir a una foto familiar, de cualquiera de los veranos o las navidades, para digerir que ella, la mayor de los tres hermanos, siempre había sido la nota discordante: la no alta, la no delgada, la que no pegaba en el chalet de Monteclaro ni en el ático de Marbella ni en la carrera de Empresariales en la Universidad Francisco de Vitoria.

Cargado de intención, el hombre de la silla de ruedas, su padre, el de verdad, le devolvió su crujido de nudillos con otro que sonó como una barra de pan al partirse en dos. Era muy obvio: quería traerla de nuevo a su monólogo en el punto más álgido, cuando calificaba poco menos que de «sobrantes de la humanidad» a los nacidos a partir de 1995. La generación de Lola no tenía películas de culto como *Trainspotting* o *Pulp Fiction*, ni un libro igual a *Historias del Kronen*. Dijo esto y se quedó tan ancho, y pasó a comentar la mítica escena de los dos borrachos como piojos colgados del puente en la Castellana. Lola se concentró de nuevo en esa especie de mancha de sangre del jarrón de porcelana; a duras penas lograba identificar algún pétalo. ¿Qué le iba a contar a ella?, sonrió maligna para sus adentros. ¡Había que joderse! Tampoco podía confesarle que vio todas esas películas hasta el hartazgo, que memorizó los diálogos como una posesa para poder fardar delante de Fran. Un esfuerzo absurdo, su última bala desperdiciada para siempre en la recámara, porque nunca halló la ocasión perfecta y después fue demasiado tarde, ya que Fran, su querido cuarentón fofisano y calvo, había perdido todo el interés en ella. Ya no le importaban sus idas de olla con los «arreglos florales modernos para señoras fetén», y ya nunca más le aplaudiría la paciencia con las novias y sus batallitas nupciales, su química con las abuelas del barrio y las canciones de folclórica que dedicaba a las plantas, ni siquiera su asombrosa elasticidad de postureo pendón y morboso en la cama…

«¡No, Lola, jamás de los jamases!», se prohibió a sí misma. Aunque el rayo de sol la cegara por completo, no iba a lagrimear. Fran no lo merecía. Tenía que asumirlo de una maldita vez: él era el verdadero culpable de todos sus males, no las flores ni los Acosta ni su sentido de exclusividad dentro de su propia vida. Por culpa de Fran, por su repentina e implacable indiferencia, ella estaba ahora en esa cursi mansión londinense tragándose el discurso del tipo enjuto e inválido que había resultado ser su padre. No tenía otra opción: mirar hacia delante daba mucho más miedo que contemplar eternamente sus sucios retrovisores.

—Lo peor de tu generación es que consumís una música de lo más hortera. No lo entiendo, tan políticamente correctos para unas cosas y luego os aprendéis de memoria esas letras de mete-saca. —Fingió enfado, como si quisiera arrancarla del pasivo rincón en el que ella se había instalado.

Lola miró por la ventana, empezaba a anochecer. ¿Cómo era posible si apenas habían dado las cuatro de la tarde? Agradeció que bajase la intensidad de la luz para poder echar un vistazo al jardín. Allí estaban los enfermeros del pijama azul, tan indistinguibles como los integrantes de una boy band coreana. Miraban al frente y atendían las instrucciones de una figura junto a los rosales en la que Lola no había reparado. Parecía una mujer, aunque era difícil saberlo. Un pequeño cuerpo perdido dentro de un pantalón de chándal gris, los bajos hechos un gurruño en unas botas de agua negras y una sudadera de colorines con capucha que le cubría hasta por encima de la nariz.

—Al césar lo que es del césar. —Peter Russ no parecía dispuesto a callarse—. Los noventa tuvieron su buena dosis de chunda-chunda. Salieron los malditos remixes, el techno, los pinchadiscos que se hacían llamar DJ, los ritmos latinos, las Spice Girls y la «Macarena». ¡Todo música de McDonald's! —Cogió aire y se pasó la mano raquítica por la frente—. Menos mal que entre ese batiburrillo de mala calidad surgió el britpop y, muy a mi pesar pero con respeto, el grunge.

—¿Esto del *revival* va a durar mucho rato? —lo interrumpió como si un hilo invisible tirara de ella—. No he pillado un vuelo de Madrid a Londres para chuparme un tutorial de tu época.

Además, no me hace falta. Algo habré aprendido en *Los 90 Fetén*... ¿O es que ya te has olvidado de @LaChataResultona del foro en el que me encontraste?

—Pensé que habías venido hasta aquí para conocerme. —Desvió la mirada hacia la estantería de los CD.

—¡Y ya lo he hecho! —Ella se puso de pie y se separó del escritorio—. Va siendo hora de que me digas quién es mi madre.

Peter Russ la observó por primera vez de arriba abajo; un escáner feroz que a Lola le sentó como un tiro. «Disimula un poco, hombre», quiso gruñirle, pero no se atrevió. Resultaba evidente que él desaprobaba el color morado de su cabello, sus ojos azules tan redondos y salidos de sus cuencas, la base de maquillaje blanca, el piercing en la nariz y el tatuaje que, con razón, imaginaría desplegado en la espalda como un chorro de pintura. «Me la suda tu opinión», pensó para darse valor. Lola sabía que no era guapa, sino una chica bajita y paticorta con las caderas anchas. De cintura para arriba su cuerpo tenía algún criterio, pero en conjunto era un desatinado centauro.

—Tampoco te pareces a tu madre.

Peter Russ lo dijo como para sí mismo y Lola estuvo a punto de darle una patada a la butaca de terciopelo. ¿De qué demonios iba? ¿Qué retorcido placer le producía desinflarle las ilusiones? Miró sus Converse número 35, tan pequeñas que era un marronazo encontrarlas en las tiendas, hundidas inexorablemente en la alfombra. ¡No tenía derecho! No era de recibo arrebatarle tan pronto las esperanzas de que el despropósito de su cuerpo y el ascensor averiado que era su cabeza le viniesen impuestos de fábrica. Empezó a sentir un potro asilvestrado dentro del pecho.

¡Menudo plan! Estaba frente a su verdadero padre, quizá a punto de saber el nombre de su madre biológica, y ya había perdido la oportunidad de escurrir el bulto. ¿Cómo iba a justificarse a sí misma? ¿Cómo podría defender que había llegado al mundo en desventaja por culpa de una madre a la que tampoco se parecía?

Escuchó de nuevo ese ruido tan molesto parecido al de los trenes eléctricos, aunque esta vez fue más largo y sostenido, la banda sonora perfecta para su evidente cabreo. Levantó la mirada, el hombre había movido su silla de ruedas hasta una de las estanterías de la pared. Estaba aparcado frente a la balda más cercana a la puerta, el estante le quedaba encima del cardado de la melena. «¿Tendrá un pasadizo secreto?, ¿una habitación del pánico?», especuló Lola al ver cómo estiraba los brazos para hurgar entre una apretada hilera de CD. El hombre deshizo el trayecto sujetando un grueso cuaderno de tapa negra y espiral metálica.

—Es para ti. —Lo dejó encima del escritorio.

Lola leyó primero el nombre escrito en rotulador rojo: PETER RUSS. Reparó después en el dibujo de un teclado al lado izquierdo de la espiral de alambre. Era un cuaderno de partituras. Ella los conocía bien, había tenido uno de esos blocs hacía muchos años y recordaba la serie de pentagramas en cada una de las páginas. Lo abrió con cuidado, con respeto incluso, y le sorprendió que las líneas que correspondían a las notas musicales hubiesen sido ocupadas por una caligrafía desordenada a bolígrafo azul.

—«Madrid, 1 de septiembre de 1997» —comenzó a descifrar en voz alta.

—Quiero que lo leas a solas, poco a poco, no del tirón. —Sin ser una orden, sonó autoritario—. En la última página hay un listado de las personas con las que debes contactar. Ahí encontrarás sus datos y las instrucciones de logística, billetes de avión, hotel, dietas… Necesito que los reúnas aquí en mi casa lo antes posible.

Lola fue directa a esa página y revisó la lista dispuesta en dos columnas: seis nombres a la izquierda, con sus respectivos correos electrónicos, cuentas en redes sociales y teléfonos móviles a la derecha. «Leopoldo Martínez de Velasco, Clara Reyes, Beltrán Díaz Guerrero, Brianda García de Diego, Cayetana de la Villa de la Serna y Fabiola Ariza», leyó para sí con el apremio de estar cometiendo un pecado. Cerró el cuaderno y lo miró de nuevo; había perdido el color del rostro. «Parece sin batería», pensó ella, como un teléfono móvil al que se le había dado ya demasiada tralla.

—Y no te impacientes. Te diré quién es tu madre y la conocerás. —Su voz había pasado del carraspeo a las interferencias—. Pero primero quiero que me conozcas a mí, al que fui antes de que nacieras, a Peter Russ.

Otra pareja de enfermeros —¿o serían los mismos?— entró en la biblioteca sin llamar. Era la hora de su estimulación intestinal, anunció uno de ellos, daba igual cuál de los dos, en un español de jota entremezclada. Lola aprovechó el momento para dirigirse hacia la puerta con el cuaderno pegado al pecho.

—No esperes una historia de amor —la detuvo el hombre con el gesto inflamado que precede a un ataque de tos—, ni de personas valientes ni de éxitos ni de gloria. Pero es la mía, la tuya, la nuestra... La sinfonía agridulce de cuando fuimos inmortales.

Cuaderno de partituras

Madrid, 1 de septiembre de 1997

¡Qué sensación de mierda! El sofá parece una cama de agua. ¡Puñetero Beltrán! No se te puede encargar nada. ¿Trankimazin? ¿De verdad es lo mejor que podías conseguirme? ¿Estás tonto, acaso? Era ayer, o antes de ayer, cuando necesitaba dormir. Hoy no, joder, hoy tengo que estar más despierto que nunca, darlo todo, abrirme en canal sobre el escenario para toda esa gente que lleva dos días abrasándose en la cola. Que soy Peter Russ, el primer artista español en petar el Vicente Calderón, el único, ¿es que no te has enterado, subnormal? Que se me estaba yendo la olla, que tres días dándole a la farla era demasiado, me dijiste muy serio, y pusiste careto de sensato. ¿Vienes ahora a darme consejos de voluntario de Proyecto Hombre? ¡Qué jeta tienes, colega! Si hace dos años que no puedes encajar la mandíbula, que no sientes los piños, que las pupilas se te salen de los ojos. ¡Anda ya, cabrón! Tu rollito de buen amigo ya no cuela, y menos después de lo de aquella noche… ¡Mierda! Si pudiera recordar más de aquel maldito momento estarías a dos metros bajo tierra. ¡Me la suda que me bailes el agua! Que te quede claro, me vas a seguir dando asco mientras respire. No entiendo por qué cojones te he dejado entrar al camerino. Por las pirulas, supongo; necesito algo que me ayude a afrontar este día, uno de los más importantes de mi vida. El final y el principio de todo.

¿Cuántas pastillas de Trankimazin llevo en el cuerpo? ¿Tres, cuatro, cinco? Otra vez las náuseas y el pinchazo en el pecho que me ahoga. ¡Yo lo que quiero es un gramo, joder! Solo un maldito gramo, no estas pastis que ni siquiera me duermen. En el fondo siempre he sabido que no vales nada, Beltrán, que eres un tibio, un patético que escucha a los Take That a escondidas, «Whatever I said, whatever I did», cuando piensas que nadie te está mirando porque, claro, delante de la peña vas de canallita. «¡Este salto es la hostia, Peter!», me gritabas eufórico hace un par de años mientras veíamos el vídeo de aquel concierto de Nirvana. Lo poníamos mil veces, igual que dos críos colgados de la misma película para aprenderse los diálogos. Nos sabíamos el final de memoria: una somanta de palos entre Kurt Cobain y un segurata. ¡Cómo nos ponía esa pelea tan desigual! Un puto gorila frente a un tirillas despeinado que, después de mucha caña, salía a hombros por la puerta grande manteado por el público. Momento épico donde los haya, aunque el vídeo era una basura: borroso, quemado, con un pulso de epiléptico, ¿qué se podía esperar de una grabación hecha por algún fan del grunge? Un concierto en Texas, el culo del mundo, y Kurt Cobain descargando su rabia, su furor eléctrico, su maldita ira de Seattle contra la guitarra. En eso nos parecíamos, solo en eso, porque su música nos jodía en los oídos. Nosotros también estábamos llenos de odio, pero no lo decíamos, las miserias se quedaban en casa. ¡Y vaya si había miseria en nuestras casas! ¿Por qué cojones sigo hablando en plural? Ya no existe el nosotros; te piraste a Estados Unidos a terminar la carrera y te lo cargaste todo, imbécil. Antes sí que éramos nosotros, antes sí que te parecías a mí, antes éramos amigos. Pero ya no te soporto. Volviste a Madrid hecho un pijo de mierda; perdón, un «Golden Boy», como me soltaste la noche que nos reencontramos en La Fábrica; un puto repeinado que se tiraba el día sobando porque la Bolsa de Nueva York abría por las tardes. Te justificabas, ¡inútil!, con la Vespa Primavera, la camisita de Hackett, los tirantes y el inglés pronunciado en plan repelente. Todo eso tienes, Beltrán, pero sigues siendo un don nadie que solo consigue impresionar a la morsa de mi padre.

Quiero levantarme del sofá, poner un pie en el suelo, pisar tierra. Pero me tiemblan las piernas, las manos y los morros. «Le he dicho a Cayetana que ubique a tu padre en el VIP», me sueltas antes de pirarte y dejarme solo, sin rayas y con esa puta noticia. ¿De dónde cojones te has sacado que me hace ilusión tener a mi padre en el concierto? ¿Es una broma de mal gusto, Beltrán? Ni para hacerme una trastada vales, porque, vamos a ser claros, me pone bastante la idea de que la morsa sea testigo de los aplausos, los gritos, la ridícula devoción que me profesa la gente. Solo hoy, solo esta noche, mi noche de gloria, y después… ¡Os podéis ir todos a tomar por culo! Especialmente el viejo gordo y patético de mi padre. A ver qué cojones haces con tus colmillos de morsa cuando ya no puedas manejarnos como a los teleñecos de tu retorcido teatro, querido papá…

¿Y Cayetana? ¿Alguien sabe algo de la niñata que es tan lista para los recados? Deja de comprar langosta y champán, barbie pija, que no pienso tocar tu catering. Demuestra que vales para algo y quítame este puñetero dolor de cabeza. ¿Dónde estás? ¿Por qué estoy solo? Soy la puta estrella de este circo y estoy en mi camerino más solo que la una. Al Lobo, joder, a ese sí que lo echo de menos. «¡Esto te pasa por boludo!», me estarías echando la bronca, Lobito, con tu acento porteño que me reventaba tanto al principio y que ahora me parece la hostia. ¡Joder, Lobo! Qué falta me hacen tus tres cachetes a cada lado de la cara para animarme a salir a «romperla» en el escenario. «Porque solo dejándose la piel en un bolo, aunque haya tres pardillos en la sala, tracción a sangre igual que los Soda Stereo, solo así se construye una carrera de éxito», me decías siempre. «¡Te estás cagando la vida, Peter! Vos sos un genio, no podés tenerlo todo, dedicate a la música y dejá de hinchar las pelotas jugando a Romeo y Julieta, haceme el favor de pensar más con la cabeza y menos con el pito…». ¿Y cómo hago eso, Lobo? ¿Cómo voy a ser tan cabrón de dejarla tirada con ese marrón? Ya es demasiado tarde, ya ni siquiera se trata de Ella, sino de la niña cruda, de ese bebé minúsculo que me dio yuyu en la clínica, la niña que fui incapaz de tocar ni dentro de esa extraña cápsula transparente donde la tienen metida. Sé que estás cabreado, Lobito, ¡pero ya te vale no responderme a los mails! Tú, erre que erre con no ser cómplice de mi autodestrucción, eso me dijiste tan digno, y te pillaste un avión para perderme de vista. Otro cretino que me abandona, otro más.

Pero yo sé muy bien dónde estás y lo que haces, Lobito, lo sé todo de ti. Te vi en las noticias. Estás en México con los Soda Stereo de las narices, en el Auditorio Nacional del D. F. Te imagino en el *backstage* con la toalla colgada al cuello, repartiendo cachetes a destajo para que la rompan con sus temas. A ver si a ellos les convences para que terminen el concierto diciendo eso de «¡Gracias totales!», idea chorra donde las haya que se te metió entre ceja y ceja una noche de pedo en el Festival de Benicasim, como si estuvieses sembrado con esa despedida raruna. Y mira que, cabezota como pocos, incluso llegaste a ofrecerme pasta si lo hacía. Pero yo me cerré en banda porque aquello era una gilipollez, porque eso de «totales» venía a ser una sumatoria de gracias, y yo soy Peter Russ, no un mierda bien agradecido. Pero ahora que no estás me arrepiento, Lobito. ¡Tendría que haberlo hecho, joder! Te merecías eso y más de mi parte.

¡Lo voy a hacer esta noche! Al final del concierto, te lo prometo. «¡Gracias totales!», diré a voz en grito. Ojalá los Soda Stereo lo hagan también. Ellos porque es su última gira y yo porque soy el primer español en llenar el Vicente Calderón. ¡Fliparás, Lobito! Te vas a correr del gusto y, seguramente, estos dos conciertos pasarán a la historia.

2

Un director de cine exitoso

Our memories, well, they can be inviting
But some are altogether mighty frightening

No Doubt,
«Don't Speak», 1995

Leopoldo Martínez de Velasco se despertó sin resaca. Abrió los ojos sin su habitual bufido de arrepentimiento, no sentía los párpados pesados, la lengua de trapo, el pitido agudo y desesperante en los oídos. «Tuvo que ser el pastís», se dijo mientras se estiraba intentando abarcar ambos extremos de la cama. Una king size con sábanas de seda y almohadas de plumas, perfecta para un tipo de sus dimensiones. Fijó la mirada en el techo e hizo un cálculo apresurado del alcohol que había bebido la noche anterior en aquel bar tan incómodo, con gente encajada como piezas de puzle y sin una triste pantalla de plasma. Un bar francés en pleno centro de Londres que ni tan siquiera tenía un champán mediocre apto para todo tipo de público. Tampoco la cita merecía un gran despliegue: era una mera formalidad, ponerle cara y cuerpo a Lola Acosta, la asistente de su hermano desaparecido; ni más ni menos, sin fuegos artificiales. Aun así, habría estado bien que la chica bajita del cabello morado le hubiera advertido por teléfono que, además de soportar su perenne cara de cabreo, tendría que beberse un litro de esa mezcla de hierbajos y anís estrellado.

¡Con lo que le apetecía pillarse una buena cogorza! Uno de esos pedos memorables de juventud, de los de desmayarse pensando que la vida era una mierda, que él era una mierda, y entonces imaginar las historias más psicodélicas. Añoraba las escenas surrealistas que se le ocurrían gracias a la sensibilidad aparatosa de la migraña, el arsenal de chorradas variopintas que lo ayudaron a salir del anonimato y convertirse en un director de cine de éxito, ganador de tres Goya, una Palma de Oro y otro puñado de galardones en festivales concienzudos. Leopoldo Martínez de Velasco, un nombre fijo en las salas que la tribu urbana consumidora de películas comerciales con pretensiones indies abarrotaba día tras día.

Pero había amanecido intacto, atontado e inofensivo, con la modorra bobalicona de una cura de sueño. Y, lo peor, con la imagen de la asistente de su hermano en la cabeza: sus ojos saltones, su cuello inútilmente estilizado para terminar en un cuerpo regordete, el cabello liso con las puntas de ese irritante morado de las pelucas de payaso. La chica daría fenomenal en cámara —la imaginó en un primerísimo primer plano con una canción de Édith Piaf de fondo—, aunque jamás obtendría el rol protagonista: se había quedado a cinco minutos de ser fea, confinada en un limbo donde los rostros interesantes tienen difícil salida.

Se incorporó despacio en la cama. Otra vez su espalda incordiando con el dolor sordo que le viajaba del lumbar al pie izquierdo. Se lo tenía merecido, nadie le obligó a soportar tanto rato en una banqueta diseñada para gente pequeña. ¿Por qué lo odiaban tanto los bajitos?, estuvo a punto de soltarle a la chica borde del pelo morado, pero se contuvo a tiempo. Era obvio que venía cabreada de casa, o quizá fuese de nacimiento, como para encajar de buen rollo una gracieta sobre el reducido espacio que ocupaba en el mundo.

—Lola Acosta —dijo su nombre en voz alta.

¡Qué chiquilla tan extraña! Hasta que la conoció en persona, el asunto le resultaba bastante fiable: billetes Madrid-Londres en primera clase, Mercedes Benz en el aparcamiento de Heathrow, chófer inglés con sonrisa de paleto, incluso la acertada elección de una Infinity Suite en el Langham, hotel mítico testigo de la reunión de Oscar Wilde y Arthur Conan Doyle, una charleta de dos grandes, quizá un par de risas, unos cuantos whiskies, y de allí salieron *El retrato de Dorian Gray* y *El signo de los cuatro*. Había que reconocer que el despliegue era perfecto, muy propio de Peter Russ, que para fardar fue siempre un campeón, y más ahora, supuso, tras la repentina muerte de su padre.

Arrastró la pierna izquierda hasta el cuarto de baño. Seis meses desde el entierro y, ni por esas, su hermano se había dignado a llamarle. Era inconcebible. Leopoldo tenía una buena excusa: aunque hubiese querido contactar con él, no habría sabido cómo ni dónde. Peter Russ desapareció del mapa veintitrés años atrás sin dejar rastro, olvidándose de todo y de todos, ajeno a la música, a los focos, al éxito, y de pronto había resurgido de sus cenizas hacía tan solo una semana reencarnado en Lola Acosta y su acoso virtual, con sus fastidiosas instrucciones vía WhatsApp, sus mensajes directos en Twitter y sus infumables correos electrónicos. Lo más sorprendente: jamás hubiese imaginado que la intermediaria de su hermano era una veinteañera pequeñaja y cabreada. ¿De dónde habría sacado a la antipática becaria española? Venía en el avión convencido de que lo recibiría en el aeropuerto de Londres una eficiente secretaria cuarentona, quizá pelirroja, nariz puntiaguda a lo Mary Poppins, con una exquisita pronunciación británica. Ni por asomo sospechó que el esperado reencuentro —aquí vendrían que ni pintadas unas sonoras fanfarrias— con su hermano desaparecido —redoble de tambores—, el tipo más famoso de España en los años noventa —aplausos y chillidos de histeria—, estaba siendo orquestado por una niñata de pelo morado que, para más inri, no levantaba un palmo del suelo.

«¿Qué te ocurre en la espalda?», le preguntó en aquel bar tan cutre la tal Lola, despanzurrada en una banqueta de plástico que parecía hecha a su medida. La pregunta le vino como anillo al dedo, imaginó incluso unos segundos de música incidental, un cha-cha-cha-chán en condiciones. Los dolores lumbares eran su tema, incluso tenía un potentísimo monólogo de humor al respecto, y en cuanto soltara su frase estrella la muchacha por fin sonreiría. Los médicos se morían por operarle la espalda, le había respondido simulando un bisturí con un posavasos de cartón. Pero de eso nada, él se lo tenía dicho a los matasanos, que al quirófano solo entraría para una cirugía estética, e hizo la pausa narrativa que normalmente descolocaba al contrario y que, por supuesto, imaginó acompañada de risas enlatadas. «Es muchísimo más trágico un rostro descolgado que una hernia lumbar migrada», concluyó melodramático, entrecerrando los ojos, a la espera del habitual recibimiento de héroe, el exagerado «oooh» de las más palurdas series americanas. Pero la chica no dijo nada, le dio un trago largo al pastís sin inmutarse, con la misma indiferencia con la que él había mirado a los amigos de su padre cuando iban de graciosos.

¡Menuda insolente!, volvió a indignarse por el desinterés con que le había tratado Lola Acosta, obligándolo a proteger su honor toda la noche con la espalda recta como un pincho moruno. ¿De qué iba aquella niñata? Menos mal que él no tenía dudas de que aún resultaba atractivo a las mujeres jóvenes. Había perdido la cuenta de las estudiantes de cine o aficionadas que tuvo a bien llevarse al huerto tras darles unos consejillos apresurados para rescatar un guion mediocre, de esos que estarían mejor en el fondo de la papelera. La chavalita del pelo morado no iba a amedrentarlo porque, quizá, el problema lo tenía ella, que de tanto mosqueo se había vuelto inmune a la ironía, normalmente infalible, de los intelectuales maduros y exitosos.

Se envolvió en una toalla y se sentó en una esquina del jacuzzi. Menos mal que había metido en la maleta el minirrodillo con el que se masajeaba la pierna. Lo agarró con fuerza, lo usó con más vigor que nunca, una doble batalla contra el atasco en su circulación sanguínea y contra la idea absurda que se le había metido en la cabeza. ¿Y si la chiquilla borde había descubierto a su personaje? Bah, estaba cayendo en el submundo de la tontería porque, vale, sí, Lola Acosta tenía unos ojos penetrantes, redondos y saltones, pero eso no le daba visión de rayos X. Era imposible que la chica hubiese podido descubrir que él prefería pasar por un cretino antes que desvelar su secreto de supervivencia. ¡Habían sido muchos años de terapia! Mucho dinero invertido para deshacerse del Polo, el chaval intenso y raruno que fue en su juventud. El gigante delgaducho de look cenizo, pantalones de pana y jersey de cuello vuelto. Todo oscuro, las botas de bombero, la parka y la sudadera de Michael Jordan. Todo aburrido, el perfecto invitado a un eterno funeral. Por eso, haría lo que fuese para mantener su imagen de director de cine moderno y transgresor, su personaje, el que había construido a fuerza de decepciones. Doblegaría incluso a la puñetera vejez, que con los guapos era implacable y con los feos, una segunda venganza del destino.

El hormigueo ya le había subido al muslo cuando se notó el pulso acelerado. No se alarmó, su corazón andaba perfecto, lo ponía en los informes de la batería de pruebas que se había realizado tras el infarto masivo de su padre. Eso sí que sería una buena jugarreta, heredar las cardiopatías del viejo Pedro Martínez de Velasco. Intentó calmarse. Sabía que el corazón le iba a mil por un motivo concreto: el repaso de la noche anterior con la chiquilla borde hizo que se acordara de Peter demasiado pronto, antes del café y el ibuprofeno, por delante de sí mismo. «Los músicos no envejecemos, Polito, nos vamos pudriendo», le vino a la memoria una de las sentencias que iba soltando su hermano cuando vivían juntos en la casa familiar de la calle Lagasca. Así quería recordarlo, borracho como una cuba, puesto de coca hasta las orejas, ciego de pastillas, un ser reptando a duras penas hacia el retrete. Cerró los ojos, pensó añadirle a la escena la banda sonora de *Psicosis*, de *El resplandor* o, mejor aún, la de *Tesis*, esa que plagió —jamás lo reconocería— en *Horizonte para dos*, la película que lo empujó a la fama. Pero el placer le duró poco: en su cabeza el plano se fundió de manera involuntaria con una promo de Los 40 Principales, el presentador de sonrisa fija escalando posiciones hasta llegar a Peter Russ, el número uno, un ídolo sobre el escenario, cantando desgarrado con las manos en los bolsillos como un Dylan aburrido, haciéndole la cobra al micrófono antes de disparar su chorro de voz grave y nasal con la naturalidad del que respira sin más... ¡Y su rostro tan enriscado y atractivo! Ese que ni el tabaco ni las drogas ni el peor de los insomnios habían conseguido minar. «Únete a la belleza de la destrucción, Polito», se había burlado Peter, a sabiendas de que no existía un universo pernicioso y paralelo en el que los dos hermanos pudieran llegar a parecerse.

—¿Me has citado aquí para conocerme? —La típica pregunta coqueta fue su primer intento de romper el hielo con Lola Acosta—. Te habría valido con googlear mi nombre para enterarte hasta de mi grupo sanguíneo.

—«Leopoldo Martínez de Velasco, cuarenta y ocho años, director de cine español, ganador de tres Premios Goya, una Palma de Oro en el Festival de Cannes, nominado al Óscar a la mejor película extranjera por *Horizonte para dos*» —leyó la chiquilla borde en la pantalla iluminada de su móvil.

—Que los americanos tradujeron *Sharing a Dream*. —Se había enderezado en la pequeña butaca con fastidio—. Las traducciones son el grano en el culo de los buenos títulos, y si no que se lo digan a *Butch Cassidy and the Sundance Kid* cuando se vieron como *Dos hombres y un destino*... ¿Pone algo más sobre mí en la Wikipedia?

—«Hermano menor de Peter Russ, destacado músico del pop español en los años noventa» —se limitó a concluir Lola Acosta.

—Medio hermano. —Se bebió de un trago otro chupito de pastís como quien ingiere cianuro—. Solo compartimos padre.

«¡Qué irrespetuosa!», pensó esquinado en el jacuzzi, y en ese momento el minirrodillo se le escapó de las manos y fue a parar al fondo del agua. Le dio igual, dejó que el cacharro se hundiese. Estaba harto de los calambres, de recordar a Peter Russ, de la chica del pelo morado que había omitido sus mejores reseñas en internet y de sí mismo encerrado en esa habitación de hotel. Caminó con la toalla atada a la cintura hasta la ventana y descorrió las cortinas. Se quedó mirando la calle lluviosa, los semáforos, los paraguas, el trasiego de gente atropellándose como una desordenada fila de hormigas. Regent Street le parecía la escenografía perfecta —con banda sonora de *La naranja mecánica*— para las imágenes que comenzaban a ocupar su cerebro con la velocidad de un derrame. Y todo por la conversación de la noche anterior con Lola Acosta, porque su impertinencia no conocía límites.

—¿Has hablado últimamente con Silvia Kiss? ¿Cómo se encuentra tu madre? —le preguntó demostrando cero habilidad para obtener información con disimulo.

—¿A qué viene ese interés por mi madre? ¿Te ha pedido Peter que me interrogues? —La rabia le subió a los ojos—. Me lo imagino ahora mismo escribiéndote un wasap, mejor una nota de voz, en plan versión española y modernita de *Los ángeles de Charlie*.

Por supuesto que se arrepintió al instante de perder los nervios con la joven mensajera de su hermano. ¡Pero lo de su madre le sentó como una patada en el hígado! España entera sabía que Silvia Martínez de Velasco, antes Silvia Kiss, la morena del dúo Las Jueves, llevaba más de veinte años entrando y saliendo de una clínica en los Alpes suizos, probando un millón de tratamientos, confiando en cualquier cantamañanas de apellido impronunciable que le prometiese paliarle el dolor que se le había metido en el cuerpo. ¿Acaso Peter Russ, oculto en su guarida, desconocía el estado de Silvia Kiss? ¿Ignoraba que se había convertido en una señora obesa de setenta años de edad y otros tantos de desidia? ¿Que no quiso salir de la cama ni para relamerse de gusto cuando enterraron a su marido?

Mejor no recordar el maldito día del funeral. Su madre le dejó solo ante semejante espectáculo, precisamente a él, que odiaba los ritos católicos asociados a la muerte. Pero cumplió con su papel de doliente, eso podrían asegurarlo los actores, productores, guionistas y pelotas varios del gremio que se acercaron a darle el pésame. Ninguno había conocido a Pedro Martínez de Velasco. A su padre ya no le quedaban amigos que le llorasen, porque el saldo de una vida a todo trapo no eran más que una esposa depresiva, el hijo mayor desaparecido en Londres y el menor que, contra todo pronóstico, logró labrarse una carrera exitosa lejos de las alcantarillas familiares.

Buscó el Lexatin en el bolsillo interior de la maleta, una tira que llevaba por si los nervios le atacaban de repente, y destapó una botella de Perrier. Aquella chiquilla borde se había despedido anunciándole una inminente reunión con Peter Russ. ¿Y para eso tuvo que citarle en el peor bar del centro de Londres? ¿No podría haberle escrito un mensaje de texto? Definitivamente, Lola Acosta lo había convocado para tantearle. A saber qué historias le habría contado sobre él su medio hermano.

Se tragó dos pastillas y volvió a tumbarse en la cama, deseando ser hipnotizado por la corona de luces que colgaba del techo, una docena de brazos arácnidos que sostenían pequeñas lámparas de cristal amarillo. Las peores imágenes de su juventud, esas que se había empeñado en olvidar, fueron cobrando vida frente a sus ojos. Volvió a sentir una furia tan intensa que podía escucharse; los ladridos de un dóberman entrenado para el día en que tuviese que arrasarlo todo a mordiscos.

Quizá ese día había llegado. Se levantó a correr las cortinas tarareando la banda sonora de *Tiburón*.

Cuaderno de partituras

Londres, 15 de septiembre de 1997

Esto no se parece en nada a una jodida película. En las pelis, primero te das la hostia y después todo el mundo te llora en el hospital mientras estás tumbado en la cama como un puto marciano, rodeado de cables, máquinas, enchufes. Abres los ojos y viene a verte un montón de peña conmovida, te dicen lo mucho que te quieren y tú no tienes ni puñetera idea de qué es eso de sentir amor. Te cogen de la mano, mueves un dedo y se alegran porque te estás recuperando. La habitación a tope, cola en los pasillos, los que te putearon te piden perdón y los que puteaste te perdonan. Cuando ya estás menos empanado sales a dar paseos con una bata verde y el culo al aire. Caminas lento, cogido a un palo de metal con ruedas del que cuelgan tus benditos analgésicos. Por fin un día te sostienes en pie, das un par de carreras torpes en una cinta y los fisios, con sus voces de pringados, te auguran una maratón dentro de nada. No se te cae el pelo, no pierdes masa muscular, tienes la piel tersa de una pibita de instituto, sin colgajos ni llagas; en definitiva, sigues siendo un guaperas. Ah, tampoco sufres, el dolor se esfuma con un pastillazo. No tienes pesadillas, no estás acojonado y te has vuelto mejor persona. Pasas de cabrón a nenaza, un Harrison Ford lerdo pero entrañable. Le gustas más a la gente que cuando tenías éxito porque en las películas se completa el milagro. En las películas los milagros existen, incluso para los que siempre nos hemos cagado en Dios.

Pero yo no estoy dentro de una puñetera película y no volveré a caminar.

Me despierto dentro de una máquina que hace un ruido insoportable. No tengo miedo; en realidad, no siento nada. Veo a un tipo con cara de sapo. Se me acerca, me mira, y yo me vuelvo a dormir. Abro de nuevo los ojos en una habitación blanca y levanto los brazos. Me observo las manos, los dedos uno a uno.

Estoy hecho polvo, machacado. Quiero hablar, pero no me salen las palabras. Entra el cara de sapo, se presenta, es mi doctor, pero no entiendo lo que dice. Empiezo a soltar sonidos que no reconozco, provienen de mí pero no son míos. Él tampoco me entiende. Me la suda, creo, me la suda todo. Pero empiezo a tener conciencia de mi cuerpo, una quemazón, una punción que me arde en la espalda. Entonces grito porque me quema, me quema por dentro. Empiezo a ver azul y siento un pinchazo en vena que me vuelve un superhombre, el puto amo del universo; podría cantar, abarrotar un estadio, levantarme de la maldita cama…

No sé cuánto tiempo ha pasado, no sé si fueron horas, días o años. Me sigue ardiendo el cuerpo y tengo náuseas. No puedo enfocar, creo que me he quedado ciego. Vuelvo a gritar, muy fuerte porque ahora tengo miedo. Llega el doctor sapo. Lo que me pasa es normal, me tranquiliza, es mi cerebro cargando información. Un proceso lento, tengo que tener paciencia, como cuando espero a que se cargue una página web en el ordenador. Llegará el momento, insiste, en que podré asociar ideas, pensar con claridad, abrir todos mis archivos. Y ese momento llega, y el primer jodido archivo que se me abre es el de Ella, su melena negra, su cuerpo grande, la nariz aguileña, el pecho plano y los morros de sobrada. El corazón me da un vuelco. Me asusto, grito y me vuelven a pinchar.

Cuando me despierto ya reconozco los objetos, ya puedo nombrarlos. Pido un espejo. Tengo barba, la piel roja y escamada. Me da asco, me doy asco, porque ya recuerdo lo que es el asco. Viene una enfermera joven. Es rubia y está buena, me alegra recordar lo que es una tía buena. Trae un botijo de plástico en la mano. Que tengo que hacer pis, me dice con su acento británico, y me doy cuenta de que sé hablar inglés. Miro al techo. Ella sabe que estoy acojonado. Me dice que no me preocupe, que seguramente sea algo temporal, mientras introduce mi picha floja y afeitada, lo que queda de mi puñetera dignidad, en esa especie de condón de táper. Cierro los ojos y me vuelvo a dormir.

Me despierto afeitado y con una bata limpia. Todavía no soy consciente del tiempo, pienso que han pasado siglos desde que fui un hombre completo. Una eternidad. «Eterno». Nadie sabe lo que significa. No tiene comienzo y no tiene fin. La angustia se me hace bola, me cuesta respirar. El doctor sapo me anuncia que ha venido mi familia desde Madrid. Me entero de que estoy en Londres y quiero salir corriendo, andar por la calle, cruzar silbando el paso de cebra de Abbey Road. «Aquí está tu padre», me dice el médico, y deja al descubierto la figura redonda de un hombre bajo y calvo con los bigotes gruesos y poblados, los mofletes rojos y húmedos, los ojos azules, redondos y saltones. Lo miro distante, como si su sangre y la mía no fuesen la misma, como si se tratara de un payaso contratado para animarme, o de un curilla de los que dan la extremaunción. «Hola, hijo». Escucho su voz aguda y empiezo a gritar con todas mis fuerzas, provocándome arcadas, sintiendo que voy a morirme, queriendo morirme.

El gordo sudoroso se marcha indignado y entra la enfermera buenorra con la jeringuilla en la mano. El mundo se apaga lentamente como una televisión en blanco y negro.

3

Una mujer quemada

But I'm a creep
I'm a weirdo
What the hell am I doing' here?
I don't belong here

RADIOHEAD,
«Creep», 1992

El grito retumbó en toda la casa. Lola no sabía hacia dónde mirar. Semejante alarido podía venir de cualquiera de las habitaciones hasta invadir el comedor con la rapidez a la que se propagaba el fuego. En una esquina de la mesa, Peter Russ se tapaba los oídos girando la cabeza en una negación infinita. Lola se quejó de su inoportuna memoria: «¿A cuenta de qué tengo ahora un recuerdo de la infancia?». Y más de aquella época tan oscura, cuando los Acosta la enviaron interna al colegio de las monjas ursulinas para que no repitiese tercero de primaria. Ese fue el motivo oficial, pero ella sabía que sus padres en realidad querían exorcizarle los demonios que hacían que tratase a guantazo limpio a sus dos hermanos pequeños. Aquel internado resultó igual que el de las pelis de miedo: fila interminable con bandejas de aluminio para recibir una bola de puré grumoso a golpe de cucharón, inspecciones diarias de uniforme, cama, deberes, pensamientos…

Fue allí, en esa cárcel de misa diaria y olor a naftalina, donde conoció a esa niña tan rara que se ponía de los nervios si le movían de sitio su cepillo de dientes.

«¿Cómo se llamaba aquella chica?», trató de recordar tras mirar de reojo al hombre de la silla de ruedas, que seguía con las manos en las orejas repitiendo «para-basta-para-basta» al volumen y al ritmo de un rezo. No recordaba su nombre, pero sí su cara: era bonita y pecosa, rubia de ojos grises. ¿Qué habría sido de ella?, se preguntó sin decidir qué demonios hacer en esa situación tan incómoda; ¿salir corriendo en busca de los enfermeros azules? Se debatía entre pedir auxilio o continuar pensando en aquella niña tan rarita que encajó mejor que ella misma en la clase porque, obviamente, era más divertido acosar a la fea regordeta que a la guapa ensimismada. ¿Y si se ponía también a gritar? ¿Conseguiría neutralizar a Peter Russ con otro alarido? Un grito así en Madrid, en su piso de la calle de la Palma, no habría llamado la atención; era parte de la banda sonora de cualquier día de la semana. Pero allí en Londres, en el pijísimo barrio de Belgravia, donde la vida se ponía en pausa a las cuatro de la tarde, aquel quejido parecía la antesala del Apocalipsis.

La puerta se abrió lentamente. Serían los enfermeros azules, respiró Lola aliviada. Esta vez iba a presentarse a ellos, cortesía de invitada perfecta, porque a saber cuánto tiempo más tendrían que verse las caras. Pero, para su sorpresa, entró en el comedor una mujer encorvada de aspecto frágil, que caminó hacia Peter Russ con muchísima calma. Reconoció la sudadera de colorines, la vio en el jardín la tarde de su llegada, aunque esta vez iba sin capucha. La mujer tenía un rostro asiático con demasiadas horas de sol. Vestía el mismo pantalón de chándal gris y las botas de agua negras, pero había añadido un pañuelo en el cuello y unos guantes de fieltro marrón. Con una delicadeza casi quirúrgica, le fue separando, dedo a dedo, ambas manos de los oídos a Peter Russ. Lola comprendió que era la única espectadora de una escena repetida porque, igual que si se despertara de la hipnosis tras un chasquido, el hombre de la silla de ruedas volvió a conectarse de inmediato con el mundo.

—¿Se habrán cargado a alguno de tus vecinos forrados? —Lola tiró de chiste fácil para quitarle hierro al asunto.

—Ni idea de quién vive al lado —le respondió Peter enseñando una dentadura blanquísima que le iba grande—. Lo que me gusta de esta zona de la ciudad es que nadie me conoce y no conozco a nadie.

Finalmente, y con mucho más jaleo, entraron en el comedor dos de los integrantes de la banda del pijama azul. ¿Serían los mismos de la hora de la comida? ¡Qué difícil era distinguirlos! Mucho menos con esas maneras de humanoides con las que portaban sus bandejas. Lola volvió a concentrarse en la mujer encorvada, que bajó la cabeza en un gesto respetuoso para despedir a los pijamas azules antes de comenzar a distribuir la vajilla: una sopera grande, dos cuencos medianos, un bol con brotes de soja y otro de hojas verdes. ¿Por qué llevaría guantes dentro de casa? Lola se quedó absorta viendo el felino movimiento de sus manos mientras retiraba la tapa de la sopera, liberando un potente aroma a cebolla frita. Sus miradas se cruzaron por primera vez; según colocaba palillos y cucharas en los manteles individuales, se le advertían las canas dispersas en el cabello liso, las patas de gallo y dos surcos que partían de la punta de la nariz hasta la comisura de los labios. La mujer asiática sirvió el caldo humeante, les señaló el decantador con vino tinto y abandonó el comedor con el mismo andar pausado con el que apareció.

Lola se quedó observando su plato con recelo; no le apetecían nada esos fideos blancuzcos que se colaban como hábiles gusanos entre los trozos de carne. Habría dado lo que fuese por volver a los diez años, al cocido que las ursulinas ponían los viernes como recompensa por una semana de calvario. Los garbanzos duros, la sopa desabrida y el chorizo sospechoso del internado eran más reconocibles que aquella naturaleza muerta que tendría que llevarse a la boca.

—No me digas que también eres vegana.

Peter Russ ya estaba partiendo hojas verdes y hundiéndolas en su cuenco. Parecía relajado, disfrutando de ese caldo con tufillo a refrito. Era su oportunidad, se animó Lola mientras servía el vino tinto en ambas copas, de mirar a su verdadero padre a los ojos, sin gafas de sol ni penumbra. Obviando los pliegues y la fragilidad de la piel pegada a los huesos, podía apreciarse algún matiz del Peter Russ de los vídeos de YouTube. Pequeños trazos, flashes más bien, de aquel rubio guaperas de veintisiete años, el de la parka verde, los vaqueros gastados y las zapatillas sin cordones. Mantenía las cejas pobladas y sus ojos seguían siendo de un azul transparente, aunque la parte blanca se le había vuelto amarilla, como los habitantes del planeta de *Avatar*. ¡Y qué decir de su melena! Antes rubia, con capas disparadas hacia la frente a lo Liam Gallagher; ahora blanca, brillante y esponjosa como la de Brian May. Seguía teniendo mucho pelo, quizá la melena era el símbolo de resistencia de Peter Russ, que completaba una imagen irreal, como si fuese un actor caracterizado de viejo en una película de bajo presupuesto.

—Este guiso es típico de Vietnam —inició él una espontánea reseña gastronómica—. Se llama *pho* y, como ves, son fideos de arroz con carne de ternera.

—Huele a madera quemada, ¿no? —Ella optó por darle palique para retrasar el momento de tener que inaugurar su plato.

—La cebolla y el jengibre se fríen aparte. ¡Venga, pruébalo! En realidad, te va a saber a zumo de limón, que es el secreto de la receta.

—Anda, sabes mucho de cocina…

—¡Qué va! Nunca me he hecho ni un triste bocata —respondió sin dejar de masticar hojas verdes—. La comida en esta casa es cosa de Mai, ella es la chef.

—¿La mujer que acaba de entrar es la cocinera?

—Mai es mi compañera desde hace veinte años.

Lola dejó caer la cuchara, que aún no había estrenado, y se quedó pensando qué demonios debía hacer ahora con esa información. ¿Digerir la certeza de que Peter Russ no fue un infeliz durante todos estos años? ¿Asumir de un sorbo que el padre que la abandonó al nacer tuvo una existencia apacible con comida vietnamita en Londres? ¿Que no compartía con ese hombre ni tan siquiera la punción en el ánimo de los desgraciados? Le iba a explotar la cabeza, cúmulo de rabia, olor a especias y a enfermedad. Una secuencia de imágenes sórdidas empezó a reproducirse en cadena en su mente: escenas del sexo más gore entre el hombre de la silla de ruedas y la encorvada mujer asiática. Nada, ni siquiera ella misma, podría resultarle más deprimente.

—Mai es vietnamita. —Peter fue aportando una biografía desapasionada.

—¿Habla español? —Lola hizo la pregunta y, aunque no le gustaba, se bebió de un trago el vino tinto.

—Lo habla y lo escribe muy bien. —Apartó su plato con el alivio de un crío que ha dado buena cuenta de su ración de judías verdes.

—La vi el día de mi llegada, estaba en el jardín junto a los rosales. La misma sudadera con la cremallera por encima de la nariz.

Lola hablaba haciendo círculos con el tenedor sobre el mantel. Empezaba a temerse lo peor. Se estaba poniendo nerviosa, se iría de la lengua, ya lo estaba haciendo. ¿Por qué había empezado a contarle las batallitas del dueño del chino de su barrio? Que en realidad era vietnamita, y se pasaba doce pueblos con el precio de las patatas fritas. ¿Por qué insistía en sumar datos chorras sin sentido? El chino de su barrio —vietnamita, perdón— le contó que las mujeres de su país iban hasta arriba de ropa para no tomar el sol porque les gustaba verse más blancas que un folio.

—En el caso de Mai se trata del napalm o mermelada de gasolina. —Peter seguía hablando en el mismo tono con el que enumeró los ingredientes de la sopa—. Mai es la que grita y, ya te habrás percatado, yo no soporto los gritos.

Lola respiró hondo y se animó a probar la cena que le había preparado la mujer de su padre, la encorvada, la que grita, la mujer quemada. Tenía el corazón acelerado, pero en ella era normal, al menos eso le había dicho el cardiólogo a los Acosta cuando la manada de potros salvajes en el estetoscopio empezó a mosquear al pediatra. Cuanto más pequeño era el corazón, más latidos registraba, les tranquilizó el especialista, y puso de ejemplo a la ballena azul. Al mamífero más grande del mundo el corazón le latía solo trece veces por minuto. Lola memorizó aquel dato para usarlo cada vez que la subida de pulsaciones se le notase en el rostro, especialmente desde que había llegado a esa edad, tan nefasta, en la que le tocó asumir que su corazón, su cabeza y su cuerpo siempre serían pequeños.

—Cuando tenía unos años más que tú, a tope de fama y éxito, estaba empeñado en proponer una ley que prohibiese el derecho a la libre reunión de las fans. ¡Cómo chillaban las puñeteras! —Le sonrió por primera vez.

—¿Una estrella de la música sin club de fans? ¿Eso no es peor que un niño sin regalo de cumpleaños? —embistió ella, porque se temía un discursito de falsa modestia.

—Me refiero al fenómeno fan en general, que considero un asunto femenino. —Se llevó la punta de la servilleta a los labios pálidos y cuarteados—. ¡Un tema digno de estudio! Lo tenía comprobado: chicas aparentemente normales cuando iban solas por la calle, pero bastaba que se juntasen dos para convertirse en unas auténticas desquiciadas. ¿Seguís compartiendo las chicas esa locura colectiva?

Esa pregunta, machirula de manual, hizo que a Lola se le atragantase el caldo de cebolla. «¿Y si no gritaban por ti, sino por ellas mismas? ¿Y si no eras más que la estrella de turno que hacía posible la magia de la reunión entre ellas?», le hubiese gustado increparle. Pero no dijo nada, no tenía sentido, qué iba a entender un boomer alfa, intransigente y sobrado, de esa necesidad tan primaria de formar parte de algo, simplemente de pertenecer…

—No te voy a negar que alguna me gustaba —le dio intención al comentario crujiendo los nudillos—. Las privilegiadas, las que podían entrar en el camerino, viajar en la furgo, con acceso a las fiestas, las cenas, los desayunos...

—Las grupis —completó Lola—, que tendrían que pasar un casting de la leche, supongo.

—No vayas a creer que andábamos siempre con Alicia Silverstone y Liv Tyler como en aquel vídeo de Aerosmith. —Hizo la gracia, pero se puso serio al instante—. La verdad es que había algo realmente perverso en la relación con las fans: la sensación de dominio absoluto sobre otro ser humano. Darte cuenta de que una chica cualquiera, con sus sueños, su carácter, sus filias y sus fobias, era capaz de entregarse por completo, dispuesta a todo. —La miró fijamente—. Sabes de lo que te estoy hablando, ¿no?

Lola derramó su copa de vino por una mala pasada del antebrazo. Otra vez las mejillas rojas, otra vez la manada de potros salvajes en su pequeño corazón. ¿Por qué le hacía esa pregunta? Empezó a limpiar el estropicio con una servilleta bordada. ¿Qué sabía el hombre de la melena cardada de su vida? ¿La habría estado investigando, quizá?

—Una raqueta eléctrica —respondió alto y claro—. Lo más poderosa que me he sentido en mi vida ha sido matando moscas con ese endiablado cacharro.

—¡Mira tú por dónde tenemos algo en común! —Peter juntó las palmas en un aplauso sonoro—. Al principio te da pena, hasta que llega el día en que te descubres disfrutando del papel de verdugo.

—Bueno, no exageremos, que las moscas viven como mucho veinticinco días. —Soltó una risilla nerviosa—. No hay muchas esperanzas puestas en su futuro.

—Ni tampoco en el de mucha gente, y eso, créeme, a la larga es su mayor fortuna.

Lola volvió a mirar su lado de la mesa. Todo era un desastre: el mantel, la servilleta, el rumbo que había tomado esa extraña conversación encriptada. No podía evitarlo, desde hacía una semana, desde que pisó aquella casa, le sacaba de quicio el innecesario juego de palabras de Peter Russ. Y tenía ganas de gritarle, sacudirle por los hombros, ponerle a girar sobre su silla de ruedas para que dejara de andarse por las ramas. «¡Vamos, hombre, suéltalo de una vez! Dime que mi madre fue una de esas escandalosas pardillas que te idolatraban, a la que torturaste sin piedad como a una maldita mosca». Obviamente no se lo dijo, aunque la estuviese volviendo loca con sus confesiones a medias, aunque llevase días con la obligación de leer su cuaderno de partituras, durmiendo mal por culpa de sus memorias de chaval atormentado. Aunque no le quedase más remedio que seguir actuando de diligente secretaria, enviando mails, cerrando citas por WhatsApp e invitando a tomar el té en el hotel Langham a su cofradía de amiguetes del pasado; los personajes rescatados de otra vida que su padre, Peter Russ, se había empeñado en convocar.

—¿No quieres saber cómo me ha ido con tu hermano? —le increpó de repente clavándole la mirada—. ¿No te interesa a qué hora he quedado con Clara Reyes? ¿Te cuento qué me preguntaron Beltrán, Brianda y Fabiola?

—Todo a su tiempo, Lola. Confío en ti… —terminó la frase en un susurro porque hizo su entrada, teatral y sincronizada, una nueva pareja de pijamas azules.

Lola aprovechó el momento para ponerse de pie y escapar del comedor. Estaba agotada; descifrar al hombre de la silla de ruedas la dejaba sin energía, entender a su padre biológico era una labor tan pesada como un suero de miel de abejas. Le dio las buenas noches al aire y subió corriendo las escaleras. En la segunda planta se topó con la mujer de Peter Russ, la asiática, la que grita, la quemada. Mai, la de la sopa de cebolla frita, que vagaba con un camisón blanco por el pasillo, palpando las paredes con sus guantes de fieltro y aspecto de sonámbula.

Cuaderno de partituras

Madrid, 1 de septiembre de 1997

El Polo anda merodeando en la puerta del camerino. Mira que se lo advertí a Cayetana: «¡No dejes que el cenizo de mi hermano se me acerque!». Tiene coña, tan lista para los recados que es la barbie pija y no ha conseguido detonar su entrada al estadio. Precisamente hoy, ¡que es mi día, joder! ¿Sabes cuántos artistas españoles han petado el Vicente Calderón? Ninguno, Polo, ni uno solo. De ahora en adelante, la gente recordará que en el 82 estuvieron los Rolling, en el 87 David Bowie, en el 88 Pink Floyd, en el 92 el mismísimo Michael Jackson, los Guns N' Roses en el 93 y, el 1 de septiembre de 1997, yo, Peter Russ, aunque te joda, Polo. Y a ti, cómo van a recordarte, ¿eh? ¿Como el defensor de María Magdalena? ¿Pondrán tu nombre en una puta calle de Soria? ¡Vete a la mierda, hermanito! Lo último que necesito es una bronca, tengo que salir a cantar y hace un calor de la hostia, y me sofoco, y me derrito, y me apetece partirte la maldita cara.

Te escucho los pasos, cabrón, imagino tus zancadas de gigante. ¿Por qué cojones no te vas a casa a odiarme en la distancia? Tengo que concentrarme, dejar de pensar en gilipolleces, que toca prueba de sonido y ya ha terminado la banda de góticos, mis teloneros. ¡Tócate las narices! Me descojono y no sé por qué, por culpa de las guitarras rabiosas de los Placeters se me parte aún más la cabeza en dos. Vocaliza, venga, vocaliza. Estoy mareado, necesito un gramo, ¿cuánto más vas a tardar, puñetero Beltrán? Si pudiera sobar al menos media horita, ¿cuánto hace que no duermo? ¿Tres días? Sí, tres días. Lo recuerdo porque la última vez que logré conciliar el sueño estaba con Ella, que quería follar, pero yo estaba muerto. Aquello no se levantaba ni con una grúa. Pero Ella insistía: «Necesito sentir algo, necesito sentir que estoy viva». Lo peor fue darle al interruptor de la luz y volver a verla desnuda: tenía la melena grasienta, una telaraña de pelos blancos como si fuesen la clara de un huevo derramada en la cabeza, el rostro sudado, el cuerpo blando, las venas azules en las tetas. «¿Qué le pasó a tu pecho plano? Me gustaban más tus tetillas de cabra, no eres tú con esos melones gordos y caídos, con los pezones negros igual que el carbón, porosos, calientes». Su tripa era una bolsa recién vaciada, un mapa de estrías con el ombligo hacia afuera, y del sexo afeitado le chorreaba un flujo oscuro y espeso. Toda Ella olía a recién parida, a subida de leche, a sufrimiento puerperal; le hice la broma con aquella palabra horrible y le sentó fatal: «Puérpera, que eres una puérpera». No tuve más remedio que tomarme la pastilla azul en el baño y empezar a sentirme como el culo, se me durmieron los brazos y se me enrojecieron las orejas. No podía morirme así, no con Ella encima, no podía hacerle esa putada. Entonces cerré los ojos y Ella empezó a llorar.

Abren la puerta del camerino, ¡como sea el Polo me lo cargo!, pero es Cayetana, la barbie pija, que se abre paso, barbilla al techo, con esa actitud que me revienta, la de recordarle al mundo que es una chica fina, educada y millonaria. Una niña bien en modo rebelde, que se cree más que el resto de grupis, que no se conforma con haberse follado al cantante de moda; no, necesita ser su *road manager*, necesita mandar, ser la jefecilla. ¿Cómo he podido dejarme liar por esta pava helada? Si estuvieras aquí, Lobo, te estarías descojonando de mí. Fliparías, Lobito. Si es que te estoy oyendo: «¿Quién se cree que es esta minita? ¿Tu vieja? Sí, obvio, piensa que sos su hijo el pelotudo». ¡Y tendrías razón, Lobo! Desde que Cayetana trabaja para mí, desde que te fuiste, mi vida es un puto infierno.

«¡Jopé, guapo! ¡Cuántos pitis te has fumado!», me riñe Cayetana mirando el cenicero con asco. «¿Has comido algo? ¿Y tus vitaminas? No te olvides de dar las gracias a la compañía de discos al final del concierto», y me insiste para que pruebe el catering que ha encargado: langosta y champán. «Hay mucha expectativa con este concierto, Peter, tienes que dar lo mejor de ti», me dice moviendo los brazos como una ridícula, ni que fuera una de esas animadoras de piruetas y pompones de instituto de Beverly Hills. Me lee la prensa con su voz de patata caliente: «El cantante madrileño, tras agotar las entradas del Vicente Calderón en un tiempo récord, promete un espectáculo memorable para las cincuenta mil personas que...». Cayetana lee como una maestra de parvulitos. Le miro las pintas: minifalda escocesa, botas vaqueras hasta las rodillas, camiseta blanca con dibujos de calaveras, el cabello rubio y liso detrás de las orejas. ¡Tiene coña! La ropa de guarrilla en Cayetana se ve estilosa, la perfecta acompañante para un rastrillo benéfico. Habla y el carnet de *personal stage* le roza los pezones, están erectos, no lleva sujetador. Le pregunto si mi hermano sigue en la puerta acechándome como un buitre. Hace como que no me escucha, a lo suyo, la muy petarda. Que sería superguay un minuto de silencio por Lady Di, que el mundo está consternadísimo con su trágico accidente en París. ¡Hay que joderse!, ¿quién soy yo ahora, Elton John? ¡No me toques los huevos, Cayetana! Que tu princesa rubia y famélica bien que me ha jodido. ¡Mira que morirse el día antes del concierto más importante de mi vida! ¡Me importa un carajo! Por supuesto que no voy a mencionarla, ni de coña. ¿Cómo crees que le va a sentar un puto minuto de silencio a la peña que ha pagado cinco mil quinientas pelas por oírme cantar? De verdad, Cayetana, a veces no puedes ser más tonta.

El Polo sigue en la puerta, lo sé, puedo olerlo. Hueles igual que cuando éramos niños, al limón del agua de colonia Álvarez Gómez. No te pega, es un olor demasiado alegre, demasiada felicidad, un concepto que tú tampoco conoces. Cayetana se marcha hablando por el móvil, haciéndose la importante, diciendo que me va a regalar un Motorola con tapa como el suyo para enviarnos SMS. Le digo que si me quiere regalar algo que me traiga una puta pastilla que me quite el dolor de cabeza, y ella saca una pirula del bolso. Que no las conoce, me dice arrugando la nariz, que me tome solo una, que le sientan divinamente a su madre, la pobre, que lo está pasando fatal con un dolor de muelas.

Me tiro de nuevo en el sofá y enciendo un cigarrillo. Vuelvo a recordar la última vez que pude dormir y revivo su llanto: Ella lloraba y yo sangraba por la nariz. Y se me entremezclan los llantos, joder, el suyo y el de la niña cruda, a medio hacer, llena de cables y metida en aquella pecera absurda del hospital... ¡Basta, joder! No es momento de pensar en eso, tengo que hacer tres bises y aún no los he decidido. «No sé por qué te emperrás en cambiar lo que está bien», eso me dirías, Lobito. Vuelvo a escucharte dentro de mi cabeza erre que erre con tu Santísima Trinidad para los bises: primero, la canción que lo está petando en la radio; segundo, un tema lento bajabragas, y tercero, poner el estadio en pie con el single que me hizo famoso hacía ya tres años. Sí, lo que tú digas, Lobito, pero ahora me explota la cabeza, empiezo a ver nublado y siento angustia en el pecho. Pillo el bote de pastillas que me dejó la barbie pija y que Dios reparta suerte.

La puerta del camerino sigue entreabierta, distingo una melena negra en el pasillo. ¡Es Ella! No, eso es imposible, estoy alucinando. Ella no puede venir, no es lo acordado. Entonces ¿es Clara? Si eres tú, Lady Soria, ni te me arrimes, ¿me oyes?, no tendrías que haberte acercado a mí jamás. Te lo advertí, joder, no vayas por ahí dando pena. Vete a mover el culo a tu pueblo hasta que tu abuelo palme de la puta vergüenza. O llama al Polo, que siempre responde a tus hipidos de auxilio. Mi hermanito el bueno, el culto, el sensible, el que me repateaba el hígado cuando nos miraba a Beltrán y a mí desde arriba, desde lo más alto de la moral y la justicia, mientras Kurt Cobain cantaba «Love Buzz» en el concierto de Texas, y nosotros nos partíamos de risa frente a la televisión porque nos parecía una canción demasiado cursi. «No es de Nirvana», tuviste los huevos de decirme agazapado en un rincón de la casa, Polito, porque siempre estabas merodeando, queriendo y no pudiendo, porque tu jodido orgullo te impedía reconocerlo. Y ahí fue cuando Kurt Cobain lo hizo: le vimos lanzarse al público, que lo manteó como en una corriente furiosa y desorganizada hasta que un segurata lo rescató por los pelos de aquella masa humana. Beltrán y yo nos abrazamos para celebrarlo como si fuese nuestra jodida victoria. Que tenía que hacerlo algún día, me gritaba Beltrán eufórico, que en algún concierto importante tendría que armarme de valor y dejarme caer de espaldas al público. Y que yo tranquilo, insistía dando brincos, que él se encargaría de pagarle a un segurata para que me rescatase sin un rasguño.

Abro los ojos, los noto pesados, me duelen, busco la puerta entreabierta del camerino, pero no la encuentro. ¿Dónde cojones estoy? No puedo ver nada, solo a un montón de gente sin rostro que me rodea, estoy atrapado en una cárcel de cabezas que me observan. Hace calor, me arde la espalda, me arden las piernas, me estoy quemando. ¿Qué hacéis ahí parados? ¡Ayudadme, joder! Tengo que levantarme, tengo que dar un concierto, tengo que dejar a toda esta gente alucinada de lo bueno que soy, el puto amo, el mejor artista de este país. Veo a Cayetana, ¡deja de llorar y echa a toda esta gente del escenario, barbie pija de los cojones! ¿Y Beltrán? Creo que veo al pringado de Beltrán, a buena hora vienes con la farla, inútil. Y el Polo, no me jodas, mi hermanito no se ha ido; al contrario, se acerca a mí, el jersey de cuello vuelto, los pantalones negros, el brazo tenso y estirado, la mano enorme, señalándome con un dedo larguísimo, el dedo medio, con el que me hace una maldita peineta.

4

Una chica de pueblo

I thought I saw a man brought to life
He was warm, he came around like he was dignified
He showed me what it was to cry

NATALIE IMBRUGLIA,
«Torn», 1997

«A tu madre la desvirgó un gitano y le robó el alma». Clara Reyes recordó la revelación que le hizo su abuelo el día que decidió adiestrarla para el futuro, para soportar el momento cenutrio que tantas veces iba a repetirse, la memez de cualquier entrometido que viera la conexión absurda entre su nombre, su gentilicio y el color de su piel. «¿De Soria, dices que eres?», le preguntarían con retintín los pijos de Madrid. El yayo le aconsejaba, imitando el acento de ciudad, que ahí debía soltarles lo de su madre y el gitano para dejarlos mudos. Pero sabía que Clara jamás diría semejante cosa, aunque lo tuviese en la punta de la lengua, aunque lo repitiera mentalmente como un mantra cuando se sintiera sola, cuando no reconociera el paisaje, cuando la voz del yayo no fuese más que un recuerdo. «Soy de Duruelo de la Sierra, un pueblo de la comarca de Pinares», era la carta de presentación que ella soltaba del tirón, sin respirar, elaborando en su cabeza el menú de comentarios malsanos.

A decir verdad, al poco tiempo de mudarse a Madrid empezaron a darle igual las estúpidas gracietas sobre su nombre. Ella siempre tuvo dos cosas muy masticadas: la retranca que tenía llamarse Clara habiendo nacido oscura en un pueblo en el que el sol asumía la categoría de milagro y saberse guapa y maciza desde que iba al colegio. Clara tenía la piel canela, el cabello castaño y liso, los labios grandes, la cintura estrecha, las caderas y el pecho generosos. Además, arrastraba consigo una tara que con los años fue adquiriendo la relevancia de un superpoder: sus piernas jamás se cerraban, sus muslos en paralelo dejaban un largo rectángulo desde la entrepierna hasta el suelo; un túnel que hipnotizaba cuando se encontraba de pie, sentada o en cuclillas.

—No conozco Soria —le dijo, cómo no, la chica del cabello morado.

—Poca gente conoce Soria —respondió Clara queriendo subrayar que eso no la hacía diferente.

—¿Hacéis caravanas de mujeres como en las pelis antiguas? —preguntó con el mismo desinterés con el que masticaba un pastelillo de colores.

—Pasar un invierno en Duruelo de la Sierra no es un tema de caravanas, sino de secuestros. Allí se cumple literalmente lo de las dos estaciones: el invierno y la del tren.

¡Qué conversación de pandereta, tan típica y tan tópica! Se notaba a la legua que Lola Acosta estaba nerviosa. Algo la inquietaba y hacía acopio de fortaleza, sin mucho éxito, para disimularlo. Clara la observó cuando entró en el salón de té: rondaría los veinte años, rellenita, leggins negros —¿serían de piel o de plástico?— y unas Converse blancas garabateadas con rotulador fluorescente. Ahora cogía bollos de una bandeja de tres plantas como si se hallase en la estación de salida de una tediosa cadena de producción. No había visto a nadie masticar con tanta desgana, absorta en el músico, un tipo rubio y desteñido que tocaba el piano con sobredosis de horchata en la sangre.

—¿Sabías que fue en este hotel donde surgió la tradición británica del té en la merienda? Concretamente en este salón, el Palm Court —soltó de pronto, como si le estuviese dando la información a una turista.

Clara no hizo ningún comentario y se acomodó en el sillón de terciopelo rojo frente a la pared de espejos. Le molestaba que aquella chica tan antipática pretendiera ir de enteradilla, pero aun así le devolvió una sonrisa. No le apetecía empezar con mal pie, aunque lo veía difícil: Lola Acosta era muy bajita y las mujeres bajitas la odiaban; bueno, en realidad, la odiaban todas las mujeres. Las compañeras de pupitre, las vecinas del pueblo, las colegas del gimnasio, incluso las fans que en su día compraron su primer y único CD. Nunca logró que una mujer la honrase con su lealtad, ni siquiera Brianda, en aquellos años en que la miraba con falsos ojillos de admiración que ocultaban su rabia.

—¿Y este tío de qué va? ¡Menudo baboso!

Lola Acosta la emprendió con el camarero cuando este casi hizo aterrizar una bandeja de sándwiches de pepino sobre el escote de Clara. La chica bajita empezó a destrozar al chaval larguirucho y pecoso, que si era un faltón y el típico de micromachismos diarios. Pero a Clara todo eso le daba igual, porque con los hombres siempre le había ocurrido lo mismo: estaba acostumbrada a soportar que docenas de ojos bizcos, libidinosos y lascivos la recorriesen por entero. En cambio, estaba llevando fatal el repaso tan directo y exhaustivo que le hacía la chica del cabello morado. ¿Por qué la estudiaba de esa manera? ¿Acaso le debía algo? ¡Qué pesadilla! No tenía ganas ni fuerzas de volver a bajar al barro, mucho menos para batirse en una contienda minada con las indescifrables zancadillas de la juventud. Con cuarenta y siete años, Clara había aprendido que le iba mejor agazapada, fuera de foco, como un mueble arrinconado en el trastero por ser demasiado llamativo. Encerrada en su propio mundo respiraba mejor que durante aquella época tan sombría, cuando, curiosamente, Clara Reyes más había brillado. Los años en los que fue Lady Soria, una pobre tía buenorra atada de pies y manos a quien los buitres de la industria musical le devoraban el hígado. *Prometeo encadenado*, así se llamaba aquel cuadro del que se había quedado prendada como una polilla a la luz en el Museo del Prado. Le llamó la atención el tema, vio un cartel en el metro: LAS FURIAS, POR PRIMERA VEZ EN MADRID, una exposición de pinturas de los personajes de la mitología griega que fueron castigados por desafiar a los dioses. Ella también había desafiado a un dios y por ello asumió su castigo, el más duro y difícil, que tendría que arrastrar hasta la muerte.

Le dio un sorbo a su Earl Grey y revisó el estado de sus botas nuevas. Seguían relucientes, bonitas pero demasiado caras, sentenció mientras observaba el tacón fino; un auténtico lujo para una mujer que se ganaba la vida impartiendo clases de pilates en el centro de Soria.

—Tómate uno de estos, que se dejan comer. —Lola Acosta volvió a hablarle sin entusiasmo, señalándole una hilera perfecta de triangulillos de pan esponjoso.

Se veían todos iguales, pero aunque fuesen diferentes a ella le daría lo mismo, pues tenía una habilidad especial para escoger aquello que no le convenía. Tomó el que le pillaba más cerca y le dio un bocado tímido, suficiente para identificar la mantequilla salada con un extraño aroma a limón. Masticó la miga, finísima, tan lentamente que tuvo tiempo de sentir añoranza de su infancia en el pueblo. ¡Aquellas sí que eran meriendas! Rebanadas de pan casero untadas con una gruesa capa de nata, la membrana viscosa que se formaba en el cazo al fuego de la leche recién ordeñada por el abuelo.

—Tu encuentro con Peter Russ será en un par de días —dijo en modo profesional la chica del cabello morado—. Tienes tiempo para hacer lo que te apetezca hasta que lleguen el resto de sus invitados.

—Anda, no sabía que Peter iba a montarse una fiesta de reencuentro… ¿No me digas que piensa tocar en directo? —respondió confirmando que era pésima para la ironía.

¡Menuda noticia! Clara sabía perfectamente que no estaría a solas con Peter Russ. Nunca tuvo la exclusividad en su vida, ¿por qué iba a concederle ese privilegio veinte años después? En esta ocasión venía preparada; solo necesitaba un minuto con Peter, nada más que un minuto y algo de valor, el suficiente para formularle la pregunta que llevaba dos décadas escociéndole en la garganta. Tenía derecho a saberlo, ¡por supuesto que lo tenía!, se reafirmó, y sin darse cuenta hizo una bola con lo que le quedaba del panecillo de miga blanda. Se había ido mentalizando desde que leyó la noticia en la prensa: «El empresario Pedro Martínez de Velasco fallece de un infarto en su casa de Madrid». Tuvo la sensación de que sería inminente, de que pronto volvería a ver a los dos hermanos que tanta importancia tuvieron en su vida. A punto estuvo de ponerse en contacto con el Polo; de hecho, escribió y borró tres mensajes en Instagram. Pero lo que escribía le resultaba absurdo, sin sentido, vacío. Nada era verdad, porque la verdad era demasiado jodida como para redactarla con el teclado de un teléfono móvil.

—¿Es tu primera vez en Londres? —Lola Acosta retomó la charla intrascendente.

—No, vine una vez cuando tenía tu edad —respondió Clara cruzando las piernas en un gesto de rebeldía.

¡Así que Peter Russ no le había hablado de ella! Lola Acosta no tenía ni idea de la horrible semana que pasó por su culpa en aquel estudio de Notting Hill. ¡Claro que no! Cómo iba a revelarle a su asistente, su secretaria o su chica de los recados que después de ilusionarla con un viaje romántico, con la grabación de un CD de calidad —«Una producción seria, ¡lo que te mereces, guapa!»—, la había dejado sola, tirada como una colilla en Londres, llena de miedos, sin saber nada de inglés ni de música ni de la vida.

«Vas a conocer a la chica de pueblo que se la puso dura a toda España», le vino a la cabeza esa frase con la voz nasal de Peter Russ y le resultó factible. ¿Por eso la miraba Lola Acosta de esa manera? ¿Habría cotilleado en Google aquella famosa portada de la *Súper Pop*? Rememorar aquella dichosa foto le producía escalofríos: su cabello mojado, sudando a mares sobre la tarima, atinando a duras penas en un *playback* hortera en las fiestas de San Sebastián de los Reyes; la boca muy abierta, el gesto de pendón verbenero que tanto le aplaudieron en la discográfica, los pantalones pitillo, los pezones como dos misiles escapando de una blusa fucsia atada a la cintura. Lo peor fue el titular: «Descubrimos a la Sabrina de Soria», comparándola con la cantante italiana que se puso de moda a finales de los ochenta por marcarse una canción con un pecho al aire en una gala de Nochevieja. En aquel entonces a Clara no le importó ser la comidilla de los programas del corazón ni que cualquier hijo de vecino le soltase una burrada por la calle; ni siquiera que el abuelo entrara con la cabeza gacha los domingos a misa de doce… «¡Mira que eras tonta!», se regañó a sí misma al tiempo que se llevaba una servilleta de hilo a los labios, víctima de la vergüenza que le sobrevenía cada vez que recordaba ese episodio, porque nunca, por más que se empeñase, había logrado olvidar las hirientes burlas de Peter: «¡Viva Lady Soria! Voz de yonqui apaleada en el cuerpo de un pibón de calendario». La sorna y el desprecio con que él pronunció aquellas palabras le seguían revolviendo el estómago como si las hubiese dicho ayer.

El ruido de tazas rotas y las carcajadas de un grupo de chavales borrachos a las cuatro de la tarde acabaron con el apacible ambiente del salón de té. Aquellos chicos querían incordiar a los clientes, hacerse notar, fastidiar al hombre rubio del piano que tocaba impasible como uno de los músicos de la orquesta del Titanic. «Menuda panda de impresentables», se quejó la chica del pelo morado, y Clara, de repente y sin venir a cuento, recordó a los otros, a la otra panda de impresentables, los de hacía veinte años en el aniversario del D'Lune, los malditos palmeros de Peter Russ, siempre haciéndole la pelota, siempre alabándole para conseguir más drogas, más whisky del caro, más pibitas, más presencia en sus reservados. Aquellas malditas sanguijuelas que lo veneraban igual que a un santo. ¡Y las risas de Brianda! Esas también las recordaba, la única amiga que creyó tener, en la que confiaba, la que después del horror de aquella noche había ejercido de enfermera, tan maja y solícita por delante, tan cabrona y resentida por detrás.

—Mejor nos vamos, ¿no? Estos imbéciles nos van a dar la tarde. —Lola Acosta le hizo una seña al camarero larguirucho y pecoso al que un rato antes le había puesto la cruz.

«Es una chica resolutiva», pensó Clara cuando Lola Acosta le entregó un sobre con una buena cantidad de libras para sus gastos y le envió un par de enlaces al WhatsApp con información turística. Llegó la cuenta, la revisó a conciencia y llamó al camarero para decirle que ellas no habían pedido *macarons*. Desde luego, no se cortaba un pelo. Ojalá ella hubiese sido así a los veinte años. Pero Clara era ingenua, confiada, bien de pueblo, con el extra de haber tenido que lidiar con el impacto que causaba su físico. «¿No me dijiste que sería la bomba que cantase como una niña pequeña en mitad de un berrinche?». Eso tendría que haberle recriminado a Peter Russ dos décadas atrás, porque él había creado su vocecilla, «la que usas cuando te pregunto de quién eres», le ponía como ejemplo. No pudo evitar que la indignación le recorriera el cuerpo al recordar la maldita pregunta que Peter se sacaba de la chistera en los momentos en que ella más le quería, cuando volvían de noche en pleno invierno al ático de Pintor Rosales, él encendía la calefacción y ella se pegaba al radiador del pasillo. La minifalda de tigre, la que él le regaló, las medias negras con blonda de encaje hasta el muslo y las botas por encima de las rodillas. Ella se quedaba muy quieta, de pie, esperando que él se le acercara por detrás para sujetarla de la melena con una mano y, con la otra, hacer la comprobación, cinco dedos exactos, una palma entera, de la distancia que había entre sus muslos; el famoso túnel perfecto al que bajaría después de preguntarle: «¿Y tú, de quién eres?». Ella había accedido, obedecido más bien; sí, la mismísima Lady Soria estuvo de acuerdo en encajar la intención del «soy tuya, siempre tuya» en canciones con letras que invitaban a ponerse ciego, frotarse en grupo o salir de fiesta todo un fin de semana. Y entonces llegó el disco y después la fama, los tripis y el desastre. Todo cambió menos ella, que seguía igual, una niñata mema e ilusionada que se pegaba al radiador con sus medias, su minifalda y su estúpida sonrisa, tragándose la rabia, las lágrimas y doscientas aspirinas, hasta que dejó de pesarle el corazón y vino la paz, y luego la sirena de la ambulancia, y una habitación de hospital con paredes verdes, y la calma rota por un tubo de plástico en la laringe que le hizo abrir los ojos para enfocar los azules, casi transparentes, de Peter Russ. Se abrazó a él como si fuese la única rama a la que asirse en una tormenta. Peter Russ era la estrella del pop, y ella, Lady Soria, no era más que una chica de pueblo con un enorme túnel entre las piernas.

El escándalo de los chavales en el salón de té se fue difuminando. Alguien les habría llamado la atención, o quizá se dieron cuenta de que malgastaban sus modales macarras en un ambiente con melodías de caja de música. Regresó la tranquilidad al grupo de señoras repeinadas que saboreaban gustosas sus bollos blanquecinos con mermelada; y a la familia de rubios, padre, madre, hijo, que se hacía fotos con los pastelillos multicolores. Incluso al rostro de la chica bajita del cabello morado, que optó por relajarse para terminar su taza humeante de Earl Grey. ¿Sabría Lola Acosta que su primer single fue la canción del verano del 96? ¡Qué tontería! Era obvio que no tenía ni idea de lo que fueron aquellos años, tal vez por eso se había atrevido a preguntarle de frente qué relación tuvo ella con Peter Russ.

—Vas a tener que invitarme a algo más fuerte que una taza de té si quieres que te cuente mis miserias. —Clara intentaba bajar la tensión con aquella chica que había empezado a caerle en gracia.

—No me interesan tus miserias.

—Entonces… ¿Qué te interesa de mí?

—Vi una foto tuya de cuando eras famosa —Lola bajó la mirada a sus zapatillas pequeñas y garabateadas—, y me imagino que tu vida ha tenido que ser alucinante. Ligues, admiradores de todas las edades… ¡Yo qué sé! Una vida de esas que son una fiesta privada y con contraseña para excluir a las chicas como yo.

Lola Acosta sonrió y se levantó para ir al cuarto de baño. Clara se quedó observándola con un renovado interés. Los leggins negros —sí, eran de piel—, los mensajes con rotulador fluorescente en las Converse, las caderas anchas camufladas bajo un jersey hasta las rodillas. Tuvo el deseo enorme, repentino y descontrolado, de haber sido como ella en su juventud, una de esas chicas a las que el sufrimiento les conjuntaba bien.

Cuaderno de partituras

Madrid, 12 de julio de 1996

Las cuarentonas son más simples que el mecanismo de un chupete. Por más buenas que estén, por muy duro que tengan el culo y muy gordas las tetas, siempre se sienten en desventaja. Si me apuras, es hasta tierno. ¡Qué cojones va a ser tierno! Es patético ver a una cuarentona gimiendo, lamiéndose la mano antes de cascártela. Uf, han consumido demasiado porno y del malo. A mí es que me entra la risa porque, ya puestas en faena, se sienten en la obligación de enseñarte todas sus comodidades como si fuesen el último coche del concesionario. A los cinco minutos te han indicado todos sus botones y la máxima velocidad que pueden alcanzar. Y no mienten: les va la vida en procurarte una corrida inolvidable. Es una escena soberanamente injusta, la cuarentona se lo curra hasta ponerte palote mientras tú te quedas de brazos cruzados.

Con todo, a mí el asunto me parece sórdido. A ver cómo cojones se lo digo yo a Silvia, cómo le suelto que su plan de venganza se pasa unos doce pueblos. ¡Joder, si ya nadie se acuerda de la rubia de Las Jueves! Siendo sinceros, a Las Jueves ya no las recuerda ni Dios. No me entra en la cabeza la puñetera obsesión de Silvia con la rubia de bote, pasadita de rosca, cuarenta y seis tacos y pocas luces, tan apetecible como un pincho de tortilla una mañana de resaca. ¡Ole sus cojones si dio el braguetazo con un macarra con pasta y camiones a mogollón! ¿Qué necesidad tenemos de joderle la vida? ¿Solo porque a su maromo le hace ilusión que la veterana tenga su disco? Anda ya, Silvia, no me creo que eso te escueza tanto.

«¿Cuál fue esa putada tan grande que te hizo Fabiola Ariza?», me atrevo a preguntarle en la puerta del estudio de grabación. No espero que me responda, no estoy de humor. Acabo de ponerle la voz a un temazo y me he metido unas rayas con el Lobo y los tíos de la banda. Les he invitado a farla de la buena y han flipado los cabrones, sobre todo el bataca, aunque ese no le hace ascos a nada. Pero me da todo igual. No estoy contento. No tengo ganas de hablar y mucho menos de la rubia hortera. Quiero llegar a casa y sobar hasta el lunes. Pero Silvia está eufórica, también se ha metido, se le nota, parece que levita por la calle de las Aguas. De pronto nos plantamos en la plaza de la Cebada, hace un calor de la hostia, ¿a quién se le ocurre caminar un sábado de julio a las dos de la tarde? Propongo que pillemos un taxi en la parada, pero no, por sus santos cojones quiere andar, precisamente hoy, cuando en Madrid no se puede ni respirar. Y no se trata del calor, es la maldita desesperanza la que nos está robando el aire. Silvia es la única que va a su bola, la única en la ciudad, la única en toda España, que se está mirando el jodido ombligo. Anda, guapa, tú sigue a lo tuyo, a que no te manguen el bolso, no vaya a ser que se lleven la copia top manta del videoclip que va a estrenar la rubia de Las Jueves. Menudo notición, no te jode. A lo tonto llegamos a la Puerta del Sol. «Coño, Silvia, que tengo resaca, que voy puesto hasta las orejas, que yo suelo moverme en moto hasta para comprar tabaco». Pero ella venga a caminar. La sigo, ¡qué remedio! Voy detrás del puto Forrest Gump. Silvia da tres zancadas con sus largas piernas y nos metemos en el mogollón. «¡Joder, Silvia! Vámonos, tía. ¿No escuchas los gritos? ¿No ves a toda esta peña que lleva horas aquí esperando la noticia menos mala?».

Yo también empiezo a ir follado, cojo carrerilla, no quiero mirar a nadie, no quiero ver las pancartas con la cara de un tío que hace tres días no conocía y ahora se me cuela en los sueños. El Congreso de los Diputados se ve demasiado lejos, estoy hasta los huevos de caminar, voy a echar el bofe. Finalmente entra en razón, ella también está sofocada y pillamos un taxi. La puerta del coche tiene una pegatina enorme: MIGUEL ÁNGEL BLANCO, TE ESPERAMOS, pone en letras negras. Silvia enciende un pitillo y baja la ventanilla, sigue dándome la brasa mientras atravesamos la Castellana. De nuevo la cara del concejal vasco en las aceras, en los semáforos, en cada televisión encendida de cada bar, de cada casa. Al cruzar la calle, un chaval nos pone una bandera delante, pero Silvia no la ve, va rajando, me echa el humo en los ojos. Controlo al taxista por el retrovisor, tiene una verruga en mitad de la frente. Lo leí en el periódico por la mañana en la terraza de El Viajero, a duras penas me pasó la tostada con aceite, todavía andaba cabreado por el asunto de la moto en el aparcamiento de La Cebada, estaba ahogada, la muy cabrona. Eso me pasa por dejársela a Beltrán, sigue con tu Vespa Primavera, capullo, ¿no podías liarte a hostias con un gorila con tu moto de mariquita? No, por supuesto que te mola más cargarte la mía. En las noticias dicen que el concejal secuestrado tiene mi edad, que toca en una banda de rock y le gustan los Héroes del Silencio. Que es un tío cachondo y feliz, en eso no nos parecemos.

Fabiola Ariza se lo debía todo, ahí está Silvia otra vez dando la chapa contra la rubia de Las Jueves. Si no hubiese sido por ella, por sus contactos, seguirían haciendo bolos en hoteles de mala muerte de Palma de Mallorca, moviendo el culo para una panda de alemanes salidos. Silvia se queda esperando mi comentario pelota, mi palmadita en la espalda, pero no se me ocurre nada que decir, solo quiero saber si los alemanes salidos tenían verrugas. No se enfada conmigo, ni mira a la calle ni a la gente ni a las pancartas. Está demasiado indignada; ella fue la creadora del estilo de Las Jueves, una rubia vestida de blanco, la otra morena de negro. «¡Qué idea más transgresora!», pienso, pero no se lo digo. Ella hacía las coreografías, cerraba los bolos y negociaba los contratos con la discográfica. Además, y ahí es cuando hincha el pecho y estira aún más la espalda, ella, Silvia Kiss, era la que sabía cantar. No sé si decirle que «Silvia Kiss» me parece un nombre artístico de mierda. «Pues anda que Peter Russ», me respondería con toda razón la muy capulla.

El taxista también nos espía. Un rosario de perlas negras cuelga en el espejo, exactamente igual, de hematitas, que el que me compraron en la catedral de Santiago los abuelos. Ojalá que no me haya reconocido, ojalá que no la haya reconocido, ¿le sonará la cara de Silvia? No, el tipo me está mirando a mí, no a ella, que ha cambiado un huevo desde que es la mujer de mi padre, la respetable señora Martínez de Velasco. Con las pintas que me lleva ahora no es capaz de ponérsela dura ni al del taxi; quizá antes, cuando era Silvia Kiss, la estrella de los años setenta, en el auge de su ramalazo hortera, tenía un polvo. El taxista me está leyendo el pensamiento, fijo, porque sube el volumen de la radio. Llegamos al portal de la calle Lagasca y el locutor anuncia una última hora: «El plazo de ETA ha terminado». Miro mi Rolex, el que la morsa le regaló a mi madre, y lo aprieto con fuerza.

Salimos del ascensor y Silvia abre la puerta de casa. Corre a poner el vídeo de marras. Joder, no me apetece nada tragarme a la rubia veterana bailando en plan payaso. Estoy a punto de hacerme el sueco, pero le da al play y la intro de la canción me atrapa. «Estudios Nautilos», leo en la presentación. Fabiola Ariza había grabado en Milán, me cuenta Silvia, con los músicos de un italiano que lo estaba petando en un dúo con Paul Young. «Zucchero se llama», le digo el nombre, pero se la suda. El videoclip es la típica mamonada de verano: la rubia lleva un pantalón corto y un top amarillo, lamentable, va medio en pelotas sobre un camión, baila como una folclórica, es una puta abuela en una verbena de pueblo. «No se va a comer un colín», decreto y me lo creo. Los de mi compañía de discos habían fichado oficialmente a Clara Reyes, y contra eso nadie podía competir. Aunque me había costado una bronca con el Lobo, que ni me dirige la palabra, emperrado en ese rollito purista de no hacer música basura. «Yo soy el que tiene que hacer buena música, Lobito, ¿es que no te enteras? Clara solo tiene que mover el culo sobre un escenario; ella a las fiestas de San Sebastián de los Reyes y yo al Festival de Benicasim, ¿es tan difícil de entender, colega?». Bah, estoy seguro de que le va a molar el asunto cuando vea la pasta, porque aún no le he dicho que nosotros, los dos, tú y yo, Lobito, vamos a ser sus productores, sus compositores, sus mánager, y nos vamos a forrar paseándola de pueblo en pueblo, de bolo en bolo, hasta que sea la musa de todos los alcaldes paletos de este país.

Le digo a Silvia que mi Clara Reyes se va a comer con patatas a su rubia de bote. «¿Después del numerito que habéis montado en Pintor Rosales?», me suelta, y le digo que no pasa nada, tranqui, que en un par de días mi bronca con Clara será un periódico de ayer. Clara está encantada de la vida y los de mi discográfica flipan con ella. «Lady Soria» la han bautizado, ese sí que es un nombre artístico molón y no Las Jueves, ¿a quién cojones se le habría ocurrido? Bah, paso de preguntar, que seguro que también es mérito y motivo de orgullo de mi madrastra, la gran Silvia Kiss. Prefiero seguir hilando fino con mi discurso, y le suelto a Silvia que una tía maciza de veintitrés años juega en otra división, que no hay competencia posible con su cuarentona oxidada. Silvia se ríe, pero sé perfectamente que mi argumento no la tranquiliza, ni a mí tampoco; yo también estoy nervioso, el tema de Clara se me está yendo de las manos. Tendría que hacerle caso al Lobo: «¿No podés tener una novia normal vos? Una chica que no vaya por ahí destrozando casas ni tirándose a los coches en plena calle por un simple cuerno», me aconseja. Bah, yo no necesito una novia, necesito triunfar, ser grande, la caña de España. La verdad, no sé por qué demonios quiero que Clara tenga éxito también, debería darle puerta de una maldita vez, pero me da lástima, y me repugna que me dé lástima, que me eche de menos con «h», la muy paleta y sus mensajes, me harta que me necesite tanto.

¿Cuánto le quedará al puto videoclip de pachanga? Me quiero ir a sobar, estoy muerto, pero enciendo otro pitillo y aparece el Polo. Lo veo asomarse al salón, tan deslavazado, sus brazos me parecen más largos que nunca, los mueve despacio, a cámara lenta. Coge las llaves de su coche y un paquete de Marlboro rojo de la mesa del recibidor. Desde ahí enfoca a la televisión, mira con desprecio a Fabiola Ariza, que sigue haciendo el indio en un croma que representa el espacio. Después nos observa a nosotros, primero a su madre y luego a mí, y con su puñetera superioridad moral nos dice que se va a la manifestación de la Puerta del Sol porque han asesinado a Miguel Ángel Blanco. El Polo da un portazo y Silvia retrocede el videoclip, se quita los zapatos de tacón, tiene los pies hinchados, parecen los de la novia del Yeti. «No aguanto más, Peter, tenemos que hacerlo», me dice. Yo me tumbo en el sofá y cierro los ojos. «Si me ayudas, puedes pedirme lo que quieras a cambio», me reta, y yo trago un buche de saliva que me sabe a vinagre.

5

Bette Davis y Joan Crawford

Aunque casi te confieso
que también he sido un perro compañero,
un perro ideal que aprendió a ladrar,
y a volver al hogar
para poder comer.

Andrés Calamaro,
«Flaca», 1997

La perra vieja volvió a estrellarse contra la pared y soltó un chillido agudo, similar al llanto de un niño. Se giró buscando a su dueña, moviendo la cabeza igual que antes, cuando no se chocaba con los muebles, cuando sus ojos no eran dos granos blancos e inflamados a punto de explotar. Fabiola Ariza contemplaba la escena protegida por el edredón, se calentó las manos debajo de las nalgas y se dijo que los perros viejos eran un incordio; peor que los bebés, incluso, que al menos tenían la habilidad de despertar ternura. Lástima, eso es lo que provocaba Bette Davis, maldita perra vieja y ciega. ¡Odiaba tanto mirarla! Su mera existencia recordaba a la muerte, que se le acercaba lento, a tientas y a cuatro patas. «Yo también soy una vieja pelleja», le susurró a la perrilla joven que se había colado sigilosamente en su cama. Pequeñita y lustrosa, negra con dos manchas marrones que le maquillaban los ojos. ¿Cuántos meses tendría? Tres, quizá cuatro… «¿Quién te ha abandonado a ti, chiquitina?». Le hizo cosquillas en las orejas, tan dignas que apuntaban al techo. La había encontrado peladita de frío, escondida detrás de una papelera en la boca del metro de South Tottenham. La cautivó de inmediato, se notaba que era una perrilla fina, con clase, a la que algún revés del destino terminó juntando con la basura. ¡Era increíble! Solo llevaba un día en casa y ya le prestaba el doble de atención que a Bette Davis, tan vieja, tan fea y tan ciega, pero —de justicia era reconocerlo— su única compañera, su única relación estable desde que fue a parar a Londres hacía ya más de veinte años.

La pobre Bette Davis vagaba por la casa como un maltrecho disfraz de Halloween. Había perdido los pocos bríos que le quedaban por culpa de la perrilla chica, que llegó con la fuerza de la juventud a ocupar sus espacios, increpándola, robándole los huesos, la colcha, la paz. Bette Davis simplemente se dejaba hacer, sin enseñar los dientes, dando calladas disculpas por ser un estorbo. ¡Perra estúpida!, qué manía le había cogido, más patética que la propia actriz cuando interpretaba a Baby Jane con sus ridículas coletas. «¡Lo tengo!». Miró a la perrilla, que andaba montando un cristo con las plumas del edredón. La llamaría Joan Crawford, porque todo el mundo se merecía, incluso una penosa perra vieja, tener una enemiga de altura.

Fue hasta la cocina y puso a hervir el agua. Antes no le gustaba el té, pero cuando no sabía ni una palabra de inglés le resultó más fácil aprender a decir «a cup of tea, please» que pedir un café con leche largo de café, en vaso, no en taza, que en nada se parecía al cortado doble que acababa bebiéndose por no incordiar. Le tiró dos lonchas de jamón de pavo a la perra vieja y cogió en brazos a la perrilla chica. «A tu edad no debes comer esas cosas, te pondrás fea. —Le hizo una carantoña y la besó en el hocico—. Porque cuando se es joven importa el peso, la piel, el futuro, ¿verdad, chiquitina?». El silbido de la tetera interrumpió la conclusión a la que estaba llegando: había encontrado a la cachorra en el metro la misma noche en que el pasado acudió a su encuentro, como si el tiempo no hubiese transcurrido, como si ella no fuese una anciana, como si los recuerdos no doliesen tanto. ¿Sería una casualidad? Intentaba en vano buscar la conexión romántica, más bien absurda, entre la aparición de la perrilla chica, que representaba el porvenir, y su cita con la muchacha del pelo morado, una enviada del pasado que parecía dispuesta a remover con saña los episodios más escabrosos de su antigua vida.

Empezó a andar en línea recta por el salón. La perrilla le seguía los pasos y sorteaban juntas a Bette Davis, siempre en medio, tiesa, petrificada, como esperando que se operase algún milagro. Se sobresaltó con su propio reflejo en el cristal de la ventana. ¡Maldita costumbre de los ingleses de no usar cortinas! Y sintió un vacío en el estómago. Imaginó que Lola Acosta la había estado vigilando a distancia, quizá grabándola con el móvil, hora tras hora, cuando sacaba a Bette Davis por la mañana, que caminaba lento y soltaba cagarrutas amarillas si cenaba mucho. ¿Por qué nunca se decidió a tirar el chándal azul con pelotillas? ¿Por qué seguía sin jubilar los lamentables calentadores de lana? Sí, era probable que Lola Acosta la hubiese grabado con pinta de indigente para ganar puntos con su jefe. Odió imaginarse a Peter Russ partiéndose de risa, disfrutando del patético espectáculo que era ella misma. Le entró la vergüenza, esa que conocía tan bien, esa que dolía en el cuerpo y congelaba la sangre. Las mujeres no deberían dejarse ver así, viejas y acabadas, por sus antiguos amantes, aunque hubiesen sido de una sola embestida. Daba igual que llevara dos décadas detestando a Peter Russ, no era de recibo prostituir el recuerdo de su carne tersa, el brillo en sus ojos, el pecho relleno y las curvas definidas. Sus miserias se quedarían en casa. ¡Vaya por Dios!

Le dio un sorbo al té y, ¡maldición!, se abrasó la lengua, el paladar y la garganta. Todo era un mal presagio, algo en los intestinos le decía que se agarrase fuerte, que venían curvas, y ella estaba demasiado cansada para afrontar de nuevo aquel asunto. Pero ¿cómo no lo había pensado antes? Muerto el padre, Pedro Martínez de Velasco, las cosas eran más que susceptibles de jorobarse. Cogió la botella de agua fría de la nevera y dio un sorbo para aliviarse el escozor. Tanto ir por la vida cortando cabezas para luego morirse así, de repente, de un día para otro. ¡Pum! Le explotó el corazón igual que un bicho pisoteado. Ley de vida, santo o demonio, todos terminaban bajo tierra convertidos en un festín para los gusanos. ¿Qué pasaría ahora con su asignación mensual? ¿Le quitarían el dinero del que había vivido los últimos veinte años? ¿Para eso quería verla con tanta urgencia Peter Russ? ¿Era ese el motivo por el que la había increpado Lola Acosta hacía unos días en su bar de siempre? Dio otro sorbo de agua y le reconfortó una idea: quizá era su oportunidad, se lo estaban poniendo en bandeja, para renegociar aquel acuerdo injusto en el que ni siquiera pudo opinar.

Se tropezó, se dobló el meñique y lo sintió en el juanete. ¡Joder! De primeras le echó la culpa a Bette Davis, pero no, había sido Joan Crawford, correteando desesperada con una de sus zapatillas de paño azul entre los dientes. Iba a echarle la bronca, enana metomentodo, pero le pareció otra señal del universo. Fue al baño a buscar la pareja detrás de la puerta y, ¡hasta siempre, bonitas!, adiós zapatillas de anciana, buen viaje hasta el camión de la basura. Nunca más saldría de casa en chándal, lo prometía por lo más grande, ni con los calcetines blancos subidos hasta las rodillas. Cogió la bolsa negra y le hizo tres nudos para no cambiar de opinión porque, aunque eran horribles, esas zapatillas habían sido muy amables con los maltrechos huesecillos de sus pies. ¡Hasta eso le debía a la bruja de Silvia Kiss! Tener los pies destrozados, sin arreglo, ni metiéndolos en una palangana con sal día y noche. Todo porque, según Silvia, la consigna era cantar y bailar sobre unos taconazos de infarto: ese era el efecto de Las Jueves, dos chicas impactantes, «las dos amazonas de la música», que le encantaba decir a Silvia en las entrevistas para la televisión. ¿Cómo demonios iban a ser ellas las amazonas de la música si bailaban como dos tías muertas de sueño? Otra vez culpa de Silvia, que se inventaba coreografías sin marcha, aburridísimas, y parecían dos memas a cámara lenta. Silvia no tenía nada de amazona, ¡qué va!, era un armario: gigante, cuadrada y dura. En cambio ella, la Fabiola Ariza de los buenos tiempos de Las Jueves, había sido una mujer de rompe y rasga, de las de verdad, de parar el tráfico.

Empezó a llover. «Acostúmbrate, chiquitina, que Londres es así, gris y oscura hasta en verano», le susurró a la perrilla chica, que se había acurrucado entre sus piernas. De la lluvia, la tristeza y el cabello frito no se salvaba nadie. Y entonces recordó la frase de Lola Acosta que le había sentado como una patada en el estómago. ¿De modo que Peter Russ había estado viviendo también en Londres todos esos años? ¡Qué poco tacto el de esa chavala! Soltarle aquello así, como si tal cosa, dejándola aún más avergonzada, poniendo en evidencia que ni para escapar de los malos tenía talento. Pero ¡qué narices!, tampoco tuvo elección. Volverse humo, ese fue el acuerdo con el viejo Martínez de Velasco. No le quedó más remedio que vender su alma a ese diablo obeso que le pagaba religiosamente cada mes.

Que venía de parte de Peter Russ, eso le había soltado tan pichi Lola Acosta, que era muy poquita cosa para ese nombre tan flamenco. La había interceptado en su bar habitual del Soho. ¿Trabajaría realmente para Peter o sería su amante? Esto último le pareció improbable, mucho tendría que haber cambiado el cuento para que la estrella del pop de los noventa anduviese liada con esa muchachita. Ni bonita ni simpática ni refinada. Y, encima, daba miedo hacerle alguna pregunta, aunque se moría de ganas por saber qué clase de vida había estado llevando Peter Russ en Londres. Otra tontería; estaba mejor así, tranquila y en paz con su ignorancia, pasándoselo en grande con sus propias fantasías, porque esas sí que la reconfortaban, en esas sí que se hacía justicia; en sus sueños, los malos nunca se iban de rositas. De todos los argumentos que había creado en su imaginación, su favorito era el más sórdido: Peter Russ murió en aquel accidente del Vicente Calderón y su padre le mantenía embalsamado en un sótano, quizá descuartizado dentro de una maleta vieja o, eso ya sería la bomba, su carne había servido para alimentar perros, cerdos y ratas. No siempre era tan morbosa: los días en que no necesitaba un omeprazol para paliar la rabia, esa que de pura costumbre se le había vuelto una úlcera sangrante, imaginaba que Peter Russ seguía vivo, que a los cincuenta años era una masa informe, más gordo aún que su padre, y permanecía postrado en la cama, alimentándose por una sonda, drogado, perdido de heces y orina, con la piel llagada, olor putrefacto, sin música ni televisión. Un asqueroso monstruo condenado al más terrible de los olvidos.

La lluvia había pasado a ser una tormenta con relámpagos y truenos. Un escalofrío le recorrió la columna y tuvo que envolverse en la bata de paño que había dejado encima del radiador. La muchacha del pelo morado había pagado la cuenta, tres pintas de cerveza, y luego le comunicó que muy pronto le daría fecha, hora y lugar para su cita con Peter Russ. ¡Qué mal le caían las jóvenes de hoy en día! No era de recibo su comportamiento, tan prepotentes, tuteando a los mayores, sin reconocer la trayectoria ni darle valor a la experiencia. ¿Acaso Lola Acosta sabía que Las Jueves fueron las principales exponentes del eurodance? ¿Es que no veía la televisión? No, la verdad era que esa chiquilla mal vestida no tenía pinta de tragarse los programas que tiraban de archivo en TVE, ni tampoco los de cotilleo de las cadenas privadas donde de vez en cuando mencionaban a Silvia Martínez de Velasco, la antigua Silvia Kiss del dúo Las Jueves, especialmente cuando el memo de su hijo recibía algún premio en el cine. A ella, Fabiola Ariza, nunca la mencionaban, como si no hubiese existido. ¿Quién iba a pensar que el Polo, aquel chavalote gigantón y medio lelo, tendría tanto talento? Gracias a esos programas, a los fragmentos que pillaba en las redes sociales o en You-Tube, se había enterado de la enfermedad de Silvia, esa tan rara que atacaba solamente a las pijas aburridas y que causaba dolor en todo el cuerpo. ¡Pues se lo tenía bien merecido! Silvia Kiss llevaba el infierno dentro y se la tenía jurada desde que se conocieron en aquella feria de Aluche, Fabiola la reina y Silvia la princesa de las fiestas del barrio, a los diecisiete años recién cumplidos, la primera vez que Silvia quedaba la segunda en algo. «¿Tanto me odiabas que destruiste también tu propia vida? ¿Cómo es posible que no tuvieses compasión con ninguna de las dos?».

Cogió su teléfono móvil y fue hasta el cuarto de baño. Tenía un pegote de rímel que le estaba haciendo lagrimear. Se miró al espejo. Como todos los días, odió el color de su cabello, un turrón de yema pasado, un lamentable rubio de muñeca. ¿Por qué no se lo quitaba de una maldita vez? Con lo fácil que sería teñirlo de negro, de rojo, de verde si le viniese en gana, o de morado como el de esa muchacha odiosa. Total, esa fue otra brillante idea de Silvia: «Tú la rubia y yo la morena, cada cual en su rol», que era lo mismo que decir: tú la tonta y yo la lista; tú te quemarás el pelo a base de decoloraciones y yo tendré una respetable melena oscura; tú envejecerás con una perra ciega y yo me casaré con un tío forrado cuando me harte de las drogas, el sexo y el artisteo; yo viviré en un barrio noble de Madrid mientras tú te fagocitas en un gélido estudio de Londres, te hinchas a pintas en el mismo bar de siempre y no te cambias el color del pelo por si acaso, de Pascuas a Ramos, a algún nostálgico le da por preguntarte si eras la rubia buenorra de Las Jueves.

Apenas tuvo tiempo de bajarse el pantalón del pijama cuando sintió que vaciaba los intestinos en una diarrea explosiva. Colon irritable, entendió que le dijo el médico en inglés; los nervios se le pasaban a las tripas para que, además de sentirse vieja y acabada, si no andaba cerca de un baño se lo hiciese encima. ¡Otra hostia que le daba la vida!, se lamentó notando que la perrilla chica, con el cuello muy estirado, la miraba fijamente. Comenzó a revisar sus wasaps sentada en el váter: Lola Acosta le compartía su contacto con un «hola» a secas y le pasaba la ubicación de la casa de Peter Russ. Amplió la imagen, Grosvenor Crescent, barrio de Belgravia. Tiró el teléfono al suelo y el ruido se confundió con otro aparatoso tropiezo de Bette Davis, que ni se inmutó; tampoco Joan Crawford, concentrada en defecar a gusto en la alfombrilla de la ducha.

Cuaderno de partituras

Madrid, 25 de febrero de 1997

No es la primera vez que Clara quiere morirse. Estoy en el hospital desde las seis de la mañana, sin pegar ojo, y no tengo sueño. Normal, no puedo recordar cuántos tiros me metí anoche. Seguro que muchos, demasiados, me duele un huevo la nariz. A saber qué otras sustancias llevo en el cuerpo. ¡Maldito after poligonero! ¡Qué cabrones los de la banda! No pienso volver a esa cutrez de garrafón y farla cortada en mi puta vida. Me dicen que a Clara la han subido a una habitación, la 303. Recorro el pasillo mil veces. ¿Dónde pondrán los puñeteros números? La encuentro, y menos mal, porque estaba a punto de cagarme en los muertos del primer pringado con el que me cruzara. La habitación es verde como un comedor de parvulitos. Clara está sola, dormida, tiene los labios morados, la piel descolorida. Nunca la imaginé así; la estúpida idea de que la gente guapa siempre se ve guapa, de que las tías buenas no se tiran pedos, no eructan, no tienen apretones; de que una mujer hermosa no termina en urgencias por una sobredosis de aspirinas.

«La gente no se suicida con aspirinas», me dijo el Lobo cuando le llamé para suspender el ensayo. Doscientas aspirinas, iba a insistirle, pero no merecía la pena. «Me tenés las bolas infladas, Peter», añadió el Lobo sin gritar ni cabrearse. Estaba harto, eso me dijo, de que yo no me tomase nada en serio, de que estuviera tirando mi carrera y mi talento por la borda. «No te banco más», me amenazó. Estaba harto de mis fiestas interminables y de mi patética novia suicida. «Ya sabré yo lo que tengo que hacer con mi vida», le respondí con desprecio, y que a mí no me mandaba nadie, que se tragara sus discursitos baratos. El Lobo soltó una carcajada y yo le dije que menos mal que no lo tenía delante porque le habría partido la cara, que si tanto le interesaba la música que se subiera él al escenario, que hiciera canciones, que emocionara a la gente. «Ah, no, se me olvidaba que eres feo de cojones y tienes menos rollo que una lombriz en un vaso de agua y, de paso, hace tanto que no mojas que ya ni te acuerdas». El Lobo se quedó callado para que yo entendiera, como efectivamente hice, que me había pasado. «Te fuiste al carajo, Peter, yo me abro». Cortó la llamada con esa frase que en castizo viene a ser un «vete a tomar por culo» en toda regla. ¡Anda, ya, Lobo! Menos amenazas, eh, no me vayas de pibita ofendida que no te pega. ¿Con quién vas a estar mejor, Lobito? ¿Vas a bailarle el agua a tus sudacas? ¿Te piras para ser el asistente del pelapatatas en la gira de despedida de los Soda Stereo? ¡Por Dios, Lobo! Conmigo tienes futuro, ellos son el pasado.

Escucho un gemido de Clara y me acerco. Falsa alarma, sigue dormida. La observo de nuevo, no es que esté fea, millones de tías en el mundo se cambiarían por ella en este momento sin dudarlo. El peor día de Lady Soria es el minuto de oro de las chicas normales, el instante de máxima audiencia de las hermanastras de la Cenicienta, el primer puesto en el *top ten* de las chicas comunes y corrientes que nunca, en su puñetera vida, llegarán a ser como Clara Reyes. Su belleza es incorruptible; muerta también sería hermosa. «Si le hablas, puede que se despierte», me dice una enfermera joven que lleva un pijama también verde.

Tiene voz de pito y yo no soporto las voces agudas, me molestan, me taladran los oídos, y encima la muy petarda no para de hablar. ¿Qué cojones me está explicando esta pava? Si se te ve en la cara que estás deseando que acabe tu turno para pirarte al barrio a contar que le salvaste la vida a la Sabrina de Soria, la de los pezones como misiles, la novia pibón y cornuda de Peter Russ, la pobre chica de pueblo que se metió dos frascos de aspirinas entre pecho y espalda. Además de tener cara y voz de ardilla eres una capulla. ¿No se supone que deberías odiarme? ¿No se hace eso con el culpable de que una mujer acabe en una cama de urgencias? Qué va, al contrario, la enfermerilla de los cojones me anda roneando en plan aprendiz de calientapollas. «Qué pena, oye, una chica tan mona», se lamenta mirando a Clara, pero sé muy bien que su cerebro de ardilla está pensando otra cosa: «Deberías dejarlo ya con esta, guapo, que a la primera de cambio va y te hace el numerito del suicidio y ya no hay quien se lo crea». ¡Yo sí me lo creo, maldita hermanastra de la Cenicienta! Lady Soria no es de esas. Cuando Clara Reyes tiene ganas de morirse, tiene ganas de morirse, ¿te enteras? Y deja ya de tratarme con suavidad, que soy un cabrón y merezco que me desprecies, no que me hagas la pelota. La fama es una mierda, hace que la gentuza como tú me otorgue un pasaporte diplomático al universo libre de reproches. Pero Clara no miente, ¿o no leíste que hace un año se tiró contra un coche en Pintor Rosales? Tuvo suerte, el tío iba despacio, el asunto se resolvió con siete puntos en la muñeca y dos semanas de antiinflamatorios. Esa mañana se puso como loca. «¡Me estás jodiendo la vida, Peter!», me retumbaban sus chillidos en la cabeza, removiéndome el alcohol, la farla y los pitillos. Tenía cara de desquiciada y llevaba unas tijeras en la mano. La paré a tiempo, antes de que descubriera el pastel, antes de que subiese a la habitación y se encontrase con la otra petarda sobada en la cama. La cosa se habría puesto muy chunga, Clara no iba a entenderlo, ni siquiera yo podía entenderlo. ¿Por qué cojones me habría follado a aquella foca? Cada vez que recordaba la escena, lo que me dijo y lo que le dije, me entraba un mal rollo que te cagas. Otra tía patética en la lista, otra que nunca sería como Clara, la pobre Clara, que andaba rompiendo platos en la cocina, una Carmen Maura en *Mujeres al borde de un ataque de nervios*, rajando cuadros, agujereando sofás, cortando las mangas de mis jerséis y mis chupas, rasgando pantalones, tirando al suelo el VHS y el equipo de música, partiendo vinilos y CD. «¡Por tu culpa soy un monstruo, Peter!», y entonces lo hizo, abrió mi cajón secreto, el que nadie debía tocar, y aquello fue como si me despertaran con una descarga eléctrica. Cogió este cuaderno, ¡mi cuaderno de partituras!, y pensé que iba a destrozarlo o, peor aún, que iba a llevárselo. ¡Pero qué va! No era eso lo que quería, iba a por mi reloj. «¡A ver ahora cómo vas a recordar a tu adorada madre!», y lo tiró por la ventana. «¡Hija de la gran puta, mamona de mierda, zorrón de pueblo!», le gritaba arrastrándola de los pelos por la escalera de emergencia. Conseguí esquivar sus zarpazos, mordía y arañaba como un maldito gato, hasta bajarla a la calle. Si el reloj no aparecía, le iba a partir la cara, de eso no había duda, pero ella logró zafarse en el portal. Encontré el reloj al lado del cubo de la basura, lo recogí, lo estaba examinando cuando escuché el frenazo y los gritos. «Se me ha tirado encima», repetía un tipejo ancho y calvo, señalando a Clara en el suelo con los ojos muy abiertos frente a su puto Seat Ibiza.

Dos golpes a la puerta y, ¡tócate los cojones!, la que faltaba, ahí está la jodida Brianda pegada a una bandeja de pasteles. Maneja como nadie su papel de amiga del alma y empieza a interrogar a la enfermera. Me entra la risa floja, pero me contengo, que no es el momento, pero es que la cara de la chica normalita del pijama verde es un puto poema. ¿Quién te lo iba a decir, bonita? ¿Que tu inesperado roce con el famoseo nacional se vería interrumpido por una gorda con un arsenal de pastelitos? Brianda la fríe a preguntas y yo me muero por un pitillo. No sé qué hacer, empiezo a marearme y Brianda se adueña de la situación, paseándose de un lado a otro con su camisa bordada en los puños, su cabello rubio en una coleta baja y los mofletes rojos. Está disfrutando y solo puedo detestarla. ¡Qué lamentable eres! Qué bajo has caído, venir a hacerte la mejor amiga después de lo que pasó aquella noche. La enfermera aprovecha una pregunta de Brianda para venirse arriba con los detalles: ella misma la había recibido en urgencias y tuvieron que hacerle una succión gástrica para evitar que el cuerpo absorbiese las sustancias tóxicas. «A Clara le costaba hablar y estaba confundida, tenía la respiración acelerada y una evidente distonía», nos soltó sintiéndose la rehostia. Bravo, deja tu teléfono que ya te llamaremos cuando haga falta una extra bobalicona en *Médico de familia*. Y hablando de médicos, entra el de Clara, que es igual que todos, un tipo mayorcete con pinta de estar muy hasta los huevos. Nos dice que Clara tiene que quedarse un día más en observación, prefiere vigilarla veinticuatro horas porque ha tenido un sangrado menor durante el procedimiento. La enfermera del pijama verde nos regala otro momentazo estelar: «Voy a por mantas y una almohada para el acompañante, ¿os vais a quedar alguno de vosotros o el chico que la trajo?». Y, como si se hubieran puesto de acuerdo en el rollito teatral, el Polo, tan alto y tan digno, entra en la habitación. Se queda al lado de la puerta sin mirarnos, como si la gorda y yo no mereciéramos ni siquiera su desprecio. Pone distancia, quiere dejarle claro a la enfermera, al médico, a todo el maldito hospital, que no se fía un pelo de nosotros, que le desagradamos. Yo sí que lo miro, una torre vestida de negro, el mismo jersey y los mismos vaqueros que aquel mediodía en Pintor Rosales, hacía ya un año, cuando yo le salvaba la vida al Rolex de mi madre y él recogía a Clara del asfalto para traerla al mismo hospital a que le cosieran la mano, la autoestima, el corazón. Otra vez llegaste a tiempo, hermanito, con tu ropa de superhéroe.

No aguanto más, estoy sudando, estoy mareado, quiero largarme, necesito fumar, tomarme un Valium, desaparecer. Entonces Clara abre los ojos y me enfoca directamente. Me acerco y le cojo la mano. Me la aprieta y comienza a llorar. Repite mi nombre tres veces, la primera con rabia, la segunda con pena y la última con dolor.

6

Una infiltrada en un foro virtual

So when I'm lying in my bed
Thoughts running through my head
And I feel that love is dead
I'm loving angels instead

ROBBIE WILLIAMS,
«Angels», 1997

«Los 90 Fetén», escribió Lola en el buscador. Le dio al enter y sintió un ascensor en caída libre desde el pecho hasta la boca del estómago. Miró las casillas vacías de usuario y contraseña; rellenarlas tenía más peligro que el *challenge* de comer pastillas de detergente. Ella no había hecho ninguno de esos vídeos que se hacían virales, y no porque no le gustasen tales chorradas autodestructivas —¿sería verdad lo de meterse un condón por la nariz y sacarlo por la boca?—, sino porque nadie la había retado nunca. Era demasiado patético zamparse una caja de antihistamínicos y que el vídeo de marras no sumase ni un miserable like. Volvió a la pantalla del portátil y se puso como una moto, hacía más de un mes que no entraba en el foro, treinta días sin saber nada de toda aquella gente. ¿A qué venía ahora esa necesidad de darle al teclado? Aburrimiento, era eso, sumado al ambiente de esa casa lúgubre llena de salones decorados para la realeza.

«¿Qué pasa, tronkis? Os saludo desde la kely del mismísimo Peter Russ», esa era la frase que debería escribir, quedaría de perlas, bien noventera, en el *caption* de una fotografía. Caminó hasta la puerta y calculó el mejor ángulo de la habitación. Le hizo gracia, ¿quién iba a creerse que la estrella canallita del pop de los noventa vivía en ese lugar tan cursi, con esas alfombras y esas cortinas de Buckingham Palace? «Ah, por cierto, resulta que el gran Peter Russ es mi padre, ¿cómo os quedáis, coleguis?». Y después de esa frase, segurísimo, algún miembro del foro soltaría la gracieta de «Luke, soy tu padre», porque así eran esos viejunos, siempre tirando del chiste fácil. «Pero no lo flipéis —añadiría el emoticono al que le explotaban los sesos—, que el pobre hombre anda hecho una birria. Ponedle velas a otro santo, que vuestro dios rubio y atormentado en la actualidad es cualquier cosa menos fetén».

«Fetén» le parecía una palabra horrible. En su momento hasta tuvo que googlearla y fue a parar a una página de jerga noventera en España. Gracias a eso se enteró de qué iban los nombres del resto de los usuarios y, de paso, que «fetén» era una expresión mítica para esa gente. Menos para Fran, que la usaba muy poco, él era más del «mola mazo» de toda la vida; de hecho, ese era su nickname. Ella llevaba solo un par de días como miembro del foro cuando supo que *Los 90 Fetén* se le había ocurrido a @ElMendaLerenda, que era a quien se le ocurría todo, por algo era el administrador. ¿Le habría bloqueado el acceso el Menda? Le dio a una tecla cualquiera porque la pantalla se había puesto en negro y, uf, ya tenía los dedos en el teclado, solo tenía que escribir sus datos y salir de dudas.

Bah, era una idea pésima; además, qué pereza chuparse el contenido acumulado en el feed tras su largo mes de ausencia. @ElMendaLerenda podía llegar a ser muy cansino con tanta actividad: subía vídeos, se curraba montajes y memes, encontraba fotos antiguas y versiones inéditas de canciones de la época. En el grupo le respetaban porque sus posteos siempre estaban bien documentados. Si subía un post desde el número 23 de la calle Espíritu Santo, inmediatamente venía el zasca en la boca a los haters del foro con un vídeo del portal de Malasaña en el que apareció muerto Enrique Urquijo. Dejaba constancia de su voz desafinando: «Hoy la vi, / la nostalgia y la tristeza suelen coincidir», la última canción que grabó el líder de Los Secretos, y para asegurarse de que nadie pensara que iba de fake, el Menda saludaba, «¡Qué pasa, merluzos!», poniendo fecha y hora en el vídeo. Aunque Lola estaba segura de que no decía la verdad ni esa era la voz real del Menda —sonaba distorsionada como la de El Profesor de *La casa de papel*—, y tampoco cometía la locura de enviar su ubicación exacta. ¡Y tenía sus motivos! Ella no lo juzgaba, porque en *Los 90 Fetén* existía una norma que nadie declaraba pero todos compartían: los contactos personales no estaban bien vistos.

Cerró el portátil como si le ardiese en las manos. No tenía sentido intentarlo, fijo que @ElMendaLerenda la había bloqueado. Él lo sabía todo de todos, no se le escapaba una; era peor que el Gran Hermano. Imposible que no estuviese enterado de los mensajes que ella había recibido, esos en los que le pedían su WhatsApp, los que iniciaron el camino que la había traído hasta Londres, a la casa del hombre de la silla de ruedas que resultó ser su padre. ¿Y si ella no hubiese respondido al mail de Peter Russ? ¿Habría sido capaz de ignorar la invitación para conocer a su padre biológico? ¡Menuda chorrada! Por supuesto que iba a responder, y eso hizo, y no por curiosidad de hija abandonada, sino por miedo a que la hubieran descubierto, a que todos en el grupo, especialmente Fran, supiesen que había una veinteañera infiltrada en su foro de cuarentones nostálgicos.

Se tumbó en la cama con las zapatillas puestas y volvió a pensar en Fran. ¿La echaría de menos en el mundo virtual? Era su única esperanza, porque del mundo real la había excluido hacía ya tiempo. ¿Y el Menda? ¿Cómo la trataría si supiera que ella, @LaChataResultona, era hija del santo de todas sus devociones? Más y más gilipolleces. Aquello nunca iba a ocurrir, nadie sabía a ciencia cierta quién se escondía detrás de esos estúpidos nick-names. Cogió un almohadón y lo apretó contra su pecho, le vino a la cabeza la frase de Peter Russ el día de su llegada a Londres: «La identidad queda congelada en los años en que somos jóvenes». Le pareció lógico. Quizá esa fuese la razón por la que los miembros del foro se escondían unos de otros, porque antes muertos que desvelar los tristes seres que eran en realidad. De repente se imaginó a las personas detrás de cada nombre, @ElDigamelon, @LaNastiDePlasti, @ElOkeyMakey, siendo señoras y señores fofisanos con traje de chaqueta de raya diplo-mática, gerentes de banco o vendedores de seguros, con la hi-poteca casi pagada del chaletito adosado, más barbacoa y pis-cina, en las afueras de Madrid. Algunos quizá se parecieran a Fran, clavados en el mismo barrio con los mismos colegas, el mis-mo bar, el mismo sueldo, a solo dos telediarios de cumplir los cincuenta. Estaba segura de que Fran odiaría que le viesen la cal-va y la coleta de cuatro pelos, que descubrieran que era el florista de la camiseta de Nirvana que se pasaba el día en El Pétalo de Malasaña, currándose infinitos ramos de novia, centros de mesa, coronas de muertos. Hasta los Acosta, tan altos, tan bronceados, tan *nice*, suspenderían en la comparación con lupa entre quienes eran y quienes deberían de haber sido. Los miembros del foro hacían lo correcto; su anonimato respondía a la resignación pro-pia del superviviente; el escudo invisible de un damnificado ante la enorme catástrofe que suponía envejecer.

La noche se había colado por la ventana. Miró la hora en su teléfono móvil: en cuarenta minutos tenía que bajar al comedor, donde ya la estaría esperando Peter Russ. Se llevó las manos a la tripa, otra vez las ganas de potar. ¿Por qué seguía poniéndose tan nerviosa? Si todas las noches transcurrían de la misma manera: cenaban a la hora en la que ella se tomaría un bocata de jamón de merienda, los dos solos, uno en cada esquina de una mesa rec-tangular, intercambiando frases vacías. Había pasado una sema-na y aún no compartían ninguna información importante, y eso abarcaba desde la primera borrachera para ella hasta la razón por la que él iba en silla de ruedas. Era ridículo. Estaba llena de dudas, pero no se atrevía a formular ni una sola pregunta. Bajaba cada noche a representar su papel en el aburrido espectáculo de vajilla fina y comida vietnamita.

Se miró en el espejo, cara lavada, nada de maquillaje, cero producción y maqueo, algo que jamás haría @LaChataResultona. Sonrió al recordar el nickname con el que se había movido impunemente por *Los 90 Fetén*. Se sentía orgullosa, no solo del nombre, sino de la construcción de su avatar noventero. @LaChataResultona era una tía de cuarenta y cinco años, divorciada de un profesor de filosofía con plaza fija en un instituto, sin hijos; lo habían intentado hasta los cuarenta, pero se quedaron sin ganas y sin pasta. @LaChataResultona fue carpetera en su adolescencia, todos sus cuadernos forrados con los caretos de Bon Jovi, de Axl de los Guns N' Roses y, aunque le costaba reconocerlo, de David Summers de los Hombres G. Entró a los veinte en la onda del britpop tras un verano de acampada en Benicasim, bebía los vientos por Liam Gallagher y adoptó el look, cejas negras, cabello decolorado, puntas disparadas, de la solista de No Doubt. Y, como correspondía en ese foro de mitómanos, se había chupado ni se sabe las colas a cuarenta grados a la sombra para ver en directo y en primera fila al famosísimo Peter Russ. @LaChataResultona —todas esas mentiras juntas— era un auténtico filón que, además, sumaba otra ventaja: una mujer que se definía como resultona estaba confesándose fea. A partir de ahí, solo podría ir hacia arriba, ganándose el aprecio o la lástima del grupo que, en resumidas cuentas, le rentaba por igual.

Volvió a sentarse frente a su portátil y puso el pie izquierdo encima del escritorio. «@LaChataResultona», escribió en el talón de su zapatilla derecha con un rotulador amarillo. Se sintió bien, como si acabara de hacerse un tatuaje. A partir de ahora llevaría consigo su identidad secreta; total, nadie le miraría los pies. ¿Cómo es que faltaban quince minutos para la cena? ¿El tiempo corría a otra velocidad en Londres? Le dio un toquecillo tímido al ratón y se encontró de frente con el loto azul de su salvapantallas: «El triunfo del espíritu sobre los sentidos», le había dicho Fran cuando colocaba la flor germinada en una maceta acuática. Era inútil tapar el sol con un dedo; echaba de menos a los integrantes sin rostro de *Los 90 Fetén*, quienes durante los últimos seis meses habían sido su botella de oxígeno, su batería de cada mañana desde que Fran la echó como a un perro de la floristería. Todos esos desconocidos, con sus ridículos nicknames, hicieron más livianos los segundos trabajando en la barra del Tupperware, menos frías las navidades sin calefacción, menos frecuentes las veces que quiso tirar la toalla y regresar a la casa de los Acosta, al chalet de Monteclaro, a la comodidad del coche calentito, de la mesa puesta, a la tortura de los sábados de compras en Las Rozas Village.

«¡Vamos allá!», se animó juntando las manos en un aplauso. Entraría de nuevo en el foro y que Dios repartiese suerte. Saludaría a @ElMolaMazo, fijo que tendría que haber notado la ausencia de @LaChataResultona. ¿Cómo no hacerlo, si era la primera en responder a sus posts con un comentario amable o algún chascarrillo para echarle un cable? ¡Y cuánto se lo había currado! Las réplicas de @LaChataResultona eran inteligentes y con guasa, pero no con las bromas que a ella misma se le ocurrirían —eso habría sido un suicidio virtual—, tenían que parecer las de una cuarentona que fuese de tía guay por la vida. No era moco de pavo. El esfuerzo a veces resultaba mayúsculo. Aquellos viejunos solían cabrearla con sus perlas machistas, homófobas o racistas, y ella tenía que contenerse para no entrarles al trapo, quedarse calladita o, lo que era peor, reírles las tonterías faltonas. ¡Pero aun así le había merecido la pena! Durante unos meses pudo sentirse cerca de Fran, el único en el mundo que había alabado su talento, que se le acercaba por detrás y le echaba un ojo a su trabajo con las flores, se ponía las gafas que le colgaban del cuello, frunciendo la nariz grande y puntiaguda, y le decía: «Se te da bastante bien, eh, Lolita», y sonreía hasta enseñar el diente que se le había puesto oscuro de tanto tabaco de liar.

«La nostalgia y la tristeza suelen coincidir», susurró una de las canciones que compartía @ElMendaLerenda y no aguantó más. Pinchó en «usuario registrado», escribió su correo electrónico de Yahoo! y después la contraseña.

Le volvió la sangre al cuerpo: el Menda no había bloqueado a @LaChataResultona. Allí estaba ella de nuevo, como hacía poco más de un mes, navegando en *Los 90 Fetén*. Miró el último post del Menda: «Una versión de "20 de abril", el mítico temazo de los Celtas Cortos», hecha por una banda de chavales que, a su juicio, tenía bastante más rollo que el original. El foro estaba encendido, unos tildaban de «mariconada» la versión y otros de «mediahostias», «cenutrios» y «lechuguinos» a los chavales de la banda. La hemorragia de odio habitual de los miembros del foro hacia todo lo nuevo, todo lo joven, todo lo que les apestase a siglo XXI. «¡Qué pereza dais!», pensó Lola. ¿Y si se lanzaba al vacío y les echaba la bronca? ¿Y si dejaba salir a la ninja generación Z que tenía silenciada? Qué ganas tenía de soltarles unas cuantas verdades a esos abueletes resentidos y quedarse tan ancha… No tuvo tiempo ni de intentarlo, la detuvo un nuevo post de @ElMolaMazo: «Tronkos, voy a subir una fotillo que os va a levantar los ánimos, entre otras cosas». Lola sintió que un millón de hormigas le zapateaban por las piernas cuando a la imagen de una chica con una camisa minúscula atada por encima del ombligo, de la que se le escapaban los pezones erectos y rosados, le siguieron emojis desmayándose, manos haciendo el okey, corazones latiendo, lenguas salivando; en definitiva, cincuentones patéticos y salidos aplaudiendo con las orejas.

Lola Acosta cerró el portátil con rabia. @LaChataResultona abandonó la sesión en *Los 90 Fetén* sin hacer ni un solo comentario.

Cuaderno de partituras

Esta noche me hace falta un amigo. Parece una chorrada, pero así me siento, un moñas que se alegra de reencontrarse con un coleguita del instituto. Lo observo de lejos antes de acercarme. Está de perfil, apoyado en la barra. Me parece raro, ni La Fábrica ni Chueca son de su palo. Por este barrio y por ese garito nos dejamos caer lo peor de las mejores familias. Los pijos renegados, que vamos de alternativos y nos pasamos por el forro las discotecas de moda, huimos de las terrazas de la «costa Castellana», ignoramos a los pibones con sus papelillos de copas y a sus novietes con deportivos en doble fila. A nosotros, los habituales de La Fábrica, nos pone otra música, otras tías, otro rollo. Porque quizá odiamos todo lo que nos recuerde a nuestros padres, por eso no entiendo qué cojones pinta aquí Beltrán Díaz Guerrero.

Entro en La Fábrica a segunda hora, como siempre, cuando nos juntamos un grupillo de músicos, actores, famoseo variopinto en general. Somos mayoría, los tomacopas al uso de apellido compuesto se pueden contar con los dedos de una mano. Todo el mundo me conoce, me saluda, me mira, me felicita, pero yo no hablo con nadie. Vengo a beber, a drogarme, a fichar a mi polvete de la noche. Hago caso al pinchadiscos porque es tan patético que me parece tierno, lleva una camiseta de rejilla y al verme salta de la cabina como un perrillo, me hace la bola y me recibe con una de Oasis. «¿El Tirantes, dices?», le resulta raro que le pregunte por el tío cursi y repeinado de la barra. Me cuenta que viene todas las noches a primera hora directamente desde el curro, que siempre anda con unos coleguitas que usan traje, corbata, gomina, dando voces en inglés como si alertaran de un incendio. Beben cerveza negra y fuman Marlboro Light. «Una panda de mariquitas», se cachondea el pincha, que de machote tiene lo que yo de majete. Y me chiva lo evidente: «El Tirantes es un guaperas, un señoritín infalible con las chicas. Se hacen llamar los Golden Boys porque trabajan en la bolsa, están forrados y todo el mundo les va chupando la polla». Lo de los Golden Boys me suena a una de esas bandas de pringados que bailan la misma coreografía y van vestidos iguales, como el grupo del que salió Robbie Williams.

No había vuelto a pensar en Beltrán Díaz Guerrero desde el colegio. La morsa me contó que entró en Económicas, en una filial de una universidad americana privada. Me restregó que lo habían fichado en Merrill Lynch. ¿Te crees que no sé de qué vas, querido padre? Vamos, tu jueguecillo de «qué chaval tan aplicado resultó Beltrán» insulta mi inteligencia. La aburridísima chapa de la morsa conduce siempre al mismo lugar: estoy dilapidando mi juventud con la tontería de la música. Si es que tus broncas se han quedado más viejas que el sol, padre, ¿no te has enterado de que soy famoso? ¿No sabes que voy a tener mucha pasta? Pero, claro, tú no puedes entenderlo, no te cabe en tu cabeza de morsa que haya gente que se haga millonaria vendiendo discos y no recortadas, perdón, perdón, vendiendo «material de defensa», la puñetera frase con la que nos lavaste el cerebro al Polo y a mí para que no anduviéramos por ahí contando la verdad: que somos hijos de un puto traficante de armas. Nos educaste para sentirnos orgullosos del Tío Gilito, el pato avaro que acabó solo, sin nadie que lo soportase, porque solo le importaba su gran montaña de monedas de oro.

Pero ¡qué cojones! Da igual que nos hayamos partido la cara en el colegio y que ahora vaya vestido de pijo rancio; hoy quiero tomarme un cubata con mi viejo amigo Beltrán. Lo voy a hacer porque estoy contento, encantado de conocerme, tengo un subidón de adrenalina brutal. Primero el photocall en los Cines Callao, autógrafos, entrevistas, cara de mala hostia como corresponde a una estrella del pop, y después la premier de *Trainspotting* y la acojonante noticia que me soltó el Lobo. ¡Cómo no voy a estar flipando si voy a ser el puto amo del universo! Se lo tenía muy callado el Lobo, ¡qué cabrón! Anduvimos por Gran Vía hasta la calle Fuencarral y no dijo ni mu. Charlamos sobre la peli, nos partimos el culo casi todo el tiempo, hasta la escena del bebé muerto, verde, mohoso, que ahí nos entró mal rollo. Te dio hasta por filosofar, Lobito, con eso de aprovechar el presente y demás memeces del libro *Tus zonas erróneas*. La verdad es que tengo suerte con el Lobo, es un mánager cojonudo, macarra hasta la bola y con un puntito hortera, pero es un tipo leal, eso sí, me tiene una fe ciega. Me dejó la guinda del pastel para el final, justo cuando terminamos de cenar en Ciao y yo hice la pregunta de rigor, la que nos hacemos siempre con la tripa llena: «¿Hay postre?». Y me ofrecí a coger la Kawasaki para ir a pillar a la tiendecita de Hortaleza, el único camello que se molestaba en pasar la roca por un molinillo manual para evitarnos el coñazo de cambiar el DNI o el carnet de conducir cada tres meses. Que esta noche pasaba de drogas, me dijo el Lobo, pero que tenía un notición. «¡La vamos a romper, boludo!», y se bebió de un trago su copa de Fernet con Coca-Cola. «El próximo verano arrancamos una gira re grosa, macroconciertos al aire libre en todas las ciudades de España», se le pusieron los ojos brillantes. Y faltaba lo mejor, el Festival de Benicasim, me lo soltó a pelo y yo casi escupo el cubata. «¡Joder, Lobito, que se me para el corazón! ¿Voy a compartir escenario con la Cool Britannia? No me jodas, Oasis, Blur, The Verve, los putos dioses del rock alternativo británico». Los mismísimos hermanos Gallagher habían aprobado mi nombre en el cartel, un cantante español que respetaba el sonido Beatles, con espíritu indie pero como ellos, vendiendo un montón de discos. No sé si eso lo dijeron los Gallagher o se lo inventó el Lobo, pero casi me corro encima cuando gritó que yo, con el cabello rubio pegado a la cara, patillas y gafas de sol gigantes, podría pasar por uno de ellos en Camden Town. ¡Hostia! Me vine arriba imaginando mis canciones en la banda sonora de un peliculón como el que acabábamos de ver en el cine. Pero faltaba algo todavía, que nunca imaginé, que ponía el puñetero mundo en mis manos: el 1 de septiembre de 1997, el fin de gira sería en el Vicente Calderón. Me quedé helado, el suelo se movía bajo mis pies. «¿No me decís nada, pelotudo? Dame un abrazo por lo menos, que vas a ser el primer español en llenar el estadio. La puta madre que te re parió», se emocionó el Lobo.

Me meto en la cabina del pincha, que ha puesto «Song 2» de Blur, y sigo mirando a Beltrán apoyado en la barra. La primera vez que lo vi teníamos quince años y estábamos haciendo cola para comprar los uniformes del colegio. Yo acababa de mudarme a Madrid para vivir en casa de mi padre. Aunque ahora lleve el pelo en una raya perfecta de medio lado, Beltrán todavía se da un aire al protagonista de *Rebeldes*. ¿Cómo se llamaba el actor de aquella película? Tendrá nuestra edad y ya se lo ha tragado la tierra. Puta coincidencia, con veintisiete años me vuelve a pasar lo mismo que con quince: es mirar a Beltrán Díaz Guerrero y sentir la agobiante necesidad de un amigo. No me decido a acercarme por pereza, contarle los últimos diez años de mi vida y que él me dé la paliza con sus batallitas americanas. En el colegio fue diferente, nuestras biografías eran todavía una mierda: él por pardillo enmadrado y yo porque había decidido borrar de un plumazo mi historia en Galicia con los abuelos, mi curro en los baños del polideportivo del pueblo y lo poco que podía recordar de mi madre. Así que en la época del colegio pude ir directo al grano con Beltrán: «A las chicas les pone hacer planes de a cuatro, así que nos conviene ser amigos», le dije. Y le expliqué la gilipollez con la que me salían siempre, «tú llevas a un amigo y yo a una amiga», con sus vocecillas de calientapollas para crearte la ilusión de tu primera orgía. Pero de eso nada, en cuanto tanteabas un poco les pillabas la vena monjil. Con los años me di cuenta de que a las chicas les molaba ese asunto por razones que nada tenían que ver con el sexo: dar de lado a la mejor amiga, todas tenían su amigovia, era una putada imperdonable. «¿Cómo se puede ser tan zorra de darte el lote mientras tu amiga se queda en casa a dos velas?», me dijo una cursi cargada de razón antes de hacerme una pajilla mediocre. También sumaba el papel de la amiga-testigo para salir por la noche y luego, juntitas en el dormitorio, revivir la cita al detalle: «Te lo juro, tía, no le quité ojo, está por ti». Pero la razón más poderosa me la explicó Cayetana no hacía mucho: «Nada peor que una amiga envidiosa para hacerte la vida imposible». En definitiva, la amistad entre mujeres parecía más bien un pacto de no agresión con una fiabilidad bastante dudosa. En cambio los tíos íbamos directamente al turrón: si querías pillar cacho había que tener un amiguete, y ahí es cuando la cosa se complicaba un poco. Si la amiga de tu chica estaba buena, no le valdría tu colega listo pero tirando a feo; si la amiga de tu chica era lista, tu amigo cachas tendría que saber hacer algo más que la «o» con un canuto, y, si la amiga de tu chica era un callo malayo, debías lograr que tu amigo guaperas te idolatrara lo bastante como para darte cobertura. Todo se resumía en dos posibilidades: o te currabas un amplio repertorio de amigos para todos los gustos o desarrollabas la acojonante habilidad, algún pringado le llamaría suerte, de hallar a uno que cubriese todas las necesidades.

Yo supe encontrar al amigo perfecto, Beltrán Díaz Guerrero, guapete con pasta y gracejo, que entró en mi vida hecho un panoli y al año habría dado un riñón por apuntarse un tanto conmigo. Esta noche, diez años después, vuelvo a necesitarle.

7

Una respiración profunda

Brianda García de Diego pensó que se estaba muriendo. Primero el cosquilleo en las manos, cuanto más se rascaba más le escocían, y después la explosión de sudor que la dejaba completamente empapada. Para coronar el desastre, el rostro enrojecido, una cerilla ardiendo que representaba un auténtico retroceso: volver a la casilla de salida, a la chica gorda, la zampabollos a quien existir le daba vergüenza. ¿Menopausia? ¿De verdad, a los cuarenta y siete años? Era una broma del destino porque ella no había sido precoz en nada. El pecho le creció a los quince, perdió la virginidad a los veintitrés y fue la última en probar las drogas. «Para Brianda, la raya más pequeña», se descolgaba Clara con aquel gestito protector que le repateaba el hígado. Ese era su estigma: ser impuntual dentro de su propia vida.

El trasiego de gente en el lobby del hotel Langham la estaba poniendo de los nervios. ¿Y si esperaba a Beltrán en el salón de té? Le había llamado la atención ese *living room* tan mono, tan *british*, tan de revista de decoración, que descubrió siguiendo la melodía al piano de «Sacrifice» de Elton John. No, lo mejor era estarse tranquilita, clavada en ese sillón de piel, y no arriesgarse a comprobar que llevaba el pantalón pegado a las piernas. Antes muerta que parecerse a una de esas mujeres que tanto detestaba, las que se ponían de pie subiéndose los vaqueros con movimientos de marioneta, tan inapropiados, para recolocarse la ropa interior. Aunque Brianda jamás tendría ese problema: sus bragas superaban el tamaño y el grosor como para incrustarse en alguno de sus pliegues. No quería ni recordar aquella noche que se volvió loca, cuando se vino tan arriba que se compró un minúsculo conjunto de lencería de encaje. El tanguita y el sujetador transparentes le costaron un pastizal y tiró la casa por la ventana, cenita con velas y champán, para celebrar su talla cuarenta tras quitarse a fuerza de bisturí un buen trozo de estómago. Aquella noche resultó lamentable, no por Beltrán, que regresaba tan guapo y tan contento de un partido de pádel, sino por ella misma que, lista y perfumada, fingió una migraña terrible para encerrarse con la luz apagada en el cuarto de invitados. Ni en esa ni en ninguna otra ocasión permitió que Beltrán viese su diminuto conjunto de lencería. ¿Qué sentido tenía sumergirse por voluntad propia en semejante papelón? Brianda había asumido que nunca sería una mujer sexy: ella era inteligente, responsable y trabajadora, tres atributos importantes, significativos, que habría cambiado sin pensarlo por la certeza de entrar en un lugar cualquiera y que se detuviese el mundo. Ella conoció esa sensación de poder cuando era una veinteañera, pero no era la protagonista, la experimentó siempre un paso por detrás de los andares hipnóticos de Clara Reyes.

Intentó concentrarse en la respiración, tarea complicada con el batiburrillo de frases en inglés que le retumbaba en los oídos. Exhaló en tres, dos, uno, inspirando por la nariz y soltando por la boca. Eso le había recomendado la ginecóloga, una respiración profunda, que reduciría los sofocos a menos de un cuarto de hora. «Tómatelo con filosofía, tarde o temprano esto nos ocurre a todas», agregó condescendiente la doctora Garrido. Su sonrisa le pareció hiriente, tan plácida, tan a salvo todavía, cuando completó el argumento con un absurdo ejemplo surfero: «Súbete a la ola y deja que te lleve; si te resistes, te revolcará». ¡No te fastidia! Para la ginecóloga treintañera era facilísimo, para el resto de las mujeres sería como soplar y hacer botellas. Pero Brianda García de Diego estaba casada con Beltrán Díaz Guerrero, que era lo único que había deseado en la vida, y no era de recibo andar surfeando ahora sus miserias delante de él. Aunque ella más que nadie mereciese la comprensión y el apoyo de su marido. Ella lo había sujetado cuando él no podía ni tenerse en pie, lo había metido en la ducha para quitarle el olor a vómito y a pis, y veló con ternura su sueño, caldito de pollo, ibuprofeno y omeprazol, observando su rostro ojeroso y desvalido tras cuatro días ininterrumpidos de fiesta, drogas y alcohol. Por eso vivía tranquila, porque ella se lo había ganado, especialmente cuando Beltrán tuvo aquel lío tan feo en el trabajo. Ella siempre estuvo allí, al pie del cañón, arremangada, levantando ladrillo a ladrillo ese matrimonio que, en las duras y en las maduras, parecía apuntar a la eternidad. Fines de semana de películas, sofá, manta y palomitas, los dos juntos, inviernos y veranos, viendo pasar los años con la cabeza apoyada en su hombro. A eso aspiraba Brianda, eso sería la gloria… Pero ¡cómo no!, tuvo que aparecer de nuevo el maldito Peter Russ en forma de invitación a Londres, gastos pagados, primera clase y hotelazo. ¿Por qué había regresado a sus vidas después de tanto tiempo? ¿Qué andaría buscando ese monstruo del pasado?

Lo mejor era despegarse poco a poco del sofá, sin llamar demasiado la atención, especialmente la de Beltrán, que seguía en la recepción mientras registraban sus datos. Su marido estaba bombardeando a preguntas a la pobre pelirroja detrás del mostrador: ¿Era buena la suite que les habían asignado? ¿Tenía vistas a la calle? ¿Seguía abierto el pub de Regent Street en el que ponían ese musicón de infarto? Y ahí añadía batallitas de sus múltiples viajes a Londres, su conocimiento absoluto de los bares en los que hacía repicar con brío la campana de las propinas porque, en eso era un tipo legal, se dejaba un buen puñado de libras cada noche en pintas de cerveza. La voz de Beltrán sobresalía carrasposa por culpa del tabaco. A Brianda le parecía sexy, tan rota y rasgada como la de los cantantes italianos. Pero no era su voz lo que le llamaba la atención a la gente, eran los aspavientos con los que su marido acompañaba las palabras. Pobrecillo, lo miró con pena, seguro que creía tener a la recepcionista en el bote. Pero Brianda sabía que no, que no se trataba de su carisma ni de su elocuencia, sino de sus tics, tan delatores, por eso en el lobby del hotel nadie le quitaba el ojo de encima. Aunque tampoco sería justo restarle mérito a la belleza de sus rasgos; de hecho, lo que resultaba extraño era que un rostro tan atractivo como el de Beltrán comenzara de repente a centrifugarse. Y luego estaba el volumen, normalmente hablaba alto, pero cuando lo hacía en inglés daba auténticas voces. Estaba claro que se había quedado anclado en los noventa, cuando entraba en los garitos de moda de Madrid con su traje de sastre, camisa blanca de cuello ancho, corbata Hermès, Ferragamo o Façonnable, los zapatos Church's o Lottusse negros, nunca marrones, quizá burdeos. Aquel tiempo en que se comunicaba con sus colegas chillando en inglés, para que no quedara duda de que se habían graduado en la Saint Louis University y que eran los agentes de bolsa más molones y se codeaban con los peces gordos de Nueva York. La vida de Beltrán parecía haberse paralizado a los veintisiete años, y en menos de dos meses cumpliría los cincuenta. Más de dos décadas viviendo de las rentas, de los mismos trucos, los mismos chistes que alimentaban su cada vez más delgada seguridad. Con todo, era bastante probable que Beltrán terminase obteniendo un *upgrade*, una botella de champán, una caja de bombones o cualquier otro extra de la empleada pelirroja del hotel. A pesar de los tics, de la risa exagerada y de los aspavientos, seguía siendo un tipo fino y elegante. ¡Nadie llevaba los tirantes como él! Podría pasar por un habitual de la City, tan pagado de sí mismo con su look de hombre exitoso, a lo que estaba destinado, a comerse el mundo, con su swing y sus contactos. A decir verdad, todo eso pudo haber sido suyo si una noche en Madrid no se hubiese vuelto a cruzar con aquel compañero de colegio, Pedro Martínez de Velasco hijo, convertido ya en el famoso Peter Russ, el jefe de la pandilla, el ídolo, que en aquel momento llegó a ser el centro de su vida.

Se puso de pie cuando sus muslos eran ya dos brasas y fue despegando con cuidado la tela del pantalón de su piel. Caminó lentamente hasta el salón de té, pero se detuvo detrás de una puerta corrediza: la chica del cabello morado se marchaba arrastrando el cuerpo como si acabara de despertarse de una larga siesta. No le daba buena espina Lola Acosta, ni al teléfono, cuando la llamó preguntando por su marido, ni personalmente hacía escasos minutos en el lobby del hotel. A Beltrán, en cambio, le había caído en gracia: «¿Has visto que es bilingüe?», porque se notaba a la legua que, a pesar de sus pintas de alternativa, esa chica pertenecía a una buena familia de Madrid. La vio alejarse en dirección al lobby y se animó a entrar en el Palm Court en el momento preciso en que sonaba al piano «Love Story» de Richard Clayderman.

Si existiera el paraíso, Brianda no tenía dudas de que sería una reproducción exacta de aquel salón de té. A los veinte años se habría perdido para siempre en un lugar así, ahogada en miel y caramelo, sumergida en harinas y hojaldres. ¡Se sentía mejor que en casa! Los colores suaves de las paredes, la mantelería de flores, la vajilla de porcelana y, ¡madre mía!, la bandeja de tres pisos en la que se distinguían *scones*, merengues, nubes y fresas con chocolate. Se le hizo la boca agua cuando vio a un grupo de señoras, delgadas como una barra de labios, arrasando con las pastas de té, tan relajadas y tan felices. ¿Por qué le llamarían *afternoon tea* si eran las tres de la tarde? ¿A qué hora cenaría aquella gente? A Brianda, la cultura del té le daba bastante igual; ella se moría por probar las nubes de colores, que seguramente tendrían sabor a fruta. La comida siempre le había entrado por los ojos, aunque ya de adulta, cuando se trataba de darse un atracón, le valía incluso la repostería de gasolinera, escondida en el coche con un cargamento de palmeras de chocolate, panteras rosa, donetes y filipinos. Se daba un festín apresurado y culposo y, si se pasaba, tenía el cuarto de baño a tiro, así que borrón y cuenta nueva. Y ahora que estaba delgada, ¿por qué seguir siendo tan estricta? ¿Qué perjuicio acarrearía un bocado a una minimagdalena con un té negro para desengrasar? Algo rápido mientras esperaba a Beltrán. Total, se encogió de hombros, en ese mundo de tazas de té y charlas en susurro nadie la conocía. Brianda podía pasar desapercibida: una mujer con una talla cuarenta que se comía un bollo de mantequilla, ¿qué tenía eso de raro?

Ni dos pasos había dado en aquel paraíso de azúcar cuando su seguridad se disolvió más rápido que el merengue en el paladar. La reconoció de inmediato: primero de espaldas y después de perfil. Vaqueros ajustados, sandalias de plataforma rojas, camiseta ceñida en gris perla, la misma melena castaña y lisa, las mismas piernas eternamente divorciadas. A Brianda no le hizo falta esconderse porque Clara Reyes se dio la vuelta con sus andares poderosos y se dirigió a la salida. De todas maneras, aunque se hubiese subido a un sofá, se desnudase sobre la barra o alertara de un derrumbe, Clara no podría haberla reconocido sin los ochenta kilos que portaba cuando fueron amigas, veinte años atrás, en lo que ya parecía otra vida, remota, ajena, crepuscular. No debería sorprenderse, sabía que iba a encontrarse con Clara, ya se lo había advertido la chica del cabello morado y, desde ese momento, comenzó a ensayar su saludo frente al espejo. «¿Qué pasa, guapa? ¿Cómo estás? ¿Cómo te ha tratado la vida?». La respuesta era obvia: bien, muy bien, se diría que fenomenal. A los cuarenta y siete años, Clara Reyes conservaba el brillo de cuando era la estupendísima Lady Soria.

Decidió cambiar de rumbo y enfiló hacia el cuarto de baño. Se mojó la cara, la nuca, los tobillos mientras se escuchaba al piano otra de Elton John. Respiración profunda, eso es lo que necesitaba. Tenía que concentrarse, tres, dos, uno, y le vino a la cabeza la letra de la canción: «And it seems to me you lived your life», empezó a tararearla, pero le faltaba el aire, «Like a candle in the wind», se le cerraba poco a poco la tráquea, «Your candle burned out long before», se apoyó en la pared y se dejó caer, exhaló el aire del tirón haciéndose un ovillo en el suelo. Y es que fue en un baño, precisamente, donde veinticinco años atrás había conocido a Clara Reyes. Brianda estudiaba Marketing en ESIC con Cayetana de la Villa de la Serna, la relaciones públicas más popular de la noche madrileña, que la saludaba siempre de lejos: «*Hello*, guapi, nos vemos en el garito en cero coma», solo para recordarle que dijese su nombre en la puerta de la discoteca en la que trabajaba. A la Brianda de veinte años aquello le parecía un intercambio justo: ella tenía plan para el sábado por la noche y Cayetana un palote más en la larga lista de invitados que la avalaban como la chica de moda de Madrid, tan rubia, tan perfecta, peso pluma, minifalda cinturón.

Recordó con especial nitidez la noche en que conoció a Clara Reyes, el denso olor a tabaco en la discoteca, el flequillo esmirriado por la lluvia, su resbalón en las escaleras de la entrada y su viaje directo al baño para pasar la vergüenza. Clara salió de uno de los aseos con los vaqueros abiertos por debajo de la cadera, cerró la puerta con el muslo advirtiendo la mirada de Brianda, que disimulaba fatal lo de estar pintándose el ojo. Se le había enganchado la cremallera en las braguitas: «No veo tres en un burro», le dijo Clara, y ella se ofreció a echarle una mano. Cogió con delicadeza el tanga rojo y transparente; nunca había visto un pubis totalmente depilado, le pareció gigante, de otro mundo. No quería observar demasiado, pero le resultó imposible: estaba fascinada con los labios rosas e inflamados que se le escapaban del tanga, con su vientre plano de stripper y su ombligo que sobresalía como un botón acolchado. A pesar de los nervios, de la torpeza de sus dedos gordos, Brianda liberó las braguitas de la cremallera sin que se le desprendiera ni un solo hilo, y Clara pudo abrocharse los pantalones ajustados que combinaba con un top negro de flecos y lentejuelas. Tenía un sol naranja y amarillo tatuado en el hueso de la cadera. «Soy de Soria, allí no se deja ver mucho el sol», explicó, y desplegó una sonrisa amplia porque en Clara todo era desmesurado, superlativo. La boca, la dentadura, los colmillos largos y afilados, listos para hincarse en cualquier cuello, advirtiendo que nadie en su sano juicio se atrevería a resistirse a sus encantos. Antes de marcharse, Clara onduló el cuerpo hacia delante y hacia atrás, y su melena se revolvió sobre sus hombros como si acabase de salir de la peluquería. «Toma, cari, tiene mi firma, ¿ves?», le ronroneó, y su voz también era bonita. En la barra principal le pondrían una copa gratis, le entregó un trozo de papel cortado del rollo de la caja registradora y salió del baño abriendo la puerta igual que los concursantes del programa *Lluvia de estrellas*.

Tres, dos, uno, soltó por última vez el aire. Tenía que volver a la recepción del hotel, Beltrán estaría buscándola. ¡Venga, vamos allá!, se animó, e intentó quitarse la humedad del cabello con el cacharro para secarse las manos; una labor imposible, el estúpido chisme no se mantenía encendido más de cinco segundos. Terminó por darle un puñetazo y, para su propia sorpresa, rompió a llorar. Ahora sí que se estaba cubriendo de gloria en su llegada a Londres: el rímel corrido, el pelo hecho un cristo y dos inmensos lamparones. Se quitó la blusa y la estiró en el lavamanos. Se miró los pechos flácidos en el espejo, si se los juntaba podía cruzar los dedos, eran una birria, como el pellejo que le basculaba en la tripa desde que perdió peso. Se bajó el pantalón hasta dejar las bragas beis al descubierto. Cogió su móvil del bolso, entró en el retrete, se abrió de piernas y se hizo una foto. Bajó la tapa del inodoro y se sentó a observar la imagen ampliada. Su sexo estaba lleno de puntitos rojos, irritado por la alergia a la maquinilla. ¿Por qué se lo habría afeitado entero? Tendría que haber seguido con la cera fría, eso era lo mejor, aunque le salieran esos forúnculos asquerosos que se le infectaban. ¿A qué obedecía la estupidez de someterse a una revisión con lupa de sus defectos? Se avergonzó de las cicatrices de los vellos enquistados, de los labios que colgaban pálidos como trapos viejos… De sí misma, que ni gorda ni flaca, ni joven ni madura, llegaría jamás a gustarse.

Cuaderno de partituras

Madrid, 6 de enero de 1997

Otra aburrida merienda de Reyes. Todas son iguales, nuestros caretos de sueño reunidos alrededor del roscón. Silvia parece una cría, sigue agrupando los regalos en montañas y escribe nuestros nombres con rotulador rojo. ¡Menuda chorrada! Pero a Silvia le pone ver el salón lleno de cajas, es su tradición, la única que le importa. Incluso invita a los paletos de sus hermanos, los ceba a croquetas y tortilla de patata para sentirse menos cabrona por no hacerles ni puto caso el resto del año. La familia de Silvia siempre me ha dado asquete, llegué a tener pesadillas con esa panda de subnormales desde el día que los conocí, cuando gritaban «Polo, Polo, Polo», dando palmas, animando a mi hermanito, deslavazado y gigantón desde los trece años, para que abriese sus paquetes el primero por ser el menor de la casa. «¿Qué será?», canturreaba Silvia, aunque era evidente que se trataba de una videocámara o un equipo de esquí. Me apetecía darles un par de guantazos a los memos de sus hermanos que fingían aplaudir con el mismo entusiasmo cuando llegaba mi turno. A mí me la traía floja que se empeñaran en recordarme que el Polo era el verdadero hijo, el verdadero sobrino, el puñetero y legítimo bobalicón. Pero desde los quince años se la tengo jurada, eso sí, desde el primer 6 de enero, cuando esos payasos cometieron la imperdonable gilipollez de mirarme con lástima. ¿Qué os creéis, panda de cretinos? ¿Que me importó vuestra lamentable bienvenida a la familia? ¿Que no me di cuenta de que mirabais al pobre huerfanito con una curiosidad faltona? Aquella fue la única vez en mi vida que busqué la mirada de mi padre, había empezado a dejarse ese ridículo bigote que le ponía cara de morsa, y también la última que esperé encontrar en él algún gesto de complicidad, un «no pasa nada, chaval, eres minoría, pero tranquilo, que soy yo el que paga esta fiesta». Ya habíamos tenido nuestra primera gran bronca, ya me tenías pillado, puñetera morsa, y a partir de ese momento le retiraste el apoyo al pobre huerfanito de madre, al que también se le acababan de morir los abuelos. Muerte y más muerte; demasiada como para valorar el mogollón de paquetes con mi nombre amontonados en el salón. Desde ese 6 de enero me apliqué a fondo para perfeccionar mi mala hostia en cada una de aquellas meriendas, abriendo los regalos con desprecio, como si me los mereciese por el solo hecho de tener que compartir el aire con aquellos teleñecos. Nunca dije gracias, ni siquiera cuando los Reyes me trajeron la Fender que vi en el concierto de Wembley en homenaje a Mandela, la guitarra de Eric Clapton cuando tocó el «Wonderful Tonight» con los Dire Straits. Pero esta es la última vez, paso de esta mierda. Ya tengo veintisiete años, joder, un ático de puta madre en Pintor Rosales, mi propia pasta en el banco y una carrera que sube como la espuma. A mí no me vuelven a ver el pelo por la calle Lagasca porque hoy se termina esta farsa. Por eso he llegado pronto, por eso y porque Silvia me prometió que no iba a invitar a los patéticos de sus hermanos.

«Suerte que no te has ido a Baqueira, Peter. Todas las autovías están cerradas por la nieve», me dice la morsa con su voz de pito. Me recibe en el salón sin levantar la vista del periódico. Me tiro en el sofá y enciendo un pitillo. «¿Quieres un vino o ya lo traes puesto?», me suelta la única broma de su repertorio. ¿Dónde andaría metido mi padre cuando repartieron la gracia?

Una pena que no la regalaran al peso, porque iría sobrado. Pregunto por los demás porque no soporto estar a solas con él, me revientan su voz, su cara, su cuerpo… No entiendo cómo pudo ser oficial de la Armada, aunque alguna vez estuvo delgado, claro. La morsa deja el periódico en la mesita. «Con Raúl, el Real Madrid tiene todas las papeletas de hacer doblete», me dice. Parece que tiene ganas de charleta: «Menudo marrón, una liga con veintidós equipos; en cambio, esa Ley Bosman sí que es cojonuda, porque ahora los españolitos somos europeos y podemos ir a donde nos salga de los cojones». Me confunde tanto buen rollito: ¿estará jugando al despiste? Me ataca la estúpida idea de que me está echando un pulso, que tarde o temprano terminaremos apostando a ver quién mea más lejos. Me la suda, me puedes retar en lo que te apetezca porque me queda muy poco para superarte. A ver si te enteras de que ya no me trago tu discursito de la élite viajada y culturera que me vendías desde pequeño en tus visitas a Galicia. Te he pillado en mil renuncios, padre, no hablas un inglés perfecto, tu francés es para salir del paso y, por supuesto, ya no cuela la tapadera de tu honorable negocio de exportación de material de defensa.

Dejo caer un par de chorradas sobre el Atleti mientras voy a por una cerveza a la cocina. Que seguimos siendo los campeones, que con Simeone en el medio campo y Kiko delante volveremos a hacer historia, le digo. Él sabe que no me gusta el fútbol, que soy del Atleti porque él es del Madrid, de izquierdas porque él es de derechas, flaco porque él es gordo, artista porque él es empresario. ¡Te la metí doblada, querido padre! Y ni te diste cuenta; tú venías a verme al pueblo y yo mentía como un bellaco, me portaba bien, me hacía el empollón, buenas notas, tan riquiño el rapaciño, para que me sacaras de casa de los abuelos en Carballo donde me estaba ahogando. Cuando era pequeño sí que me mirabas, decías que yo era igualito a ti, y yo salía corriendo a por una foto de mi madre para tranquilizarme; yo tenía sus ojos, no los tuyos salidos de las cuencas, y volvía a confiar en que la vida no iba a ser tan hija de puta de convertirme en un viejo gordo y cabrón como tú. Pero al año de convivencia descubriste mi juego y me dejaste ganar para no reconocerte perdedor, no ibas a dejar en la calle al chico rubio de los ojos azules por una bronca de adolescente, eso no era propio de un tío como tú, ¿qué diría la gente? Mucho menos ibas a admitir en público que te habías equivocado: yo nunca sería tu sucesor, hala, a joderte con tu otro hijo, el Polito, tan intelectual y resentido, ese es el que te queda, porque tú y yo solo nos parecemos en una cosa: ambos somos incapaces de ocultar nuestro mutuo desprecio.

Suena el timbre y entra Cayetana dando saltitos. ¡Joder! ¿Cómo es que nadie me avisó de que venía? Me carga un huevo esta tía, no me la despego ni con agua caliente. Presidenta del club de fans, grupi convencida, polvete siempre a tiro, pesada de manual. A Silvia le encanta porque es del barrio, porque la madre y la abuela de Cayetana toman el té en el Embassy y en el Mallorca, y la saludan cuando se encuentran en la peluquería de Ortega y Gasset o en la parroquia de la calle Ayala. ¡Mira que eres pardilla, Silvia! Las pijas de toda la vida no te aceptarán jamás; nunca van a perdonarte tu pasado en la tele por mucho que las invites a roscón de La Santiaguesa; ellas saben tu verdadero código postal. Alucino con el abrazo que Silvia le da a Cayetana, casi la descoyunta. Se me va la olla y me las imagino en una pelea de barro, la gigante amazona contra la barbie pija escuchimizada. Mi madrastra, ¡cómo le pega a Silvia ese término tan maligno a lo Cruella de Vil!, le indica dónde dejar sus regalos con un tonillo de mema. ¿Cree que poniéndose en plan moñas da el pego de señora fetén? Cayetana se agacha para dejar sus paquetes y se le ven las bragas. Otra vez llaman al timbre, ¿qué mal golpe te has dado, Silvia?, ¿has invitado a todo el barrio?, y el Polo sale follado de su habitación para abrir la puerta. Escucho unos murmullos en el recibidor y aparecen Brianda y Beltrán escoltando a Lady Soria. Silvia se pone nerviosa, la sorpresa no le ha hecho ni puñetera gracia. «La próxima vez tenéis que avisarme con tiempo para poner más sitios en la mesa», dice con una amabilidad que no hay Dios que se la crea. «A Clara la invité yo», la desafía el Polo, y deja en evidencia que los otros dos se están colando en la fiesta. «Bueno, que tampoco hace falta tanta formalidad», se suma el hipócrita de la morsa, y Beltrán se marca una sonrisa de anuncio de pasta de dientes, tan guapo y limpito con su Lacoste a cuadros. Brianda le entrega a Silvia una bandeja con magdalenas decoradas con azúcar de colores y Clara sigue de pie, inmóvil, clavándose las uñas en las mallas negras, atrapada en un enorme jersey de lana gris. No es su estilo, no parece ella, Brianda debe de haberle prestado esa ropa de monja. Ni siquiera se ha maquillado, lleva el cabello recogido en una coleta y las ojeras le llegan a las rodillas. Le miro las piernas, la separación entre las piernas, para asegurarme de que realmente es ella.

«Siéntate, querida, ¿cómo te fue en Londres? ¿Qué tal tu nuevo single?», la morsa caldea el ambiente con su versión más pelma y el Polo se lleva a Clara, a su desvalida Lady Soria, de la mano hasta el sofá. Beltrán se queda de pie y arranca su festival del humor: chistes malos a tutiplén y, cómo no, la lista detallada de goles de Raúl. Puto chaquetero, si tú eres del Atleti porque yo soy del Atleti, si tú eres de lo que yo te diga porque siempre he pensado por ti. Al menos el Polo tiene dignidad, no le hace la pelota a la morsa, pero tampoco se las toca, porque la morsa es el de la pasta y el Polo es muy listo. Ni del Real Madrid ni del Atleti, mi hermanito juega al baloncesto e idolatra a Michael Jordan. Siempre ajeno, Polito, que a ti nunca te caiga la mierda encima.

Joder, Silvia, te lo tomaste en serio cuando te dije que esta era la última merienda a la que iba a venir. ¡Vas a conseguir que sea inolvidable! Mira que dejar que te cuelen a Clara en casa después de lo de Londres. ¡Tía, que eso no se hace, cojones! Y vuelven a llamar al timbre. No, no me lo creo, ¿lo de que los teleñecos de tu familia no iban a venir era una trola? Te estás pasando, querida madrastra. No abuses, Silvia, que bastante he hecho ya por ti. Pero… ¡Tócate los cojones!, que los Reyes Magos han traído más carbón para repartir y es Fabiola Ariza la que aparece en el salón. ¿A qué estás jugando, Silvia? Habíamos hablado de esto, me lo prometiste, estabas arrepentida, aquello no iba a salir a la luz. Te miro, tan sonriente, en tu papel de ama de casa perfecta, y te odio, eres más mala que la quina. El aire empieza a ser tan pesado que ya quiero largarme y la pobre veterana ni se atreve a mirarme a los ojos. Lleva un pantalón atigrado, un jersey azul con mangas de plumas, toda ella es vomitiva. ¿Por qué has venido? ¿A ti también te ha engañado la gigante retorcida? Eres tan patética, veterana, te puede el figureo en el barrio de Salamanca, restregarle a Silvia que no te fue tan mal con el disco, que hiciste muchos bolos en verano, que en los pueblos le mandaban saludos a la morena de Las Jueves. Te puede más el rencor que tener que sentarte conmigo a la misma mesa.

El noviete de Fabiola Ariza parece majo, Manolo se llama. Qué típico, un maromo en pequeñito, ancho y bajo, vaqueros rotos, camiseta blanca y ajustada, zapatos chúpame la punta. Me saluda: «¿Qué pasa, tío?», y me siento como el culo, es un buen tipo, lo noto en el apretón de manos. Está que se sale por llevar a la veterana del brazo, que a su lado parece casi de la realeza. La morsa observa la situación sin dar crédito, mientras Silvia se planta al lado de Fabiola con su pantalón de pinzas camel y se arremanga la blusa blanca de seda para enseñar su Cartier. «¿No os hace ilusión? Las Jueves reunidas después de tanto tiempo», aplaude Silvia, y yo apostillo con sorna: «Vaya, cuántos artistas juntos en esta habitación». Fabiola hace una mueca bobalicona dirigida a todos menos a mí; me esquiva, soy su puñetero obstáculo, un grano en el culo con el que no había contado. Pasamos al comedor. «Mirad qué mesa tan mona os he puesto», dice mi madrastra, cada vez más despiadada, y nos ubica como piezas de su retorcido ajedrez. La morsa preside el tinglado, como siempre, y el maromo bajito y ancho, el Manolo, se siente la mar de importante por ocupar la otra esquina. Me toca al lado de Beltrán y frente a Clara. No, joder, no empieces, Lady Soria. Las lágrimas le corren como un grifo abierto, pero nadie dice nada, nadie se atreve a enturbiarle el sarao a Silvia, que sigue soltando sandeces: «Probad este jamón, que es una maravilla». Clara baja primero la mirada, después el mentón, se encoge de hombros y sigue llorando en silencio. «Tiene delito que no conozcas mi casa», le suelta Silvia a Fabiola con todo el morro, porque, vamos, hasta la castañera de la calle Goya sabe que estas dos acabaron como el rosario de la aurora y que durante la promo del último disco de Las Jueves se negaban a coincidir en el mismo estudio de radio.

Clara se levanta sin decir nada. «Seguro que ha ido al baño», dice Brianda, y en su papel de fiel escudera sale detrás de ella. Silvia sigue a su bola, para ella Clara y sus penas no existen. Sirve el chocolate, pasa bandejas y describe al detalle los canapés: «Pillad el de langosta que está de llorar». El tiempo pasa lento y Clara no regresa. Se lo digo al Polo y me responde con un gesto de «a mí qué me cuentas». Yo insisto: «Si la has invitado, hazte cargo, joder». Y me replica con muy mala hostia: «¿Así que ahora te preocupas por ella? Porque no te importó una mierda dejarla tirada quince días en Londres». Silvia suelta el tenedor con un ruido exagerado: «Chicos, por favor», nos riñe como a dos críos, y va ella misma a ver qué demonios le ocurre a Clara Reyes porque le está fastidiando la fiesta.

La sigo, la alcanzo en el pasillo y la empujo a la habitación del Polo. «¿De qué cojones vas, Silvia? ¿Estás zumbada o qué?», le suelto. Ella me mira desde su metro ochenta y su torso de amazona y me dice que soy demasiado joven para entenderlo; que tuvo que hacerlo, que a veces había que jugárselo todo por la dignidad. «¡Qué dignidad vas a tener tú, que se la tienes que chupar a la morsa cada noche!», le espeto a la cara y la arrimo contra la pared. La tengo cogida por el cuello y empiezo a apretar. La muy zorra me sostiene la mirada, no se queja: «Te dije que puedes pedirme lo que quieras y voy a cumplirlo», me dice muy tranquila. Escuchamos la puerta del baño, Silvia se escurre de mí y sale pitando a interesarse por Clara. Corro detrás de ella. Estoy cabreado, me llevan los demonios, cada vez más convencido de que esta es mi última merienda de Reyes. Aunque todavía no soy consciente de que el 6 de enero de 1997 mi vida comienza a partirse en dos.

SEGUNDA PARTE

Soy un millón de personas diferentes…

1

Un estanque en el jardín

And so I wake in the morning
And I step outside
And I take a deep breath,
and I get real high
And I scream from the top of my lungs
What's going on?

4 NON BLONDES,
«What's Up», 1993

Lola hundió los pies en la alfombra, empezaba a gustarle la sensación de la felpa gruesa, suave y cosquillosa como una caricia. Dejó el cuaderno de partituras encima del escritorio: cuanto más se adentraba en la historia, menos la comprendía. Algunas veces, pocas, conseguía conectar con ese chaval que había sido Peter Russ. Pero otras, la mayoría, terminaba metiéndose en la cama con la inquietud de compartir techo y sangre con un atormentado. No había manera de cerrar los ojos por la noche sin hacerse la misma pregunta: ¿qué clase de persona era su madre? ¿Le habría alcanzado también a ella la desgracia? Y tenía que obligarse a no darle demasiadas vueltas al asunto, repetirse la consigna de cero expectativas con la que había aterrizado en Londres; una intención que iba perdiendo musculatura, cada vez más enclenque, la aguja más insignificante en el desastroso pajar que ahora era su vida. ¿Qué sentido tenía engañarse a sí misma? Ella seguía allí, conviviendo en una mansión de Belgravia con Mai y Peter, dos almas en pena, con la absurda esperanza de que la mujer desconocida que era su madre biológica tuviese el poder de neutralizar la fatalidad en su carga genética. ¡Con lo fácil que era conseguir la respuesta a esa retorcida adivinanza! Solo tenía que cruzar el pasillo hasta la habitación de Peter Russ, pillarle de improviso haciendo lo de todos los días: mirar por la ventana horas y horas desde su silla de ruedas. ¿Por qué demonios no se atrevía? ¿Por qué el valor le iba y le venía como un maldito cólico? Para qué negarlo, Peter Russ ejercía un extraño poder sobre ella, una especie de fascinación a medio camino entre el respeto y el miedo.

Se puso las Converse mientras rescataba uno de sus discursos, el más radical de todos, el de potar hasta la primera papilla. ¡Sí, eso haría! Le vomitaría en la cara su rabia, agria como la bilis, viscosa como la mala sangre. Pasaba de conocerle en profundidad, eso iba a decirle: «Paso, no me interesas, he tenido suficiente. Me importa una mierda quiénes eran los buenos o los malos de tu turbia historia, ¿te enteras?». Estaba hasta las narices de hacerle de secretaria, de dar conversación y sonrisas a sus Leopoldos y sus Cayetanas; menudos patéticos, habían respondido tras un simple chasquido de sus dedos. Armaba y desarmaba el discurso, se arrepentía a la primera de cambio, terminaba convencida de que lo mejor era mantener la calma y sacudirse el rollito macarra de encima, porque no le pegaba nada, en ella sonaba falso, risible, de coña. Lo mejor, estiró brazos y piernas como si calentase para una carrera, era ir de frente: «¿Por qué esperaste veintitrés años para conocerme? ¿Dónde pone en tu cuadernito de marras que alguna vez me echaste de menos? ¿Cuándo viene la parte en la que explicas las razones por las que me abandonaste?». Mal, absurdo, muy absurdo, seguramente el hombre de la silla de ruedas la miraría sin pestañear, sin el más mínimo ardor en la conciencia por haberse perdido su vida, por no estar a su lado cuando probó el eme, por no echarle la bronca o quizá soltar unas risas con el primer tatuaje, por no advertirle de que el pelo morado la confinaría a andar por el mundo levantando sospechas, por haberla obligado a vivir con los guais de los Acosta, su familia. Lo haría sentirse culpable, eso haría, lo señalaría como el principal causante de sus vaivenes vocacionales, de Filología inglesa a Empresariales, de la nada a las flores, y de su desconexión con la gente, amigas, compañeros, ligues... Le achacaría la responsabilidad del muro invisible que ella misma fue levantando, ladrillo a ladrillo, para separarse de los Acosta, los que sí pusieron el grito en el cielo al enterarse de su relación con Fran, porque Fran los avergonzaba, era todo lo que sus padres adoptivos odiaban: un cuarentón progre con mochila, mujer y mellizos, que para colmo de males nunca aprendió a quererla.

Volvió a mirar el cuaderno de partituras sobre el escritorio. Ella tuvo uno de esos, la profe Sonsoles los repartió entre los hermanos antes de sentarlos en la banqueta y hacerle honores al piano de cola, el gran protagonista del chalet de Monteclaro. Primer día de clase y sus hermanos pequeños ya apuntaban maneras, tenían oído, delicadeza, dedos largos. Llegó su turno, se encaramó a la banqueta y le colgaban las piernas. «Abre las manos», le dijo Sonsoles, y ella apretó tanto los puños que se volvieron muñones. La profe no se dio por vencida, se empeñó en separarle los dedos de las palmas, una contienda inútil de diez delicadas yemas contra diez ásperas croquetas. El forcejeo fue a más, la profe sudaba y Lola empezaba a hiperventilar, hasta que en un arranque de amor propio, antes muerta que enseñar sus dedos de morcilla, tiró a la profe al suelo con un guantazo a puño cerrado. Desde fuera, la cosa debió de verse muy grave, pues sus hermanos perdieron momentáneamente el bronceado y mamá Acosta decidió que lo suyo era ya asunto de profesionales. Aquella tarde en Monteclaro, a los seis años, se despidió para siempre de la música y debutó en el psicólogo, aportando la suficiente chicha para justificar los calificativos de «friki» o «raruna» y la frase que más dolía: «La pequeña Lola es una niña diferente».

Pasó las páginas del cuaderno de partituras de principio a fin con la velocidad que moviliza el aire. ¿Por qué no habría utilizado una libreta de notas común y corriente? «Confío en que no hagas trampas», le había dicho Peter Russ, y le hizo gracia porque no había ningún motivo para pensar que ella fuese a obedecer. Lo cerró con cuidado y acarició la tapa dura, el dibujo del teclado y las notas musicales. Abrió el portátil, googleó los nombres de los símbolos que tendría que haber aprendido en aquella fallida clase de piano, esos que solo le valían para economizar palabras en sus wasaps. Dio con una página que reclutaba pardillos con la promesa de aprender los entresijos de la música en un periquete: «*Clave de sol*, ubica las notas en un *Pentagrama*, que a su vez está compuesto por cinco líneas horizontales y cuatro espacios equidistantes donde se escriben las *Notas musicales*, *Do*, *Re*, *Mi*, *Fa*, *Sol*, *La*, *Si*, que sufren alteraciones colocándolas en sostenido o en bemol». Podría tirarse la tarde entera yendo de una definición a otra, pero le pareció una pérdida de tiempo, un completo sinsentido, ella no había heredado el talento musical de su padre biológico, ni ninguna otra cosa de la que pudiera sentirse orgullosa.

Pilló una sudadera del armario y salió de su cuarto decidida a aprovechar la última media hora de luz. Por los pasillos de la casa no se escuchaba ni un murmullo y se sintió en la obligación de avanzar con pies de bailarina. ¿A cuenta de qué Peter Russ habría elegido semejante casoplón? Una docena de dormitorios, otros tantos baños, un cine, una piscina cubierta, un gimnasio. Demasiada casa para nada, demasiada casa para nadie. ¿Cómo es que estaba tan forrado? ¿Tanto dinero le había dejado su corta carrera? Cogió el ascensor en la tercera planta y pensó que en aquel espacio entrarían el mostrador, el almacén y hasta el mismísimo aseo de la floristería de Fran. Imaginó a Peter Russ observándose en ese espejo por las mañanas, el exhaustivo repaso de su rostro de calavera, su americana impoluta, la melena blanca brillante y cardada, el cuerpo delgadísimo sobre su silla motorizada; ese festival de palancas y botones en el que se desplazaba con la dignidad de un veterano de guerra. Que no esperase una historia apasionante, con gente noble, valiente o exitosa, recordó la advertencia en su primer encuentro, pero que era su historia, insistió, «la sinfonía agridulce de cuando fuimos inmortales». ¡Vaya chorrada!, concluyó Lola, porque, dulces o amargos, sus días transcurrían de la misma manera, subiendo y bajando en un ascensor gigante de una mansión fantasma, preso en un barrio esnob de Londres, sumergido en un eterno mute. Peter Russ, la estrella del pop de los noventa en España, vivía en un cementerio, con sus glorias y sus derrotas juntas y también revueltas, descomponiéndose lentamente.

Se puso la capucha y salió al jardín. Desde la puerta acristalada de la biblioteca partían tres caminos empedrados. Lola escogió esta vez el de la derecha, el que nunca había recorrido y no sabía por qué, con dos grandes curvas de azucenas en tonos cítricos que hacían un cuadro perfecto junto al *Allium* violeta. Pasada la segunda curva, el camino se volvía de tierra y desde ese punto, ¡al fin lo había encontrado!, se divisaba un estanque compacto y coqueto con una hipnótica minicascada. Se acercó y cerró los ojos. Le gustaba el sonido del agua, hacía que desapareciera la angustia. El mundo, ella misma, se sentían menos pesados. Se sobresaltó al abrirlos: tenía de frente, bastante cerca, a la mujer asiática, la que grita, la quemada. No la había oído llegar, y eso que arrastraba una manta blanca con dibujos de pececillos anaranjados, quizá porque se movía como una pluma mecida lentamente por el viento.

—¿Me echas una mano? —Mai le habló en un español perfecto.

—Mola un montón esta manta, ¿es térmica? —dijo Lola mientras la ayudaba a cubrir las flores de loto rosas, blancas y azules.

—La he comprado por internet en una tienda española —respondió Mai, y Lola miró sus botas de agua, los mismos vaqueros y la sudadera de colorines—. Es ideal porque permite la entrada precisa de luz. En verano la retiro por las mañanas, así las flores reciben seis horas completas de sol, y en otoño la fijo con unas piquetas.

Las explicaciones de la mujer asiática produjeron en Lola una extraña placidez, como la modorra de la anestesia cuando le quitaron el apéndice, un abandono voluntario y feliz de su cuerpo.

—¿Has aprendido español en Valladolid? —Lola dudaba de que la mujer asiática le pillase el chascarrillo.

—Tu padre me hizo la misma broma. —Mai se puso en cuclillas para alisar su esquina de la lona—. Quise entender el español desde que era muy pequeña, gracias a mi ángel…

Lola imitó sus movimientos en el otro extremo del estanque. Lo del ángel le sonó raro, pero le dio bastante igual porque Mai había dicho «tu padre», y esa afirmación, tan natural, tan de andar por casa, le retumbaba en el pecho. ¿Por qué se había estremecido? Ella ya tenía un padre, alto, guapo, bronceado, que asistió a las reuniones del colegio, firmó sus notas cada trimestre y se dejó caer en alguna cita médica o en algún acto de fin de curso. Papá Acosta, el sonriente destinatario de sus manualidades el día de San José, que fingía como nadie, porque de no haber encontrado el cenicero de barro en la bolsa de donaciones a la parroquia, ella hubiese creído a pies juntillas que sus regalos del Día del Padre tenían el mismo éxito que las Lacoste que compraba mamá Acosta en nombre de los tres hijos. Pero esto era diferente; «tu padre», había dicho Mai refiriéndose a Peter Russ, y sonaba de verdad, genuino, como si incluyese un irrevocable sello de autenticidad.

—De este lado estamos listas. —Mai comenzó a moverse con una agilidad impropia de un cuerpecillo tan débil.

Pero de tanto ir y venir, le terminó fallando el equilibrio y se fue de rodillas a la tierra húmeda. Había caído a cámara lenta, aunque cuando Lola llegó en su auxilio ya se estaba quitando los guantes embarrados. La ayudó a levantarse, tuvo la sensación de recoger del suelo un hueso de los que soltaban los perros cuando no quedaba nada que rascar. Le apretó sin querer el nudillo sobresaliente del dedo corazón. Y descubrió que tenía el anular y el meñique unidos como las extremidades de un sapo, y el índice no era un dedo, sino la filosa navaja de un cortaúñas. Mai se sacudió la tierra de los vaqueros y le señaló un banco de madera oculto entre los arbustos.

—La humedad le sienta fatal a mis articulaciones —se quejó estirando las piernas—. Eso es lo peor de Londres, pero lo contrarresto con lo mejor que tiene la ciudad: sus maravillosos jardines.

Estaba oscureciendo, los peces de la manta térmica brillaban produciendo destellos, se habían vuelto fluorescentes, como las palabras, las frases y los dibujos de sus Converse. Recordó las figuras humanizadas de un teatro negro. ¡Cómo le gustó aquel espectáculo de luces! Una sola función y se le grabó en la memoria. De hecho, poco o nada recordaba de aquellas vacaciones, tour por las ciudades imperiales con los Acosta, las últimas con los pesados de sus hermanos, que inundaban Instagram con sus selfis en cada bendita acera. ¿Es que no se daban cuenta de que sus caretos podrían estar en cualquier lugar del mundo?, les estuvo picando todo el viaje, consiguiendo que la eliminaran de sus autofotos primero y de sus vidas después, por quejica, ceniza y cortarrollos.

—¿Has pensado cuántas partes del cuerpo tienen que amputarte para que dejes de ser tú? Todo está aquí dentro —Mai señaló su cabeza con el índice descarnado—, hasta los sentimientos. Solo hay una cosa que el cerebro no puede controlar: el dolor físico que corrompe la carne.

Lola no supo qué responder, ¿a cuento de qué venía una confesión como esa?, pero tampoco hizo falta porque Mai volvió a cerrar los ojos y empezó a contarle su historia, con una voz cálida como un edredón de plumas en invierno... Tenía siete años, se había escondido en un templo junto a su padre y su hermana pequeña que, pobrecilla, estaba muy asustada, sus dientes hacían el ruido de las nueces al romperse. Primero fue el polvo, que metió el mundo dentro de una nube gris, y luego el calor insoportable en las paredes. Mai quería gritar, pero no debía moverse, eso le había dicho su padre; tenía que estar atenta, él iba a indicarle cuándo salir corriendo. Su padre les había enseñado a contener la respiración, a liberar el aire en pequeños soplidos por la comisura de los labios, que saliese entre las mandíbulas apretadas soltando lo justo, lo necesario para no desmayarse. Mai sabía hacerlo, lo habían practicado en el lago contando los minutos debajo del agua, pero su hermana pequeña se ahogaba y había empezado a toser, a gemir, a llamar al padre, y su llanto se mezclaba con los otros, con los gritos de todos los que se habían escondido en el mismo lugar. Así, ¿cómo iba a escuchar ella la voz de su padre? Entonces vio el fuego, amarillo y rabioso, y a la gente escapando hacia la calle. Mai empezó a correr, llamando a gritos a su hermana y a su padre, pero no la oían, tampoco ella escuchaba nada, y le escocía el cuerpo, el calor era insoportable. Se había arrancado la ropa y una película transparente se desprendió de su brazo izquierdo, como el plástico que envolvía la carne cruda en el supermercado. Se estaba consumiendo y se hizo un ovillo, su piel era un asqueroso plástico chamuscado. Se derretía como una vela, le dijo Mai, y se acarició la mano, el índice seco, el anular y el meñique de sapo, como si necesitase reconocer a la persona en la que se había convertido a los siete años. Los aviones rugían sobre su cabeza, leones hambrientos, enjaulados, y ella pensó que eso era la muerte, y cerró los ojos esperando que cesara el dolor. Pero vio a su ángel: un hombre blanco y rubio con una cámara de fotos, un chaleco marrón oscuro y unas botas negras. Él la cogió en brazos y la subió a su camioneta. Ella seguía con los ojos cerrados, no quería ver ese interminable camino de destrucción y tristeza. «Lucha siempre, pequeña, y si el dolor algún día puede contigo, piensa que eres uno de esos peces anaranjados que se vuelven dragones», recitó las palabras que le dijo su ángel antes de dejarla en el hospital. Mai le contó que aquella frase se le quedó grabada, que la repitió cada noche y cada mañana durante veinte años. No falló ni un solo día, conviviendo con el terror de llegar a olvidarla.

—Hasta que conocí a Peter, porque fue él, tu padre, quien me enseñó el idioma de los ángeles.

Cuaderno de partituras

Londres, 30 de septiembre de 1998

Me despierto de un sueño cojonudo: voy andando por la Gran Vía con la mirada al frente, atropellando a los pardillos que se me cruzan como moscas vestidas de oficina, con sus corbatas y sus maletines, sus gafas y sus pobres vidas. Tengo el gesto serio, quiero dejar constancia de mi mala hostia, destilar odio hasta que llegue a Cibeles. El sueño se detiene justo a tiempo, antes de pasar por la Puerta de Alcalá y caer en un agujero negro que me va a destrozar el cuerpo. El sueño nunca termina en pesadilla gracias a la música, los cuatro acordes gloriosos, la puñetera maravilla que creó The Verve y que yo escuché una noche de pedo mítica en el radiocasete del Seat Ibiza del Lobo. «"Bitter Sweet Symphony" va a ser el himno del britpop», sentenció el Lobo atragantándose con su saliva, lo mismo que iba a ocurrir con mi último single, me dijo, que ya era número uno en Los 40 Principales. Recuerdo que estuve a punto de soltarle la superstición de mi abuela materna, la de los tres cachetes en cada lado de la cara cuando te ahogas con saliva; la vieja estaba convencida de que el salivazo propio era gafe, ahora pienso que más me habría valido hacerle caso. Esa noche en el Seat Ibiza choqué los cinco con el Lobo, el tío se lo había currado, y yo estaba contento. Claro que, en el país de los ciegos, el tuerto es el rey, y yo era el mejor, el más guapo, el más listo, el más talentoso de la peña que hacíamos pop en español. Pero la verdad es que me reventaba ese éxito tan local, tan *made in Spain*; lo que yo quería era estar en la MTV, ganar un puñetero Grammy, haber nacido en Londres, tener de colega a Richard Ashcroft y compartir escenario con Oasis. No conseguía olvidarme de aquella prueba de sonido en el Festival de Benicasim, el miniconcierto que se marcaron esos putos genios, y que yo flipé entre bambalinas para que nadie me viese botando como un fan de póster. ¡Fui tan feliz, joder! ¡Casi me corro encima! Pero tuvo que venir Cayetana, la barbie pija de las narices, ejerciendo de jefecilla de las Goonies, a sacarme de allí porque al día siguiente tenía que darlo todo en mi propio concierto. «No me digas que vas puesto, Peter, que eres cabeza de cartel, jopé», me lloró la muy petarda, y yo le respondí que sí, ¡no te jode!, que iba puestísimo, hasta el culo de buena música.

Al día siguiente hice mi parte, mi único concierto en el festival, en el Green Stage, el más grande, para un montón de gente entregada que coreaba mis canciones, gritaba mi nombre, se ponía a cien mientras yo repetía las letras como si me estuviese quitando de encima un bolo cutre de fiesta de pueblo. ¡Cómo odié aquel domingo en Benicasim! Odié tocar el mismo día que los Chemical Brothers, odié el maldito techno de la *after party*, odié llegar al hotel hecho polvo y tener que ver al lamentable grupete de pringadas en la puerta, repitiendo en bucle el pasito de la «Macarena». ¡Cómo odié haber nacido en un país que bailaba la «Macarena»! Y ahora vuelvo a abrir los ojos y veo a Richard Ashcroft en la tele, y me doy cuenta de que mi sueño cojonudo no es más que un recuerdo del videoclip de The Verve, que es Ashcroft el que camina cabreado por una calle de Londres, el que va chocando con la gente, el que lleva la chupa de cuero y la actitud de perdonavidas, el que al final de la canción se reúne con los tíos de su banda, que son igual que él, los que no han entrado por el puñetero aro de la sociedad. El vídeo termina y me siento jodidamente triste, porque yo ya no tengo banda, porque vivo en una clínica en Londres y no puedo caminar.

Se abre la puerta de la habitación. Es la morsa, y no me sorprende, hace un año que se presenta sin avisar, como si quisiera pillarme en un renuncio, como si no terminara de creerse que ahora soy una piltrafa. Llega agitado, igual de gordo, igual de sudoroso, con su cabeza de huevo, sus ridículos bigotes, sus ojos azules y saltones, sus mofletes rojos de rezagado en una maratón. Trae una estatuilla dorada en la mano, la sujeta con fuerza entre sus dedos de polla. La deja en la mesilla, al lado de una planta de plástico. ¡Manda huevos!, con el pastón que cuesta esta clínica y la llenan de adornos cutres del todo a cien. La estatuilla se ve ridícula al lado del macetero y el aparato de los cables por donde me inyectan los medicamentos. Es la figura de un tío desnudo, un Óscar afeminado, que sostiene el globo terráqueo con sus bíceps de culturista. «Has ganado este premio», me dice la morsa, y se desparrama en el sofá. Pienso en Jabba el Hutt, el sapo asqueroso al que fue encadenada en biquini la princesa Leia; pienso en la de veces que me la habré cascado viendo esa escena de *Star Wars*. Pero Jabba el Hutt va en pelotas y la morsa se ha puesto su camisa de cuadros, sus pantalones chinos, sus náuticos; españolada típica de domingo por la tarde en el barrio de Salamanca. «Creía que iba a pesar un montón, pero es una pluma», dice señalando el premio con su dedo polla, y yo me muerdo la lengua al ver que los botones están a punto de estallarle en la tripa.

«Cayetana te representó en la ceremonia, iba monísima, una burbujita de Freixenet», insiste en contarme una escena que me importa una mierda. Y remata con su cantaleta de siempre: si yo no hubiese sido tan prepotente, tan arrogante y tontolaba, estaría casado con una chica de familia bien como Cayetana, y él tendría un montón de nietos de anuncio; la vida que tenía planificada cuando recibió al hijo bastardo en su casa a los quince años, la maldita copia de sí mismo que se le rebeló el primer día. Me imagino a Cayetana vestida de burbujita, sin bragas, con esa risilla impostada y penosa, intentando follarse al primer famoso que se le pusiese a tiro. «Se hizo una foto con Alberto de Mónaco», alardea la morsa al más patético estilo de periodista del corazón. Le echa más sal a la herida y dice que la buena de Cayetana me había ahorrado el disgusto de verle el careto a Los del Río, que subieron al escenario a recibir su premio a la mejor canción del año, y hasta el príncipe había bailado la «Macarena». Estoy hasta los huevos de escucharle, pero no tengo más remedio porque es parte de nuestro acuerdo: él disfruta humillándome y yo me quedo sin derecho a réplica. Y él sigue: que mi desaparición ha generado muchísimo morbo, las ventas de CD se han disparado, soy el niño bonito de la SGAE, mis canciones se versionan hasta en los colegios y este año he sido el nominado indiscutible en todos los premios. Y eso que Cayetana apostaba por Eros Ramazzotti, me pincha, pero aun así se plantó en el Casino de Montecarlo con su vestido color champán y un emotivo discurso: «Nuestro querido Peter se sentirá feliz de saber que su música continúa entre nosotros», en un inglés perfecto. Ah, y se habían puesto de pie para aplaudirme, la morsa hoy está más cabrón que nunca, pero ¡mala suerte, colega!, el príncipe Alberto me robó mis minutos de fama cuando la cámara le enfocó al lado de una modelo argentina con todas las papeletas de ser su nueva novia. Normal, me digo, los cotilleos de palacio venden más que un músico desaparecido. «La argentina es una maciza», sigue hablando mi padre, y me entran arcadas. Puñetero gordo infeliz, seguro que no te la ves ni en la ducha, maldita bola de grasa, que mearás de oído. «Las tías buenas no suelen tener mucho criterio», respondo por primera vez, escogiendo las palabras, midiendo el tono y la intención, caminando por un jodido laberinto de rayos láser. «No se puede tener todo, yo al menos soy millonario», contraataca la morsa apretando los labios.

Se me acerca y me repugna. Me mira a los ojos y pilla el mando a distancia atrapado entre el Óscar mariquita y la planta del todo a cien. Le da play al vídeo y sube el volumen a tope, le importa tres cojones importunar a los desgraciados de las habitaciones de al lado. Además, se trata de una clínica para pijos, una especie de hotel de cinco estrellas, y mi padre es Jabba el Hutt, el Tío Gilito, el miserable hijo de puta que tiene mi vida en sus manos. La atmósfera orquestal vuelve a llenar el espacio, cierro los ojos porque me da vergüenza, me jode que «Bitter Sweet Symphony» tenga que sonar en una habitación tan cursi, con sillones morados y flores bordadas en las cortinas. ¡El ensamble de cuerdas es tan potente! Primero los violines, después el chelo, una genialidad de riff que me hace levitar. Calculo los segundos que faltan para que entren el sintetizador, la batería, el pandero, el bajo eléctrico y la voz que se marca un duelo a muerte con la música, esa que sale de la garganta del tipo alto que camina por una calle de Londres sin reconocer a nadie, sin sentirse parte de nada. La música se detiene en seco y abro los ojos: la morsa ha puesto el vídeo en pausa congelando el final feliz, impidiendo el encuentro del tipo de la chupa de cuero con sus iguales. «He leído que esta canción va a ser tan famosa como "Hotel California"», comenta, y solo pienso en su insolencia, ¿cómo se le ocurre pausar el vídeo para soltar esa comparación de mierda? Se despanzurra de nuevo en el sillón morado, por lo visto tiene ganas de hablar: «Qué pena, ¿no?, pensar que este chaval no va a ver ni un duro», y empieza a resumirme una historia surrealista que leyó en la prensa: la banda The Verve había llegado a un acuerdo para usar cinco notas de una vieja canción de los Rolling Stones, pero el antiguo mánager de los Rolling acusó a los chavales británicos de plagio. «Con esto y un bizcocho, los derechos de autor son de Mick Jagger y de su colega, ¿cómo se llama el de la guitarra?, pues ese, que están forrándose». Termina su parloteo y yo me descojono, suelto una carcajada tan feroz que me escuece en la garganta. «He estado a punto de creerte, ¿quién te ha pasado esos datos para gastarme una broma tan sofisticada? ¿La viborilla de Cayetana? ¿El capullo de Beltrán?», le pregunto, aunque estoy convencido de que esa historia solo puede haber salido de la retorcida mente del

Polo, que algo sabe de música y me conoce; mi hermanito sabría dónde darme para que me doliese.

Pero la morsa va y me tira un recorte de periódico doblado en cuatro; un papel arrugado que tuvo que soportar el peso de su enorme culo. Es imposible, no doy crédito, ¡que se trata de un sampler, cojones! Me trago la indignación que me empieza a arder en el estómago. The Verve ha creado un montón de modificaciones y de acordes nuevos, ¿cómo puede alguien con dos dedos de frente pensar que es la misma canción? ¿Y la letra? La letra es un maldito poema, el significado más canalla de la vida, el mejor himno a la incomprensión. «Las ideas existen para ser mejoradas», afirmo fingiendo una tranquilidad que me resuena en el pecho. Y me explico: «Una canción simple, sin relieves, puede convertirse en una obra de arte. Eso se llama evolucionar: aprender la técnica para modificarla o destruirla, como el alumno que supera al maestro o el hijo a su puñetero padre».

Se hace un silencio demasiado largo, me doy cuenta de que me he pasado mogollón. ¿Cómo he podido ser tan estúpido?, ¿cómo cojones he caído en sus provocaciones de mierda? «Hoy es el último día que nos vemos», me dice la morsa. Al parecer, el Polo estaba sospechando y las fans peregrinaban por las televisiones exigiendo que se abriese una investigación. «Tú y yo tenemos un acuerdo y vamos a respetarlo», me habla muy serio y empiezo a marearme, se me acelera el pulso, creo que voy a vomitar… ¿Es que me afecta dejar de ver al gordo cabrón? No comprendo lo que me dice, algo de un dinero que tiene que cambiar de sitio y que yo estoy en el lugar y el momento perfectos para ayudarle, que él se encargará de que no me falte de nada. «A cuerpo de rey vas a vivir», añade riéndose como si estuviera haciéndome un favor. Miro las sábanas mojadas, me he vuelto a mear encima. «¡¿Y si no me sale de los huevos?!», le grito indignado. «¡¿Y si lo cuento todo?! ¡A estas alturas, me la suda que la mierda nos cubra a todos hasta el cuello!», chillo y me quedo sin aire.

La morsa pulsa el telefonillo para llamar a las enfermeras y comunica en su inglés paleto que su hijo necesita que vengan a asearle. Después recoge el premio de la mesilla, me mira y me suelta que va siendo hora de que entienda que ya no soy, ni volveré a ser, como ese tío del vídeo que camina por la vida atropellando a la gente. Antes de marcharse, vuelve su cabeza de huevo, su bigote ridículo, los ojos saltones, sus mofletes rojos y brillantes hacia mí. «No es inteligente enfrentarse a los Rolling Stones. No lo olvides nunca, Peter», me dice. Y sale de la habitación dando un portazo.

2

Un paseo por Notting Hill

But lovers always come and lovers always go
And no one's really sure who's letting go today
Walking away

GUNS N' ROSES,
«November Rain», 1992

A Leopoldo le daba bastante igual Londres, la ciudad que tanto
había venerado su hermano y que tanto odiaba su padre. En su
familia siempre fueron así: para los distinguidos Martínez de
Velasco todo era blanco o negro, sin estaciones intermedias.
Se menospreciaba a la gente tibia, una categoría creada por su
madre, que incluía a las personas que no fuesen destrozando
objetos cuando se cabreaban ni repartiendo besos si les iba de
maravilla; lo que en otras familias vendría a ser la gente normal,
común y corriente, sin rarezas, poco dada a ir haciendo equili-
brios por los bordes afilados de la vida. «Individuos que no me-
recían ni el Gordo de Navidad ni un embargo de Hacienda»,
diría su madre, una conclusión a la que seguramente llegó en su
juventud, cuando todavía era Silvia Kiss, la morena de Las Jueves, y aún no sabía que acabaría siendo la respetable señora
Martínez de Velasco. Ella misma había inventado la categoría
que, sin darse cuenta, iba a traicionar después con su esmerado

encaje de bolillos entre lo elegante y lo anticuado, lo sugerente y lo sexy, lo culto a la par que divertido, los «sí pero no demasiado». Su pobre madre se fue transformando en lo que ella más detestaba: Silvia Kiss se volvió una tibia que oscilaba de un extremo a otro en la eterna guerra de los Pedros, llevándose la peor parte porque en el fondo —recurriendo a una lupa, eso sí— su padre y su hermano se parecían más de lo que hubiesen deseado: nunca dieron su brazo a torcer, aunque eso significase matar al mensajero.

Cogió la americana azul y salió de la habitación. Tenía un humor de perros, pero se negaba a creer que se debiera a su absurda charla vía WhatsApp con Cayetana. ¿Qué demonios le importaba aquella tía que no pululaba en su radar desde hacía diez años? Era absurdo andar releyendo sus textos y evaluando sus propios mensajes de voz. Todo por su puñetero ego, que no discriminaba con quién merecía la pena desplegar su ingenio. En quien debería estar pensando era en su madre, habían pasado ya cinco meses sin noticias de ella. Lo lógico sería llamar a la clínica y hacer las preguntas de rigor: ¿le está sentando bien la pregabalina? ¿Se sigue despertando desorientada por las noches? Pero corría el riesgo de que se la pusieran al teléfono y no se sentía capaz de mentirle ni de contarle la verdad a pelo: «Verás, madre, ¡qué casualidad!, a los cinco meses de la muerte de papá, sumados a sus veintitrés años de ausencia, resulta que Peter, sí, mi medio hermano, tu hijastro, me ha invitado a Londres, todo incluido». Su madre se quedaría de piedra. Podía imaginársela en aquella clínica tan fina, sentada en una mecedora en el jardín, rodeada de flores y silencio, comiendo bollos de mantequilla contrarrestados con Alka-Seltzer, eructando como respuesta cuando le contase que aún no había conseguido ver a Peter Russ. Y para quitarle importancia al nuevo desaire, añadiría: «Pero ya le conoces, madre, Peter como siempre mareando la perdiz. Ahora utiliza a una chavala bajita y borde de pelo morado como intermediaria. ¿Cómo te quedas, mamá?». Bah, más le valía dejar de malgastar la imaginación, esa sería una charla imposible. Aún no era el momento, lo mejor era sumar otro día sin tener contacto con Silvia Kiss.

«¡Tanto esfuerzo para nada!», pensó mientras atravesaba como una flecha el concurrido lobby del hotel. Su madre nunca logró quitarse el ramalazo de extrarradio, ni siquiera armada con vestidos de marca y zapatos de salón. Su tren se detuvo a mitad de camino entre el espectáculo de verbena y el marujeo del barrio de Salamanca, obligándola a abandonar el vagón en tierra de nadie para lidiar sin ninguna astucia con las rencillas familiares. Así había transcurrido la vida en su casa desde que Peter llegó con quince años, cuando su padre se sacó de la manga un hijo desvalido en Galicia, que tuvo con una pobre empleada de su empresa y al que iba a reconocer porque al chaval se le habían muerto los abuelos y ya no tenía a nadie más en el mundo. «Ahí empezó todo», se dijo frente a la puerta giratoria sintiendo un pinchazo en el estómago que prefirió asumir como una alerta de hambre. En cuanto Peter entró en la familia, el pulso con su padre se convirtió en algo destructivo: una contienda crónica que fue dinamitando cualquier intento de alegría. Padre e hijo, los dos Pedros, se dedicaron a rivalizar. Discutían desde generalidades, Real Madrid o Atlético, derechas o izquierdas, monárquicos o republicanos, hasta cuestiones de lo más nimias, Mercedes Benz o BMW, Nueva York o Londres, Claudia Schiffer o Cindy Crawford. ¡El aire era insoportable en aquella casa! Tan solo su madre se empeñaba en fingir normalidad, actuando como si nada, como si fuesen la familia perfecta y guapa del barrio de Salamanca. Pero con él, Leopoldo, entonces el Polo, ninguno de los dos había podido. ¡Y vaya si lo intentaron! Su adolescencia y su juventud hubiesen sido mucho más fáciles acoplado a un bando o al otro. Pero él resistió como un jabato, no se dejó arrastrar por esa peligrosa batalla ni les bailó el agua como hizo su madre. Leopoldo Martínez de Velasco, cuando aún era el miserable Polo, había optado por el camino del medio: liga de baloncesto,

Volkswagen, París y Carla Bruni. Quizá por eso, al salir del hotel Langham a Regent Street, a la hora en que la gente se recogía en sus edificios de ladrillo, respiró con tanta tranquilidad. Recorrería Londres en paz, portando el salvoconducto de un padre muerto, un hermano ausente y una madre sumida en la depresión.

Dudó si responder al wasap de Cayetana, hacía dos días que la había dejado en visto, un doble check sin remordimientos. ¡Basta de tonterías!, se dijo, y decidió llamarla por teléfono para escuchar de nuevo su voz, el tonillo tan cursi que conjuntaba con su figura lánguida, su melena rubia, los ojos verdes y húmedos de dibujo animado. Cuando le propuso cenar en el Leroley, Cayetana de la Villa de la Serna volvió a ser la chica de moda de los noventa, la relaciones públicas más cotizada, la mismísima Guía del Ocio parlante. Que lo tenía todo controlado, le respondió animadísima, y él se la imaginó dando saltitos de puntillas. «Es un restaurante dos estrellas Michelin con solo diez mesas, pero *no problem, my dear*, que soy amiga del dueño y con un par de mensajes nos hacen la reserva. Y esta vez invito yo», le tiró la caña con una promesa al aire porque, si la cosa iba bien, él tendría que hacerse cargo del desayuno.

Buf, cerró la llamada sumido en la pereza del ligoteo fácil y repetido que se remontaba a trece años atrás, cuando, efectivamente, pasaron la noche en una suite en Cannes para celebrar su premio al mejor largometraje de 2007. *Horizonte para dos*, el título de su película más laureada parecía haberles gafado la velada, que resultó ser un verdadero fiasco: no hubo manera de que se le pusiera dura y terminaron protagonizando una escena digna de una oscura comedia inglesa. Ella, tan delgada, ropa interior de encaje, cayendo en la desesperación; él saliendo del brete usando los dedos porque con la boca era demasiado curro; ella chillando a lo bestia y más retorcida que una serpiente. Ni siquiera probaron el desayuno que les subieron a la habitación: champán y fresas, un cliché. La recordó paseándose desnuda, un hada del bosque de un anuncio de compresas, concentrada en enumerar a sus amantes famosos, Peter Russ incluido; un aburridísimo catálogo de gimnasia amatoria con cantantes de diversas edades, nacionalidades y géneros musicales, porque necesitaba restregarle un currículo que la validase como una experta en la cama con una mala noche.

Tras aquel episodio en Cannes no había vuelto a pensar en Cayetana en trece años, ni siquiera se cuestionó los motivos de la inexistente química sexual entre ellos. De primeras lo achacó a lo mucho que la había detestado en su juventud, pero la respuesta era bastante más simple: el fracaso residía en sus físicos, en el choque continuo de dos cuerpos delgados, vientres planos, huesos de la cadera salidos, ombligos para adentro, que generaba la sensación de impactar de tripa contra el agua de una piscina. Aun así, la amenaza de otra velada de sexo mediocre no le disgustaba, ni siquiera la certeza de amanecer junto a ese cuerpecillo que en una primera entrega le resultó torpe y ridículo. De hecho —mejor prevenir que lamentar— puso rumbo al restaurante de Notting Hill con unos bóxer de estreno, un jersey de hilo verde y una americana azul marino de Hackett. Repetiría con Cayetana, ¡claro que sí!, porque los malos polvos le parecían inspiradores, la posibilidad de desdoblarse y mirar la secuencia como si tuviese una lente en el espejo del techo, captando la grotesca imagen de dos cuerpos desnudos intentando ponerse de acuerdo.

La reserva en el restaurante era a las seis de la tarde. Su reloj marcaba las cuatro en punto cuando se detuvo frente a la boca de metro de Oxford Circus. Decidió que iría en taxi. «¡Pues sí que te has aburguesado!», se burló de sí mismo, que ni por regalarse un día de turismo al uso se vio capaz de meterse en un vagón atestado de gente que dejaba constancia de su última y lejana ducha. Además, ¡qué narices!, estaba lloviendo y los taxis eran lo único que le gustaba de Londres: coches elegantes y amplios. Ojalá fuesen así también los de Madrid, al menos con la bendita mampara de plástico que dificultase la charla con los conductores. De repente, sin tener muy claros los motivos, le hizo ilusión llegar a Notting Hill, callejear por el barrio al que Peter se había referido tantas veces con la legitimidad de un vecino. «¿En qué momento Pedro José Martínez de Velasco se había convertido en Peter Russ?», intentó recordar mientras paraba un taxi cuando la lluvia empezaba a incordiarle. Le dio la dirección al chófer y se estiró a gusto en el asiento de piel negro. El cambio de nombre de su hermano había sido tan abrupto... ¿Cuándo fue, a los dieciséis? Sí, ocurrió al año de haberse instalado en la casa de Lagasca; ahora lo recordaba bien, él tenía catorce y la estúpida esperanza de que sumando años conseguiría que su hermano le dirigiese la palabra. A los dieciséis años recién cumplidos desapareció Pedro José y nació Peter Russ, y todos lo aceptaron sin rechistar, sin cuestionarse por qué de ahí en adelante tendrían que llamarle con un nombre inglés, ni tan siquiera de dónde demonios venía eso de Russ. Su entorno al completo, familia, vecinos, ligues, compañeros y profesores, cambió el chip a toda velocidad. Incluso su padre, que jamás consiguió sustituir el Polo por Leopoldo, se acostumbró a dirigirse a su hijo mayor por un nombre que cobraría sentido unos años después, cuando se convirtiese en una estrella.

En aquella época, recordó con exactitud, Peter aún no había pisado Londres ni era el melómano, casi un enfermo de la música, que llegó a ser con el tiempo. Pero ya era evidente que quería eliminar al chaval rubio de mirada escurridiza que su padre trajo a casa con quince años, dispuesto a asumir su responsabilidad tras la muerte de los abuelos maternos del chico, dos ancianos rojizos que él había visto en una foto escondida en el cajón prohibido de su hermano. Había que darle un futuro al muchacho, decía su padre en su pose más generosa, que no tenía la culpa de ser la consecuencia de uno de sus absurdos deslices. La explicación era tan terrible como falsa: ni responsabilidad ni mala conciencia, su padre necesitaba un chaval al que poder moldear a su imagen y semejanza, que le gustara más que él mismo, el triste Polo, un adolescente demasiado serio, demasiado raro. Creyó que con Peter le resultaría fácil, un chico de pueblo que agradecería cualquier oportunidad que le brindase su nueva familia con posibles. ¡Cuánto te equivocaste, padre! Quizá ya había perdido cuando permitió que su hijo bastardo cambiase su esperado Pedro José Junior por Peter Russ. Fue plantarse en Madrid y su primogénito, tan rubio, tan calladito, tan educado, comenzó a ejercer de músico rebelde y atormentado, una identidad que seguramente venía ensayando en su pueblo de Galicia, cuando ordeñaba vacas, cortaba leña, paseaba ovejas o lo que fuera que hiciese allí en Carballo, con esos pobres viejos que a duras penas juntaron unos duros para una guitarra española de segunda mano.

El taxi se detuvo en un semáforo y un grupo de adolescentes invadió con urgencia el paso de peatones; le hubiese gustado que la pausa fuese más larga, lo suficiente para terminar de ordenar las ideas en su cabeza. De repente, y a lo tonto, había hallado el punto de inflexión en la vida de su medio hermano: fue el hijo de segunda mano, tuvo la guitarra de segunda mano y, despejando la equis de la ecuación, se mudaba a Madrid, que para él era una ciudad de segunda mano. De ahí sus constantes escapadas a Londres a partir de los dieciocho, con la excusa de practicar un inglés que aprendió con las letras de los cuadernillos de los CD. Peter regresaba de esos viajes cada vez más sobrado, con la mejor chupa de cuero, las gafas más modernas, el tatuaje más canalla, voceando que no había color, que Madrid no le llegaba a Londres ni a la suela de los zapatos. Para Peter, Londres era una capital de verdad, cosmopolita, donde ocurrían cosas, donde estaba Camden Town, el caldo de cultivo de las vanguardias musicales. Las calles por las que caminaban los Oasis, Blur, The Verve, las bandas del britpop por las que Peter Russ habría hecho las veces de paso de cebra cuando aún ignoraba que, a la vuelta de unos años, él mismo iba a convertirse en una superestrella.

El taxista, un tío delgado, pálido y ojeroso, le habló por primera vez para confirmar la dirección: «130, Talbot Road», sin siquiera mirarle por el retrovisor. El nombre de aquella tienda de discos le había venido a la memoria esa misma mañana. «Extreme Maker», ponía en letras rojas y sangrantes en la bolsa que llevaba Peter la última vez que estuvieron los tres juntos, padre e hijos, en el piso de Lagasca, el 28 de agosto de 1997, cuatro días antes del famoso concierto del Vicente Calderón. Ese recuerdo era una pesadilla, en aquella época había que armarse de valor para regresar a casa por la noche. El salón se había vuelto una sala de espera, oscura y desangelada, desde que su madre se marchó a aquel spa de Zúrich para perder peso, y lo que serían en principio un par de semanas resultaron unos largos meses. Aquel 28 de agosto, era jueves, explotó todo. Hacía un calor insoportable, él sudaba a mares y solo deseaba encerrarse en su habitación para dedicarse al más furioso onanismo tras haber visto a Milla Jovovich en la película *El quinto elemento*. Con absoluto detalle, recordó los lamparones, el izquierdo más grande que el derecho, en su camiseta negra con el número veintitrés de los Bulls reflejado en el espejo del comedor, segundos antes de que Peter lo destrozara de un puñetazo que le dejó la mano hecha un cristo. Su padre tenía los ojos inyectados en sangre y a Peter le chorreaban los nudillos. Ninguno de los dos le había dirigido la palabra y él tampoco hizo preguntas, estaba concentrado en algo difícil de entender en aquel momento. Esa noche de calor agobiante en Madrid, Leopoldo había asistido al nacimiento de un nuevo gesto en el rostro de su hermano, no de rabia, sino de renuncia; el desesperado abandono de quien había comprendido que, por más que corriera, seguiría anclado en el mismo lugar.

Se bajó del taxi y estuvo un buen rato observando el escaparate de la tienda de discos. Extreme Maker había sido un lugar de culto para su hermano, que solía adorar los espacios, los objetos y a las personas que protegía el paraguas de lo indie. Todo lo que sonara a alternativo, subcultura o underground parecía fortalecer su chubasquero contra la inevitable tormenta de la música comercial. Se decidió a abrir la puerta acristalada y, con ojos expertos, anduvo a la caza del mejor plano general. Una labor inútil, la tienda era un pasillo estrecho y las paredes estaban llenas de calcomanías, como la carpeta de una chavala de instituto. Un sitio pequeño, con estanterías clasificadas por estilos y el soniquete de muchos dedos pasando vinilos a la vez.

Construyó una imagen deliberadamente perversa del Peter de hoy en día, a sus cincuenta y tres años. Lo imaginó como un tipo anónimo, un cualquiera hurgando entre los discos, quizá un coleccionista friki de los que olfateaban los álbumes raros. Empezó a sentirse estúpido al lado de esa puerta que jamás se cerraba, la gente entraba y salía provocando una desapacible corriente. Se ubicó junto a la caja registradora, que tenía poco movimiento; la tienda parecía convocar más curiosos que compradores. Se sentía decepcionado, había entrado en ese cementerio de discos de vinilo y CD en busca de la escena que tantas veces imaginó en su cabeza: la de una pareja, chico y chica, jóvenes, guapos, cada uno con sus cascos escuchando la misma canción en el mismo reproductor. Se había recreado en las miradas de complicidad, ambos sincronizados en música y letra, envueltos en su propia banda sonora. Pero no halló a la pareja ni tampoco vio ninguno de esos cacharros que permitían escuchar las pistas de un disco antes de pagar un pastizal por el single de moda en la radio. Quizá nunca habían existido, ni el chico, ni la chica, ni los cacharros; quizá Peter Russ y Clara Reyes nunca vivieron un momento así; quizá solo se trataba de otra de las crueles secuencias con las que él se había flagelado en su juventud.

Salió de nuevo a la calle cuando empezaba a oscurecer. Sus pies se desplazaron en un travelling hasta Portobello Road. Llegó a la taquilla del Perfect Cinema. Estaba cerrada, los lunes no había sesión. Se quedó mirando la cartelera como si esperase el milagro de la teletransportación. *Érase una vez en Hollywood,* la última de Tarantino, se proyectaba en la sala principal. Él la había visto tres veces, una con el propio Tarantino, con el que se pilló la madre de las cogorzas. La primera en un pase oficial y obligatorio, era miembro del jurado en el Festival de Cannes; la segunda, por las escenas en las que DiCaprio recreaba las películas del Oeste en blanco y negro, y la tercera, la de la cogorza, porque le había calado demasiado hondo el tema de la fatalidad y el azar, ¿y si sus desgracias hubiesen llamado también a la puerta del vecino?

Sintió la mirada atenta de un muchacho vestido de rojo, uno de esos uniformes de aparcacoches de los hoteles de cinco estrellas, que le saludaba desde la entrada. Le había reconocido, seguramente el chaval era un cinéfilo, quizá uno de esos enganchados a *Horizonte para dos* que le enviaban regalos o le daban las gracias vía mail y redes sociales por haber hecho la película de sus vidas. O era otro pobrecillo identificado con sus historias desgraciadas o quizá —había muchos de ese palo— era fan de Penélope y Bardem, y esos le agradecían que hubiera propiciado el reencuentro de la feliz pareja de actores. Al acomodador se le iluminó la cara cuando él le dijo que hacía años que no visitaba Londres y que le encantaría ver la remodelación del emblemático edificio. «It's a pleasure for me», lo invitó a pasar, orgulloso de ser el guardián de la sala de cine más antigua de la ciudad. Encendió las luces y Leopoldo pudo apreciar los sillones con reposabrazos de cuero granate, antes gastados y roídos, ahora elegantes y lustrosos; las mesitas individuales con una lámpara de aire de estilo barroco, eduardiano. ¡Otra ironía del destino! Veinte años después, el Perfect Cinema era el escenario perfecto para una cita romántica, la que él había soñado con Clara Reyes, para demostrarle que él también, cuando únicamente era el Polo, podía tener un lugar de culto; que él también era un artista y que con el tiempo se convertiría en un prestigioso director de cine, ganaría premios, fama y dinero, y deseaba, por encima de todas las cosas, compartir su éxito con ella.

Se sentó en la misma butaca que aquella tarde de diciembre de 1996, la primera de la izquierda, entonces sucia y con olor a viejo, a grasa, a sudor. Aquella tarde que resultó ser un desastre: Clara estaba demasiado herida y la sala principal del Perfect Cinema era demasiado decadente como para albergar un momento mágico entre los dos. El viaje a Londres había sido un error, lo supo desde el principio, desde que Clara le llamó por teléfono, desde que la vio esperándole en el aeropuerto con los ojos hinchados. Peter se la había vuelto a jugar, la envió a Londres para grabar un single en un estudio modernísimo en el que ella no podía entenderse con nadie. Clara estuvo diez días contando horas, minutos y segundos, esperando la llegada de Peter. Se harían una foto abrazados delante del Big Ben, un recorrido de manos entrelazadas en uno de esos autobuses rojos de dos plantas, un paseo romántico por Abbey Road y, si el tiempo les cundía, una visita rápida a Liverpool para tomarse unas pintas en The Cavern. Pero los planes de Clara se volvieron humo y se quedó allí sola, tratando de ser fuerte hasta que no pudo más y, como todas las veces, tuvo que llamar al bueno del Polo pidiendo auxilio. También, como siempre, él corrió a su encuentro, aunque aquella vez decidido a echar toda la carne en el asador, a jugar sus mejores cartas. Si su hermano iba a llevarla al pub donde surgió la leyenda de los Beatles, él la invitaría a la sala de cine que había sobrevivido a dos guerras mundiales. ¡Maldito error! Qué estupidez no tener en cuenta que Clara Reyes no sabía inglés, que la película era demasiado lenta y que en aquel cine de culto vendían *ice cream* y no palomitas.

Recostó la cabeza en la butaca en la que siendo un chaval había descargado su frustración. Clara lo comparó en amabilidad con el mayordomo de *Lo que queda del día*. «¡Anthony Hopkins tiene sesenta años!», se hizo el ofendido, pero no tuvo en consideración que Clara no andaba muy fina en ironía y que intentaría enmendar el entuerto haciendo lo que se esperaba de ella. Le bajó la cremallera y empezó a masturbarlo sin despegar la vista de la pantalla, con la destreza desganada de una mano muerta. Él cerró los ojos para que la situación tuviese la agilidad de un trámite. Y así fue, un trabajo rápido y limpio, porque Clara conocía el protocolo y llevaba un paquete de clínex en el bolso. Lo limpió, se limpió, y continuó viendo la película con el mismo entusiasmo con el que había procurado satisfacerlo. Salieron del cine sin hablar, igual que un matrimonio en sus bodas de oro, y ella le propuso tomar una copa que al final fueron doce. Terminó cargando con ella y su borrachera hasta la habitación, la tumbó en la cama, estaba inconsciente, y la desnudó observando cada detalle de su cuerpo. Le quitó las botas, los calcetines de rombos, los vaqueros negros y el jersey de punto. No llevaba sujetador. Recordó vívidamente sus pechos, los pezones rosados y redondos, los lunares cerca del ombligo, el sol tatuado en la cadera, las uñas de los pies pintadas de rojo. Le quitó el tanga y la abrió de piernas para observar su pubis grande, abultado, poderoso. Se imaginó sobre ella, dentro de ella, una y mil veces. ¡Y podría haberlo hecho! Besar, chupar, morder cada centímetro de esa piel canela y tersa, absorber cada gota de vida, comerse entero ese cuerpo tan perfecto. Pero no lo hizo. Se quedó mirándola toda la noche, memorizando cada pliegue, cada recoveco, con la certeza de que nunca más volvería a verla así.

Cuaderno de partituras

Londres, 23 de noviembre de 1999

Mai llora a horcajadas sobre mí. La cama es demasiado grande, ridículamente grande para los dos. «¡Sigue moviéndote, puta zorra vietnamita!», le grito porque la odio, odio todo lo que su cuerpo representa. Nos reflejamos en el maldito cristal de la ventana, la veo empalada como una sardina, ensartada al mástil que es mi polla gracias a un pinchazo en el muslo que no pude sentir. Mai y yo somos la viva imagen del fracaso, de mi fracaso y del triunfo de mis enemigos. Imagino sus asquerosas bocas salivando de gusto, brindando por la suerte de no tener que volver a verme. Los cantantes de pop en español, los bakalas, el grunge, el latineo hortera… ¡Podéis dormir tranquilos, cabrones! Las pibas que me follé borracho han de estar bailando sobre mi tumba. No, sobre mi tumba no. Cierro los ojos, mierda, ni siquiera puedo morirme en paz.

El éxito no es más que un par de piernas y una polla dura. ¡Qué imbécil he sido! Me he dejado la piel a cachos con tal de ganar pasta, diez mil veces más que la morsa, sin mirar a los lados como un caballo de tiro, con anteojeras para no desviarme de mi meta: plantar el culo en una montaña de monedas de oro. ¿Por qué sigo engañándome? ¿Por qué no asumo de una puñetera vez que el dinero me la traía al pairo? Yo lo único que quería era ser famoso, el que partía la pana, para que los hijos de puta de Carballo me vieran en la tele y se pusieran malos de envidia. Sí, era eso, me excitaba imaginar a aquellos chavales del pueblo mirando los videoclips del ranking *Del 40 al 1*. ¿Y quién era el número uno? Siempre, durante semanas, el único, el jefe, el mejor, yo, el mismísimo Peter Russ.

Cuando llegué a Madrid lo tuve claro: tenía que asesinar al crío ensimismado que había sido hasta entonces. No podía quedar rastro de aquel rubiales sin madre, con un padre obeso que había pasado de él, con unos abuelos que no hablaban bien el castellano. ¡Y lo logré! A los diecisiete años nadie podría relacionarme con aquel patético chaval de pueblo. Quizá por eso permití que Clara entrase en mi vida, otra paleta como yo, criada también por un abuelo analfabeto que olía a rancio. Al poco tiempo me di cuenta de que mi historia y la de Lady Soria solo tenían en común el punto de partida: Clara no era más que una tía buenorra sin ambición, que recordaba su Duruelo de la Sierra con nostalgia y a su abuelete con cariño. Y, lo peor, nunca supo disimular que la música le importaba una mierda. Llegué a despreciarla por eso.

Miro a Mai y me da asco, tanto como el que ella se da a sí misma. Su piel es una telaraña en relieve, deforme, monstruosa. Su torso desnudo parece una vela derretida, se intuyen dos tetas, dos uvas pasas, dos pezones como granos, dos costras a punto de desprenderse. Me mira y se seca las lágrimas con la mano buena, la otra es un muñón con dos dedos, el corazón y el anular. Le aparto el brazo de la cara, la escupo, le chillo que tendría que haberse muerto a los siete años, que no sabe moverse en la cama y que yo no siento nada. Pero eso no es culpa suya. No siento ni sentiré nada nunca más de cintura para abajo. «Mi libertad son dos piernas y una polla dura», le chillo, y vuelvo a cerrar los ojos. Quiero recordar mis piernas cuando servían para algo, pero me cuesta. Me esfuerzo, quiero recrear sensaciones, correr, subir una escalera, dar una patada, sentarme en el váter, estar de pie bajo la ducha. Quiero recordar lo que era correrme, las eyaculaciones salvajes. Primero el calambre, después el espasmo, el placer, la sensación de ser inmortal.

Abro los ojos, Mai está llorando al ritmo del roce inerte de nuestros cuerpos. Antes me gustaba dominar en la cama, los polvetes más absurdos con las fans del montón eran una ceremonia. Jamás me quedaría con sus caras, jamás recordaría sus nombres, sus olores, sus voces, pero ellas nunca me olvidarían. Las iba marcando como a las vacas, mi veneno se vaciaba en ellas para aniquilar a cualquier pringado que acabara dentro de esas pardillas que una vez, solo una puñetera vez, se habían acostado con Peter Russ.

Agarro a Mai por las caderas y la restriego con fuerza. Se queja en su idioma y parece el lamento de un animal. Le duele, pero no me importa. ¡Sufre, cojones!, al menos tú puedes sentir algo. Y me imagino mi polla, erguida por una inyección, dentro de su sexo cetrino y seco como la mojama, sangrando mientras la magreo, le clavo las uñas, le tiro del pelo y la escupo. Cierro los ojos de nuevo, ruego que al abrirlos todo esto sea un mal viaje, un tripi adulterado, una ida de olla por mezclar éxtasis y coca barata. No quiero, no puedo aceptar que vivo en una casa inmensa y fría en Londres con una vietnamita desfigurada. ¿Cómo cojones he llegado hasta aquí? Hace dos años lo tenía todo. ¡Lo había conseguido, joder! Fama, dinero, prestigio, el mundo se abría ante mí como una enorme furcia.

Mai se zafa con una violencia que no registro. Se tumba a mi lado, en la misma postura en que la vi por primera vez en aquel centro de rehabilitación en el que me encerraron tres meses. Recuerdo aquel día porque fue una mierda: la morsa me había enviado la primera silla de ruedas, «la hostia en patinete», me dijo por teléfono, que me daría independencia y calidad de vida. Como si yo aún tuviera una vida, ¡no te jode! Quería cagarme en sus muertos, pero no podía hacerlo, así que me fui con un enfermero bajito y grisáceo que me pilló por banda para hacerme un recorrido por la clínica. El enfermero me explicó la rutina de los siguientes tres meses: «Empezaremos con ejercicios para mejorar la tonicidad de los músculos y luego pasaremos al protocolo de evacuación intestinal», me dijo con el tonillo bobalicón con el que se le hablaba a los lisiados. Habitación tras habitación, me iba adentrando en una pesadilla. «Te va a encantar», se atrevió a decirme el muy hijo de puta, como si me estuviera enseñando un hotel de lujo. Ya nada me puede encantar, pedazo de imbécil. ¡Qué hostia te habría dado, cabrón!, te salvaste porque andaba aturdido mirando tantos caretos desfigurados por el dolor. ¿Qué le había ocurrido a aquella gente? ¿Por qué habían terminado en el lugar más siniestro del mundo? ¿Les despertaría yo la misma curiosidad? Si al menos hubiese ido a parar allí por una herida de guerra o algún acto de valor… pasar a la eternidad como un héroe y no como una estúpida leyenda del pop gafada.

Mai se tapa el pecho y el sexo como una Venus saliendo del infierno. La miro y recuerdo a la de hace dos años, calva y aún más delgada, volviendo al mundo tras la vigésima operación. Le pregunté al imbécil del enfermero por ese cuerpecillo tumbado en la cama, consumido, rosáceo, que ni siquiera parecía humano. «Es vietnamita y cuando tiene el día bueno es muy amable», me respondió cambiando el tono al modo payaso de feria. ¡Qué demonios me importaba el ánimo de esa desgraciada! Tan desgraciada como yo, como todos los defectuosos que dormíamos en ese lugar infecto de chillidos nocturnos. Lo que me interesaba eran sus ojos, su mirada plácida, como si se hubiera desdoblado, como si el alma se le escapara del cuerpo. «Con ella tenemos consideraciones especiales. Cuando tiene una crisis muy aguda la ayudamos un poco», me explica el imbécil sin entrar en detalles. Pero yo quería detalles, no iba a someterme a esas máquinas de tortura para nada, necesitaba saber si merecía la pena convivir con esa panda de zombis.

Al mes de estar en ese centro de rehabilitación y tortura obtuve la respuesta. Me llegó de la mano de un médico joven, uno que había veraneado en Benicasim, de esos guiris sin gracia que terminaban potando en la costa valenciana para sentirse unos malotes. «Te vi en un concierto hace unos años», me dijo, y lo pillé enseguida, se me daba bien obtener favores de un fan motivado. El médico guiri me puso los puntos sobre las íes: yo tenía una lesión medular completa, con total ausencia de la función sensorial y motora de la pelvis hacia abajo; no volvería a caminar ni a follar, mearía con una sonda y podría cagar hinchándome a fibra y a base de lavativas. ¡Quise morirme! No tenía la más mínima ilusión por estirar una vida miserable en una maldita silla de ruedas. Pero la encrucijada era tenebrosa: vivir o morir, cualquiera de las dos opciones era una mierda.

Mai se ha puesto un pantalón de algodón verde y una sudadera gris. Está de pie a mi lado. Me pide que estire el brazo y que le hable en el idioma de los ángeles. Le describo la playa del Razo en Carballo, mar abierto al Atlántico, un recuerdo de pequeño. Mi madre, tan rubia, tan guapa, que siempre tenía frío, claro, porque el cáncer ya le corroía los huesos… Mi madre me sonreía y yo jugaba con un cubo de arena, llevaba manga larga y un gorro que no me gustaba. «Sigue hablando, por favor, no pares», me ruega Mai, buscándome la vena para espantar la angustia y, con una inyección certera, invocar la calma para mi cuerpo y mi alma.

3

Una horca en el río

And I forget just why I taste
Oh, yeah, I guess it makes me smile
I found it hard, it's hard to find
Oh well, whatever, nevermind

NIRVANA,
«Smells Like Teen Spirit», 1991

Cogió el estuche del fondo de la maleta y lo abrió sobre la cama. Había tenido toda la mañana para revisarlo, para manipular a solas y sin testigos su última compra por internet. Pero a Beltrán Díaz Guerrero le gustaba añadirle un chute de peligro a la vida. La posibilidad de que le pillaran le seguía excitando como a los veinte años. Las performances furtivas en las escaleras del descansillo o aparcado frente al garito de moda, con los parasoles bajados y la caja de un CD en la guantera del coche. Comprobó que al estuche no le faltase ninguno de los chismes que prometía el anuncio. Allí estaba el espejo, la cuchilla de metal, la cuchara en forma de espátula y el tubo brillante que le parecía el colmo de la asepsia.

Examinó con recelo el dosificador de plástico del pack de regalo. No le hacía ninguna gracia, se cargaba la liturgia que tantas veces había compartido con Peter y su séquito, todos expectantes cerca de la barra, cuenta regresiva para el momento de pasarse la papela de bolsillo a bolsillo del vaquero, aguardando el guiño de ojo que iniciaría el viaje colectivo al cuarto de baño. Luego, de rodillas, bajarían la tapa del inodoro para hacerse unas rayas perfectas y perversas, paralelas y equidistantes, que machacarían con algún DNI —los apellidos compuestos tenían que servir para algo— y se irían pasando el turulo entre risas y cachondeo. Se les iba a caer la napia con esos talegos inmundos, era el lamento habitual de Peter, que prefería enrollar un billete de diez mil pelas porque al menos habría rulado entre tipos como ellos. Después todo ocurriría muy deprisa, pillarían el sobrante de la tapa del váter con el dedo para chuparlo, frotarse las encías o hacerse un chino, y de nuevo a la barra a partir la pana, más guapos y más bailones, invitando a copas, buscando ligues o pelea, fichando a la pobre incauta a la que dejar a medias por ir puestos hasta las orejas.

Cerró el estuche, tenía el tamaño perfecto, muy pintón, bonita cremallera, y lo guardó en el bolsillo de su americana. Se estaba poniendo fino a gomina, con la raya perfecta a un lado, cuando Brianda salió de la ducha.

—Me visto en un segundo y nos damos un paseo antes de la cena —le dijo su mujer, enfundada en un albornoz con las iniciales del hotel en letras doradas.

A Beltrán le sudaban las manos y volvía a perder el control de los párpados. Odiaba ir pestañeando como si estuviese atrapado en una tormenta de arena. Cada contracción muscular venía acompañada de un recuerdo, de alguna escena patética junto a los payasos de su grupo de rehabilitación. Pensó en el abogadete, el más panoli de las reuniones de grupo, que no tenía ni un solo espasmo. ¿Y el otro pringado? ¿Cómo se llamaba? El pijo que unos días se daba golpes de pecho y otros no paraba de dar la brasa con lo de apoyarse mutuamente. A ese capullo jamás le vio acariciarse los dientes con la lengua, no se le arrugaba la nariz, ni siquiera se la sonaba para frenar el interminable y asqueroso goteo. Detestaba la inmerecida suerte de aquella gentuza que iba por el mundo sin dar el cante, llevando más gramos de cocaína que células en el cuerpo.

Aprobó su peinado en el espejo. Cero canas, cero entradas, el castaño oscuro de siempre, mucho pelo y repartido por toda la cabeza. No tenía derecho a quejarse, su envase no registraba los daños que se había dedicado a infligirle durante más de veinticinco años. Le escocía pensar en ello, pero Beltrán había batido un montón de veces el récord de ocho días sin pegar ojo. Agotadas las bolsas de hielo y los tubos de vaselina, sobrellevando inflamaciones, costras de moco seco y sangre, su tabique nasal seguía en su sitio, recto como el de una estatua griega. Y en la dentadura le habían hecho un trabajo estupendo con las carillas —demasiado blancas, quizá—; nadie diría que se tiró media vida apretando los dientes y curando encías ulceradas.

Miró de refilón a Brianda, que se retiraba el agua del cabello con una toalla. ¿Por qué seguían esforzándose en disimular? Ambos sabían que siempre se mirarían de reojo, con suma delicadeza, procurando no enfocar los defectos del otro. Ella ignoraba sus muecas y sus espasmos; él aceptaba que jamás la vería desnuda. No podría determinar si alguno de los dos propuso ese extraño acuerdo o si surgió de manera natural; lo importante era que funcionaba, Beltrán estaba acostumbrado a tocar a su mujer poco y siempre a oscuras. La piel cuarteada, el abdomen plegado, los colgajos en la cara interior de los muslos de ella, sumados a la desidia, los movimientos mecánicos, los cinco minutos exactos de vigor de él, eran el resumen de la intimidad culpable que compartían. Un misionero urgente como pago mínimo de un asexuado contrato de compañeros de piso. Los «te quiero» que le susurraba Brianda —tres en cadena antes de dormirse— constituían lo único real en la pareja; el desfibrilador que ponía el cuentakilómetros a cero otorgándoles un mes de calma hasta que les tocase unir de nuevo sus cuerpos en la penumbra.

—¿Cuándo fue la última vez que tuvimos noticias de Cayetana? —Brianda salió del baño con unos vaqueros anchos, una camisa blanca abotonada hasta el cuello y unas manoletinas con un lazo en el empeine.

Había que reconocer que a los cuarenta y siete años lucía bastante mejor que a los veinte, aunque continuara moviéndose con la torpeza propia de los gordos, como si aún cargara con su antiguo peso inexistente.

—En 2001, la vimos en la tele, cuando era la jurado más cabrona de aquel programa musical que fue un pelotazo de audiencia.

A Beltrán se le quedó grabado a fuego aquel año. El comienzo de siglo fue un verdadero calvario para él, de repente perdió el fondo en una piscina en la que había nadado hasta entonces con destreza. ¡Maldito siglo XXI! Caída en picado para Beltrán y gloria para Cayetana, porque la rubita cachonda había sabido instalarse en la televisión nacional, chupando cámara todos los lunes por la noche, juzgando con mucha gracia y poco rigor a un grupo de chavales que competían para ser la nueva estrella del pop en España.

—«Cayetana de la Villa de la Serna, la mujer que conoce al dedillo la industria musical en nuestro país». —Brianda engoló la voz para hacer una imitación patética del presentador de aquel programa—. «Mánager del inolvidable Peter Russ, uno de los artistas más destacados del panorama nacional». Así la anunciaba aquel tío, ¿te acuerdas?, el que usaba esos trajes de colores imposibles.

—¡Mánager mis cojones! —le salió del alma a Beltrán—. Ojalá esa gilipollez nunca haya llegado a oídos del Lobo.

—¿Ahora defiendes al Lobo? —Brianda vocalizaba lo justo mientras se pintaba los labios con gesto de pez—. Vamos, si nunca soportaste al argentino...

Si quería pincharle, lo estaba logrando. Brianda sabía perfectamente que él nunca había soportado al argentino chuleta, pagado de sí mismo y de trato difícil; el brillante y dedicado mánager de Peter Russ. Al principio pensó que el Lobo era uno de esos sudaquillas vendehumos, de los que cruzaban el Atlántico y engordaban el currículo porque, si tan respetado era en Buenos Aires, si los artistas más importantes besaban el suelo por donde él pisaba, ¿qué cojones hacía mudándose a Madrid para empezar de cero? Y, lo más fuerte, en un segundo consiguió que Peter, que por sistema desconfiaba de todo y de todos, no hubiese puesto ni una sola pega a su propuesta. «¿Me estás diciendo que este pavo se va a mudar a un pisito de mierda en Malasaña para que tú seas famoso?», le increpó una noche, borrachos como piojos, colocadísimos, en la barra de La Fábrica. «Lo único que le falta al Lobo en su carrera es crear una estrella», le soltó Peter Russ, con tanta fe en aquel tipo que daba miedo.

Miró otra vez de reojo a Brianda, se estaba desenredando el cabello y ya empezaba a luchar con el secador. Tenía poco pelo y electrizado, igual que el Lobo, que no podía alisárselo y por eso disimulaba la escasez con una lamentable coleta baja. ¡Menudo macarra era el Lobo! Aunque, por extraño que resultase, la pinta de chungo le imprimía carácter, lo volvía un hombre fiable; era verle aparecer y tener la total seguridad de que ese argentino de la chupa de cuero, paquete de Ducados y aliento a Smirnoff se dejaría la piel y hasta el hígado para conseguir el éxito de Peter Russ. ¡Y eso hizo! Todos fueron testigos de su brutal destreza para cerrar conciertos —desde las salas más indie a los festivales populares—, negociando contratos y regalías con mano dura, camelándose a los locutores de la radio que partían el bacalao, comiéndole el tarro a los fans más acérrimos del britpop con la contundencia de una lobotomía, para lo que se valía de su labia y de su eslogan: «Peter Russ es el Liam Gallagher español». Eso iba vendiendo, y eso le compraron: un *british* que juega en casa, el Camden Town castizo, fue la campaña con la que convirtió a Peter Russ en el músico de culto de la gentecilla alternativa en un abrir y cerrar de ojos. Así era el Lobo, un currante con muy mala leche y un faltón, en sus propias palabras, «con los giles sin criterio de los amigos de Peter». Eso les llamó, «giles», y ninguno se quejó demasiado, porque el Lobo se fue ganando a pulso el odio y el respeto a partes iguales. Sabía un montón de música y de drogas. En realidad, de drogas lo sabía todo. «La farla no mata, pelotudos, lo que mata es que la corten», les gritaba alabando la pureza del producto en cualquier bareto en el que recalaran a última hora. Solo pillaba con su camello de confianza, el curilla de la mercería de la calle Barquillo, porque con las cosas del vivir no se jugaba, solía explicarles, porque «la vida era como una buena cogida: no la metás en ningún lado si no estás dispuesto a romperte el alma después». Esa frase, su doctrina estrella, fue la que les soltó aquella noche tomando cañas en el Doña Manolita, compartiendo un porro y sus planes de vida para Peter Russ. «En el próximo disco tenés que sonar más británico», le dijo a Peter. Había que darle otra vuelta de tuerca y lo mejor era instalarse en Londres, concretamente en el Team West, aquel maldito estudio de grabación con alojamiento en el que habían comenzado a despeñarse sus destinos. «¿Por qué cojones hice yo ese viaje? ¡Joder!», se quejó Beltrán de aquella pésima decisión que tomó a los veintisiete años. Si se hubiese quedado, sin esa debilidad suya de apuntarse a cualquier cosa que le propusiera Peter Russ, hoy todo sería diferente.

En la suite del hotel se instaló la calma. Brianda había desenchufado, por fin, el secador de pelo y se estaba poniendo unas gotas de aceite en las manos para repartirlas entre sus cuatro cabellos. Después echó medio cuerpo hacia delante y hacia atrás: un movimiento siniestro que le dejó el flequillo fuera de control.

—Me voy a adelantar, ¿vale? Te veo luego en el restaurante —exageró él la sonrisa sin aportar más información.

No había problema, con Brianda nunca le hicieron falta las coartadas, y ella no se quejaba, ni siquiera por sus abruptos cambios de planes, ya tocara arreglarse para una cena, ponerse el pijama o hacer una maleta sin preguntar el destino. Nunca ponía problemas si él salía solo ni se enfadaba cuando volvía, a veces un par de días después, apestando a vicio y a culpa. Al contrario, ella lo recibía amorosa, dispuesta a recuperarle el semblante con cariño y caldo de pollo. Brianda le quería, se lo había demostrado con creces: fue su única red cuando él cayó en desgracia, cuando sus padres, después de soltarle un dineral para tapar el pufo que había creado por idiota, decidieron borrarlo hasta de las felicitaciones de Navidad. ¡Cuánto le dolía aquello todavía! ¡Aquel negocio era tan fácil! Lo había hecho un montón de veces, un simple cambio de billetes pequeños por billetes grandes entre Suiza y España, con un potente tres por ciento por operación. Se trataba de un cliente recomendado y él era un Golden Boy, ¿qué podía salir mal? ¡Que los billetes fueran falsos, imbécil! Que iban a echarle del banco, que se metería en un lío gordo con gente peligrosa y —eso jamás lo imaginó— que tendría que bajarse los pantalones con su padre y aceptar una terapia de rehabilitación junto a diez pelmas. Una maldita pesadilla: entregar su agenda de contactos, dejar de beber, olvidarse de las fiestas, de los colegas de la noche y encontrarse tan pero tan harto de sí mismo como para aceptar que Brianda, la buena de Brianda, le abriera las puertas de su ático en Aravaca, le diera las llaves de su ML, una firma conjunta en el banco, acceso al gimnasio, al club de pádel y a sus amigos insípidos de la urbanización. Brianda García de Diego, la compañera de facultad de Cayetana, la Sancho Panza de Clara Reyes, la gordita colada en la pandilla, se había plantado de raíz en su vida con su cara de primeros auxilios. Ahora era su paño de lágrimas, su esposa, su chacha y su enfermera, tan buena, tan diligente, tan necesaria y tan jodidamente asfixiante a la vez.

—¿Crees que es buena idea ir a esta cena? —Brianda se cruzó de brazos frente a la puerta.

—Anda, tonta, no te rayes. —Se acercó a ella lo necesario para darle apoyo sin tener que abrazarla—. Ahora el tema es diferente, ahora eres mi mujer —añadió, y salió de la habitación rozándole la manga de la camisa.

Suspiró al entrar en el ascensor, ¿por qué se sentía como un niño pequeño a punto de hacer una trastada? «Tranquilo, será una vez más y listo, esta es la última, prometido», se dijo mientras cruzaba el lobby. Además, ¡qué cojones!, se lo merecía. ¿Cómo soportar si no esa extraña y repentina intromisión del pasado? Se detuvo frente a la puerta giratoria y revisó el último wasap: «Nos vemos en el East End, te van a molar los antiguos bajos fondos de Londres». La noche anterior había estado googleando el mapa de la zona y de bajos fondos no tenía nada, porque, según la cuenta de Instagram, en ese barrio había una curiosa mezcla de turistas, banqueros pijos y hipsters de café ecológico con leche de almendras. ¡Mejor a la vieja usanza!, decidió, y se guardó el teléfono. Se acercó al mostrador de la recepción, a la chica larguirucha y pelirroja, la que coqueteó con él el primer día. Para llegar a la Taberna de Judas le recomendó el tren de cercanías hasta Wapping y, desde ahí, unos diez minutos andando por la calle de los grafitis, que era *so cool*, hasta el río. «Thanks, darling», sonrió a la chica enseñando carillas de estreno, aunque a Beltrán le importase un pepino el arte callejero, el barrio bohemio y hasta el mismísimo Buckingham Palace. ¡Por no hablar de la Taberna de Judas! ¿Tenía que impresionarle que la hubieran construido en mil quinientos no sé cuántos? ¿Alucinar en colores porque era uno de los pubs más antiguos de Londres? ¿Dar saltos de alegría porque ponían unas pintas legendarias? Chorradas y más chorradas. Beltrán iría a tiro fijo, no era un turista cualquiera, y, lo más importante, tendría que hacerlo todo muy rápido, sin tiempo extra para reflexionar sobre la tontería que estaba a punto de cometer. «Nos vemos en el East End, te van a molar los antiguos bajos fondos de Londres», volvió a leer el wasap y llenó de aire los pulmones.

Paró el primer taxi en Regent Street. Metió la mano en el bolsillo de su americana y acarició el estuche. Estaba decidido, iba a cerrar los ojos y a sumirse en una especie de trance hasta llegar al Támesis. «Wait for me, over here. It will take two minutes», le pidió al taxista de rostro tan gris como la tarde. «¡Cómo detesto este clima!», pensó antes de bajarse del coche al ver el vaho en los cristales. Odiaba la lluvia, le recordaba a su primer invierno en Boston, cuando era un estudiante pringado y no un Golden Boy, cuando se estrenó con el polvo blanco sobre una inmunda llave de aluminio. Se la ofreció aquel venezolano, un chaval bailón e hiperactivo, con el que compartía turnos en el catering de la universidad. Recordaba la llave sucia porque no pesaba nada y casi tira la farla al suelo. ¡Menudo careto se le puso al venezolano! «Coño, huevón, que solo tengo un gramito», le soltó. Esa llave, en combinación con aquella cara, le hizo descubrir la desesperación que podría generar un gramo de cocaína. Y, lo que pensó al probarla, eso también lo recordaba: dos rayas de polvo blanco le sacaban la angustia del pecho, la presión, el cansancio, y le lanzaban de cabeza a una eterna juerga. «¡Vamos a ello!», se infundió ánimo y abrió la puerta del taxi. Antes de salir, el chófer toqueteó el taxímetro para advertirle que seguiría corriendo. ¡Vaya descubrimiento! Beltrán sabía mejor que nadie que el tiempo iba a lo suyo, que la vida transcurría, que el mundo no paraba de moverse, aunque él se hubiese quedado paralizado hacía ya años en un arcén.

La Taberna de Judas tenía la fachada típica de ladrillo visto y marquetería oxidada. El interior era otro cantar, parecía que se entrase en otra dimensión. Se imaginó a los piratas malolientes de parche en el ojo que habrían voceado en ese pub, soltando escupitajos, manoseando a camareras de cabellos rojizos y carnes lechosas y desparramadas. Pasó delante de una barra que atendía un chaval asiático con gafas y un iPad, lo que rompía el hechizo y devolvía al turista más motivado al siglo XXI. Vio los tres ventanucos en el lado derecho, una pared con objetos de bronce en el izquierdo y, ¡por fin!, las benditas escaleras que conducían a la terraza, donde se comían la boca dos chicas rechonchas, muy parecidas entre sí, como si fuesen la visión doble y guarra de un borracho. Arriba, ocupando una de las mesas más retiradas, reconoció al Pepo, el autor de esos animadísimos wasaps. Uno de sus antiguos coleguitas de la noche, de esos tíos que no existen las mañanas de lunes ni los domingos en misa, a los que nunca verás leyendo el periódico en un bar o desayunando en un VIPS un cruasán a la plancha con mantequilla. Seguía siendo un tipo inmenso, ancho de espaldas, con pintas de portero de discoteca o de funcionario de prisiones; una de esas caras moldeadas a puñetazos. Se saludaron con un gesto al aire.

—Voy con prisas, me esperan para cenar en Notting Hill —se excusó cuando el hombre grande le señaló una silla vacía.

—Hasta yo me he acostumbrado a este absurdo horario de comidas —corroboró el Pepo, y se llevó a la boca un trozo de pescado frito con un puñado de patatas pringadas en mayonesa.

—Pensé que habían bajado los precios. —Beltrán le dio doscientas libras.

—Y han bajado, pero la calidad también —dijo antes de dar un sorbo ruidoso a su pinta de Guinness—. El material que te llevas es de primera.

Beltrán siguió con la mirada la mano del Pepo, que dejaba la papelina sobre la mesa demasiado cerca de su plato aceitoso. ¿Cómo había ido a parar el Pepo a Londres? En su anular descubrió un anillo de casado. Quizá su excolega de la noche tuviese hijos, sobrinos, perro, quizá llevase una doble vida, la misma que a él se le empezaba a escurrir de entre las manos.

—Gracias, tío, cuídate. Y que aproveche. —Cogió la papela con rapidez y se dio media vuelta rumbo a las escaleras.

—Y yo que pensé que lo habías dejado —le voceó el Pepo en un tono que mezclaba sorna y reproche.

Beltrán se volvió con la intención de explicarle que solo sería esa vez, la última, que él estaba limpio, que necesitaba una dosis para soportar la que se le venía encima. Pero no le dijo nada. Se quedó paralizado, mirando una estructura de madera que se erguía frente al río, de la que colgaba una soga con un nudo corredizo. Apresuró el paso hasta la salida agarrando con fuerza el contenido de su bolsillo.

Cuaderno de partituras

Debería arrancarme los ojos con mis propias manos. Pero soy un maldito cobarde, me acojona el dolor físico. Mejor seguir acumulando estropicios, alcohol, drogas, tabaco, así me iré matando lentamente. Un puñetero farsante, eso es lo que soy, muy chulito frente al débil, como un matón de instituto que joroba a los que puede mirar desde arriba, pero que jamás se atrevería con los de su tamaño. Sé que soy un mierda.

Encuentro una papela, la última, en el bolsillo de mi chupa. Me hago un par de rayas gordas sobre la mesa de la cocina. Las aspiro como si llevara meses bajo tierra, como un gusano, como lo que soy. Me tiro en el sofá. Me duele la puñetera nariz, tengo mocos negros, sangre pegada. ¡Y cómo me duelen las piernas! Me he torcido un tobillo. Doy asco, huelo a vómito, a pis, a saliva. No soy capaz de levantarme ni para meterme en la ducha. Las imágenes que me vienen a la cabeza me descomponen, tengo la tripa floja, no llego al váter. Siento que un dragón me quema los intestinos y me voy por la patilla, lleno de mierda hasta los pies, mierda amarilla, sopa aguada de zanahoria, papilla infecta de bebé. Tengo un arañazo en la cara y el labio mordido. Fue Clara, eso sí lo recuerdo, me daba patadas en el ascensor, me escupía, chillaba rogándole a Dios que me partiera un rayo.

Soy un monstruo, debería cortarme las venas, pero me marea la sangre. Yo era el pringado que se salía de clase cuando explicaban los movimientos del corazón: «Sístole, diástole, ventrículo, aurícula», y no sé cuántos palabros más que me iban poniendo blanco como el papel. Pedía permiso para ir al baño, no iba a parecer un mariquita frente a los cenutrios de Carballo, eso jamás; si me caía redondo al suelo, lo hacía más solo que la una, con dignidad. Hasta que encontré mi terapia de choque y fue brutal: meterme en todas las broncas de bar posibles, repartir hostias como panes, partirle la cara al que se me pusiera a tiro, y ya luego, solo en mi habitación, desmayarme viendo mi propia sangre. Nacer es un acto de sangre, follar es un acto de sangre y morir también. Y yo, el puñetero Peter Russ, debería estar muerto.

Salgo de la ducha, me seco, me arde la piel. Pillo una camisa y unos vaqueros del cesto de la ropa sucia. Me meto la última raya que me queda y me fumo un cigarro que me pica en la garganta. Estoy nervioso, Clara aún no se ha despertado. Creo que me pasé con el Lexatin, ¿le di una, dos o tres mil pirulas? ¿La caja entera? Estoy chorreando de sudor, me estoy derritiendo, no puedo calcular cuántas horas lleva Clara durmiendo. ¡No me jodas que me la he cargado! Debería ir a verla, pero no me atrevo. Cierro los ojos, ¿y si no está? ¿Y si todo fue una pesadilla? ¿Y si Clara nunca llegó al aniversario del D'Lune? ¿Y si no me volví loco recordando aquella sauna maloliente de Londres? ¿Y si ese maldito maricón nunca intentó colarse entre mis piernas?

Abro la puerta de la habitación sin hacer ruido, y no, ¡joder!, no fue una pesadilla. Clara está boca arriba, desparramada sobre el edredón. Tiene una postura extraña, como si se hubiese despeñado desde lo alto de un edificio. Sus piernas forman un cuatro, las medias negras de rejilla están rotas en el talón, en la cadera y en las rodillas. No lleva bragas, tiene la camiseta de la fiesta blanca del D'Lune hecha un gurruño sobre el ombligo. El brazo izquierdo se alarga hacia la almohada con rosetones, marcas en la muñeca, dos uñas rotas. La mano derecha en el corazón, ahuecada, como si quisiera protegerlo o arrancárselo. «Sístole, diástole, ventrículo, aurícula», me voy corriendo al váter a vomitar.

Soy el diablo, debería saltar por la ventana, pero tengo vértigo, me tiemblan los gemelos. El típico que no soporta los rascacielos. Ni de coña probaría un salto en paracaídas, le tengo respeto a los acantilados, incluso a los trampolines de las piscinas. ¿Tirarme al público desde el escenario a lo Kurt Cobain? Recuerdo ese salto con bronca incluida en Texas. ¡Cómo nos ponía verlo a Beltrán y a mí!, lo celebrábamos como la puñetera final de un

Mundial de fútbol. Mierda, vuelvo a pensar en Beltrán y se me revuelve el estómago. Regreso a la habitación y me acerco a Clara, escucho su respiración. Tiene el pelo sucio, pegajoso. También huele a vómito, a saliva y a sexo. Se me acelera el corazón. Trato de recordar, tengo que recordar, joder. Repaso uno a uno mis movimientos de la noche anterior. Salí del piso de Beltrán, indignado, cabreado como una mona. Cogí la Kawasaki, la puse a mil, eso es lo único que no me asusta, la velocidad. Llegué a la fiesta del D'Lune, entré por el aparcamiento a la barra libre de polvos blancos, aspiré todo lo que me pusieron delante. Me tomé doscientas copas con los pelotas de la banda: «¡Por el mejor concierto que se verá en España!». Brindamos y el Vicente Calderón se nos empezó a quedar pequeño, más rayas y cubatas, y fuimos planeando una gira mundial. Me sentía en la puñetera gloria, con pasta, con libertad. ¡Por fin podría largarme con Ella! Ni la morsa ni nadie en el mundo iba a poder con nosotros, blindados por el éxito que nos uniría para siempre. Pero no, joder, no divagues, ahora lo que importa es saber qué cojones pasó con Clara, qué demonios le has hecho.

Es increíble, mis recuerdos no son más que una gran tormenta de polvo blanco. Polvo blanco en el mármol, polvo blanco en la barra del bar, polvo blanco en los baños, polvo blanco que chupaba del cuello de Cayetana cuando entró Beltrán en plan gallito, tan venido a más, pretendiendo por sus santos cojones darme explicaciones a voces y en público. «¿Qué me vas a contar? ¡Déjame en paz!», le grité y le di un empujón. Me fui al reservado con los de la banda y una pandilla de rostros desfigurados por mi propio pedo. Y entonces apareció Lady Soria con su minifalda atigrada y sus medias de rejilla, montando un pollo de la hostia. «¿A quién te estás follando, cabrón? ¿Quién es esa vieja con la que estás tan encoñado? ¿Cómo se llama esa maldita zorra?», gritaba fuera de sí. No soporté tenerla enfrente. «¡Sacadme a esta tía patética de aquí!», le pedí a un segurata, pero no me hizo caso, el cabrón tenía los ojos como el parabrisas de un coche en invierno. Y para rematar la escena se coló Beltrán en el reservado a tope de explicaciones y papelinas. «¿Pretendes comprar mi perdón con drogas?», le dije. Pero finalmente aspiramos y bebimos y seguimos aspirando. Clara lloraba en un rincón abrazada a sus rodillas. «¡Que te vayas, maldita paleta, que no quiero verte nunca más!», le grité. Y ella se echó al suelo y se abrazó a mis pies. Chillaba como una niña pequeña, suplicaba que no la dejase sola, que sin mí ella no era nada.

Debería pegarme un tiro en la cabeza, pero odio las armas. Las detesto desde aquel fin de semana de cacería cuando tenía quince años. «Tú y yo solos, para crear un vínculo de padre e hijo», me dijo la morsa. ¡Manda huevos! ¿Así pensaste que llegaría a quererte, padre? ¿Viéndote matar venados y jabalíes? ¿Notando que no te temblaba el pulso cuando les cortabas el cuello para que se desangraran? Llevabas razón, ese día de caza me sirvió de mucho, me di cuenta de que pasaría el resto de mi vida odiándote y que nunca, lo juré por mis muertos, iba a parecerme a ti. Y finalmente empiezo a recordar, mierda, yo también soy un fraude, una basura de ser humano. Veo a Clara tumbada en mi cama y comprendo que soy igual que tú, ¡maldita morsa!, un hijo de la gran puta sin principios, sin sentimientos, sin corazón. «Si no te vas a ir, al menos haz algo que me divierta», le dije a Clara, sí, eso le dije, levantándola del suelo por los pelos con la mirada fija en el mamón de Beltrán. Pierdo la imagen, joder, todo se pone oscuro y solo quedan las voces superpuestas, mogollón, tantas y tan diferentes que no las reconozco. «Aquí o follamos todos o la puta al río», dijo alguien, no sé quién, y ya no recuerdo más, no puedo, porque sigo siendo el chaval de quince años que se comía los mocos y se bebía las lágrimas viendo a un venado desangrarse en el suelo.

«¿Soy un monstruo?», le pregunto a Cayetana, que suena tranquila al teléfono. A la diligente barbie pija no hay quien le tosa. «No digas tonterías. Ahora tienes que sacarla de tu casa», me ordena, pero yo insisto, quiero saber qué ha pasado, completar el puzle en mi cabeza. Que no me preocupase, me dijo, un desfase como cualquier otro, nadie tuvo la culpa, una noche de juerga que se nos fue de las manos. «¿Tengo que llevarla a urgencias?», pregunto porque no sé cuál fue el desfase, qué cojones le hice, por qué está inconsciente en mi cama. «Nadie le hizo nada a Clara que ella no quisiese. Lo importante es que esto no se filtre a la prensa, mucho menos ahora, a una semana del concierto en el Calderón», concluye muy seria. Antes de colgar me pide que descanse, me recuerda que el estadio estará a reventar y me receta dos Termalgin y un calcetín untado en Vicks VapoRub sobre la garganta. «Clara tiene que volver a su pueblo con su gente y punto», me dice la barbie pija y cierra el teléfono.

Llaman a la puerta, abro y entra el Polo. Está furioso, me aparta de un empujón y tumba mi póster del recibidor. No me mira, no me habla, va directo a mi cuarto. Coge a Clara en brazos. «¿Sabes qué le pasa? Te juro que no recuerdo nada», le digo, y los sigo hasta el ascensor. Clara continúa dormida, como una niña en el regazo de mi hermano, que parece haber envejecido diez años. Las puertas del ascensor empiezan a cerrarse, el Polo me mira a los ojos y en ese momento me jura, a voz en grito, que quiere verme muerto.

4

Una lámpara de cristal

I'm a Barbie girl, in a Barbie world
Life in plastic, it's fantastic
You can brush my hair, undress me everywhere
Imagination, life is your creation

AQUA,
«Barbie Girl», 1997

Las lágrimas de cristal se fueron estrellando una a una contra el suelo. Cayetana no daba crédito: reservar en un restaurante exclusivo, minimalista, diáfano, y que le hubiese tocado la mesa junto al único adorno pensado para destacar. Una lámpara de pared de la que colgaban cristalillos negros, alargados y desiguales, y acababa de cargársela. Un objeto innegablemente feo, poco habitual, por no decir rarísimo, en un restaurante con estrella Michelin, de los que solían esmerarse en procurarle al cliente una experiencia agradable o, cuando menos, inofensiva. A esos sitios de lujo se iba a probar exquisiteces variadas, coloridas, pequeñitas, a hablar en voz baja, susurrando, porque la gente bien no daba voces ni se ponía ciega a comida. Definitivamente, estaba nerviosa, si no, ¿cómo se explicaba tamaña torpeza al quitarse la chaqueta? Lo peor era que la lamparita de marras seguía soltando lágrimas a cuentagotas. Los cristales caían al suelo con un agudo soniquete, tan molesto que el resto de los comensales le devolvían miradas de disgusto. Lo normal; eso hacía la gente bien cuando le tocaban las narices.

Alzó su copa de champán rosado y, sin cortarse un pelo, faltaría más, brindó a la salud de aquellos desconocidos. Total, ella era una mujer estupenda, estilosa y rubia, y que se hubiese cargado un adorno espantoso podía quedarse en una anécdota propia de la protagonista guapa de una comedia romántica. Además, a Cayetana le gustaba sentirse observada, ir por el mundo con una luz cenital, perseguida por los paparazis, asediada por una horda de admiradores o calumniada por feroces enemigos. Como en aquella época de 2001, tan fabulosa, en la que robó la atención de España entera en el programa de máxima audiencia de Televisión Española. Fueron solo cuatro meses, pero intensos, eso sí, los recordaría siempre, entre otras cosas porque era la primera vez que le pagaban un sueldo en condiciones, cifra gordísima y en euros. Y eso que ella no había parado de currar desde los dieciocho años. En realidad, dinero nunca le hizo falta, pero anda que no se dejó el alma y los pies cuando era jefa de equipo de los relaciones públicas más top de la noche madrileña. «¡Hola, guapita, qué vestido más ideal! ¡Qué tal, guapetón, hoy estás que te sales!», repetía como un disco rayado hasta las mil y monas. Su florido menú verbal de jueves por la noche a lunes por la mañana, y no sumaba más días porque tenía que ir a la facultad, sacarse una carrera, conseguir un título enmarcado que su padre pudiese colgar en la pared del despacho. Y luego, lo más importante, rentabilizar los contactos acumulados en tantos años de estudio para encontrar un marido pintón y con pasta, «que haberlos haylos», le animaba su padre. Una pena que ella tuviese el ojo entrenado para pescar a cualquier mendrugo bohemio y descarrilado que anduviese por la calle.

Se sirvió la segunda copa de champán y esta vez brindó por su padre, que se había muerto sin ver el título en la pared, sin desfile del brazo hasta el altar de Los Jerónimos y sin un nieto que heredase el apellido compuesto. ¡Pobre papá!, se fue al otro barrio con el disgustazo de que su única hija, primera nieta, ojito derecho, se la liara parda con la música, las copas, las drogas y las discotecas; esos lugares malditos en los que Cayetana de la Villa de la Serna se movía como pez en el agua. En las discotecas ella se crecía, siempre rodeada de gente, risas, música, barra libre, fiesta de la espuma, fuegos artificiales… ¡Qué buenos años aquellos! ¿En qué momento se le ocurrió dejar el mundillo de la noche? ¿Por qué pasó de ser la reina de las pistas a organizarle la agenda al desagradecido de Peter Russ?

Un camarero con gafas y exceso de colonia se acercó a la mesa con un obsequio del chef: un minúsculo cubo de pescado blanco dentro de un tubo de ensayo que echaba humo. «Thank you, it is lovely», Cayetana agradeció aquel aperitivo en hielo seco con su expresión favorita. ¡Eso era lo que le hubiese gustado en la vida!, ir dando las gracias con acento elegante por los detalles, varios, muchísimos, que la gente tendría con ella. Eso era lo que había imaginado para su futuro: la mánager personal de Peter Russ, juntitos los dos en su avión privado, llevando sus citas —agenda rosa y boli de purpurina—, la jefa de los «tú sí, *of course*» y los «tú no, *never ever*» en la puerta de los camerinos, compartiendo éxitos, planes y hasta habitación. Y por qué no, si ellos formaban la pareja perfecta. Era evidente para todo el mundo menos para el insensato de Peter, que prefirió a la hortera, paleta y tóxica de Clara Reyes. Cada vez que pensaba en aquello se ponía de mala leche. No había derecho, ¡por Dios!, Cayetana no merecía que Peter la humillase de esa manera, que la pusiera en segundo lugar públicamente. Y eso que lo de Clara Reyes todavía tenía sentido: ordinaria y de pueblo pero un pibón de infarto. Era lo de la otra bruja lo que más la indignaba. ¡Inconcebible! Una vieja fea, acabada y manipuladora. Por eso ella no se lo pensó dos veces antes de pasar aquella información entre quienes mejor uso le darían.

No era la recompensa que había imaginado, pero no le vino nada mal que en 2001 el viejo Martínez de Velasco le echara un cable, tirando de influencias, para que ejerciera de presidenta del jurado del concurso musical que iba a revolucionar la televisión. Le pareció una señal: finalmente el universo le pasaba la mano por el lomo. Además, se trataba de una doble venganza, porque el encargado de hacer justicia era el hombre a quien más odiaba Peter Russ: su padre, la todopoderosa morsa, que le había atormentado hasta en sueños. Y allí se vio el día del estreno en un plató espectacular, ocupando el primer asiento en la mesa del jurado. Todo el país mirándola y ella con un look rompedor, vestido con volantes naranjas y verdes —amarillos no, que era gafe en la música— diseñado especialmente por Custo Dalmau y, por supuesto, taconazo de plataforma. A Cayetana le habían bastado diez minutos en directo —tenía el don de pillar las cosas al vuelo— para enterarse de que si hacía llorar a los concursantes, los desarmaba y les generaba inseguridades, su rostro protagonizaría las tertulias de cotilleos del día siguiente.

Le dio otro sorbo al champán rosado y notó que le burbujeaba en la cabeza. ¿Se estaba mareando tan rápido? No, no era eso, eran los recuerdos. Recordarse a sí misma, joven y lustrosa, poniéndose el mundo por montera; eso era lo que le hacía volver a levitar. «La barbie pija en el fondo es de hierro», le gustaba decir a Peter cuando ella ejercía de bulldog con las presidentas, menudas petardas, de sus clubes de fans. ¿La habría visto Peter en la tele desde su escondite secreto en Londres? Porque en ese programa, en esos cuatro meses de 2001, Cayetana se había venido arriba ejerciendo de mala malísima. Se enganchó a la adrenalina que le producía hundir en la miseria a esos pobres chicos. Se sentía incapaz de frenar; al contrario, cada vez iba a más, tanto que ya no necesitaba apuntarse sus gracietas hirientes ni mucho menos ensayarlas. Su lengua viperina fue adquiriendo una intimidante vida propia. Humillar a aquellos panolis con sus dardos envenenados era lo que la definía. Ese programa de televisión la había convertido en una estrella, un merecidísimo *upgrade* que enterraba su imagen de rubia pija, medio pendón y perrillo faldero de Peter Russ.

Un nuevo soniquete agudo, otro sobresalto, otra lágrima de cristal estrellándose en el suelo. ¿Por qué no iba nadie a recoger los cristales rotos? ¿Por qué nadie arrancaba de cuajo la lámpara que parecía un sauce llorón? Obvio, en los lugares de lujo ocurría como en las familias bien: los accidentes, aunque sucediesen frente a sus ojos, iban a parar debajo de la alfombra. En todo caso, les había hecho un favor, ese objeto les restaba puntos. Cuando los elementos no combinaban era mejor destrozarlos, en los restaurantes y en la vida misma. Miró hacia la entrada, le gustaba ubicarse de frente a la puerta en cualquier sitio, público o privado, y no por claustrofobia ni por la precaución mafiosilla de no dar la espalda al enemigo, sino por el disfrute de observar la aparición en escena de la gente. Había descubierto ese magnífico placer gracias a la incorregible impuntualidad de Peter. Al principio, ella le esperaba en la calle por aquello de entrar juntos y desatar el cotilleo colectivo, ¿quién sería la rubia que andaba con el ídolo de las chicas de Madrid? Hasta una tarde del verano del 96, cuando los cuarenta grados a la sombra en la plaza de Barceló la obligaron a aceptar el auxilio del aire acondicionado. Entró en el local, ocupó una mesa y allí se produjo la magia. ¡Nadie abría una puerta como Peter Russ! Ponía un pie en un bar y, como en las películas de vaqueros, se contenían las respiraciones, se acallaban los murmullos, las mujeres se alborotaban y los hombres sudaban frío; todo porque un tío no muy alto, delgado, no muy guapo, con unos enormes ojos azules y un desaliño muy estudiado empujaba una puerta y volvía extraordinaria la cantina más cochambrosa. Si cerraba los ojos podía reproducir sus pasos de tío cabreado, el casco de la moto en una mano, el pitillo colgándole en la comisura de los labios, ese gesto de resaca imposible con el que se sentaba a su lado y aquel «¡qué pasa, rubita!» que le arreglaba el día. Así fue, glorioso, ¡un puntazo!, hasta que empezó a presentarse con la paleta de Soria, la mosca cojonera de Clara Reyes, tan llena de curvas, siempre dando el cante. «Una mujer de verdad», tuvo que oírle decir en los camerinos a los pelotas de la banda; la bomba sexy que podía ser una leona o una gatita asustada; la pobre desequilibrada que oscilaba entre el amor más ingenuo y el despecho de frasco de aspirinas con ginebra.

Controló la hora en el teléfono móvil. ¿Por qué se retrasaban tanto? ¿Ninguno iba a dignarse a ponerle un wasap? Le entraron ganas de salir a la calle a fumarse un cigarrillo, pero hacía dos años que había dejado el tabaco por enésima vez. En 2001 sí que fumaba como un carretero, le sentaba bien, y los fumadores todavía no eran unos apestados sociales. Se podía encender un pitillo en cualquier lugar, y ella necesitaba fumar para calmar los nervios de tanto éxito, tanta gente pidiéndole autógrafos, ligando como una campeona, yendo de invitada a la tele y a la radio, bolos en discotecas, jugosos talones solo por sonreír en un photocall o dar el pregón en las fiestas de La Paloma. ¡La vida era maravillosa! Hasta la maldita noche que cayó en desgracia por apostarlo todo a la ficha del ego. ¡Sin pensarlo, tiró su futuro por la borda en un miserable minuto! No pudo controlarlo, estaba realmente indignada, aquello era un atropello a la razón, una falta de respeto hacia el jurado en particular y hacia la música en general, a tantos y tan grandes artistas, a los Beatles, a los Rolling, The Doors, Led Zeppelin, hasta al mismísimo Elvis Presley. ¡Menuda jeta tenían los subnormales de casting! ¿La tomaban por una advenediza? ¿Una recién llegada al mundo de la música? ¡Un poquito de respeto! Cayetana sabía mejor que nadie cómo funcionaba la industria; lo había vivido desde dentro. La creación de un artista, el nacimiento de las melodías a la guitarra, la composición de las letras, los arreglos, las grabaciones, la ropa, las fotos, la actitud… Todo lo que volvía especial a un ser humano común con un poco de talento. Y lo más importante: ella había sentido en sus propias carnes lo que era amar a un artista, a un grupo, una canción, tanto que incluso dolía en el pecho. Aquel lunes por la noche no pudo más. Lo había intentado demasiadas veces. Varias galas contando hasta diez porque le hervía la sangre cuando el público y los televidentes, con sus votos de merluzos, apoyaban al chico gordo que no pronunciaba bien las erres, con una muela en el oído, mal vestido y sin gracia, que no iba a comerse un colín en la vida real, donde no valía de nada la lástima, donde la pena desaparecía al rascar el cuadrante y descubrir la palabra «desprecio». «No deberías seguir perdiendo tu tiempo ni hacernos perder el nuestro. Cualquier McDonald's estaría encantado de contar contigo en la caja registradora», le soltó al concursante. El chico rechoncho le devolvió una mirada de perrete con sueño y el plató se sumió en un silencio asfixiante que no la detuvo; al contrario, la envalentonó y se plantó en el escenario junto al presentador para robarle el micrófono, la cámara y el minuto de oro. Se dirigió a los telespectadores: «Y vosotros en casa, panda de hipócritas acomplejados, a ver si dejáis ya de proyectar vuestras miserias y empezáis a apoyar de verdad el talento», remató con una breve, brevísima, pausa antes de alentarles a ser solidarios, en plan ONG, pasándose por el McAuto a comprar una hamburguesa doble con queso, con propinilla incluida para ese chaval rechoncho, desafinado y sin futuro. Silencio, fundido a negro, fin de su etapa en la televisión, fin de su prometedora incursión en el variopinto universo del famoseo nacional. Fin de su relación con la morsa, al que le pareció haber hecho ya suficiente para compensar a la rubia mona de buena familia que le había abierto los ojos. «Por lo menos páseme el contacto de Peter, quiero saber de él, quiero verle», le había rogado, pero solo obtuvo un rotundo «no» como respuesta. Peter necesitaba cambiar de rumbo, le dijo, y todos ellos, sus amigos, no pintaban nada en su nueva vida. Menudo cabronazo había resultado ser el viejo gordo y salido. Bien que estaba pudriéndose bajo tierra.

La botella de champán estaba vacía en la hielera; se la había bebido entera. ¿A qué se debía la tardanza? Empezó a inquietarse de verdad. ¿Le habrían dado plantón? «Han dejado tirada a la destrozalámparas», se imaginó los pensamientos del resto de los comensales. ¡Que le dieran a aquellos esnobs! Ella seguiría esperando, *of course*, porque antes muerta que perder la oportunidad de ver de nuevo a Lady Soria. ¿Habría engordado? ¿Vestiría algún chollo de mercadillo? ¿Seguiría siendo tan insultantemente morbosa? Lo que no ponía en duda era que Clara Reyes continuaría siendo una pobre infeliz. ¡Y no la culpaba! Otra víctima de Peter Russ, que había pasado de ejercer de tía pibón de discoteca a ir vacilando de novia oficial de la estrella del pop en España, quien, para colmo, la lanzó a hacer el ridículo con un disco propio; un triple salto mortal para una paleta de pueblo. ¿En qué estarías pensando, Peter Russ? Se arrepintió una vez más de no habérselo preguntado en aquellos años, directamente, dejando a un lado el orgullo: «¿Por qué la prefieres a ella y no a mí?». Quizá la respuesta fuese mucho más simple de lo que ella esperaba. Peter Russ había hecho lo que todos los hombres: pensar con la braguet, darle esquinazo al jamón de bellota para zamparse un bocata de mortadela. Aunque, obvio, los hubo más listos que tú, Peter, y más discretos, porque no fueron por ahí masticando el embutido barato en público.

Otra lágrima de cristal contra el suelo le hizo rechinar los dientes. Dejó escapar su mejor sonrisa al comprobar que no se había equivocado: Leopoldo Martínez de Velasco fue el primero en llegar al restaurante. No había cambiado mucho desde que lo vio por última vez en Cannes, cuando él era el centro de atención y a su alrededor pululaban la prensa, las actrices guapas, los directores de cine noveles y los consagrados. Noche de luces, flashes y glamour, en la que certificó que no quedaba ni rastro del Polito, el hermano menor, gigantón y friki de Peter Russ. A Leopoldo le sentaba fenomenal su rol de cineasta encumbrado. Se había convertido en un tío que se hacía notar, que entraba en los sitios con determinación, un encantador de serpientes, así se había comportado con ella en el Hotel Martínez hacía diez años. «Prefiero que nos acostemos primero y que después nos vayamos a cenar tranquilos», le dijo como si nada, respondiendo a su propuesta de celebrar a lo grande su reencuentro en el Festival de Cannes. Pensándolo bien, aquella frase podía tener cierto morbo de no ser por la frialdad con que la pronunció Leopoldo Martínez de Velasco, saltándose por completo el manual de seducción cuando se quitó la ropa, doblándola incluso, como si estuviese en una revisión médica. Ella lo imitó, ¿qué iba a hacer si no?, y una vez estuvieron los dos desnudos, él se tumbó en la cama y le ordenó que se ensartara en su sexo erguido. Ella se movió, jadeó, mordió, recurriendo a las mejores piruetas de su repertorio. Después se ducharon por turnos, nada de invitarla a compartir el agua, y se fueron a cenar como él había prometido, tranquilamente. Desde aquella noche en Cannes no habían vuelto a verse. Ninguno hizo el intento, aquel encuentro bastó y sobró para ambos. Hasta que Peter Russ, a través de la diligente Lola Acosta, decidió agitar el avispero de cuentas por cobrar, rencores y nostalgia.

—¿Lo de quedar en el restaurante era para no tener que acostarte conmigo primero? —Leopoldo abrió la veda con una broma previsible—. Me merezco una excusa mejor.

—¡Qué vanidoso te has vuelto! —Cayetana le aplaudió la gracia tirando de sonrisa chisposa.

Su coquetísimo despliegue de monerías fue interrumpido por la llegada de Beltrán Díaz Guerrero, que había iniciado la trayectoria apresurada hacia la mesa. Su entrada, a una velocidad ridícula e innecesaria, podría pasar por grosera. Saludó chillando, moviendo los brazos, el cuello, la cabeza, justificando la demora con la voz cascada de tantos pitillos, malas noches, mala vida, y se marchó corriendo al cuarto de baño.

—¿Este colega siempre fue así? —Leopoldo se dirigió a Cayetana mientras veía a Beltrán alejarse dando brincos infantiles como en el juego del pillapilla.

—¿De payaso o de cocainómano? —Respiró aliviada, la aparición de Beltrán había dejado su accidente con la lámpara de cristal a la altura del betún.

—Fijo que era igual de gilipollas —Leopoldo habló como si reflexionara para sí mismo—, pero nosotros éramos muy jóvenes y la juventud es el filtro de Instagram perfecto para disimular la estupidez.

—A algunos tíos la edad os sienta divinamente.

—No sé con quién me comparas, en aquella época tú no me mirabas. —El ligoteo rebotó en Leopoldo como una flecha de plástico en la madera.

Era el momento de pedir otra botella de champán para caldear el ambiente, propuso Cayetana, y no llegó a alzar la mano porque Leopoldo se la atrapó en el aire, procurando un disimulo que volvió la situación aún más violenta. Le clavó la mirada, no aquella aséptica de cuando se quitaron la ropa al unísono en el hotel de Cannes, sino la de veinte años atrás en la puerta del camerino del Vicente Calderón mientras ella le prohibía el acceso y él maldecía desde las tripas a su medio hermano.

—¿Qué cojones quieres, Cayetana? —Pasó de encantador a serpiente—. ¿Por qué nos has citado aquí?

—¿Nostalgia? —Cayetana notó que le temblaban los labios.

—Mejor nos saltamos las tonterías. —Leopoldo tenía el gesto tan fruncido que ahuyentó al camarero sin mediar palabra—. Venga, suéltalo: ¿qué tienes que ver con Peter y la chavala del cabello morado?

—No he tenido noticias de Peter Russ en veintitrés años, exactamente igual que tú. —Empezó a abanicarse con la servilleta—. A ver, Leopoldo, en serio, ¿no te parece raro todo esto? ¿No es demasiada casualidad que Peter reaparezca justo después de la muerte de tu padre?

La pregunta quedó flotando en el aire, el camarero le había leído las intenciones y descorchaba otra botella de champán con una sonrisa de primer día de trabajo. «Todo irá bien, tengo que relajarme», se tranquilizó Cayetana mentalmente. Leopoldo no podía amedrentarla, en algún lugar recóndito de su seguridad se escondía el antiguo Polo. Era cuestión de tiempo dar con su talón de Aquiles.

—Pensé que te vería en el velatorio. —Leopoldo se resistía a abandonar el tonillo de hincar el diente—. Como mi padre y tú os volvisteis tan cercanos tras la desaparición de Peter... Te consiguió algún trabajillo, ¿no? Al menos por eso podrías haberte dejado caer por el tanatorio, digo yo.

—Poco has tardado en llamarme zorrón —respondió ella más empeñada aún en marcar sonrisa—. ¡Es alucinante! No tengo por qué darte explicaciones, pero, oye, una tiene su prestigio. Así que te confirmo que de la honorable familia Martínez de Velasco solo me he merendado a los dos hermanitos. —Le guiñó el ojo y se humedeció los labios—. ¿Tu padre? ¿En serio?

Una hilera de lágrimas negras al completo se estrelló contra el suelo, haciendo que Leopoldo también reparase en la lámpara maltrecha. La melodía chirriante de los cristales sirvió de banda sonora para el regreso a la mesa, un poco más ridículo si cabía, de Beltrán Díaz Guerrero.

—¿No podías haber elegido un sitio un poquillo más muermo? —Beltrán chillaba como en un partido de fútbol—. Sigues igual de pija pero mucho más rancia, Cayetana.

—Pensé que te daría igual el restaurante porque, lo sabe todo el mundo, tú vives en una realidad paralela —contestó Cayetana, y el rostro de Beltrán comenzó a contraerse como si se hubiese tragado un grano de pimienta.

—Brianda no puede venir, me acaba de escribir para decirme que tiene migraña. —Ignoró la ofensa mirando el teléfono.

—Hala, pues entonces ya estamos todos. ¿Nos vas a decir ahora para qué nos has convocado? —Leopoldo movía la pierna y la mesa a la vez.

—¿De verdad que no lo sabes, Polito? ¿O te estás haciendo el sueco? —Beltrán volvió a la carga sin dejar de sorber el goteo incesante de su nariz—. Cayetana quiere comparar informaciones, enterarse de qué sabemos nosotros de esta inesperada invitación de Peter Russ.

—¡Manda cojones, Cayetana! ¿Así que crees que todos estamos tan aburridos como tú? —Leopoldo comenzó a reírse con gesto de suficiencia.

—¿No sientes curiosidad? —Cayetana estuvo en un tris de sacudirle por los hombros—. ¿No quieres saber qué demonios ocurrió en tu propia familia? ¿Por qué no hemos vuelto a ver a tu hermano en veintitrés años?

En el salón del restaurante se hizo un repentino silencio. Todos los ojos se dirigieron hacia la puerta para admirar a Clara Reyes, que rompía, como antes, la línea del tiempo. Cayetana observó su cabello castaño, la piel morena, los vaqueros ajustados, el chubasquero atado en la cintura, y supo que esa mujer de cuarenta y siete años y un millón de vidas seguía haciendo temblar la tierra por donde pisaba. Clara empezó a acercarse a cámara lenta. Leopoldo se puso de pie derramando copas, agitando vajilla, cogió su americana con una mano y tras dos largas zancadas tomó a Clara con la otra y, como tantas veces, procuró arrancarla del peligro.

«Su talón de Aquiles», iba a decir Cayetana, pero se le adelantó un grito de Beltrán que debió de retumbar en todo Notting Hill.

—¡Ostras! —soltó con su voz rasgada cuando la lámpara de lágrimas negras se despegó por completo de la pared.

Cuaderno de partituras

Madrid, 19 de agosto de 1997

Ahora entiendo lo de la maldita magdalena de Proust. Me entra un asco que me muero, no desaparece con una ducha, este olor no se quita ni con estropajo. ¡Y me acojona, joder! Lo que me podrían haber hecho, lo que yo podría haber hecho en ese estado. A mí me gusta defenderme, al que se mete conmigo una hostia, así de simple, y a mis víctimas les doy la cara, siempre de cara, para que me la partan si se tercia. ¡Menuda putada! ¿Por qué cojones habré estado tan jodidamente colocado esas dos semanas en Londres? Tengo recuerdos borrosos; sensaciones, más bien. El frío polar del estudio de grabación, se me dormían los dedos, y el olor a tabaco que se me pegaba en la piel, en el pelo, en la ropa. ¡Y el subidón! Por supuesto, a lo bestia, brutal, cuando escuchamos las diez pistas masterizadas, y el miedo que me perforaba el estómago, la angustia de no saber quién hizo esas canciones tan geniales si yo estaba ciego y tirado por los suelos. ¿Quién cojones escribió esas pedazo de letras si a mí se me partían la nariz, la cabeza y la garganta? ¿Y esas melodías tan potentes? ¡Que de verdad sean mías, joder!, y no una copia de alguna canción de Oasis o de Blur. Ahora voy a tener que sentarme a escuchar a todas las bandas de la Cool Britannia para saber si soy un puto genio o le tengo que dar las gracias a los malditos ratones de la Cenicienta.

¡Basta de gilipolleces! Da igual cómo se hiciera, ese disco es la hostia. Y no por mí, que estaba hecho una piltrafa, diez tomas para grabar una frase en condiciones, sino por el Lobo, que se lo curró como si no hubiese un mañana. Porque cuando el Lobo está cerca se acaban los problemas, el Señor Lobo de *Pulp Fiction*, aunque él jure y perjure que ya le llamaban Lobo en la adolescencia porque apuntaba maneras para cazar talentos. Yo le hago creer que le creo, pero sé que no, que él mismo se puso el apodo y que fue por la peli de Tarantino. ¡Joder, Lobito! ¿Por qué estás tan cabreado conmigo? «No te banco más, me rajo a Buenos Aires», me gritaste por teléfono. No te puedes ir ahora, Lobo, no me puedes dejar cuando más te necesito.

El olor a perfume pijo y envolvente me da dolor de cabeza, y me recuerda a aquel día, mierda, la maldita magdalena de Proust. Creo que voy a petar. No me gusta perder, no me gusta ceder, y menos en este momento que soy el puto amo del universo, pero mi vida es un caos. No puedo seguir así, despertándome sin tener ni idea de cómo he vuelto a casa, alegrándome por tener la Kawasaki bien aparcada en el portal, sintiéndome un ser supremo porque pude ganarle un día más a la muerte. No quiero seguir con esta rabia, que me hace follarme a toda la que cumpla mi retorcida prueba de la resistencia: el polvo a la rival más fuerte, a la que espere hasta el final de la noche, aguantando sueño, hambre y a los salidos de la banda; esa pobre estúpida será la ganadora, la que se lleve al gran Peter Russ a la cama. Menudo premio conseguían las infelices: tirarse a un tipo agresivo que está hasta la polla del mundo, a un amante que las hace descubrir todo lo indigno que se puede llegar a hacer por admiración. ¿Es que no me basta con Clara? ¿No me basta con haber reducido a la tía buenorra de España a su mínima expresión? Las malas noches tendrían que haber terminado aquella mañana de domingo en el paseo de Pintor Rosales, cuando cometí la idiotez de liarme con su mejor amiga la zampabollos. ¡Pobre Lady Soria!, patética su escenita de Carmen Maura en *Mujeres al borde de un ataque de nervios*. Día escalofriante, el Rolex de mi madre volando por los aires y Clara debajo de un Seat Ibiza.

Este olor otra vez, ¡maldita magdalena de Proust! Estoy lleno de odio. Ayer por la tarde ya andaba medio mosca cuando Beltrán propuso pillar farla en la tienda de encajes, hilos y botones de Toñete en la calle Barquillo. Era como cargar con un galón de aceite de oliva hasta Jaén; me descojoné porque me parecía una chorrada llevar nuestra propia papela al aniversario del D'Lune, famoso por su barra libre de drogas. «¿No te acuerdas de los eslóganes de la fiesta? La bacanal blanca, el homenaje a la nieve, la espuma que se aspira, ven a destrozar tu DNI», le dije. Todo el ambientillo de la música y de la noche sabía que esa fiesta era una juerga salvaje, veinticuatro horas de marcha que te dejaban tieso una semana, la convención de pijos que quieren ir de alternativos, de pijitas con ínfulas de zorrones y, lo más insoportable, de las estrellitas juntas, caras nuevas y antiguas glorias, del puñetero pop español. ¡Me revientan! No soporto las canciones en español, no soporto mi nombre en español ni mi puñetero apellido compuesto, por eso el Russ. La gente cree que es una palabra en inglés, ¡paletos iletrados! Me la sudan, bastante desgracia tengo con no poder cantar en inglés, porque si canto en inglés mi música pierde verdad, y ya hay demasiadas mentiras en mi vida.

La fiesta del D'Lune tiene un protocolo de la hostia. Hay que ir disfrazado, entrar por la puerta de atrás y estar en la lista de invitados para poder cruzar por un pasillo oscuro hasta una oficina mínima, en la que la peña se apelotona frente a una mesa de mármol con polvos gratis de todos los tipos, habiendo tenido la precaución, y se agradece, de escribir con un rotulador azul lo que se esnifa, lo que se chupa, lo que se fuma. Estuve a punto de escaquearme. No me apetecía una mierda pillar la moto hasta la tienda de Barquillo, pero Beltrán se marcó un farol de última hora: podíamos llamar a Lalo, que traía papelas a domicilio. Aquello me sentó como una patada en los huevos, porque yo nunca había llamado a esa mariquita repelente, la loca mala que surtía al famoseo de la movida madrileña, que te enviaba la farla dentro de un sobrecillo de papel con un lazo rosa. «¡Hasta ahí podíamos llegar! Joder, un poquito de dignidad», me quejo, pero al final me quedo en nada, mucho ruido y pocas nueces, y acepto ir a la fiesta del D'Lune y a la tienda de Barquillo. En realidad, todo me importaba una mierda, la fiesta, la farla, Beltrán y su maldito disfraz. Yo solo podía pensar en Ella y en la que se nos venía encima, aunque no era capaz de verbalizar el asunto. Y es que, joder, ¿por qué había esperado tanto tiempo para contármelo? ¿Creía que no me iba a enterar? ¿Que se podía esconder a un bebé en un armario? Tenía que actuar como un adulto, enfrentarme a la morsa, al Lobo, al mundo entero. Solo pensaba en una cosa: «Voy a apoyarla, a Ella y al bebé, me voy a ocupar de todo. Juro por mis muertos que no les va a faltar de nada. Esa criatura va a ser feliz, va a tener lo que yo no tuve».

Llegamos a Barquillo a las siete de la tarde. Toñete estaba detrás del mostrador, con sus pintas de curilla camuflando al diligente camello que era; muy bueno en lo suyo, aunque, eso sí, no le gustaba abandonar la mercería para hacer entregas a domicilio, no fuera a ser que alguna abuela del barrio tuviese una urgencia de hilo o de botones. Esperamos en la calle fumando un pitillo tras otro. Toñete atendía a dos abuelas que no se enteraban de si el encaje de las toallas era hilvanado o cosido. Entramos cuando una de las viejas contaba por tercera vez las pesetas y los duros de las vueltas. Toñete la despidió como un huerfanito agradecido por una merienda, y nos hizo un gesto para que le siguiéramos hasta el altillo. Allí, sin mucho mamoneo, realizó la venta como siempre, de manera muy profesional. Nos enseñó la bolsa entera, pesó los gramos en una báscula de plástico y, todo un detallazo, se tomó la molestia de pasar la roca por un molinillo manual y dejarnos el material listo para consumir. Le pagué y me guardé la papela en el bolsillo del vaquero. Iba cabreado, tendría que haber tirado directamente para el D'Lune o meterme en la cama. En diez días daría el concierto más importante de mi vida, habían sido muchos años soñando con eso, y veía que estaba a punto de pasarme con la coca unos doce pueblos. En lugar de marcharme a casa, ponerme un calcetín con Vicks en la garganta y dejar de fumar, decidí ir a la fiesta para darle aún más tralla a mi cuerpo. Soy un imbécil, un merluzo de manual. Y Beltrán no paraba de darme el coñazo con lo del disfraz. «Vamos, joder, con tal de que te calles», y cedí de nuevo, hicimos una parada técnica en su ático de Fernando VI.

Me tumbo en el futón y, ¡basta ya!, otra vez la puta magdalena de Proust. Me levanto a por una cerveza, saco la papelina del bolsillo del vaquero, pillo la acreditación del *backstage* de mi concierto en Benicasim que Beltrán tiene colgada en el perchero. La uso para hacerme tres rayas contundentes, enrollo una tarjeta de visita como turulo, pone BELTRÁN DÍAZ GUERRERO. AGENTE DE BOLSA. La coca es buena, siento de inmediato el sabor amargo y los dientes adormecidos. Beltrán sale del dormitorio igual de repeinado, quizá con una capa más de gomina; me da por pensar que su cabeza es una puñetera escayola. Se ha puesto un traje negro, una corbata negra y una camisa blanca impoluta. «te faltan las gafas», le suelto imaginando que se ha disfrazado de uno de los reporteros de ese programa que lo está petando, la panda de pringados que van de graciosos regalando gafas de un todo a cien mientras incordian en las ruedas de prensa. Beltrán me dice que no tengo ni puta idea, que piense un poco más. «Ya sé, eres Tommy Lee Jones en *Los hombres de negro*», apuesto de nuevo, y él vuelve a negar con la cabeza. Me meto la tercera raya y no le invito, estoy aburrido, no me apetece el rollito cursi de las adivinanzas. Me revela el enigma del disfraz. «Joder, colega, cómo voy a saber que por una puñetera vez en la vida vas a ir de intelectual», me río. Me ignora y me recalca que se nota a la legua que va disfrazado del protagonista de *Gattaca*, la película. «¿Y la silla de ruedas?», le pregunto, y se pone de los nervios. «El protagonista es Ethan Hawke y no es paralítico, ese es Jude Law», me dice. «Anda, ¿así que vas del impostor? ¿Del que se lo tiene que currar mogollón porque la genética no le ayuda?», le pincho. Me mira con odio y se echa perfume de esa manera tan ridícula que vimos en una peli de dos gordos amanerados. Dispara el espray y camina en dirección a donde se supone que están las gotas suspendidas en el aire.

Yo tengo la nariz adormecida, pero me entra, no sé cómo cojones, ese olor a limpio, a cítrico, a piscina de spa caro y aburrido. Y entonces, hostias, la maldita magdalena de Proust. ¡Por fin recuerdo! Claro, si acabo de leer *Por el camino de Swann* porque el Lobo no paraba de darme el coñazo con ese famoso libro que me regaló para mi cumpleaños. Ideas asociadas, evocación de un fragmento borrado intencionalmente de la memoria, lo que le ocurre a Proust cuando moja una puta magdalena en el té y recuerda la que le ofrecía su tía Léonie de pequeño. Empiezo a revivir el olor a limpio de la colonia de Beltrán mezclado con el del cloro de una piscina, todo me lleva al jacuzzi del estudio de grabación de Londres, juntos, borrachos como cubas, puestos hasta las orejas, las pupilas dilatadas, el corazón a mil. ¡Una celebración de la hostia!, habíamos hecho un discazo, lo más grande que se haya escuchado. Y cantamos, y bailamos, y esnifamos, y huelo de nuevo el cloro y el alcohol, y siento el vapor, la humedad y el asco, sí, mucho asco, un asco descomunal al recordarme de pie en el jacuzzi, el bañador en las rodillas, dándole un guantazo al maldito Beltrán, agachado a la altura de mi cadera con la cabeza entre mis piernas.

5

Un Morning Glory Fizz

Veo todo en blanco y negro,
el vaso acaba siendo amigo mudo,
las mismas caras, los mismos gestos...

BARRICADA,
«En blanco y negro», 1991

Clara se despertó, pero mantuvo los ojos cerrados, la respiración contenida, el cuerpo enredado en unas sábanas de seda tan suaves que invitaban a fiarse de la vida. Supuso que él la estaría observando, sentado en la butaca de terciopelo gris o quizá de pie junto a la ventana, con la mirada perdida en el trasiego de gente de Regent Street. Podría ser un amanecer como tantos otros, una escena repetida millones de veces veinte años atrás. Él en una esquina de la cama velándole el sueño, después de haberla rescatado de los peligros que ella misma se infligía, apartándola de los monstruos que se empeñaba en convocar. Separó los párpados lentamente, quería estirar el letargo indoloro que precedía al remordimiento, el instante en el que aún no se sentía una persona horrible, el duermevela brumoso previo al habitual rosario de culpas. Él dormía en el sofá con la chaqueta puesta, las manos cruzadas sobre el abdomen, parecía una de esas estatuas de cera que privilegian el gesto más siniestro del personaje al que deberían homenajear. Le sobrevino un escalofrío. El hombre que tenía enfrente ya no era el Polo, su Polo, sino Leopoldo Martínez de Velasco, tan ancho de espaldas, con la gomina controlando sus rizos negros. La barbilla y la actitud apuntando al cielo. Un tipo importante al que Clara Reyes ya no sabía cómo tratar.

Cerró de nuevo los ojos y las sábanas se le escurrieron de entre las manos. La noche anterior regresaron juntos al hotel. En el taxi parecían dos extraños, dos desconocidos que hicieron *match* en una aplicación de citas y cumplían con el protocolo de charla insípida antes de quitarse la ropa y entrar al lío. Fue Leopoldo el que propuso tomar una copa tras la fallida cena con Cayetana y Beltrán. Clara aceptó porque necesitaba descomprimir el revoltijo de emociones, aunque hubiese preferido un pub más normalito, de los que frecuentaron en los noventa la semana que pasaron juntos en Londres. ¿Existirían aún esos bares? Y ellos, ¿seguirían siendo capaces de ponerse ciegos a pintas hasta que, ¡redoble de campana!, los camareros les hicieran la ola por la jugosa propina? Revivir aquello era imposible. Clara lo supo nada más entrar en el bar del hotel Langham, que era el mejor del mundo por cuarto año consecutivo, le había dicho Leopoldo; el garito tan pijo que ella había cotilleado varias veces sin traspasar el umbral, espiando los candiles chinos, las sillas de piel, las mesas hechas con espejos de todos los tamaños. No se había decidido a entrar presuponiendo que en ese espacio tan ostentoso, una réplica más oscura y elegante del salón de té, encontraría a la misma gente en versión nocturna, escuchando al hombrecillo al piano, o tal vez a un suplente, con sus aburridas melodías de ascensor; un ambiente en el que los besos, las risas, las miradas morbosas se confiscarían en la entrada. Pensó aquello y se ruborizó al segundo. ¡Qué tontería! ¿Era eso lo que había estado buscando la noche anterior? ¿Desempolvar a Lady Soria? ¿Despertar a su maldito *alter ego* que solo sabía ir por el mundo provocando erecciones?

—Este tío debe saber que eres famoso —le dijo a Leopoldo cuando el camarero, con la barra hasta arriba de gente, se sacó un par de taburetes de la chistera.

—¿Lo dices por la risilla de monitor de campamento de verano? —bromeó él—. ¡Qué va! En estos sitios manejan un código diferente: tratan a los famosos como a gente normal y a los de andar por casa igual que a la realeza. Es un asunto de vender sueños. Se paga mucha pasta por sentirte, al menos una hora al día, la persona que nunca llegarás a ser.

¿Y quién era ese hombre que ahora le velaba el sueño? ¿Quién era este nuevo Polo de cuarenta y ocho años? Clara continuaba envuelta en las sábanas de seda fingiéndose dormida. Escuchó que él se levantaba del sofá y se dirigía al cuarto de baño. ¿Tendría resaca? Afinó el oído. No se escuchaba correr el agua ni la cisterna ni la ducha ni el teclado del teléfono móvil. ¿Qué estaría haciendo el nuevo Polo allí encerrado? Quizá fustigándose por haber amanecido otra vez junto a la chica de pueblo que siempre le dejaba a medias, dolorosamente a punto, humillantemente solo. ¿Habría planeado él que pasaran la noche juntos? ¿Lo tendría en mente antes de que el volumen de la música les obligara a acercarse? ¿O lo decidió cuando el alcohol en vena llenó de sexualidad el ambiente? ¿Por eso enganchó una de sus largas piernas entre las suyas? Conjeturas, especulaciones, el ego y el deseo en plena afrenta. Clara se había percatado enseguida de que Leopoldo Martínez de Velasco la invitó a aquel bar pijo para hacer gala de su vasto y refinado conocimiento de coctelería. El buque insignia del bar era su carta de rones y champanes, pero Leopoldo, sin embargo, quiso probar el Morning Glory Fizz, un cóctel de whisky, limón, jarabe, clara de huevo y, lo más importante, una generosa medida de absenta. «Morning Glory», Clara se arrepintió de repetir ese nombre en un susurro. Habría sido terrible fastidiar la noche recordando la famosa canción de Oasis, esa que se escapaba a todas horas y a todo volumen por los cascos del discman de Peter Russ. Respiró aliviada. No fue

necesario rellenar el silencio con una tos falsa o algún chascarrillo improvisado y sin gracia, el nuevo Polo hizo caso omiso a lo
que el nombre de aquel cóctel representaba. Al contrario, optó
por rescatar otra gloriosa anécdota etílica de veinteañeros que se
remontaba a la última semana de septiembre del 97, cuando él
fue a visitarla a Duruelo de la Sierra y, en plena ebullición de heridas abiertas, decidieron beber litros de absenta y ahogar en alcohol las preguntas sin respuesta, las conversaciones lógicas, los
sentimientos. Solo tocaron el tema en el primer brindis: «¡Por
que a partir de mañana olvidemos este maldito mes, mejor aún,
este puto año de mierda!», chocaron sus vasos a rebosar de bebi-
da anisada, verde, endemoniada, decididos a poner el cuentakilómetros a cero a base de fe. Pero, claro, ambos tenían veinticuatro
años y aún no habían aprendido que no era la memoria reciente la
que más iba a escocerles en el futuro.

—La peor resaca de mi vida —le dijo Clara recordando al
detalle el bareto de su pueblo, la música de verbena, los vecinos
dando voces, el olor a fritura mixta—. ¡Y todo por tu culpa! Con
ese rollo de sentirte un artista maldito perdido en la España profunda...

—¿Mi culpa, dices? ¿Quién iba a sospechar que el único bar
de Duruelo de la Sierra escondía semejante cargamento de absenta? —respondió él guiñándole un ojo.

—«¡Ponme dos más del hada verde!», le chillabas al Paco, ¿te
acuerdas?

—Un auténtico crac tu primo. —La carcajada trajo una ráfaga reconocible del antiguo Polo—. Menuda brasa me dio con el
rito francés y el checo para beber absenta. ¡Hasta la cucharilla
para diluir el terrón de azúcar tenía el colega!

—Que era igual que la carita feliz que me pintaban en la mano
en parvulitos si había sido buena.

—¡Joder, me acuerdo de que hiciste el mismo comentario! Y yo
te reñí porque era patético soltar una frase tan moñas mientras
sonaba una canción de Barricada a toda pastilla.

«Veo todo en blanco y negro, / el vaso acaba siendo amigo mudo», imitaron juntos la voz de clavo oxidado raspando la garganta del líder de Barricada, la única banda de heavy metal en español que Peter permitía escuchar en la furgo durante sus giras de conciertos. Llegaron al estribillo, «Quiero ser más rápido que ellos, / echar todo a perder un día tras otro», y dieron el cante con el cabreo obligatorio que requería ese mensaje, y más aún superpuesto a la melodía de «The Scientist» de Coldplay que sonaba al volumen preciso en ese bar tan correcto de Londres.

Clara siguió recordando, inmóvil entre las sábanas de seda, y no pudo evitar que se le escapara una sonrisa por esa especie de delito compartido la noche anterior en el bar del hotel, que había hecho que reapareciera la risa del antiguo Polo. Una risa que se le subió a los ojos, y entonces volvió a mirarla como antes, con la ilusión de un crío frente al último cono de helado. Clara le correspondió desenterrando su destreza para poner morritos, para cambiar de un lado a otro la melena, y se pavoneó con un par de visitas al baño exhibiendo el ángulo, todavía perfecto, que se formaba entre sus piernas. Uno, dos, tres, siete Morning Glory Fizz y ya habían empezado a mezclar sabores y salivas, que era otro de los momentos estelares de Lady Soria, experta en retener un sorbo de alcohol en la boca y transfundirlo en un beso caliente, profundo pero compacto, no de lenguas nerviosas y torpes. Un beso que iniciaba con un roce eléctrico de mejillas y en la comisura de los labios hasta que, lentamente, la punta de su lengua iba abriendo el camino para derramar el líquido y, en esa inexorable cercanía, escuchar la respiración del otro, notar su pulso acelerado, su sexo erguido atrapado en los pantalones, que ella bordeaba con los dedos hasta posar ambas manos entrelazadas y presionar con las palmas y la frecuencia de un masaje cardiaco, disimulando ante las miradas ajenas, sintiéndose nuevamente poderosa, haciendo que por un instante el mundo se diese por vencido. Tras diez Morning Glory Fizz salieron del bar del hotel con la complicidad feliz de una pareja, pero cuando entraron en el ascensor fue Leopoldo Martínez de Velasco, y no el antiguo Polo, quien la arrinconó de frente al espejo, le abrió las piernas con una de las suyas y metió una mano dentro del vaquero primero y de sus bragas después, moviendo el índice con ansiedad a la vez que introducía el dedo corazón y lo rodeaba con el anular hasta terminar la faena penetrándola con los tres. Ya en su habitación, a oscuras, la empujó sobre la cama boca abajo y le sujetó los brazos por encima de la cabeza. Le bajó los vaqueros hasta las rodillas y fue ascendiendo a bocados precisos por la cara interna de sus muslos. «No podemos, no debemos», le suplicó ella con la voz vencida, doblegada por la presión que el cuerpo del nuevo Polo ejercía sobre su espalda, en el vano intento de soltar el aire con el rostro anclado al edredón de plumas. Leopoldo se apartó de ella con la aprendida mecánica del fracaso. No dijo nada más. Solo tras echar el seguro a la puerta del cuarto de baño le escuchó chillar como un animal herido.

Ahora el sol empezaba a incordiarle en los ojos. Clara se incorporó en la cama y descubrió a Leopoldo, el nuevo Polo, observándola desde la puerta. Estuvieron así, mirándose, durante unos minutos que le parecieron siglos; el maquillaje corrido en ella, la vergüenza contenida en él. Se mantuvieron en silencio como si pertenecieran a ejércitos contrarios, escondiéndose el uno del otro para no ser el primero en atacar.

Leopoldo volvió a sentarse en el sofá.

—¿Por qué nunca pusiste la denuncia? —preguntó finalmente.

—No había nada que denunciar —respondió ella, empezando a sentirse atrapada entre las sábanas de seda, en la habitación pomposa, en su oscuro pasado.

—¡Esos hijos de puta te violaron, Clara!

—¿Tú los viste? ¿Estuviste aquella noche en el D'Lune? ¿O llegaste, como siempre, a recoger los restos del desastre?

Clara se había puesto de pie y buscaba con desesperación sus vaqueros, sus zapatos, una pinza de pelo en su bolso para recoger la maraña que era su melena. No tenía derecho a hablarle así, no al antiguo Polo, su desgarbado superhéroe que nunca le había fallado.

—No sabes la de veces que me he reprochado no haber estado para ti aquella noche —le confesó con la voz temblorosa—. La de veces que me imaginé destrozando la puerta del reservado del D'Lune, liándome a hostias con Peter y su cuadrilla de cabrones, partiéndoles la cara antes de que pudieran hacerte daño. Pero ese maldito viernes me quedé en casa viendo la reposición de *Doctor Zhivago*, confiando en que el último ingreso en urgencias, la última humillación, tus últimas ganas de coquetear con la muerte te hubieran librado del inexplicable poder que mi hermano ejercía sobre ti.

—Yo no pensaba ir a aquella fiesta, pero recibí una llamada de Beltrán. —Clara se limpió con una toalla los ríos de rímel que le surcaban el rostro—. Estaba borracho y buscaba bronca. Recuerdo literalmente sus palabras: «Pierdes el tiempo, Lady Soria, Peter está encoñado con una vieja, es un maldito y patético follaviejas, fliparías si te contara quién es».

Y una vez más, desesperada, herida, sin medir riesgos ni pensar en sí misma, Clara Reyes entró en la nube de humo, en el tufo a alcohol, a sudor y a sexo del reservado del D'Lune. Peter le estaba chillando a Beltrán, «¡No me toques, maricón de mierda!», cuando ella se acercó a él abriéndose paso entre la panda de miserables aduladores de Peter Russ para convertirse en el centro de todo su odio. «¿Quién es esa mujer? ¿Quién es la vieja zorra con la que me estás engañando?», increpó a Peter a la cara intentando elevar la voz por encima de la música y de las risas que llenaban el reservado. «¡Lárgate de mi vista!», le gritó Peter, ni media explicación iba a darle. «Esto se ha acabado, ¿lo entiendes? ¡Fuera de mi vida!», le chilló con desprecio. Y a Clara le fallaron las piernas, y empezó a llorar, y se puso de rodillas, y suplicó otra oportunidad, otra migaja de cariño: «Esta vez seré buena, te lo prometo, no más celos ni más reproches, pero no me dejes, ¡no, por favor!». Entonces fue cuando Peter le dijo: «Si no te vas a ir al menos haz algo que me divierta» y luego escuchó aquella otra voz, casi metálica, o quizá fueron muchas superpuestas, ¿quién podría decirlo?, porque en su recuerdo sonaba inhumana, monstruosa: «Aquí o follamos todos o la puta al río». Y Clara simplemente cerró los ojos y se encomendó a todos los santos a los que rezaba el abuelo, esos santos desconocidos que nunca la habían tenido en cuenta.

Clara volvió a sentarse en la cama, acariciando la almohada de plumas como si fuese una lámpara mágica a la que pedirle el deseo de retroceder en el tiempo, volver a empezar, enamorarse del hermano correcto, descubrir su vocación, no tener que ponerse ropa ceñida ni bailar sobre un escenario para ser aceptada. Una lámpara mágica que le concediera el deseo de vivir sin miedo.

—¿Por qué no me lo contaste? ¿Por qué me dijiste que te ibas al pueblo a cuidar de tu abuelo? —Leopoldo había perdido el color de los labios, su semblante ahora era frágil como una hoja de papel—. ¿Por qué tantas excusas para no verme, Clara? Una semana tenías fiebre, la siguiente conjuntivitis o una erupción en la cara. ¡Pasó mucho tiempo! Me obligaste a rendirme.

—Fue el abuelo el que cuidó de mí. —Clara volvió a incorporarse y descargó el peso de su cuerpo en la pared—. Estuve muy enferma, Polo, nadie sabía decirme qué me ocurría. El pobre yayo me acompañó siempre, fuerte, resistiendo, hasta que me dieron el diagnóstico. —Miró al suelo, no iba a llorar, no, se lo había prometido a sí misma—. Tengo VIH, vivo con ello desde hace veintitrés años. No soy más que una chica de pueblo con muy mala suerte.

Clara se cubrió el rostro con las manos y soltó un grito ahogado, preludio de un llanto que explotó de golpe como una herida infectada, y fue Leopoldo Martínez de Velasco, no el antiguo Polo, quien corrió a su lado para fundirse en un abrazo.

Cuaderno de partituras

El asunto no puede ser más retorcido, y para colmo no termi-
no de pillarlo. ¿Dónde está la gracia de hacer más miserable la
vida de una miserable? ¿Qué cojones se gana con eso? ¿Un calu-
roso aplauso del público? Por más vueltas que le doy, no consigo
entender por qué a la gente le pone tanto reducir al rival más débil, darle una hostia a un tirillas, adelantar a un cojo, levantarle la
piba al empanado de tu colega. ¡No tiene sentido! A las personas
que no son nadie hay que dejarlas en paz, que bastante tienen
con gestionar su escasez de talento. Y no es que yo sea un meapi-
las ni ande sobrado de compasión. ¡Ni de coña! Tengo claro que
no hay nada con más mala leche que un pardillo acomplejado.
Simplemente me parece una gilipollez invertir tiempo y energía
en hundir a la gente que ya nació con desventaja.

«La veterana es un planeta X», le digo a Silvia mientras enciendo la tele para ver el único programa que no se me hace bola.
Lo pillo justo cuando el presentador —vaqueros rotos en las rodillas, camiseta ajustada de Custo y alegría exacerbada— está
anunciando las cinco primeras posiciones en la cuenta regresiva
de los hits de la semana. La verdad es que me sigue flipando escuchar mi nombre, ver mi careto en el videoclip... Hace cinco
semanas que soy el número uno, el top de los top, la hostia en
patinete. ¡Joder, Lobito!, cómo me gustaría llamarte a Buenos
Aires, pegar el auricular al altavoz de la tele para que vivamos
juntos, en estéreo, con el puñetero océano Atlántico de por medio, el momento en que el presentador de los vaqueros rotos
pronuncie mi nombre, el gran Peter Russ, imbatible, el primero
en el podio por sexta semana consecutiva. «¡Grande, chabón! ¡Lo
estamos haciendo de diez!», me dirías, lo sé, y te saldrías de contento. Maldita diferencia horaria, las seis de la mañana en Argentina, las doce en España; estarás de juerga por ahí o sobando el

moco de tantas malas noches acumuladas. ¿Por qué cojones tuviste que irte, Lobo? ¡No te pega, tío! Tú y yo no somos así, a nosotros la familia nos importa una mierda. ¿Cómo es que te has vuelto un moñas que tiene que regresar a casa por Navidad?

El presentador anuncia el quinto lugar. ¡Mierda! No me lo creo, esa canción vomitiva de los Take That que me repatea el hígado. De verdad, no entiendo cómo a las pibas les gusta esa mariconada, cinco tíos bailando como las coristas de Julio Iglesias, ¿no te jode? Igual que Las Jueves, otras que daban pena. Miro a Silvia y me arrepiento, aunque, menuda gilipollez, ¿va a leerme la mente, acaso? Además Silvia está rarísima, tumbada en el sofá, acurrucada debajo de su mantita de lana con los calcetines por encima del pijama de cuadros. Vamos, hecha una birria. ¡Pobrecilla mi madrastra!, me descojono, y ella controla la hora en el reloj. Tiene que levantarse, maquillarse, ponerse sus pantalones de pinzas y su camisa de seda porque ha llamado la morsa y le toca ir a Segovia a hacer de florero. Venga a zampar cochinillo y tocinillo de cielo. Bailarle el agua a mi padre, ayudarle a cerrar otro negociete turbio con unos chinos que no valorarán el lechal del Mesón de Cándido ni entenderán su folclórica puesta en escena de platos rotos en el suelo. Silvia me pregunta si tengo algo de farla, le digo que sí, pero que espere, que en cuanto vea mi videoclip en el número uno yo mismo le haré un par de rayas cojonudas. Me da pena Silvia, aguantar a la morsa debe de ser una especie de castigo, como habitar dentro del libro que me regaló el Lobo, el noveno círculo del Infierno de Dante. Vivir condenada a la puñetera tristeza.

El presentador de la tele anuncia el número cuatro y, ¡joder!, es el «Wannabe» de las Spice Girls, cinco pavas chillando como posesas. ¿No os da vergüenza ese videoclip? Pandilla de petardas haciendo el mono en una fiesta rancia en Londres. ¡Uf, sí, sois unas chungas! ¡Susto o muerte! Y pensar que estas bobas están en mejor posición que el «Wonderwall» de Oasis. Eso me duele, joder, esa canción es acojonante, con ese estribillo que se te cuela en la memoria para siempre. Con ellos no me importó ser el número dos en febrero porque son los putos amos, no entiendo cómo han bajado tantas posiciones en la lista si «Wonderwall» seguro que será un clásico, en veinte años la seguiremos escuchando. «Ese es el problema de este país de desorejados, los españolitos tenemos el mismo criterio que un calamar», me quejo a Silvia, aunque, dejémonos de chorradas, me importa todo un carajo: soy el número uno desde hace cinco puñeteras semanas, así que los demás, buenos, malos y mediocres, me la pelan.

Me tumbo en el sillón, pongo las botas encima de la mesita, enciendo un pitillo y cruzo las manos detrás de la cabeza. ¡Vivo como un pachá! El próximo verano voy a hacer un montón de bolos, que ni los Rolling, colega. Cabeza de cartel en el Festival de Benicasim con Oasis, Blur, Radiohead y, por si fuera poco, cierre de gira por todo lo alto en el Vicente Calderón. «Este año se soluciona mi vida», le digo a Silvia, y saco la papela del bolsillo del vaquero. No me queda mucho material, da para dos rayas discretas. «Lo que los idiotas llaman inteligencia emocional, eso voy a tener de ahora en adelante», le digo, pero Silvia está como ida, y eso que se ha puesto el décimo café de la mañana. «No vas a pegar ojo en un año», le advierto, pero ni me mira, lleva una mezcla letal de resaca y cabreo. «Planazo el que te espera en Segovia», me descojono; con un frío que pela, a chuparse una puta charla en inglés de la que no se va a enterar de la misa la media. No solo por su lamentable *espiquininglish*, sino porque se la traen al pairo la morsa, sus socios chinos, el tocinillo de cielo y el puñetero acueducto. ¡La podre debe de estar hasta el mismísimo higo! Se le nota. Le paso el turulo. «No te lo quedes que son cinco mil pelas», le digo, y ella se arrastra hasta la esquina de la mesa, se mete la raya más grande con desgana y vuelve al sofá y a la mantita. ¿Cómo puede sobrevivir ese cuerpo tan grande con tan poca energía? Está tan floja que ni siquiera ha discutido por el mando a distancia ni me ha dado el coñazo con ese programa de cotilleo que le mola tanto, con la panda de horteras que se hacen llamar «tertulianos» ventilando a voces los trapos sucios de los famosetes de tercera división.

Me meto la raya que me ha dejado Silvia y no sé por qué lo hago, ni siquiera me apetece, vengo pasado de rosca, tengo la nariz anestesiada. Miro de nuevo la tele, un videoclip en blanco y negro se ha colado en el número tres del ranking. «De sobra sabes que eres la primera, que no miento si juro que daría por ti la vida entera», comienza la canción, y una cámara rodea a Joaquín Sabina plantado en una azotea de la Gran Vía, repeinado, traje y corbata, cantando «Y sin embargo». «De lo mejor que ha hecho este tío», le digo a Silvia, y me responde con otra pregunta: «¿Qué cojones es un planeta X?». Se me ocurren mil quinientas coñas al respecto, pero me da pereza contarle cómo funciona esto de la ironía. Silvia no es de ver telediarios, ni mucho menos documentales de La 2, así que se lo explico fácil, con paciencia. Le digo que la veterana pertenece a esa gente, llamémosla X, que pulula a nuestro alrededor pero no sabemos muy bien de dónde ha salido, tan poco interesante que ni nombre propio tiene. «La puñetera "X" de una ecuación que nadie quiere resolver, los típicos sobrantes de la humanidad, de ese palo es tu Fabiola Ariza», le aclaro. Sigo desarrollando mi tesis: aunque no nos hemos molestado en ponerle nombre, esa peña conforma una tribu con características bastante reconocibles, más aún si son tías. Empiezo a enumerar: melena decolorada con agua oxigenada, coleta imposible en lo alto de la cabeza adornada con pinzas de colorines, zapatillas de plataforma, raya del ojo hasta la sien y, cómo no, el comodín de la suerte, la riñonera transparente que deja a la vista un monedero de tonos chillones, el carnet de identidad, un llavero de gomaespuma mordisqueado, un pintalabios fucsia y un paquete de Fortuna. ¡Mierda, cuánto me ha costado, joder! Pero logro que Silvia se ría, así que me vengo arriba y le digo que a mí ese tufillo a churrita de extrarradio me pone bastante, pero, eso sí, hasta que rondan los veinticinco años, que a partir de ahí se vuelven marujas y a esas no las quiero cerca. Que se queden con sus iguales, macarras pelo cenicero, botas chúpame la punta y camiseta ajustada como el marido de la veterana. «Será un macarra y todo lo que tú quieras, pero ha puesto la pasta para grabarle un disco, Fabiola va a hacer realidad su sueño y por fin va a cantar», me dice Silvia, y se incorpora del sofá echando al suelo la manta de lana. La veo venir, que me la conozco, sé que va a ronearme de nuevo con ese puñetero asunto, su plan macabro, otra vez quiere comerme el tarro.

«¿Ves?, una tipa de esas», le digo cuando en el programa de televisión entrevistan a una chiquilla poligonera, típica zampabollos, que lleva dos días con sus noches haciendo cola en el Palacio de los Deportes para ser la primera en entrar al concierto de los Backstreet Boys. «Estas que van enseñando el tanga rojo por encima de los vaqueros suelen ser bastante guarrillas, ya me entiendes, de las que saben latín», sigo rajando; tengo carrete para un rato, no quiero dejarle espacio, es muy lista y volverá a colarme su rollo, su venganza trasnochada de culebrón. «Si te lías con una de estas tipas, vas a lo seguro, un filete en condiciones; además, suelen follar a pelo, se toman la pastilla del día siguiente como si fueran aspirinas y, lo mejor de todo, no se ofenden ni te dan la tabarra si luego no las llamas»… «¿No me estás entendiendo o te haces el tonto? ¡Que Fabiola va a cantar en un disco, Peter!», se queja Silvia, y suena muy jodida. «¿Es de tu edad o es más vieja?», le pregunto porque, manda huevos, y lo pienso de verdad, cuando era la rubia de Las Jueves en las fotos tenía un poquitín más de rollo. «En aquella época yo me curraba el estilismo, escogía las telas, hacía los diseños», me explica Silvia. Se enciende un cigarrillo, recoge la manta y se la echa por encima de los hombros mientras camina en línea recta por detrás del sofá. Me cuenta que usaban los mismos vestidos, Silvia de negro y Fabiola de blanco, y tenía guasa que eso fuese lo único por lo que no habían discutido en los cuatro años que se mantuvo el dúo musical. ¡Hay que joderse!, pienso, dos chicas de barrio que no sabían cantar ni bailar ni hablar inglés, y fueron famosísimas en toda Europa a mediados de los setenta. Hay cosas que nunca entenderé. «Las reinas del eurodance, así nos llamaban en Alemania, con más tirón que Donna Summer», me aclara en pleno subidón de nostalgia. Me vienen a la cabeza las melodías de Las Jueves, lamentables secuencias de sintetizadores, cajas de ritmos, baterías electrónicas, pura basura enlatada que llegó a los primeros puestos de las radios europeas y convirtió a Silvia Kiss y a Fabiola Ariza en dos estrellas, fugaces, eso sí, a pesar de su inglés de Aluche, de sus letras de marujas, de sus bailecillos de pava helada a cámara lenta. «Vestir elegante fue nuestro gancho, una onda entre Jane Fonda y *Los ángeles de Charlie*», me cuenta orgullosa. Me da la risa, pero me contengo, claro, no voy a ser tan burro. Me concentro, tengo que eliminar de mi cabeza a esas dos veinteañeras con sangre de horchata, cara de estar aburriéndose un huevo, el pelo hasta arriba de laca, los morros rojos y los pendientes de purpurina. Me apetece decírselo, joder, ¿cómo puede estar tan orgullosa de aquel pastiche que fueron Las Jueves? Pero la miro y tiene los ojos húmedos y los labios sin color. «Yo era la que sabía cantar, Peter, esa era yo», me dice tragándose las lágrimas junto al humo del cigarrillo.

Vuelve a tumbarse en el sillón y se instala en su sonrisa de siempre, la falsa, la que adoptó cuando dejó de ser la morena de Las Jueves y se convirtió en la rancia señora Martínez de Velasco, vecina activa y solidaria del barrio de Salamanca. Los dos miramos de nuevo a la televisión. El presentador de los vaqueros rotos anuncia la segunda posición del ranking de las canciones más escuchadas de la semana. Y ahora sí que lo flipo, pero de verdad, que es mi puñetera voz y mi maldita cara, ¡que soy yo, joder! No, es imposible, tiene que haber un error, yo no puedo ser el número dos de la lista. «Estás entre los cinco primeros, no te rayes con eso», me dice Silvia, pero claro que me rayo, y mucho, porque me arde, me hierve la sangre, y quiero llamar al Lobo y mandarlo a tomar por culo. ¿Qué demonios estamos haciendo mal, Lobo? ¿Cómo es que en este país de mediocres hay alguien mejor que yo? Me entra la angustia y me imagino que dejo de ser famoso, que la gente no compra mis discos, que nadie paga una entrada para mis conciertos, que no hay tías esperando en la puerta del camerino, que regreso a la vida normal, a ser uno más, un españolito de a pie, un planeta X. Miro a Silvia, que sigue ida, con los ojos clavados en la tele pero sin ver, y me da pena. Debe de ser una putada tener la certeza de que el mejor momento de tu vida sucedió a tus veinte años, que allí tocaste el cielo y que nunca más vas a transitar ese camino. Que solo te queda una casa con calefacción eléctrica, una mantita de lana, un marido obeso y forrado con cara de morsa y un puto cochinillo en Segovia en el mismo restaurante cada quince días.

«El año que Fabiola y yo nos separamos estábamos a punto de grabar un disco, Peter, que iba a ser la caña. Un estilo más romántico, menos chunda-chunda, letras propias cantadas en español», me dice Silvia, y le vuelven a brillar los ojos. Me cuenta que era el LP de la consagración. Por fin, después de tanto esfuerzo, iban a ser respetadas en su propio país. Pero ese disco no llegó a grabarse porque cuando probaron voces y se repartieron los temas, a Fabiola Ariza le entró un delirio de grandeza y exigió ser solista en el mismo número de canciones que Silvia. Estaba furiosa, montó un numerito vergonzoso. Que no seguiría siendo una corista, que merecía el mismo protagonismo que Silvia. Todo eso les soltó la rubia veterana en la jeta a los jefazos de la discográfica, que, por supuesto, la mandaron a tomar viento sin mediar palabra. «Ese día Fabiola se cargó su vida y, además, arrasó con la mía», concluye Silvia secándose los mocos con la manta.

Me quedo pensando en la veterana, en la posibilidad de entrar en el turbio asunto que me propone Silvia... ¡Qué va, ni de coña! Me da muchísimo yuyu. Y no porque Fabiola Ariza no me ponga, que en peores farmacias he hecho guardia; además, no sé, los dos boloncios de silicona tienen su morbo. Pero quita, quita, qué mal rollo. Cambio de tema, le digo a Silvia que las tetas operadas son fascinantes y ella me riñe, quizá porque no tiene, y no le queda otra que insistir en que su pecho plano es la mar de elegante. «A mí me gustan, aunque estén mal operadas», insisto. La piel estirada y frágil, con esos cráteres, esas honduras, esos montículos, esos desniveles, las viscosas bolas de gel. ¡Y los pezones falsos, me ponen muchísimo! Las costuras en las areolas o las cicatrices blancas cerca de las costillas. «¡Qué coño de elegancia, por Dios! Si en España somos más de tetas que de culos», me pongo faltón aposta porque estoy cabreado, muy cabreado, porque soy el número dos del ranking de la semana, ¡que iba invicto, joder!, y porque Silvia no supo luchar por sus sueños, porque está a punto de ponerse el pantalón de pinzas y arreglarse el pelo porque ha quedado en Segovia con la morsa y el par de chinos que escupirán sobre el cochinillo. Me vuelvo un impresentable, un gilipollas. Insisto en que las mujeres que no tienen tetas son unas perdedoras, que las necesitan, que en las tetas está el poder y la seguridad. «¿Cuándo se operó las tetas la veterana? ¿A que fue antes de que os separarais?», le pregunto, y me pongo de pie, la miro de frente y me siento ridículo, como siempre, porque Silvia me saca una cabeza. ¡Me la suda! Sigo con lo mío, metiendo el dedo en la llaga, hundiéndolo, haciendo sangre. «Si lo piensas, Fabiola Ariza es brillante, ella intentó jugar bien sus cartas. Si dos tetas tiran más que dos carretas, ¿qué más daba que ella cantase peor que un perro atropellado? La culpa de que Las Jueves hayan desaparecido es tuya», le suelto sin piedad. Ella tendría que haber dejado que Fabiola cantara, ¡qué coño!, se lo merecía, para eso se había comprado dos tetas, las más grandes del mercado, con todos sus sujetadores horteras incluidos. «¡Se lo merecía! ¡Al menos Fabiola Ariza intentó cambiar su vida!», le grito, consciente de que me estoy pasando mogollón.

Silvia se quita la manta y empieza a doblarla, estira el tiempo antes de marcharse. «Yo también lo intenté, Peter», me dice en voz baja abriéndole la puerta a su historia, la que no me ha contado nunca, la que tuvo que comerse con patatas cuando Fabiola abandonó el dúo. Al principio pensó que saldría ganando, los productores estuvieron de su lado, tontos no eran, claro, y ella superaba con creces a Fabiola Ariza, se pavonea Silvia, y saca su pecho plano con un subidón de «porque yo lo valgo». Hay que joderse, me mentalizo para escuchar una telenovela con final triste. Los productores la apoyaron en todo, sí, pero era un caramelo envenenado, pondrían pasta siempre y cuando ella mantuviera el estilo de Las Jueves. Y Silvia cayó en ese gancho, hizo el disco, el mismo sonido hortera, la misma memez de letras, los mismos movimientos de pendón con aspiraciones, los mismos trajes negros con lentejuelas y la vocecilla susurrante de orgasmo. Pero fue un auténtico fracaso. «Aun así, seguí insistiendo, Peter, porque yo amaba la música, como tú, más que tú», me dice francamente jodida. Así que buscó a otra chica pensando que ese era el quid del asunto. Dos pánfilas bailando y cantando eran mucho mejor que una sola, pienso, pero no se lo digo; una sola no cubría el nivel de estulticia que necesitaban sus antiguos fans. Y de pronto apareció la Techi, que sabía cantar, bailar y hablar inglés. «La Techi», repito en voz baja, y me imagino lo peor, una tía pintada como una puerta, con el esssjjjqueee de extrarradio tatuado en la piel. La Techi y Silvia ensayaron juntas y se presentaron en todas las discográficas. Cada negativa, cada rechazo, le iba haciendo un hueco por dentro. Pero ella no se resignaba, seguía luchando, hasta que la Techi se hartó y Silvia tuvo que volver a cantar los temas de Raffaella Carrà en un hotel de Palma de Mallorca, me dice a la vez que apaga la colilla como si estuviese enterrando sus propias cenizas.

Un puñetero grito del presentador de la tele nos pega un susto de muerte. ¡Joder, a este tío hay que demandarle! Parece que se va a correr encima antes de anunciar el primer lugar del ranking, la canción más escuchada de la semana, una sorprendente escalada del puesto veinticinco al número uno. Algo nunca visto, el no va más. ¡Cállate de una vez, soplapollas! Y entonces, por fin, entra un vídeo tan sencillo que parece casero. Dos chicas sentadas en unos taburetes, una rubia y otra morena, una tocando la guitarra española y la otra la pandereta, uniendo sus voces en uno de esos temas de desamor lacrimógeno. Termina el vídeo y el público aplaude, se saben la letra, y el presentador anuncia una gira de conciertos. «Tú lo has hecho bien, Peter, estás solo, no le debes nada a nadie, nadie te debe nada a ti. Eres el único responsable de tus triunfos y tus fracasos. No todos tenemos esa suerte», me suelta Silvia mirando el reloj, arrastrando sus pies gigantes, su pecho de paloma y su triste pasado hasta el dormitorio. Me quedo observándola, tan grande, tan ancha, tan fuerte. Pienso en su venganza de culebrón y me sigue pareciendo una locura, una gilipollez, una pérdida de tiempo. Vuelvo a prestar atención a la tele, entra un vídeo de las dos chicas enviando un saludo al programa. La morena tiene el micrófono en la mano y habla por las dos, opina y da las gracias por las dos. En una esquina se ve a la rubia clavándole los ojos a su compañera, frunce los labios y suelta un bufido. «Me da que estas dos duran un telediario pero se van a odiar el resto de sus vidas», me digo, y enciendo otro pitillo.

6

Una maleta roja

Another mother's breaking
Heart is taken over
When the violence causes silence
We must be mistaken

THE CRANBERRIES,
«Zombie», 1994

Lola se sentó sobre la maleta. ¡Lo que le estaba costando cerrarla! La cremallera se oponía a transitar por sus nuevas curvas.
Confiaba en que no acabase reventando. Era de tela impermea-
ble, de esas que engañaban a la vista porque parecían pequeñas
como un monedero, pero luego se podía meter en ellas hasta un
tronco. Siempre le ocurría lo mismo. Calculaba fatal. Era su karma con los objetos reducidos, «a su escala», que dirían los Acosta, que se habían empeñado en alimentar su complejo de bajita
con un escritorio «chiquitín», una cama «estrechita», una biblioteca con «balditas», y condenarla a un mundo de diminutivos
que la tenía hasta el mismísimo «higuillo».

El asunto fue a peor en la juventud. Vino el Mini Cooper,
que le conjuntaba mejor. Los pantalones a la cintura, jamás tobi-
lleros, que le estilizaban las piernas. Fuera los escotes redondos,
el cabello y los pendientes largos; los vestidos entallados sí, ceñi-

dos no. «¡Y pensar que al nacer pesaba un kilillo de nada!», le gustaba repetir a mamá Acosta, que suspiraba por un recuerdo que no era precisamente feliz. La animaba primero resaltando lo mucho que había luchado por sobrevivir en esa incubadora llena de «cablecillos» —no todos los sietemesinos tenían la suerte de contarlo— y después la bajaba del pedestal para que se despeñara en el último escalón de las «pobrecillas», poniendo todo lo que iba mal en su vida —el sobrepeso, las arritmias, la desorientación profesional, sus escasas habilidades sociales— dentro del mismo saco, porque la pequeña «Lolita», ¡vaya por Dios!, fue un bebé prematuro.

Tras dejarse los dedos y las uñas en ello, consiguió ponerle el candado a la maleta. Se veía ridícula, deforme, como una de esas bolas de plastilina que resultan de juntar sobras de diferentes colores. ¿Por qué su equipaje se había desfigurado en tan solo dos semanas? ¿Empatía pura y dura? Celebró la ocurrencia de que, quizá, los objetos tuviesen la propiedad de mimetizarse con sus dueños, porque así de irregular estaba también su cabeza, indigesta de datos y de dudas, a causa del montón de turbias historias ajenas que ella hubiese preferido seguir ignorando. ¿«Equipaje» le había llamado? Si aquello ni siquiera era una maleta en condiciones. Era una bolsa de plástico roja, estridente como la luz de un semáforo, que podía llevarse a la espalda en plan mochila o arrastrarse con cuatro ruedas. A Lola le gustaba porque se la había regalado Fran hacía seis meses, el día que la ayudó con la mudanza al apartamento de la calle de la Palma. Un sexto sin ascensor, con portal estrecho y una luz en el descansillo programada para iluminar una subida a toda pastilla por unos peldaños crujientes. Cargaron con tres sillas viejas de jardín, una mesa de formica con patas que no terminaban de enroscarse bien, una nevera de minibar y un microondas del año de la tos prestado, que no regalado, por doña Merche, que prefería calentar en el fogón porque los cacharros eléctricos le dañaban el sabor a los caldos.

¡Ay, si los Acosta vieran sus muebles! Ni se le pasaba por la cabeza invitarlos a su apartamento, prefería evitarse el pollo que con toda seguridad le montarían por decorar con «saldillos». Aunque ellos tampoco habían insistido mucho en visitarla. Las pocas veces que se habían visto en lo que iba del año tuvo que ser Lola la que se trasladase en autobús hasta el chalet de Monteclaro. Cualquier cosa con tal de no soportar la charla de papá Acosta pronosticando la vida útil de cada uno de sus objetos. Imaginó que la primera bronca vendría de su madre por la bolsa roja atravesada en el «saloncito», ese tan «enanito», tan a escala de una sietemesina, sin saber que para Lola esa bolsa representaba el último recuerdo que compartía con Fran. La habían subido juntos por las escaleras, ella sujetando uno de los extremos con la mirada fija en su calva, tan grasienta e irregular como una loncha de chorizo. Soltaban la bolsa roja en cada rellano y Lola se encargaba de darle al interruptor de la luz, que la obligaba a descubrir a Fran en ese pésimo plano picado. Las ojeras con bolitas blancas en relieve, la nariz porosa y disparada entre las gafas redondas, plagada de venas azules como el mapa de la línea 1 del metro, la tripa abultada, la barba suspendida y las zapatillas con huellas de años. Un cuerpoescombro con el que Lola tuvo sexo muchas veces, incluso esa misma noche de la mudanza, en plan guarro, encima de un edredón viejo que echaron al suelo.

Aquella vez, la última, lo hicieron a lo bestia mientras escuchaban a Los Rodríguez, «Estoy tratando de decirte que / me desespero de esperarte», en la playlist noventera de Fran, que estaba que se salía porque su invento había funcionado. Se sentía un auténtico crac por haber fabricado un altavoz cutre con una cartulina enrollada entre dos vasos de plástico. «¿A que mola mazo?», repetía, como si hubiese descubierto que el agua moja. «¿No te acuerdas? Coño, Lolita, que te lo conté, me lo enseñó el Menda Lerenda, el administrador de *Los 90 Fetén*», le explicaba cada vez más y más sobrado porque, ¡era la leche!, solo había tenido que ver cinco veces el tutorial que subió el Menda. Lola no

hizo ningún comentario. Se la traían al pairo el Menda y su puñetero altavoz de chichinabo. Pero empezó a sonar «La Flaca» y
le pareció una provocación, una putada que tuvo que correspon-
der a bocados, arañando con inquina el cuerpo blandengue de
Fran. Quería marcarlo, imprimir sus huellas para que se quedara
esa y todas las noches, para que no la dejara sola nunca más, rete-
nerlo aunque fuese por el miedo a otra pelea descomunal con su
mujer. Ni eso funcionó. Mordido, sin aire y magullado, Fran se
incorporó del suelo y siguió con lentitud las fases de la evolu-
ción del mono al hombre. Lola se quedó tumbada sobre el edredón, observando en contrapicado y con muy mala leche los movimientos torpes de Fran, su exjefe convertido en amigo, después
en amante y finalmente en desilusión, mientras se ponía el bóxer
de cuadros, el vaquero ancho y gastado y la camiseta desteñida de
Guns N' Roses con el dibujo de una calavera con sombrero
de mago. Sus brazos de gelatina, el pelo largo y canoso que cubría
los pectorales que apuntaban al suelo, los muslos gordos con un
sarpullido en la entrepierna por culpa del roce y el sudor…

«¿Cómo sería el sexo con un chaval de mi edad?», se preguntó
al tiempo que echaba un último vistazo a la habitación pomposa
con cortinas bordadas, comprobando que no se le olvidaba nada
en esos muebles acolchados. No quería dejar ningún recuerdo
de su paso por la casa de Peter Russ. ¡Menuda chorrada! Era de
cajón que el sexo con un tío de veinte años solo podía ser una
versión mejorada: toda la noche sin parar con breves intervalos
para la recuperación. ¡Y la piel tersa! La carne firme, el olor a
nuevo, a no fumador, a no bebedor de carajillo, a la colonia de
moda. Un chaval enganchado a la música urbana, a TikTok, a
Twitch o a YouTube, y no a un foro virtual de boomers macera-
dos en la nostalgia. «¡Eres tan absurda, Lola! Tía boba», se regañó a sí misma por especular tonterías de niñata. ¿A cuenta de
qué le daba vueltas otra vez a ese asunto? Si aquella noche, la
de la mudanza a la calle de la Palma, la playlist noventera de Fran
se lo había dejado clarísimo gracias a la canción de Jarabe de Palo,

que decía verdades como puños, «Y tomar y tomar / una cerveza tras otra, / pero ella nunca engorda», cantaba Pau Donés. Lola había pillado el mensaje. Ella no pertenecía al grupo de chicas que podía elegir de quién enamorarse. No había escogido nada en su vida, ni el colegio ni la universidad, ni siquiera al cuarentón blandengue con el que se había obsesionado. Aunque había sido Fran quien dio el primer paso cubriéndola de atenciones, Lola respondió de manera patética, tan agradecida como un perrete de la calle, y era normal, porque ella bebía una cerveza tras otra y engordaba siempre, y era un maldito centauro, y no había nada hermoso en su cuerpo ni en su alma. «Y bailar y bailar», la torturaba la canción, poniéndola en su sitio, del que no debería moverse, porque para bailar había que ser feliz y ella nunca lo había sido.

La maleta roja pesaba una burrada. ¡No tenía sentido! Quince días en Londres sin comprarse ni una triste gominola. Tampoco había ido de paseo ni de cañas ni de copas. ¡Qué decir de los museos o las tiendas! Lola había realizado el mismo trayecto sin variaciones desde la casa de Belgravia hasta el salón de té del hotel Langham, siempre con Smith, el chófer de la eterna sonrisa, que la esperaba en la calle dentro de un fúnebre Mercedes Benz. ¡Qué ascazo! Guardó el portátil junto con los cascos, los cargadores y los cables correspondientes en la mochila. ¡Mira que marcharse de Londres sin haberse pateado la ciudad! No había sido su padre, el de verdad, quien la había obligado a llevar esa rutina de monja. Fue culpa suya, ella misma decidió invertir las pocas horas de sol leyendo el escabroso cuaderno de partituras. ¡Una auténtica memez! Tirarse el día entero escudriñando el diario íntimo de ese padre que acababa de conocer, analizando cada ida de olla del chaval atormentado que había sido. Y todo para qué, ¿para que luego le recitara gilipolleces durante la cena? Que si la casa de Eaton Square fue construida en 1835, que si a principios del siglo xx fue la residencia oficial del embajador de Bélgica, que si debería utilizar la piscina para apreciar los azulejos laminados en oro… En un arrebato sacó el cuaderno de partituras de la mochila y lo puso encima del escritorio: se marcharía como había llegado y dejaría todo atrás, especialmente ese registro tan espeluznante de los personajes que poblaban las páginas escritas a mano por Peter Russ.

Se puso una sudadera y le vino la imagen de Mai a la cabeza; habían pasado buenos ratos juntas. Le gustaba aquella mujer asiática, la que chillaba un rato cada noche hasta que, milagrosamente, se sumía en un silencio apacible de mirada hueca que le amorataba la piel y le decoloraba los labios; una especie de trance en el que parecía que no respiraba. Lola la sorprendió en ese limbo más de una vez y estuvo tentada de acercarse, limpiarle el sudor del rostro, tomarle el pulso y sentir su contacto sin el guante con el que cubría su mano desfigurada. «Conocer a Mai ha sido otra de las rarezas de mi visita a Londres, sin embargo, ha merecido la pena», se dijo mientras arrastraba con dificultad la bolsa roja por la alfombra mullida del pasillo. Empezó a escuchar los gritos —era su hora—; quince minutos exactos de agonía.

¡Qué rápido se había acostumbrado a los chillidos de Mai! Los había integrado a su rutina, ni siquiera la molestaban, aunque esa noche estaban siendo especialmente intensos. Enseguida lo entendió, por primera vez la puerta de la habitación de Mai estaba abierta. Lola caminó despacio hasta el umbral y vio a Mai retorcerse sobre la cama como si un espíritu maligno la hubiese poseído. Elevaba las manos y el torso, se abrazaba con fuerza a las rodillas y volvía a soltarlas; aquella era la coreografía feroz de un cuerpo que no hallaba consuelo. Se estiraba el camisón, quería arrancárselo y llevarse también la carne, su piel arrugada y vencida. Alternaba puñetazos al colchón y a su cabeza y se tiraba del pelo con los tres dedos de su mano izquierda. «Singuilón», repetía una y otra vez. «Singuilón», decía chillando cada vez más, hasta provocarse arcadas que devenían en gruesos hilos de sangre.

Lola soltó la maleta y corrió hasta la cama de Mai. No llegó a tocarla. Se quedó paralizada cuando vio a su padre, que extraía líquido de un frasco con una jeringuilla. Presionó el mando de su silla de ruedas y se ubicó frente a la mesilla de noche. «Singuilón, singuilón», suplicaba Mai mientras Peter Russ, sin perder los nervios, cogía un polvo blanquecino de otro frasco, limpiaba el tapón con una gasa impregnada de alcohol y lo mezclaba con el líquido de la jeringuilla. Lola no podía quitar la mirada de su mano, que apartaba con suavidad el cabello húmedo de la frente de Mai, ni de la pericia con la que le cogió un brazo, el derecho, el que tenía los dedos completos. Las lágrimas de Mai encharcaban las arrugas de su cuello. Había dejado de moverse cuando Peter Russ le hizo un torniquete con una goma azul, tanteó una débil vena inflamada a la altura del codo y, con una nueva jeringuilla, le inyectó aquella poción que había preparado.

—¿Qué le ocurre a Mai? ¿Qué le has hecho? —preguntó Lola en voz baja, y el hombre inválido le hizo una seña para que abandonase la habitación.

—Ayudarla, lo mismo que hace ella conmigo —le respondió cuando estuvieron solos en el ascensor—. La oxicodona es lo único que nos permite soportar el día. La tomamos en pastillas, pero, si el dolor es muy agudo, la inhalamos o nos la inyectamos en vena.

Entraron juntos en la biblioteca. Lola se sentó en la silla de siempre frente a la ventana, aferrada a su maleta roja. No hizo falta que formulara más preguntas, esta vez Peter Russ parecía dispuesto a explicarse.

—La felicidad no es más que la ausencia de dolor —le dijo mientras se colocaba en su lado del escritorio—. Cuando el dolor se instala en el cuerpo todo se convierte en desesperación. Es una urgencia tan corrosiva que harías cualquier cosa, lo que fuese necesario, para acabar con ese sufrimiento.

—¿Qué dicen los médicos? —Lola seguía hablando en voz baja—. ¿Eso que hacéis está permitido?

Él le devolvió una sonrisa complaciente, la que hubiese dirigido a un niño tras su cuestionamiento más ingenuo. Convivía con Mai desde hacía veinte años, le recordó, y no había sido ni el amor ni la amistad, ni siquiera el alivio de sentirse comprendidos en la desgracia, lo que los mantenía unidos.

—De joven yo pensaba que la vida estaba en deuda conmigo. —Comenzó a toser y sus ojos se pusieron vidriosos—. Yo había puesto todo de mi parte. Me dejé la piel persiguiendo mis sueños. Logré escapar de mi pueblo en Galicia, convertirme en alguien, ¿por qué me había pasado esto a mí? —Apretó con fuerza el reposabrazos de su silla de ruedas—. El día que me enteré de que no volvería a caminar no quise seguir viviendo. ¿Para qué, si no me reconocía en el espejo? Nunca más me subiría a un escenario. ¿Quién demonios era yo sin mi música? Nada, nadie, un pobre tipo que no podía ir solo ni al baño. Una maldita piltrafa sin presente ni futuro.

Cuando conoció a Mai en una clínica de Londres creyó que era otra pobre desgraciada… Se interrumpió y estiró la mano temblorosa hasta sostener el vaso con agua que Lola le entregaba. En aquel momento pensó que había encontrado en Mai una aliada, otro despojo humano que quería desaparecer del mundo. Pero se equivocaba: Mai tenía otros planes, no tiraría la toalla hasta encontrar a su ángel, al hombre blanco y rubio que la cogió en brazos cuando tenía siete años y se la arrebató a la muerte.

—Intenté disuadirla. —Peter Russ posó su mano caliente sobre la de Lola—. No se daba cuenta de que lo peor que pudo ocurrirnos es que nos salvaran la vida. Se lo dije una y mil veces para destrozar sus argumentos sobre el honor, el agradecimiento y la buena fe del hombre anónimo que luchó para que ella tuviese la oportunidad de ser feliz.

Transcurrieron tres años hasta que Mai finalmente encontró a su ángel. Era un periodista español radicado en Holanda. Lo invitó a casa. Peter Russ levantó su mano del brazo de Lola y esbozó una media sonrisa al recordar que lo había cebado con comida vietnamita, que lo machacó mostrándole fotos y con charlas trascendentales sobre el destino y la bendita fortuna de que un chaval tan valiente, que iniciaba su carrera como corresponsal de guerra, se hubiese hallado precisamente en la misma carretera en la que una niña corría desesperada y desnuda. El tipo se marchó orgulloso; su paso por el mundo merecía la pena. «¡Bravo, ese pringado se ha ganado el cielo!», le soltó Peter a Mai cuando ella hubo cerrado la puerta. Pero la burla no surtió efecto, y él notó que el rostro de Mai se había transformado. «Ahora sí, Peter, ya estoy lista», le dijo con una paz conmovedora.

Lola se apartó hasta ubicarse de nuevo en la butaca al otro lado del escritorio: quería evitarle, y evitarse a sí misma, la obligación del contacto físico. Aquella noche se drogaron, provistos de un cargamento de OxyContin mezclado con Valium, Lexatin y Orfidal, le dijo Peter y hundió la barbilla en el pecho como si quisiera conectar cabeza y alma. Una noche salvaje, eso le había prometido a Mai como despedida de un mundo que se había dedicado a joderlos vivos. Bebieron champán, ginebra, vino tinto y tequila. Tragaron pastillas, inhalaron y se inyectaron, escuchando en bucle la canción de The Verve.

—«Porque esta vida es una sinfonía agridulce». —Miró de nuevo a Lola, que se esforzaba por escuchar la historia sin emitir juicio alguno—. ¿Te has colocado alguna vez?

—He probado los porros, algún chino, alguna que otra raya y MDMA, que me da una resaca pésima —respondió ella con una sinceridad inusitada.

—Los opioides te meten en otra dimensión. —Le señaló la jarra y el vaso, como si un sorbo de agua pudiese ser el antídoto—. Primero llega la euforia y después la paz, la sensación de poder con todo, de ser invencible.

Así se sintió Peter Russ aquella noche, y hubiese seguido inhalando, machacando pastillas, bebiendo tequila y ginebra hasta palidecer, ponerse frío, húmedo, incapaz de moverse, de articular palabra, hasta que sus latidos y su respiración se ralentizaran y todo lo vivido y todo lo sufrido desapareciese.

—Pero ocurrió algo extraño, algo que no puedo explicar. —Se llevó las manos a la cabeza como si quisiera organizar los recuerdos—. De repente el placer se transformó en miedo y empecé a gritar, me desesperaba porque nadie podía oírme, porque Mai estaba tirada en el suelo a mi lado inmersa en su sueño sin dolor y sin retorno.

Aquella madrugada, la que tendría que haber sido la última para los dos, Peter Russ movió la palanca de su silla de ruedas con tanta urgencia que se cayó al suelo y tuvo que arrastrarse para llegar a la mesilla de noche. Abrió el primer cajón en busca del kit de naloxona, el único cable a tierra para sus viajes más peligrosos hacia la paz. Logró coger una de las cajas y volvió junto a Mai, que gorjeaba con los labios azules. Rompió la bolsa de plástico con los dientes, apretó el atomizador con el pulgar dentro de las fosas nasales de Mai y dejó caer la cabeza sobre su pecho escuálido. No quería creer que se había quedado definitivamente solo. Mai volvió a respirar a los pocos segundos, y así, entre sueño y vigilia, entraron juntos, adoloridos y desgraciados, en un nuevo día.

—¿Por qué has esperado tanto tiempo? —Lola se puso de pie aferrándose con fuerza a su maleta roja—. Si aquella noche decidiste seguir adelante con la vida, ¿por qué no me buscaste?

—Voy a contarte toda la verdad, pero necesito que te quedes un par de días más. Por favor, Lola, lleguemos hasta el final. —Estaba pálido y su voz era apenas audible—. Vamos a descansar. Y no te preocupes por deshacer la maleta, tu ropa sigue colgada en el armario.

Lola se quedó desconcertada mirando la figura de su padre, el hombre de la melena blanca y cardada, que se dirigía de nuevo al ascensor. Se sostuvieron la mirada hasta que se cerraron las puertas y entonces, como si le fuese la vida en ello, se abalanzó sobre su maleta. Puso la clave del candado y recorrió a la inversa el sinuoso y difícil camino de la cremallera. Su sudadera negra, su chándal y el albornoz no eran más que la tapadera de un montón de cajas que escaparon como impulsadas por un resorte. Los paquetes tenían diferentes formas y tamaños, y estaban envueltos en un papel blanco con dibujos de notas musicales. Todos tenían una tarjeta escrita a mano en la que distinguió la letra desordenada de Peter Russ.

Revisó una a una las dedicatorias. Siempre la misma: «Felicidades, Lola», solamente variaba el año: 1999, 2000, 2001, 2010, 2016… Se detuvo en un paquete, era del tamaño de una caja de zapatos. «Felicidades, Lola, 28 de agosto de 2021», su último cumpleaños. Otra vez le sudaban las manos, la manada de potros salvajes en su pecho, mientras destrozaba el envoltorio, abría una caja marrón y cogía con cuidado un cilindro de cartulina con un vaso de plástico en cada uno de los extremos.

Cuaderno de partituras

Madrid, 8 de enero de 1997

¡Soy gilipollas! ¿Dónde cojones habré puesto las llaves del ático? Siempre me pasa lo mismo en la puerta de La Fábrica. Nunca me quedo tirado gracias a Clara, a Beltrán, al Lobo o a Cayetana, pero hoy ando más solo que la una. Podría irme a la casa de Lagasca a soportar la mala hostia de Silvia, de la morsa o del Polo. «¡Eres un desconsiderado, joder! ¿Qué somos nosotros, tus chachas?», me dirían antes de tirarme de mala gana la copia de las llaves que guardo en la mesilla de mi antigua habitación. Otra alternativa es matar el tiempo en el Retropub hasta que se haga de día, con el cuenco de espaguetis con salsa de tomate Orlando y dos ron cola. Sí, mejor el Retropub y su bazofia de cárcel chunga que aguantar la chapa de la morsa, su discursillo rancio sobre las drogas, los peligros de la noche y lo mal que me he montado la vida; que como siga así, el día menos pensado no lo cuento…

Salgo de La Fábrica y me siento en el bordillo de la acera. Hace un frío de cojones, me sale vaho por la boca. Me quito los guantes para encender un pitillo y me escondo tras las gafas de sol y la capucha de la cazadora. No quiero que nadie me vea, que nadie me reconozca, porque estoy solo, tirado en la calle. Mejor me piro al Retropub. Total, solo son un par de horas más de destrucción en esa cueva llena de humo de tabaco y de petas, por no hablar de los humos humanos, los peores. ¿Qué se creerá esa panda de músicos intelectualoides? ¿Que son los amos del universo porque se reúnen en un bar con clave secreta? ¡Increíble! Unos mendas que ven una guitarra y un cajón y se arrancan por bulerías, y resulta que todos saben hacer el quejío flamenco y dar palmas. Lo viven, se vienen arriba, entran en trance. Aunque los peores son los otros, los que pertenecieron a la seudomovida madrileña. ¡Esos son una patada en los huevos! Cada vez que se encuentran, empiezan a chuparse las pollas, se sientan al piano a berrear juntos la de Los Secretos, «Déjame, no juegues más conmigo», o aquella de Nacha Pop, «Me asomo a la ventana, eres la chica de ayer», hasta ponerse sentimentales con el «Parachurururu» del «No dudaría» de Antonio Flores, que en paz descanse.

Buf, paso, amanecer en el Retropub con la peña de ochenteros trasnochados es una mierda, y mucho más sin el Lobo, que con el Lobito el asunto es diferente porque se la suda todo. El Lobo va y se cuela entre los famosetes de la movida y se pone a cantar al piano los temas con los que se empalman los argentinos, los «himnos», como les llama el Lobo, «re conocidos», insiste, aunque en Madrid no los conoce ni Dios. Y con su muela en el oído, su voz de cazallero y sus tres pares de cojones, se lanza con una de Charly García «de cuando estaba en el grupo Sui Generis», aclara, y luego habla del otro menda, Nito Mestre, sin el que temazos como «Confesiones de invierno» no habrían visto la luz. Sí, todo eso dice el Lobo cuando va pedo y puesto como un piojo, se vuelve más argentino que nunca y da una tabarra de la hostia que antes me daba vergüenza pero que ahora me llena de orgullo. ¡Tomad, malditos! ¡Que os jodan! Se acabó vuestro turno de canciones bajoneras, ahora os chupáis a los argentinos, que a dramáticos y a pupas no les gana nadie. Pero el Lobo también me ha dejado solo esta noche, anda por su tierra; y los de la banda están en sus pueblos. Y yo en Madrid, un imbécil que ha perdido las llaves y está sentado en la puta acera a las seis de la mañana.

¡Hasta Beltrán me habría venido bien esta noche! Con sus chistes malos, sus bailoteos cursis y su pelo repeinado. Pero, cómo no, pijito de manual, se ha ido a esquiar a Baqueira Beret con la familia. Ni Cayetana está disponible esta noche. «Jopé, Peter, si me lo hubieras dicho antes... Estoy en Sotogrande con mis padres». ¿Cómo te lo iba a decir antes si siempre eres mi última opción? Bueno, no, mi última opción ahora es Clara, y me lo tengo merecido, y ella también, por soportarme. ¿Qué más tengo que hacer para que me olvides, Lady Soria? ¿Ir a tu puñetera casa y prenderle fuego?

Se me está helando el moco. Me pongo el casco y enfilo hacia la calle Lagasca. ¡Cómo odio las luces de Navidad! En el barrio de Salamanca es peor, hay más y más cursis. La Navidad es una mierda, un simulacro de felicidad, como la maldita merienda de Reyes de Silvia, que todavía se me hace bola en la garganta. Llego y dejo la moto aparcada en la acera. Si la cosa va bien, será cuestión de minutos. ¡Anda, el diablo está de mi parte! Una parejita se está dando el filete dentro del portal. Les toco el cristal de la puerta, la chica me reconoce y se abotona la camisa. «¡Peter Russ!», suelta el típico grito de fan, que después de una docena de cubatas suena aún más patético. Me abren la puerta; el chaval lleva un pedo de gatillazo seguro. Ni les doy las gracias, pero ella empieza a cantar uno de mis temas y me ablanda el ánimo. Les regalo un condón, «Póntelo, pónselo», les tarareo, y la chica se corre encima; al menos esta noche la pobre tendrá un orgasmo.

Subo las escaleras, no sé por qué lo hago si estoy hecho polvo. ¡El diablo no me abandona! Flipo, la puerta de casa está abierta.

Entro sin hacer ruido. Solo pienso que no voy a tener que ver a nadie ni soportar la chapa de la morsa ni pedir favores. Yo odio pedir favores. No me preocupo, ya mañana me enteraré por la prensa si les han entrado a robar y los han secuestrado. «¡Qué burro eres!», me digo, y me la refanfinfla. Voy directo a mi antigua habitación. «¡Lo estás logrando, chaval! En dos minutos te montas en la Kawasaki y a sobar en tu cama». Cojo las llaves del cajón y escucho un grito, una especie de alarido histérico que viene del cuarto de baño. Corro, abro la puerta y encuentro a Silvia tirada en el suelo, tumbada boca arriba, desnuda. Me acerco, le muevo la cabeza y la muy hija de puta me hace una mueca horrible: me saca la lengua y lanza una puñetera carcajada de las que hielan la sangre. ¡Maldita loca! La suelto de mala manera sobre las baldosas. «¡Joder, capullo, que duele!», se queja con voz de borracha. Está hecha una birria, tiene las pupilas enormes y la mandíbula de una marioneta. Se arrastra con los brazos colgando como un bicho gigante de peli cutre de terror, apoya la espalda en la bañera y se sienta doblando las rodillas. El espectáculo merece la pena, así que me siento también en el suelo, recostado en el retrete. La miro fijamente; total, ella mañana se morirá de vergüenza y yo me descojonaré de por vida. Sigue riéndose, una risa enloquecida, enferma. Tiene la melena negra revuelta, como un ovillo de lana enredado, y el maquillaje corrido con dos charcos de rímel en cada ojo. Bajo la mirada por su cuello y me asombro, no me había dado cuenta de que tenía tantas arrugas, parecen los anillos que se forman en el río cuando tiras una piedra. Y su escote me recuerda a un abanico abierto, con los pliegues marcados como cicatrices. ¿Son arrugas o estrías? Se le notan más por su pecho bronceado y salido hacia fuera, como si tuviese un casco debajo de la piel con dos tetillas penosas, disparadas, dos higos secos: uno te mira de frente y el otro de perfil.

«Vaya repaso que le estás dando a tu madrastra», Silvia hace la guasa con la lengua estropajosa, vocaliza a medio camino entre un retarder común y uno extranjero. «Me lo estás poniendo en bandeja», le suelto para jorobarla. Menudo moco lleva. En cualquier momento echa la pota. Silvia se descojona, pero pasa veloz de la risa al llanto con el rollo de que su vida es una mierda, tan horrible que ni siquiera tiene un marido que le pague un CD como le pasa a su archienemiga Fabiola Ariza. Le digo que estoy hasta las pelotas de ese culebrón venezolano, que ella eligió casarse con la morsa y que deje de dar la chapa de una puñetera vez. Echa hacia atrás la cabeza y se da tres golpes contra la bañera. «¡Para ya, joder, que te vas a hacer daño!». Pero sigue, dale que te pego, como una puñetera autista. Que ella no eligió nada, me grita, que no quería casarse con un puto gordo pichafloja, me suelta llorando. «¿Qué? Ese detalle no lo sabía», le hago la coña y ella se descojona de nuevo.

Me gusta que me cuente los fracasos de mi padre. Es mi oscuro y miserable vicio. «¿Te pone que te folle mi viejo? ¿Se la tienes que chupar durante horas para que se empalme? ¿Se corre a los cinco minutos como un crío? ¿Toma Viagra?», le suelto una tras otra, pero Silvia no me responde. Mierda, qué tipa, se pone de nuevo seria y vuelve a llorar, a decirme que mi padre la rescató de un bareto de mala muerte en el que ella pagaba por cantar, y todo para que le dieran drogas y copas gratis. «¡Era una puñetera yonqui, Peter!», me grita, y se queda afónica. ¡Manda huevos! Y me quería perder esta escenita. «¿Así que entre la famosa Silvia Kiss y la honorable señora Martínez de Velasco hubo una yonqui que follaba por pasta? Bueno, eso lo sigues haciendo». Mierda, lo he dicho en voz alta, ahora se pondrá histérica y no conseguiré irme de aquí nunca. A que acabamos saliendo en las noticias… Pero Silvia es impredecible, le entra la risa y me dice que sí, que es una asquerosa zorra que ha follado toda la vida por dinero, jamás por amor. «¿Qué cojones es eso del amor?», lanza la pregunta al aire. «¿Te has enamorado alguna vez, Peter? Tú, que eres un follalocas y un follaviejas», se burla y se parte de risa la muy perra.

Me jode mogollón que me toque los huevos, que me llame «follalocas». «¡Mi loca por lo menos es un pibón!», le grito, porque hasta ahí podíamos llegar, que Clara Reyes está como un tren es una verdad universal. Silvia empieza a chuparse un mechón de pelo. Me revienta esa manía suya. «Follaviejas, follaviejas, follaviejas», me canta con voz de niña, y pienso que esto supera ya el patetismo. Hago el amago de levantarme del suelo y me grita que no, que por favor no me marche, que le cuente cómo había sido follarme a Fabiola Ariza, si me gustó, si me puso, si me repetía el asquete como el ajo. «De ese tema ni hablemos, que no te alcanzará la vida para devolverme ese favor», le digo. «Solo una pregunta, solo una. Por favor, por favor, por favor…», me ruega. «Venga, solo una, que me estás poniendo de los nervios». «¿Fabiola está más buena que yo?», me dice, y me mira fijamente como si hubiese recuperado el control de su cabeza y de su cuerpo. «A ti no te he visto, al menos no lo más importante», le respondo. La mirada de Silvia me reta. No me quita los ojos de encima mientras se abre de piernas.

Y algo extraño me ocurre. No lo entiendo. Al principio pienso: «Puf, otro coño ochentero». Pero no, no es otro, el suyo es inmenso, y ella se ocupa de enseñármelo entero. Abre aún más las piernas y forma una eme. En el centro solo se ve pelo, mucho, negro y ensortijado. Silvia se abre camino entre la maleza con dos dedos para enseñarme los labios rojos y, con el tercero, el corazón, empieza a acariciarse el clítoris, que es un botón grande del color de la sangre. Lo frota con fuerza, con rabia, y sigue bajando hasta penetrarse con uno, dos, tres, cuatro dedos. Pero no gime ni se retuerce, solo me mira. Estoy empalmado, tengo que desabrocharme el vaquero o voy a explotar. Me libero del pantalón, de los gayumbos; más erguido que nunca, depilado, mi sexo blanco y erecto frente a su selva frondosa y negra. Joder, no puedo más, una rara fuerza me empuja hacia ella, quiero penetrarla, meterme dentro, con ganas, con odio, con todo lo que sienta o haya sentido hasta entonces. La cojo de los pies y tiro de ella. La muy capulla se resiste y se sigue masturbando, sin gemir, sin emitir sonido, y yo me muero. Necesito tocarme, pero ella me lo impide y me sujeta las manos con sus enormes pies. «¡Mierda, no puedo más!», le grito. Entonces ella se ríe, la muy hija de puta, y en dos zancadas está encima de mí, y se mueve sin moverse, contrayendo el interior de su sexo alrededor de mi polla. ¿Cómo demonios hace eso? Y no suda ni se agita, solo se mueve encima de mí como nunca nadie lo había hecho. Miro hacia arriba y me siento pequeño, ella mira hacia abajo y sonríe. Me dejo llevar por una corriente brutal, siento un chasquido en todo el cuerpo, mi cerebro explota, y no sé si reír o llorar, besarla o matarla. En ese maldito y preciso momento, Silvia pasa a ser Ella en mayúsculas.

TERCERA PARTE

Porque esta vida es una sinfonía agridulce…

1

Un viaje transatlántico

Quiero salir, sí, quiero vivir,
y quiero dejar una suerte de señal.
Si un corazón triste pudo ver la luz,
si hice más liviano el peso de tu cruz...

FITO PÁEZ,
«A rodar mi vida», 1992

—Yo en un avión lo paso bárbaro.

El Lobo quiso iniciar la charla con su vecina de asiento, una mina elegante, tostada al sol, paquetísima, que se había pasado una hora tirándose agua en espray con olor a lavanda. La mujer le devolvió una sonrisa forzada. «Me está cortando el rostro la boluda», se dio cuenta, tampoco había que ser un genio, y se puso a mirar las nubes por la ventanilla. «Ella se lo pierde, che», con lo re bueno que era contarse la vida con un desconocido en un viaje transatlántico. Eran las desventajas de volar así, ondita finoli, primera clase, copa de champán, patas horizontales y escarpines de lana. Él lo hacía una vez al año, un par de semanas en Madrid y una buena temporada en Londres; los tres meses del invierno argentino se escapaba de la humedad de Buenos Aires que se le pegaba como un chicle a los huesos. ¡Era increíble! Ahora que tenía guita para tirar al techo extrañaba la época en la que viajaba en clase turista, re contento, sin un miserable mango en el bolsillo. Se hacía amigo de sus vecinos de asiento —normal, iban mucho más cerca, pegados como estampillas— y podían charlar de fútbol, de política, de música. Obvio que de música él hablaba siempre, aunque últimamente con bronca. Le reventaba el hígado la programación tan grasa que ponían ahora las FM.

Se escuchó el aviso de abrocharse los cinturones de seguridad, un tiiintooon que era igual en primera y en turista y que no servía para nada, pues las aeromozas tenían que andar recordándolo asiento por asiento porque la desobediencia viajera no entendía de clases. Se abrochó a regañadientes y le vino a la cabeza una idea genial: atar a todos los cantantes de medio pelo que sonaban en la radio a los asientos de un avión suspendido eternamente en el aire. Que dejaran de romper los quinotos y de profanar el sagrado mundo de la música. ¡Cosa de locos! Los músicos de antes, los de verdad, se demoraban mínimo un año en grabar un disco. Lo cuidaban con mimo, lo pensaban al milímetro. Se fichaba al mejor productor y a los cantantes más solventes, que podían estarse horas en la misma toma de voz. Claro, no existía el Auto-Tune ni el nefasto Efecto Cher de su canción «Believe» y, lamentablemente, no todos eran David Bowie. ¡La música se estaba yendo al carajo! Por culpa de la insensata moda de lo exprés, trabajito rápido y sucio, *touch and go*, pelea sin cicatriz, impuesta por los intérpretes del género urbano que iban a single por semana, con esas voces de orangutanes repitiendo letras pelotudas destinadas al olvido.

La aeromoza más linda le entregó unos auriculares, eran grandes, casi profesionales, parecidos a los de un estudio de grabación. En eso sí que había diferencia de clases: en turista le hacían comprar los chiquitos de plástico que le terminaban dando dolor de oído. ¿Qué andaría escuchando la mina de al lado? «Seguro que a Ricardo Arjona», se dijo, y se le escapó una risita malvada. «Y encima se creerá culta, porque eso le pasa a la gente que no tiene ni la más pálida idea de música». Capaz no estaba escuchando nada, capaz era la vil estrategia de pegarse un DO NOT DISTURB en las orejas. «¡Me das pena, concheta!». Si no fuese una estreñida, podrían haber ido charlando durante las diez horas de vuelo: «¿Conocés el aeropuerto de Heathrow? ¿Es la primera vez que venís? ¿Sabés que es uno de los mejores del mundo?». Hasta a una cerveza negra le habría invitado a aquella mujer de edad indefinida y taradez concreta, con pinta de coger con la luz apagada. Eso si cogía, y se echó a reír en voz alta porque a lo mejor andaba en las mismas que él a los sesenta y dos años, acordándose lo justito de la liturgia de los menesteres amatorios.

Lo despertó la aeromoza más fea con la bandeja del desayuno. Le dio un susto de muerte, casi se pone a gritar. Estaba teniendo un sueño horrible, menos mal que se le desvaneció sin llegar a registrarlo. Miró el reloj, ¡qué grande!, pudo dormirse como un pibe y faltaba solo hora y media para el aterrizaje. Los huevos revueltos tenían mala pinta, un puré medio asopado. En eso no había diferencia de clases: la comida en los aviones era bastante asquerosa a ambos lados de la cortinilla. Igual a él no le gustaba desayunar huevos, él era más de pan con manteca, pero el pan estaba blandito, recién sacado del microondas, un brutal asesinato para un pedazo de pan. ¡Cuántas boludeces juntas estaba pensando, por el amor de Dios! Era a propósito, se hacía cargo, intentaba distraerse de lo que el cuerpo le venía avisando, una sensación rara, mezcla de emoción, nervios, incertidumbre… ¿Sería eso con lo que había estado soñando? Porque él tonto no era, tenía re claro que este viaje iba a ser distinto. Aunque la pasara bien, como todos los años, durante su estadía a lo bacán en el palacio de Peter en Belgravia. Habitación con vistas al jardín y los rosales, bajando en ascensor a sus noches de Macallan on the rocks en el Bitter Sweet Symphony, empacho de discos de la Cool Britannia, sesiones privadas de cine independiente, mucho morfi de exquisiteces vietnamitas —la sopa de fideos de Mai era de chuparse los dedos— y, por último y no menos importante, dormir mil horas seguidas gracias al cóctel de opioides que tenían a bien surtirle de madrugada.

Así había sido desde aquel diciembre tan terrible de 2001, cuando tuvo que tragarse el orgullo y aceptar la mano que le ofrecía Peter a la distancia. «Necesito confiar en alguien, Lobito», eso le dijo por teléfono, que él era el único amigo que le quedaba. Su primer impulso fue mandarlo al carajo: «Ya no soy tu amigo, pelotudo. Te odio porque te cagaste la vida, porque lo tenías todo y te pusiste a pensar con la bragueta, porque el mundo era un lugar mucho peor sin la música de Peter Russ». Pero tuvo que comerse las palabras porque las tripas le hacían más ruido que la bronca, y ya no tenía trabajo, y sus ahorros estaban atrapados en el banco —corralito de mierda—, y habían atropellado al pibe, y lo de su vieja solo se curaba con un trasplante de riñón, y la Argentina entera se iba al carajo.

«Cabin crew prepare for landing», se escuchó al comandante. ¡Ah, el acento británico! Le entraron ganas de levantarse y aplaudir. Pero no lo hizo, obvio, él grasa no era, y hacía ya mucho tiempo que se había vuelto decente. ¿Qué pensaría la mina si se ponía a aplaudir a lo loco? Miró a la mujer de al lado, roncaba a pierna suelta. Ahí tampoco había diferencia de clases: en turista y en primera, la gente perdía la magia cuando le entraba el sueño. «¡Nadie duerme lindo!», recordó su propia frase, la que dijo para romper el hielo en su primera visita a Peter Russ en Londres. Los ronquidos, el olor a pata en los aviones, la cara de caballo de las aeromozas y las películas para lerdos formaron parte del rosario de pelotudeces que le soltó cuando se reencontraron hacía ya veinte años. Normal, estaba re nervioso, nunca pensó que iba a verlo así, tan flaquito y en una silla de ruedas, una estampa tristísima. Peter le celebró cada una de sus tonterías. Se le iluminó la cara y se tomaron un montón de whiskies para brindar por la fortuna de volver a verse. Entonces él se alegró de que le hubiese dolido la panza de hambre, de que estallase el corralito, de la crisis, la recesión y el quilombo fiscal en la Argentina. Bendijo toda la basura de su vida que lo obligó a recuperar su amistad con Peter Russ, una alianza que se volvió de acero, fortaleciéndose de invierno en invierno, sustentada en la única certeza posible: la de necesitarse el uno al otro.

La rubia concheta se despertó con un espasmo, como si la hubiesen pinchado con una aguja de tejer. ¿Qué cosa extraña tenía esa cabina de primera clase? ¿Le meterían adrede los malos sueños en la cabeza a los pasajeros?, se le ocurrió al ver cómo la mujer se atusaba el cabello amarillo y largo un poco avergonzada. «¡No esperés que te tenga lástima, eh, dos rueditas!», eso le advirtió a Peter veinte años atrás mientras chocaban sus vasos de Macallan y se perdían en una carcajada extrema, exagerada, porque eso era lo que buscaban, una risa que produjese un eco parecido a un trueno, que llenara el espacio de afuera hacia adentro. La carcajada más incorrecta de su vida, pero también la más necesaria, porque allí, frente a su amigo en una silla de ruedas, se sintió en la obligación de torcerle el pulso a la pena, de tragarse sus ganas de cagarse en Dios. ¡No era justo, carajo! Ese hombre no podía ser Peter Russ, el pibe que se iba a comer el mundo como una pizza con fainá, el que se subía al escenario y se metía al público en el bolsillo. El de la presencia magnética, porque, si estaba Peter Russ, todo y todos se volvían accesorios, la parte prescindible de una desenfocada y borrosa escenografía.

«Final approach», anunció el piloto, y él se agarró al asiento. ¡Pucha! Qué poca ilusión le hacía esta vez llegar a la casa de Belgravia. «Quince grados de máxima y seis de mínima», anunciaron, ¡un frío de mierda!, ¿a eso le llamaban verano los ingleses? Menos mal que se avivó a última hora y se puso el buzo de jogging de Adidas —re calentito, gamuza por dentro— y la remera de manga larga con camiseta interior. Encendieron las luces de la cabina, un tipo de la tripulación empezó a soltar al micrófono el discursito de «Gracias por volar con nuestra aerolínea», pero nadie le hizo caso. En eso tampoco se diferenciaban las clases: en primera y en turista la gente llegaba a destino desesperada, queriendo perder de vista el avión como si estuviese a punto de prenderse en llamas. Esta vez él no tenía prisa. Se quedó sentado hasta que el avión se detuvo y dejó pasar a la rubia concheta. La ayudó con el equipaje de mano y la mina, muy consecuente, al llegar a migración cogió su camino sin decir adiós. El trámite en el aeropuerto le pareció más rápido que nunca. Empezó a sentir que se le anudaba el estómago cuando distinguió la cabeza de Smith entre la gente que se agolpaba en la puerta de salida. ¡Qué gran tipo era el chofer de Peter! Poco conversador pero buena oreja. No le quedaba más remedio. No hablaba español, aunque aseguraba que lo entendía. ¡Y vaya uno a saber! A lo mejor los tomaba por boludos y no captaba un carajo.

—¿Qué hacés, Smith? Te traje alfajores para tu familia. —Le entregó una cajita de Havanna y se acomodó en el lugar del copiloto del Mercedes Benz.

A Smith no le extrañó que él se sentara delante, estaba acostumbrado, se lo advirtió el día que se conocieron hacía veinte años: «A mí no me vas a pasear en el asiento de atrás como a una vieja gorda. ¡Todavía tengo dignidad, che!». Además, podría parecer infantil, pero le divertía la jodita de sentarse a la izquierda en un auto sin registrar el volante.

—Haceme el recorrido por mis lugares de siempre, Smith —le pidió antes de cerrar la puerta.

Se le venía un mambo re groso en la casa de Belgravia, necesitaba ventilarse el ánimo y los pensamientos. Smith acató de buena gana su pedido y se fue abriendo paso con el Mercedes Benz entre la multitud de Piccadilly Circus, Trafalgar Square y el Soho.

—Dale, che, hacete un bis —le pidió, y Smith le dio dos vueltas a la rotonda de Buckingham Palace.

Después cruzaron por el Tower y el London Bridge, y de ahí a lo más importante, al cachito de calle por el que transitó la verdadera realeza de la música, el cruce de Abbey Road con Grove End Road.

—Pará un poquito, dejame respirar este aire sagrado. —Bajó la ventanilla y el coche aminoró la velocidad.

—Estos... declarados... monumentos... históricos... gobiernos... británicos —le soltó Smith frente a los legendarios estudios de grabación de la EMI.

Se tentó de risa escuchando a Smith, hablaba como si estuviese practicando la separación de sílabas fónicas con aplausos en la escuela primaria. Le quedaba claro que el chofer no mentía, algo de español sabía, aunque hubiese faltado a la clase de preposiciones por tragarse dos veces la de los plurales.

—¿Vos sabías, Smith, que en mi país en el año 82, plena guerra de las Malvinas, querían que odiáramos a los Beatles? Re loco, ¿no?

El chofer asintió con una risa exagerada. «Naaah, este no entiende un carajo de español», pensó al ver que ponía rumbo al barrio de Belgravia. Se andaba haciendo el canchero con una frase aprendida de oído nomás. ¿No le podría haber pedido unas clasecitas a Mai? La vietnamita era una fenómena, sonaba más madrileña que el Oso y el Madroño. ¿Cuántos años tendría Smith? ¿Sería un sesentón igual que él? Le miró la gorra negra, tan bien puesta, limpita, los pelos largos en la nariz y en las orejas, la piel rojiza repleta de marcas de varicela. Seguro que tenían la misma edad, aunque Smith estaba más flaco —él gordo no era, rellenito sí— y eso le quitaba años. En todo caso, y aunque Smith no entendiera ni papa de español, había hecho bien en cortar la conversación en ese punto: no era buena idea tocar el tema de las Malvinas con los ingleses, ni el de Maradona y la «mano de Dios», bueh, ese directamente sería un suicidio. Por el partido de Argentina contra Inglaterra, cuartos de final en México 86, Smith igual lo tiraba del auto en marcha, y, ojito, que él se hubiese inmolado con el orgullo de los vencedores en el terreno en el que de verdad se medía el patriotismo: una cancha de fútbol en la ardiente pasión de un Mundial.

—Fijate qué reverenda contradicción lo del 82 en la Argentina —desvió el asunto a la música, que era un tema menos picajoso—: que prohibieran las canciones en inglés le dio un espaldarazo al rock nacional. Un montón de cantantes y de bandas que anduvieron ocultas durante la dictadura vivieron, ¡por fin!, su momento de gloria en la radio. Sui Generis, Serú Girán, Juan Carlos Baglietto, Virus, que eran unos grosos y hacían un new wave a lo The Cure que me voló la cabeza.

Pero fue con la democracia ya reinstaurada, año 1984, cuando salió el primer disco de Soda Stereo, le siguió contando al chofer, que parecía interesadísimo. El pistoletazo de una etapa gloriosa de su vida profesional: giras, conciertos multitudinarios, emoción, fama, éxito... Smith volvió a reírse con un inapropiado sonido de roedor mientras él le contaba que en el 93 —carajo, lo de siempre— el solista de la banda, Gustavo Cerati, se bajó en pleno tour latinoamericano y los dejó tirados. ¡No había derecho! Que se hubiera casado era lo de menos, una pibita linda, chilena, flaquita y, cómo no, embarazada.

—La historia de mi vida, Smith, laburar como un burro, de sol a sol, para hacer brillar a un artista que se vuelve loco por una mina.

En la troupe se quedaron devastados. Rezaron a todos los santos que conocían, a Papo, a Tanguito, al mismísimo Gardel. ¡Y sus oraciones fueron escuchadas! Cerati regresó para una gira de once meses, fabulosa, irrepetible. Les puso la miel en los labios y los volvió a dejar en el 95. Para él, aquella segunda separación fue terrible, como si le arrancaran el alma de un tijeretazo. Se quedaba de nuevo sin nada, pintado al óleo, sin grupo, sin trabajo y sin familia, porque cuando se era *road manager* los pibes de la banda, el *crew* entero, se volvían sus hermanos. Así que con el pecho herido, apaleado por los cuatro costados, se tuvo que marchar con una mano delante y otra detrás a Madrid. Se alquiló un estudio chiquito sin ventanas ni ascensor en Malasaña y se hizo amigo de todo el barrio. Hasta que una noche, de esas que pasan una sola vez en la vida, mientras se tomaba una birra en la Sala Clamores escuchó a un chico rubio haciendo una versión de «Live Forever» de Oasis que le puso la piel de gallina. ¡Pucha, qué lindo estar vivo aquella noche! Haberse ido de Buenos Aires, que los Soda Stereo se separaran, tener cien pesetas en el bolsillo y morfar tortilla de papa congelada. Todo cobraba sentido porque había descubierto a ese pibe rubio y, lo juró por su vieja, que era lo más grande, iba a convertirlo en una estrella. En el mundo de la música habría un antes y un después de Peter Russ.

Cuando quiso darse cuenta, Smith se estaba acercando a la reja negra de la casa de Belgravia. Todos los años le pasaba lo mismo: se quedaba hipnotizado con ese edificio que parecía un castillo. Era un cuadrado perfecto con sus torres de ajedrez en cada esquina, el pastito verde y recortado, las flores impecables, como dibujadas. No quiso mirar más. No tenía sentido esperar lo imposible. Ni Peter ni Mai iban a estar en la puerta. Se lo habían advertido. Esta vez sería Lola quien le aguardaría en el jardín. Lola, la piba que él conocía desde chiquita, con tres añitos nomás, gordita, hermosa, sin esos pelos morados y la ropa de velatorio que le gustaba ponerse de grande.

—¡La que se me viene encima, Smith! —le soltó al chofer, que andaba más ocupado en aparcar correctamente que en devolverle una de sus exageradas sonrisas.

¿Por qué Peter le hacía esto? ¿Por qué lo tiraba a los leones sin una triste armadura? ¡No era justo! Bastante había hecho por él durante todos estos años, manteniendo la paz con los Acosta, tan lindos, tan de revista, que le caían para el orto. Muy dignos y muy chetos, no les tembló el pulso al aceptar la guita que Peter les mandaba los primeros días del mes para que la pequeña Lola tuviese un hogar feliz. ¿Y los regalos? En eso había sido espléndido: el piano de cola, las vacaciones en Disney, los mejores colegios, las universidades más finolis, los campamentos de verano y el Mini Cooper. Por eso andaban tan nerviosos desde que Lola se les había rajado de casa, un drama total hicieron los Acosta. Obvio, ¡mirá que venir a perderse a la gallina de los huevos de oro! «A la nena le hará bien cambiar de aires, dejar de vivir y de estudiar en la loma del orto», le dijo a Peter para introducirle primero la noticia de que Lola dejaba la carrera de Empresariales y, después, de que se mudaba solita a un apartamento. «La cabra tira al monte y a la nena le gusta vivir en Malasaña, chabón, boluda no es la piba», añadió. Peter se tragó su verso, hasta él mismo llegó a convencerse de que era lo mejor para Lola porque, claro, en aquel entonces no podía saber que el cretino de Fran, ese vecino al que trató bien solo por ganarse un huequito en el cielo, lo iba a traicionar de la peor manera. «Dale un laburito a esta chica y yo te pago el alquiler de la floristería», ese era el acuerdo que le propuso y que él aceptó encantado porque, no era un secreto para nadie, Fran era un inútil de manual que no tenía dónde caerse muerto.

—¡La peor idea del mundo! —le dijo al chofer cuando le sacaba su bolsa del maletero—. ¡Venir a aprovecharse de la nena el maldito este! Esa no se la perdono.

Y, obvio, no se lo había contado a Peter. ¿Para qué?, ¿para que se hiciera más mala sangre? No, ni en pedo. Además, Peter había confiado en él porque era el Lobo, el que resolvía los problemas, y este lo iba a solucionar como fuese. No le iba a fallar por culpa del mamarracho calenturiento de Fran. «La ayudás con la mudanza y te borrás, pelotudo. Como te vea otra vez cerca de Lola te parto el alma», eso le dijo hacía seis meses en su última visita a Madrid. Y poco faltó para que se hiciera pis encima el muy cobarde. Poco hombre, desleal, a punto estuvo también de bloquearlo en el foro que él mismo le había recomendado por lástima. No lo hizo porque tenía ética, ante todo estaba la fanaticada y el amor por la música. No era justo mezclar las cosas, mucho menos desde que Lola empezó a jugar con esa boludez de @LaChataResultona. Si echaba a @ElMolaMazo del foro, le iba a romper el corazón a la nena.

«¡Qué karma el mío, siempre en medio de los asuntos sentimentales ajenos!», decretó en silencio mientras se bajaba del Mercedes Benz. Al principio le daba ternura ver cómo la pequeña Lola se esforzaba para responder a las pelotudeces que escribía Fran en el foro, datos desordenados, sin criterio, información basura sacada del internet. Lo de Lola tenía un pase, de una veinteañera no se podía esperar un amplio conocimiento sobre lo que representaron los años noventa en el mundo de la música. Pero ¿Fran? ¡Ese tarado no tenía perdón de Dios! Bien que había fingido saber de Oasis, de Blur, de Los Secretos, de Soda Stereo y de Fito Páez cuando se conocieron... ¿Qué demonios le habría visto Lola a ese viejo pelado? La inteligencia no era, la facha y el sentido del humor tampoco. Le venía de familia lo de tener el gusto para el orto. En fin, che, no tenía sentido seguir haciéndose esas preguntas; él no estuvo ahí todos estos años para opinar, sino para apagar incendios, desatascar cañerías, barrer las veredas y, sobre todo, apoyar a su buen amigo Peter.

—*Thank you*, Smith, ha sido una charla lindísima, ¿no te parece? —Le dio una palmadita en el hombro y él le respondió con su última sonrisa.

Caminó hasta la puerta principal y siguió hacia el jardín, a una velocidad diametralmente opuesta a la que le bombeaba el corazón. De pie junto a los rosales vio a Lola, con sus lycras negras, las zapatillas manchadas con lapicera, la camperita larga y gris con capucha. «¿Por qué te tapás tanto, querida?», le habría gustado preguntarle. Pero, obvio, no en ese momento, que él desubicado no era, y ella lo estaba esperando para charlar muy en serio. Se fue acercando y le pareció más linda. En realidad, él siempre la vio más linda de lo que ella misma se creía. No una miss, él de mujeres sabía, pero era una chica graciosa y, ojito, tampoco tuvo muchas posibilidades de heredar una gran belleza. Petisa como Peter, gordita y con los ojos de huevo como el abuelo, y de la madre... ¿Qué carajo tenía de la madre?

—Por fin te conozco, Lobo. —Lola se retiró la capucha y le clavó la mirada—. ¿Mi guardaespaldas, mi stalker…? ¿Cómo debería llamarte?

—Llamame ángel de la guarda, ¿no te gusta? —Se recostó en una reposera y sacó un paquete de Marlboro rojo del bolsillo del vaquero—. ¿Te molesta si me enciendo un faso?

Le convidó un cigarrillo que ella rechazó con la cabeza. Cosa buena, la nena había dejado de fumar. «Llegó la hora, Lobito», se infundió valor mentalmente, tenía que cortar por lo sano, empezar a dar explicaciones antes de que el asunto se convirtiese en un incómodo interrogatorio policial.

—Tampoco te vayás a creer que vivías en una especie de *Show de Truman*. —Se dio de bruces con la expresión de ni pajolera idea de Lola—. Ah, que vos no viste la película, ¿en serio o me estás cargando? Si hasta la comentamos en el foro, ¿no te acordás? La del tipo que está metido en un programa de televisión y no lo sabe, que la protagoniza el loco este, ¿sabés cuál te digo?, el que hace un montón de muecas con la cara. —Arrugó la nariz y guiñó un ojo en el vano intento de imitar los tics de Jim Carrey—. ¡Te tenés que acordar! Ese día el foro ardió en llamas porque el pelotudo de Fran dijo que él habría preferido seguir viviendo en un mundo hecho a su medida aunque fuera de plástico…

Lola se dejó caer de golpe en una ruidosa silla de madera.

«¡Qué cagada! ¡Soy un imbécil!», se reprendió él mentalmente, y empezó a sudar frío. ¡Cuándo iba a aprender a pensar antes de hablar! Era increíble, no había pasado ni cinco minutos con Lola y ya se fue directo al carajo. Ni un miserable cuarto de hora y la pobre nena estaba más confundida que antes. Se puso de pie, tiró la colilla al suelo y la pisó varias veces.

—Yo soy el administrador de *Los 90 Fetén* —le contó como si estuviera escupiendo un buche de café con sal—. Vamos, che, empecemos de nuevo: ¡Hola, soy el Menda Lerenda! ¿Bailás?

Cuaderno de partituras

Madrid, 28 de agosto de 1997

Te miro un rato, detalladamente, y siento algo muy raro. No es grima, tampoco lástima, no lo sé. Los sentimientos que no distingo se multiplican como si me hubiese tomado un hongo alucinógeno. Todo es exagerado, superlativo, con un mínimo pero punzante sentido de responsabilidad. Y eso sí que es nuevo, desconocido para mí. No te mueves, te estás quieta. Tu cuerpo es pequeñito, cabría en la palma de mi mano, lleno de pelusa en los hombros, la cabeza tierna, la piel fina, casi transparente, y las venas como los hilos de una telaraña morada. Tienes la nariz grande, eres un bebé pegado a una nariz, ¿será porque has nacido antes de tiempo o porque vas a parecerte a tu madre? ¿Es que solo has podido currarte la nariz en siete meses? ¡Qué absurdo me siento! Mirándote a través de un cristal como si fueses un experimento, la atracción de un zoológico, un mono de feria dentro de una molécula de plástico. Trato de quererte y no puedo, tal vez es muy pronto. ¿Se supone que debería quererte de inmediato? ¿Echarme a llorar porque estás entre la vida y la muerte? ¿Sentirme un cabrón porque no sé si quiero que vivas o que te mueras?

Hay otros bebés a tu lado, dormidos dentro de sus cápsulas transparentes, igual de feos, de chiquitines, llenos de cables que les salen por la boca o por la nariz, conectados a máquinas que les dan calor y les bombean oxígeno. En mi lado del cristal entra y sale gente, padres, tíos, abuelos de los otros niños crudos, sacados del horno a medio hacer, como tú. En mi lado del cristal la gente llora, me pone ojos tiernos y se escandaliza por mi actitud ausente. Lo noto, se preguntan por qué no estoy chillando de pena, cuál de todos será mi niño crudo, qué clase de padre voy a ser si me quedo tan pichi, como si nada, frente a esa vitrina de seres minúsculos rodeados de monitores. Un tipo joven me llora demasiado cerca, pelo ensortijado, graciento, gafas de pasta, y susurra bajito. Está rezando, me hace sentir fatal. Yo no sé rezar ni sentir ni quererte. Ni siquiera sé qué cojones voy a hacer de ahora en adelante.

¿Cómo ha ocurrido esto? ¿Cómo he terminado aquí? Este no era el plan. El plan era pasárselo bien, jorobar a la morsa, triunfar, follar como conejos y listo. Vivir la vida… Eso tendría que haberle dicho cuando Ella me llamó por teléfono. «Número desconocido», vi en la pantalla del móvil. ¿Y si no lo hubiese cogido? ¿Qué habría pasado? Nada, el mundo seguiría en su sitio, girando a mi favor. Ahora estaría tomándome unas cañas con el Lobo mientras decidíamos los bises de mi concierto, metiéndome unas rayas con los de la banda, echando un polvete guarro con alguna petarda, la mismísima Cayetana quizá, que siempre estaba a tiro. Y por supuesto esperando mi gran día, el de mi consagración. Si no hubiese cogido el teléfono, joder, Ella no me habría dado la noticia, y la morsa no estaría en pie de guerra, y el Lobo seguiría a mi lado, y yo no andaría como un sonámbulo en la unidad de cuidados intensivos neonatales.

Me estoy poniendo malo. Odio los hospitales, odio a los médicos, odio la enfermedad. Quiero largarme, pero no sé a dónde. Me vendría bien un pitillo, un par de rayas, una caja entera de Lexatin, un copazo doble de garrafón, algo que me quite la puñetera angustia del pecho. ¡Maldita morsa! Debería haberle partido la cara. Pero soy un cobarde, solo fui capaz de estrellar el altavoz y los CD y la bolsa del Extreme Maker. Un puto pringado, eso es lo que soy, que a duras penas pudo romper una esquina del espejo del comedor en el que tantas veces nos miramos los dos Pedros, padre e hijo, a mala hostia y con rencor. ¡Menudo imbécil! La puñetera morsa me ha pillado por los huevos, me ha aplastado como un elefante a una hormiga, y no me queda más remedio que comerme la cucharilla de mierda diaria que va a endilgarme durante una temporada.

Salgo a la calle y el calor me da una bofetada en la jeta. Enciendo un pitillo, me duele la mano, me cuesta darle al mechero. Brillante idea la de dar puñetazos a las paredes, al ascensor, a mi maldita cabeza. ¿Cómo ha ocurrido esto delante de mis narices? ¿Tan gilipollas soy? Si es que me lo merezco por tontolaba, porque me parecía tan normal que Ella se fuese a un spa en los Alpes suizos los tres meses de verano. Pensé que le vendría bien descansar, zafarse de la morsa, del intenso del Polo y del puto sol quemando las calles de Madrid. ¡El plan era cojonudo! Ella estaba últimamente al límite, a punto de caer en una crisis nerviosa, era una olla a presión y a mí no me convenía un escándalo; todavía no. Así que la idea de la morsa de enviarla allí para que le diesen masajitos y disfrutase de la comida sana y las envolturas de barro con rodajas de pepino en las bolsas de los ojos sonaba perfecta. Me quitaba un peso de encima, me dejaba libre para seguir haciendo caja con mi gira, ganando pasta por un tubo, conciertos al aire libre, festivales y saraos. Para ponerme ciego a porros, a farla, a sexo barato con fans idiotizadas. ¡Este verano iba a ser mi último desmadre!, me lo prometí a mí mismo. Una juerga bestial de despedida porque en septiembre tenía el fin de gira, megaconcierto en el Vicente Calderón, cuenta bancaria llena de pesetas y, quién sabe, quizá empezase una nueva vida con Ella, mi poderosa amazona, los dos juntos, hasta que nos cansáramos de follar a lo salvaje, de fumarnos hasta las palmeras, de descojonarnos del mundo entero, lejos de la maldita morsa y de su cárcel de mierda.

¡Lo tenía todo controlado! O eso pensaba antes de darme cuenta de que soy un pringado. ¡El Lobo! ¡El Lobo tiene la culpa! Por hacerme la vida imposible durante la gira, exigiendo tanto, cabreado como una mona, mandando más que un sargento. Yo hice la vista gorda por respeto, joder, porque el Lobo es el único que ha cuidado de mí, de mi carrera, de mi imagen. Por eso, para que el Lobo se sintiera orgulloso, para demostrarle que me importaba la gira y que no soy un calzonazos, me alegré de que Ella desapareciera de mi órbita. ¡Hice mi parte y no sirvió de nada! ¡No te entiendo, Lobo! ¿Se te ha ido la olla o qué? ¡Que yo no sabía nada, joder! Que me acababa de enterar igual que tú, que ni siquiera había digerido su llamada. No esperaste ni un segundo, cabrón. Cuando Ella me dio su puñetera noticia, tú ya estabas subido a un avión pirándote a México. ¡Maldito traidor! Lo de Ella fue una excusa, en el fondo te morías por marcharte a ser el pelapatatas de los Soda Stereo, por ponerle velas como un pobre infeliz a tu san Cerati. ¿No era yo el futuro? ¿No fue eso lo que me dijiste en la Sala Clamores cuando nos conocimos? ¡Que te follen, Lobo! Ojalá te pudras en la gira de despedida de tus ídolos argentinos. Yo ya estoy harto de subirme a un escenario y fingir que no estoy roto por dentro, harto de que todo el mundo me abandone, harto de no tener a nadie dispuesto a recoger mis vísceras cuando explote de odio.

La calle es un puto infierno. Uso la colilla para encenderme otro piti. Me tomaría una caña, mejor una litrona. Me tumbaría en un banco a esperar, aunque todavía no sé qué cojones espero. ¡Y pensar que al primero que se lo conté fue al Lobo! Estaba buscando apoyo, Lobito, ¿y qué me diste? Mierda, eso me diste. Te portaste como un cretino, un capullo de primera. «Me imagino que vas a resolver esta cagada lo antes posible», me dijiste, como si se tratara de ir a sacar la basura, cambiar la rueda del coche o darle la vuelta a un colchón usado. Y te di explicaciones porque eras tú, joder, que a otro le hubiese partido la cara. «¿Crees que no lo he pensado? Pero ya no se puede, Ella está de siete meses, y me llamó llorando y le tiene miedo al cabrón de mi padre. Está aterrorizada, ¿entiendes?». Pero no entendiste nada, Lobo, y por primera vez tus ojos sabios, grandes, inteligentes, me parecieron los de un hámster.

El móvil me vibra en el bolsillo y me retumba en el pecho. ¡No es la morsa, joder! Veo uno de esos números raros en la pantalla, larguísimo, será alguna fan chiflada que me ha localizado, una de tantas; por mí os podéis ir todas a tomar por culo.

¡Maldita morsa! Me juró que esta noche podría verla, que Ella estaba bien, que me quedase tranquilo. «¡Te doy mi palabra, Peter!», me soltó tan digno, con la vena del cuello inflamada de odio, retándome con la mirada en el espejo roto del salón antes de que el Polo entrase en casa, siempre ajeno, siempre en Babia, porque teníamos que resolver este asunto, porque la sangre no podía llegar al río. Los trapos sucios se lavaban en casa, esas cosas no pasaban en nuestra familia.

¡Joder con la pesadita de Cayetana! Me sigue machacando a llamadas. ¿No te enteras de que no quiero saber nada de la rueda de prensa? A ver si te coscas de que me la sudan los ensayos, tu agenda de entrevistas, las putas radios y las teles. ¡Maldita la hora en que se me ocurrió pensar que la barbie pija y famélica podría sustituir al Lobo! Ignoro la llamada, quiero apagar el teléfono pero no puedo, joder, no puedo. «¡O me dices dónde está Ella y me dejas verla o voy a la tele, al programa *prime time* de los sábados, y lo cuento todo, y te dejo en pelotas y te jodo la vida!». Así, con esas palabras a voz en grito, amenacé a mi querido padre antes de estrellar el altavoz y los CD contra el espejo, antes de que el mundo, mi mundo, se pusiera del revés. Y él, más cabrón que nunca, se envalentonó: «¿Qué vida vas a joder, Peter?, ¿la mía, la tuya, la de Ella? ¿O quizá la de la niña? Bueno, eso si es que sobrevive porque… ¡Vaya, qué fallo!, perdóname, que no te lo he dicho: tu hijo ya ha nacido y es una niña. Un parto prematuro. La pobrecilla está muy débil, un kilo de nada y cuarenta centímetros». Y entonces no aguanté más y le cogí por el cuello gordo, mojado, gelatinoso. Que la niña estaba en la incubadora, me dijo con los mofletes al rojo vivo, que las primeras horas eran cruciales y de eso dependía que consiguiese respirar sola o que se quedara en el intento. Lo normal, me dijo, y cuando aflojé la presión de mis manos, añadió: «Qué se puede esperar de una madre añosa, alcohólica, fumadora y drogadicta». Lo solté con rabia y me di la vuelta, por el espejo le vi arreglarse el ridículo bigote. «¿Qué es lo que más te jode? ¿Que Ella te haya puesto los cuernos?, ¿que haya tenido una hija?, ¿o que ambas cosas hayan sucedido con mi inestimable ayuda?», le hablé a su reflejo. Y su autocontrol desapareció. Mi padre llegó a su límite. Se puso más morado que el vino y me gritó que ya había tenido demasiada paciencia conmigo, que la tontería de competir con él, la rebeldía de hijo abandonado, se había terminado para siempre. Si quería que madre e hija salieran ilesas de este asunto, debía tirar la toalla de una maldita vez. «¿Y qué piensas hacerles, hijo de puta? ¿Vas a secuestrarlas?, ¿a matarlas?», le increpé sin medir las consecuencias mientras me acercaba de nuevo a su cara de pan, a sus párpados colgantes, a sus ojos azules tan redondos y saltones. Respiró hondo antes de asestarme el golpe final: «Si la niña sobrevive, ¿crees que tendrá una buena vida con vosotros? ¿Qué vais a ofrecerle, Peter? ¿Un hogar? ¿Sois una pareja, acaso? ¿Estáis enamorados? ¿Quieres que ese sea tu futuro?». Y un escalofrío me recorrió la espalda. «¡Te odio, te odio con toda mi alma! ¡Que te jodan, maldito monstruo!», volví a gritarle, y entonces escuchamos la llave de la puerta y el Polo entró como si nada, caminó hasta nosotros, miró el espejo roto y se marchó a la cocina. «Solo quiero verlas, a Ella y a la niña», le dije en voz baja apretando puños y dientes. La morsa me dio su palabra primero y el nombre del hospital después.

Vuelvo a la sala de neonatos y me mezclo con los familiares de los niños crudos que te rodean. Sigues igual, no te mueves, aunque tienes mejor color. Escucho una voz a mi espalda: «Los monitores de la izquierda le miden la frecuencia cardiaca y la presión arterial». Me giro y veo a una mujer menuda con la piel ajada, vestida con un pijama rosa que le sienta fatal, el pelo corto como de chico pegado a la cabeza. Me señala unos agujeros en la incubadora, que sería bueno que entrase, que te hable, que te toque, que me sientas. «¿Cómo se encuentra la madre? Suelen deprimirse tras un parto prematuro», me pregunta con ese insoportable careto de pena, y menciona un grupo de apoyo, profesionales serios, ayuda psicológica. «¿Me estás escuchando?», insiste la enfermera menuda y vieja. No da crédito a mi silencio, quiere saber si necesito algo, si tengo alguna consulta. «Porque eres el padre, ¿no?», se asegura. Y otra vez siento la vibración del teléfono móvil. Lo saco del vaquero, es un mensaje de texto: «Peter, ven pitando a Gran Vía, 32. Te tengo una superentrevista en Los 40 Principales. ¡Vuelves a ser el número uno de la semana, querido!». Todo eso me escribe Cayetana en mayúsculas. Los ojos de la enfermera llena de arrugas me queman en la espalda, me siguen quemando en la calle, cuando salgo follado al calor asfixiante de Madrid, a la moto mal aparcada en la acera, a la vertiginosa e irremediable velocidad que ha cogido mi vida.

2

Dos antiguas enemigas

Pero cómo explicar
que me vuelvo vulgar
al bajarme de cada escenario.

Los Secretos,
«Ojos de gata», 1991

Fabiola Ariza no iba nada contenta con su aspecto. Se había cambiado tres veces aquella tarde, tres versiones de sí misma que no terminaban de convencerla. Ni siquiera la última, elegida por descarte, el look de persona decente que utilizaba para ir al médico, al banco o cuando tenía que hacer alguna gestión en una oficina pública. De poco le valía la pinta de anciana fiable cuando, con el corazón en un puño, se aproximaba a la reja negra de la mansión en el barrio de Belgravia. Una semana entera, con sus días y sus noches, había dedicado a pensar en su vestuario. Su primera opción fue el vestido negro, el de cuello en uve, porque tenía manga larga, que ella ya no estaba para enseñar brazos, mucho menos el molestísimo colgajo que se le formaba en las axilas. Se lo probó y, ¡qué horror!, ¿cómo no se había dado cuenta de que ya no tenía canalillo? ¿Cómo fue capaz de ignorar el tajo arrugado que lo sustituía? En las tiendas habían trucado los espejos, era eso, porque en el probador del H&M, de frente y de perfil, no parecía un lamentable tetrabrik. Iría a cambiarlo a la tienda de Oxford Street en la que trabajaba la chavalita española, que mentía igual que todas las dependientas, pero al menos podría refutarle el «te queda ideal» con el que despachaba a toda clienta disfrazada de morcilla. ¿En qué momento empezó a parecerse a una nevera? Seguramente fue tras su mudanza a Londres; su cuerpo registró el antes y el después de su cambio de vida. Lógico, los primeros años se tiró la mitad del tiempo llorando y la otra zampando, mirando la lluvia por la ventana y elucubrando qué estarían haciendo los miserables que le jorobaron el futuro.

Aún llevaba las vueltas del taxi en la mano. Y tan contenta que lo había pillado. Ni loca iba a llegar a Belgravia en autobús o en metro. Etapa superada. Se acabó sufrir imaginando las vacas flacas, era hora de sacudirse el miedo por si Pedro Martínez de Velasco decidía cerrarle el grifo. Se echó hacia atrás el cabello, intentó peinarse con los dedos, pero fue inútil, la humedad borraba en un segundo sus cuarenta minutos de secador. ¡Qué narices! Ya todo le daba igual, muerto el perro se acabó la rabia, nadie iba a robarle lo que era suyo, su indemnización por salir de Madrid por la puerta de atrás y sin hacer ruido. Volvió a mirar la ubicación que Lola Acosta le había compartido en su último wasap. Estaba parada frente a su lugar de destino. Ese palacio tan majestuoso era la casa de Peter Russ.

¿Por qué decidió ponerse el pantalón gris de raya diplomática? Tenía una mancha en los bajos que parecía el mapa de Europa. Pensó en Joan Crawford —había sido ella, lo supo al instante—, y maldijo el arrebato de compasión que la llevó a recoger a esa cachorra de la calle. Perra maleducada, no paraba de mearse en su ropa para marcar territorio. ¡Qué territorio ni qué pamplinas! Pelearse por su atención con Bette Davis, tan vieja, tan ciega, tan acabada, era un esfuerzo estúpido. Entre la juventud y la vejez no había competencia posible; la juventud arrasaba con todo sin necesidad de grandes despliegues. La guerra entre Joan Crawford y Bette Davis era absurda. La tenían harta.

Cuando acabase con este asunto, las pondría de patitas en la calle a las dos.

Le costó descubrir el telefonillo con tanto diseño moderno: había más botones que en un rascacielos. «¡Menudo chorizo!», se quejó al acordarse de las cuarenta libras que tuvo que pagarle al taxista. Otra razón para largarse de Londres: dejar de escandalizarse por los precios, de contar las monedas, de congelar el pan y comprar cremas y tintes de farmacia. Aunque, la verdad, no sería justo tachar de tacaño a Pedro Martínez de Velasco porque le había permitido llevar una vida holgada, sin lujos pero sin dar palo al agua. Era ella la que no lograba quitarse de encima el miedo a que el día menos pensado la dejase tirada, sin un duro, igual que a un trapo sucio. Nunca pensó que llegaría a acostumbrarse a semejante humillación, pero… ¿qué otra cosa podría haber hecho? Así que se comió el orgullo durante más de veinte años, que era especialmente indigesto los primeros días de cada mes, cuando recibía la transferencia desde Madrid del hombre que la pagaba puntualmente por volverse humo. ¡Viejo patético! Tanto esfuerzo por proteger su imagen y su apellido compuesto para al final acabar como cualquier hijo de vecino, bajo tierra, siendo un festín para los gusanos. Aunque ¿qué sentido tenía tapar el sol con un dedo? Él había ganado la partida: se fue al otro barrio relamiéndose de gusto por haber controlado a su antojo los destinos ajenos. Volvió a subirle la rabia como cada vez que recordaba aquel asunto, porque ella no tenía que haber sido una víctima más del viejo, ¡no señor!, ella había caído en ese saco de rebote, y a Pedro Martínez de Velasco solo podía reprocharle que la escondiera junto a toda la porquería debajo de la alfombra. Su desgracia tenía nombre propio: Silvia Kiss, su amiguita del barrio, su compañera del dúo Las Jueves, su otra mitad; la que le había meado encima, una y otra vez, como la insolente de Joan Crawford a la mema de Bette Davis.

Se echó a reír de repente, y unas señoras repeinadas la miraron de reojo arrugando la nariz. «¡Para ser tan mala fuiste muy tonta, Silvia!», soltó la frase al aire forzando una carcajada para que las señoras pijas pudiesen escucharla incluso al doblar la manzana. A fin de cuentas, ambas, la reina y la princesa de Aluche, habían tenido la misma suerte, recluidas y custodiadas por el mismo ogro. La carcajada se transformó en un hipo tan aparatoso que la calderilla del taxi se le cayó al suelo. Se agachó plantando las rodillas en la acera, ¡lo que le faltaba!, entrar en aquella casa con los bajos meados y el pantalón lleno de polvo. Recogió las monedas, de una y dos libras, y las guardó en un bolsillo de la cartera. Volvió a hacer el cálculo apresurado porque, aunque no se comunicase muy allá en inglés, con el dinero a ella nadie se la pegaba. Se puso de pie y empezó a sentirse ridícula; tenía que moverse, resultaba sospechosa parada como un pasmarote frente a esa inmensa reja negra.

Zapateó la acera con rabia al descubrir las puntas desgastadas de sus manoletinas. Qué rabia haberse olvidado del otro vestido, el morado de encaje, que conjuntaba tan bien con las sandalias doradas de plataforma. Hacía un montón que no se lo ponía, ¿le cerraría aún la cremallera? Lo compró en las rebajas del Topshop la temporada que estuvo a dieta —cero carbohidratos, sopa de repollo, mucha agua— y se apuntó a Tinder; venga a darle likes a destajo a las fotos de hombres de diferentes nacionalidades. Piropos, mensajes románticos, confesiones íntimas, chascarrillos subidos de tono. Le gustaba, se divertía, se sentía menos sola en esa ciudad tan gris. Hasta que, pésima idea, accedió a pasar de los mensajes a las citas, de la imaginación a la realidad, y al verse las caras se rompió el hechizo, los príncipes se volvieron sapos y los carruajes, calabazas. Fueron más de una docena de encuentros inviables: si ampliaba el abanico de edad se presentaban abueletes calvos con besos de saliva viscosa, y si lo reducía a hombres más jóvenes venía la humillación, la penosa certeza de la desventaja, la urgencia de sacarse una excusa debajo de la manga para no mostrar sus nalgas derrotadas, la silicona endurecida, las honduras, la celulitis, los pliegues... El sexo con un cuerpo caducado debería estar prohibido; un espectáculo indigno que ella prefería evitarse, aunque eso significara regresar a la rutina y al aburrimiento, decirle adiós a Tinder, a las charlas picantes y al vestido morado de Topshop, que andaría arrugado y encogido en algún rincón del armario.

¡Basta ya de tonterías!, se dijo envalentonada, como cuando hacía la cola para los *fish and chips*, decidida a atacar ese telefonillo que... ¿tenía una pantalla de televisión? Se echó hacia atrás de un brinco igual que si escapase de un aspersor y se fue deprisa calle abajo. Seguro que tenían un sensor de movimiento, calculó desacelerando el paso frente a un par de chavales con un montón de perros pequeñajos, uno de esos chismes modernísimos que detectaban a las personas, y volvió a coger carrerilla cuando la acera se quedó desierta. Se detuvo en una plaza, iba ahogada, jadeante. Definitivamente, no estaba lista para llamar a esa puerta y anunciarse: «Good afternoon, I am Fabiola Ariza, I have an appointment with Peter Russ». Y eso que había ensayado su presentación con acento *british* previendo que tendría que comunicarse con algún empleado en inglés. De eso no le cabía duda, Peter siempre había detestado hablar en español, y haber nacido en Galicia y vivir en el barrio de Salamanca y el cocido y las croquetas y el chocolate con churros. Él mismo se lo confesó aquella vez, la única que estuvieron a solas, y ella lo escuchó asintiendo con cara de tonta, sin enterarse de la retorcida trampa en la que estaba cayendo como un corderito.

Se detuvo en un banco de Belgrave Square. Miró a su alrededor, de derecha a izquierda, y se tranquilizó al ver que estaba completamente sola. Hasta que el giro de ciento ochenta grados vino con sorpresa: ¿cómo era posible? Allí detrás, erguido a su espalda, seguía estando el palacete de Peter Russ. ¿Cuántas manzanas ocupaba aquella mansión? Estiró el cuello al máximo, ¿seguiría siendo visible para el telefonillo con cámara oculta? Ojalá hubiese llevado un pañuelo en la cabeza, unas gafas de sol o una pamela, cualquier accesorio que disimulara lo poco que quedaba de ella. Estiró las piernas y se desabrochó el pantalón. El botón se le había marcado en la tripa por encima del ombligo. Le ardía la carne fofa, basculante y descolgada. ¡Con la cinturita que se había gastado ella a los veinte! Menudo tipazo tenía. Aquella absurda decisión en cuanto al vestuario no fue al azar, «tú la rubia de blanco y yo la morena de negro», y hala, a apechugar con los modelitos de Las Jueves que se ajustaban al cuerpo como un guante. Recostó la cabeza en el respaldo del banco. Era patético seguir sintiéndose orgullosa por haber superado con nota la primera zancadilla que le puso Silvia en la vida. Cruzó los brazos detrás de la nuca y se le escapó una sonrisa: había que reconocerlo, a los veinte años, a carne turgente y en su sitio a ella no la ganaba nadie. ¡Daba gusto verla en las portadas de los discos! Y en las revistas, los calendarios y los pósters, menuda, coqueta y curvilínea, no gigante, torpe y mal tallada como Silvia, que se quedó con el color negro a propósito, para ocultar los defectos de su físico y también de su alma.

Hizo inventario de sus pies desnudos sobre las manoletinas: los talones enrojecidos, los dedos como berenjenas, los juanetes a dos segundos de cubrirse de ampollas. Buscó la hora en el móvil; las cuatro en punto, y aquella plaza seguía desierta, sin niños jugando, sin abuelos de paseo, sin madres vigilantes, sin corredores ni bicicletas. Le dio la sensación de que el mundo se había detenido hasta que escuchó su nombre completo en un exagerado grito. ¿De verdad la llamaban a ella? No estaba acostumbrada a que alguien chillara su nombre en la calle, mucho menos en una zona tan elegante; todavía si fuese en su barrio, el muchacho venezolano del primero o la francesa del quinto, o también, de Pascuas a Ramos, algún español pelma y nostálgico que quería saber, con incredulidad faltona, si ella era la rubia de Las Jueves. Pero sí, volvió a escuchar su nombre y su apellido, alto y claro, cada vez más cerca de la nuca. Reconoció con fastidio la voz de Lola Acosta —¿quién si no?—, y tuvo que darse la vuelta.

—Hola, querida, he llegado con tiempo y me he sentado aquí un ratillo a tomar el fresco —dijo para justificar su facha, descalza y desabrochada, propia de un día de excursión.

—Menos mal, necesito hablar contigo a solas. —Lola se ubicó de un salto en el respaldo del banco de madera.

—Tú dirás… —respondió mirándole los pies, tan pequeñitos, dentro de esas zapatillas estropeadas con tanto garabato.

—¿Qué te ocurrió con Peter Russ y Silvia Kiss? —Le hincó el diente en la yugular con la pasividad de una caricia—. ¿Qué te hicieron?

Fabiola intentó volver a calzarse, ¿había escuchado bien? ¿Aquella niñata estaba hurgando en la herida sin inmutarse? ¿Qué se había creído esa pequeña metomentodo?

—No es un asunto que me apetezca tratar con una empleada. —Buscó hacer sangre con su mejor cara de bruja del cuento.

—Yo no trabajo para Peter Russ —giró el cuerpo y la miró directamente—: soy su hija.

Fabiola casi se atragantó con su propia saliva. No había procesado la información cuando Lola le retiró el seguro a su metralleta de datos, mencionando una y otra vez un cuaderno de partituras. «¡El colmo de los colmos!», pensó Fabiola ante la amenaza de tener que soportar a otra listilla vacilando de virtuosa.

—No te esfuerces, bonita —la interrumpió a mala leche—. Las Jueves no teníamos ni pajolera idea de música.

¡Y no mentía! Aunque Silvia se empeñara en ir de cantante, la realidad era que ambas, las dos por igual, solo pusieron el tipo, los bailecillos sexis y alguna que otra voz entremezclada en los coros. Lola se apartó el flequillo morado antes de aclararle que no se trataba de un cuaderno en el que Peter Russ hubiese escrito música, sino que allí, en esas páginas, se dedicó a contar algunos episodios de su juventud.

—¿Me estás diciendo que Peter Russ tenía un diario íntimo? —Le entró la risa floja; vamos, una carcajada en toda regla.

—Ha escrito sobre ti. Bueno, más bien lo que Silvia Kiss opinaba de ti.

Al escuchar aquello, a Fabiola se le cortó la risa. Había comenzado a anochecer. En aquella ciudad el sol se despedía de manera abrupta y llegaba la noche destrozándole el ánimo al más pintado. Sacó un tubo de mentol de su bolso y empezó a masajearse el juanete con fuerza. Ya todo le daba igual, incluso se arremangó los bajos de los pantalones meados y apartó sus manoletinas.

—Entonces ¿querías verme a solas para conocer mi versión? —le preguntó sin quitarle el ojo a los juanetes—. ¿Es que eso importa, acaso?

—A mí me importa. —Lola la miró realmente convencida—. Es lo justo.

«¡Mira que eres rara, chiquilla!», pensó, pero no se lo dijo. O se estaba quedando con ella o la pobre Lola Acosta militaba en ese escaso grupo de gente que aún creía en la justicia. El tema era que la rubia y la morena de Las Jueves se parecían como un huevo a una castaña, empezó ella a contarle más por cansancio que por gusto. No tenían las mismas aficiones ni los mismos planes ni los mismos sueños. Ni siquiera a los diecisiete años, cuando una casualidad, *a priori* insignificante, hizo que se volvieran inseparables. «Las siamesas de Aluche», le confesó a Lola el mote que les pusieron en el barrio, dos cuerpos siempre unidos, uno inmenso, otro menudito, y una sola cabeza, la de Silvia Kiss, obsesionada con ser famosa, con llevar una vida de viajes, lujo y glamour; con ver su cara en las marquesinas de la Gran Vía y colarse en las televisiones de España en Nochevieja para dar las uvas en la mismísima Puerta del Sol. Ensayaron un montón de veces esa escena, le confesó a Lola Acosta, que se había bajado del respaldo para sentarse a su lado en el banco. La practicaban a diario muy peripuestas, poniéndose unos vestidos absurdos hechos con cortinas, sábanas o cualquier tela susceptible de enrollarse en la cadera. Algún vecino hacía de Ramón García y, por supuesto, ella, la gran Silvia Kiss, deseaba el Feliz Año a voz en grito desde la terraza diminuta de su piso en Aluche mientras Fabiola ponía la música, aplaudía, chillaba y servía dos copas para brindar con gaseosa.

—Mi amistad con Silvia surgió en un estúpido concurso de belleza en las fiestas del barrio —le confesó a Lola, y de pronto un relámpago iluminó el banco como una dramática luz cenital.

El recuerdo, tan vívido, la llevó de nuevo al centro de esa minúscula tarima. Luces, guirnaldas, purpurina, y ella cogida de la mano de Silvia, esperando el veredicto del jurado, formado por el sieso del ultramarinos y el bizco de la papelería. Cuando mencionaron su nombre, «la reina de las Fiestas de Aluche es la señorita Fabiola Ariza», Silvia le clavó las uñas en la muñeca con tanta fuerza que le abrió la piel. «Lo siento, guapa, ha sido por la emoción del momento», se disculpó Silvia. Ella la creyó y luego la acompañó a su casa, y Silvia le presentó a su madre, que guisaba las mejores lentejas del barrio, y a sus hermanos, tan feos y faltones.

—Ahí empezó el resto de mi vida —dijo con resignación, y suspiró.

Fabiola aclaró que en un principio esa vida estaba llena de alegría, la de la subida vertiginosa, con los bandazos que se le iban ocurriendo a Silvia, hasta la cumbre del estrellato. Recordó la emoción que compartían cuando empezaron a ir a los castings para las orquestas de pueblo, primero de coristas y después como cabezas de cartel; los bolos de verano en los hoteles de la costa, el repertorio completo de Raffaella Carrà, «Explota, explótame, expló», hasta que en un garito de Palma de Mallorca sonó la flauta y un alemán que estaba forrado decidió producirles un disco. Y llegó el éxito en Europa. Repetían de memoria las letras en inglés, en alemán y en francés; no entendían lo que significaban, pero lo importante era gemir, parecer cachondas pero elegantes, «calientabraguetas pero no pilinguis», como le adoctrinaba Silvia, que terminaba todas las actuaciones con un primerísimo primer plano soltando un beso de labios mojados. De ahí su apellido artístico, Kiss, que propuso compartir con ella como si realmente fuesen hermanas, pero Fabiola se opuso, y menos mal, porque las hermanas no se hacían tantas putadas, al menos no a propósito.

—Una noche de fiesta en una discoteca en Múnich conocí a un chico español. Era muy fino, tenía los ojos grandes y hablaba bonito. Me dijo que me quería, que si dejaba Las Jueves se casaría conmigo.

Fabiola apretó el bolso contra su pecho, había abierto la espita de las confesiones y no sabía cómo cerrarla. «Tú y tus sueños de cría», se burló Silvia de aquel romance y, con el correr de los días, pasó de la chanza a la inquina. Que se quitara esa idea de la cabeza, que los chicos decentes no se casaban con mujeres como ella, la estuvo machacando Silvia sin piedad, porque los niños bien, guapos, ricos, de dos apellidos, estaban destinados a sus iguales.

—Y la odié, la odié con toda mi alma. —Apretó tanto el bolso que hizo crujir las galletas que llevaba siempre por si le bajaba el azúcar—. Sobre todo porque al final resultó que Silvia llevaba razón.

—¿Y qué hacías entonces en aquella merienda de Reyes en casa de los Martínez de Velasco? —Lola hizo la pregunta como si necesitara encajar todas las piezas de la historia—. ¿Por qué decidiste reunirte con Silvia Kiss después de tantos años?

Fabiola apretó los puños, ¿había escrito Peter aquel horrible episodio en su diario o aquella chiquilla le estaba tirando de la lengua?, y volvió a sentir vergüenza, rabia, indignación.

—Por ego, el ego me llevó a buscar de nuevo a Silvia.

Y comenzó a hablar sin pensar, desde las tripas, preguntándose qué habría sido de ella si no hubiese cedido a la tentación de restregarle a Silvia que, a pesar de todo, la vida le estaba dando otra oportunidad. Desde que Las Jueves se separaron en el verano del 81, las dos habían dado tumbos sin encontrar su sitio. Era curioso, ¿no?, que solo interesaran al público cuando estaban juntas. Fabiola intentó seguir su carrera como solista: tocó algunas puertas, pero al poco tiempo se dio por vencida. Regresó al barrio, a la peluquería de sus tías, a la normalidad de llegar con tres duros a fin de mes. Silvia fue más cabezota, quiso rescatar a Las Jueves un montón de veces, probando con diferentes chicas vestidas de blanco a su lado. Pero fracasaba una y otra vez, le costaba aceptar que, quizá, lo de «las siamesas de Aluche» fuese algo más que un apodo. Por eso cambió de estrategia hasta encontrar un marido millonario. Pasaron los años, con un hijo y un piso en el barrio de Salamanca en el caso de Silvia; y sin nada que destacar en el suyo. Hasta que un día, un lunes de verano casi al final de la tarde, entró Manuel en la peluquería. Un muchacho simpático, vecino del barrio, campechano y trabajador. Se enamoró de Fabiola a primera vista, mejor dicho, a primera vista en la tele, cuando ella era famosa y él un crío, al punto de que, sin conocerla aún, había bautizado una flotilla de camiones LA RUBIA DE LAS JUEVES, en letras blancas y doradas.

—Nos fuimos a vivir juntos y Manuel me pidió que cumpliera su sueño, quería verme de nuevo en un escenario. Y acepté, por supuesto —empezaron a temblarle la voz, la tripa, los labios—, no para gustarle más a Manuel, sino para acercarme a Silvia con mi CD en la mano, mi videoclip en la tele, mis fechas de gira en verano. Para darme el real banquete con su cara de envidia. —Bajó de nuevo la mirada a sus manoletinas raspadas—. Pero no tuve en cuenta lo caro que iba a salirme despertar la ira de Silvia Kiss.

En ese momento comenzó a lloviznar, tronó el cielo y ambas se levantaron del banco desorientadas. Fabiola sacó un pequeño paraguas de su bolso, lo llevaba siempre consigo, en Londres era otra extremidad de su cuerpo, dijo. Lo abrió y, en un extraño consenso, se cogieron del brazo y anduvieron a paso veloz bajo la lluvia. Le sorprendió que Lola Acosta la sujetara a conciencia y le fuese advirtiendo de los obstáculos que hallaban en el camino: «Cuidado, un escalón. Zona resbalosa. Ahora una rampa». Llegaron hasta la reja negra de la mansión de Peter Russ y Fabiola se quedó paralizada, como si la hubiesen pegado a la acera, con la mirada clavada en los dos hombres que salían de la casa vestidos con uniformes azules, iguales a los de la serie de médicos que veía desde hacía años. Sostenían unos paraguas enormes y se acercaron a un coche aparcado en la puerta principal. Uno de ellos abría el maletero y el otro la puerta del asiento de atrás. Uno sacaba una maleta y un bastón mientras el otro cogía en brazos a una mujer grande, hinchada como un globo, de larga melena negra, que se aferraba con fuerza a su cuello.

—No me lo puedo creer —susurró Fabiola Ariza perdiendo el equilibro, sujetándose aún con más ahínco a Lola Acosta.

El suelo y el cielo temblaron en ese instante para las dos.

Cuaderno de partituras

Londres, 19 de febrero de 2002

No he pegado ojo en toda la noche. Te estoy esperando como agua de mayo, contando las horas, los minutos, los segundos. El tiempo se empeña en pasar lento y yo parezco un gilipollas emocionado. Me duele la cabeza, me he puesto fino a colonia y llevo un kilo y medio de laca en el pelo. Me he mirado más veces en el espejo que en los últimos cuatro años. Te lo quiero poner fácil, pero ¡qué cojones!, más o menos perfumado, mejor o peor vestido, nada de eso evitará que se te caiga la mandíbula al suelo, que empieces a buscar un lugar donde esconderte o a desear que se te trague la tierra en cuanto me tengas enfrente. Te imagino de pie en la puerta de esta casa que parece un museo. Vas a desviar la mirada y a fruncir los morros. Te entrará el tartamudeo, te pondrás rojo y saldrás pitando al cuarto de baño para que no te vea llorar, porque nosotros no somos mariquitas, nosotros no lloramos nunca, nos mantenemos fuertes a pesar de que tú estés en bancarrota y yo en una maldita silla de ruedas. Los dos atrapados, Lobito: tú en tu país y yo en mi cuerpo.

«¿Qué hacés, boludo?», me saludaste cuando te llamé por teléfono, sin demostrar sorpresa, con alegría incluso, como si nos hubiésemos despedido la noche anterior en el pasillo de algún hotel, cada uno rumbo a su habitación, contentos, borrachos, después de uno de tantos bolos memorables de nuestra última gira juntos. No parecías extrañado de que tuviese el número de tu casa en Buenos Aires. «Pará un cachito, que tengo a la vieja en la bañadera y se me va a caer de culo», me dejaste en línea participando de oído en tu vida cotidiana. Estabas escuchando «I'ts My Life», ¡qué raro!, pensé, hasta que me di cuenta de que era la radio. A ti Bon Jovi no te ha molado nunca, era yo el que lo defendía, pero tú no lo tragabas, ni a los Guns N' Roses ni a los Aerosmith. «Lo mejor que tienen estas bandas son las minas de los videoclips, que encima se enamoran de estos bagayos, ¿te lo podés creer?», te descojonabas salivando con las diosas Stephanie Seymour, Alicia Silverstone, Jessica Biel. Y entonces escuché a tu madre quejándose porque la estabas riñendo. Recordé su voz tan aguda y esa forma de hablar alargando los finales de las palabras, «Holaaa, neneee», cuando me la ponías al teléfono para librarte de la tabarra a larga distancia.

«Acá estoy de vuelta, che. ¡Hace un calor del carajo!, se me resbala el auricular de las manos», me dijiste pillando otra vez el teléfono. Me hizo gracia escucharte, tú también chillabas a larga distancia, igual que tu madre. «Lo que se hereda no se hurta», me dirías, y yo negaría tres veces cruzando los dedos. «He seguido las noticias», te conté, y me arrepentí al segundo, ¿qué clase de entrada era esa después de cuatro años? Pero estaba nervioso, no sabía cómo arrancar. Le eché la culpa a Mai, que andaba revoloteando a mi alrededor, y le hice una seña para que se largara. Menuda cotilla había resultado ser la vietnamita, como todas las tías, quería enterarse de todo y a mí me temblaba la lengua. «Lamento mucho lo que ha pasado en Argentina», seguí hablando, sintiéndome cada vez más estúpido, porque yo no quería contarte que había leído que De la Rúa se las piró en un helicóptero, que escuché en la radio que pasaron cinco presidentes en un mes por la Casa Rosada, ni que vi en la tele que la gente saqueaba los supermercados descargando su odio a punta de cacerolazos. Yo quería decirte otra cosa, mucho más importante, que nos concernía a los dos. Que estaba enterado de que te retuvieron los ahorros durante un año, eso quería decirte; que vivías con lo justo en casa de tu madre, sin trabajo y con deudas; que tu madre necesitaba un trasplante de riñón y que, seguramente, hacía poco fuiste al banco y tu dinero estaba tan devaluado que no sabías cómo ibas a llegar a fin de mes. De eso quería hablarte, Lobo, solamente de eso, pero no encontraba la maldita manera de arrancar.

«¿Y vos? ¿Cómo andás, che? ¿Cómo va la música?», me preguntaste, y sentí un vacío en la tripa. Me di cuenta de que la morsa había cumplido su parte del trato al pie de la letra, me borró del mapa y también de la cabeza de la gente. No debía sorprenderme. Ya me lo advirtió y, además, era su única manera de controlarme, de mantenerme a raya siendo mi único sustento económico y mi puñetero cable a tierra. ¡Pero qué descuidado resultaste ser, querido padre! La morsa soltó las riendas demasiado rápido. Estaba tan seguro de saberme apresado en el destierro que dejó de venir a Londres, redujo todo contacto conmigo más allá de pagar los gastos de esta casa inmensa y hacerme alguna llamada para transmitirme sus tristes noticias censuradas. En sus prisas por deshacerse de mí, pasó por alto que, poco a poco, yo fui colonizando la casa, que cambié al personal de servicio, enfermeros, cocina, limpieza, jardinería, y que en Mai y en Smith encontré a mis mejores aliados.

«Necesito que vengas a verme, Lobo», te solté rápido, en seco, como respuesta. Que eras la única persona en la que podía confiar, el único amigo que me quedaba. Se hizo un silencio absoluto y pude oír tu resistencia a miles de kilómetros de distancia. Te levantaste de la silla, lo supe porque apagaste la radio, y estiraste tanto el cable que el teléfono fue a parar al suelo. «¡La puta madre que me recontra mil parió!», voceaste a los cuatro vientos porque, típico, el cacharro te aplastó los dedos que se te escapaban de las chanclas. «Vos no, vieja, parece mentira que no sepás que es un decir, che, ¡no te ofendás!», le aclaraste a tu madre, que ya estaría tumbada en su habitación con el ventilador del techo a toda pastilla. «Mirá, Peter, te voy a tener que cortar ¿sabés?», me dijiste con la voz rara, de estupor o de pena. «Le estoy haciendo unos ñoquis con tuco a la vieja», me explicaste, y que tu madre todavía estaba en albornoz con el pelo mojado. ¡Era día 29!, y había que poner un billete debajo del plato para atraer a la suerte y que entrara guita en la casa. «Llamame en un ratito», me pediste. «Vale, no pasa nada», te respondí, y me atreví a decirte que más te valía poner un billete de un dólar debajo del plato. «¡Obvio, boludo!», dijiste, y te imaginé la sonrisa franca y abierta, que lo ibas a sacar de debajo del colchón, porque antes muerto que volver a confiar en un banco ni en el gobierno ni en la gente en general ni en las personas en particular. Y vino la carcajada y yo también me reí un poco, pero cortamos y me puse triste temiendo que, quizá, yo también estaba metido en el saco apestoso en el que mezclabas a las instituciones y a los seres humanos que te habían traicionado.

Te llamé de madrugada y respondiste al primer tono. «¡Tío, duermes pegado al teléfono!», te hice la broma y no te hizo gracia. «No puedo ir a verte a Madrid, Peter», me hablaste muy serio y yo, para quitarle hierro al asunto, te conté que estaba en Londres. «¿Que te mudaste a Londres? ¡Qué bacán! No me digás que ahora andás cantando en inglés», cambiaste radicalmente de humor y fui yo el que se quedó en silencio. No me salían las palabras, tenía un maldito nudo en la garganta, pensé que iba a desmayarme, y te diste cuenta; no sé cómo, pero lo hiciste. «Hace un año murió mi hermano, no era más que un pibe, salió a protestar el 20 de diciembre a la plaza de Mayo y un remís se lo llevó por delante», me contaste. Por eso no podías moverte de Buenos Aires, eras lo único que le quedaba a tu madre enferma. Al fin conseguí juntar las palabras: «¡Quiero ayudarte, Lobo! Pero necesito que me ayudes tú a mí también». Te hablé de la operación, de los mejores médicos en Europa, de los tratamientos más avanzados para tu madre. «Y no te estoy ofreciendo un regalo, sino un negocio, más bien dos», te aclaré, pero tenía que contártelo en persona. «¡Ven a Londres, por favor!». Y no dije más. No iba a desvelarte por teléfono que mi padre me tenía atrapado, que me había convertido en la mitad de mí mismo, que ahora era media persona y que necesitaba tenerlo cerca para completarme.

Y ha llegado el día, Lobo, y te estoy esperando. Me dirijo a la puerta principal de esta casa en la que estoy encarcelado con Mai, que me mira sin entender por qué es tan importante para mí tu visita. Me he puesto un traje de chaqueta negro, una corbata fina, quiero parecerte un Beatle. Le pedí a Mai que me secara el pelo hacia delante, «disparado», como decía aquel peluquero tan enrollado al que me llevaste para las fotos del disco, ese que me cortaba el pelo de pie dándome vueltas como la tierra alrededor del sol. No me ha quedado bien, tengo menos pelo y luce muerto, como yo mismo, como Mai y la mano de garfio con la que intentó devolverme algo de dignidad. Tengo un ejército de empleados en fila para recibirte. Van vestidos todos iguales: pijama azul oscuro, zapatillas blancas. Quiero que desde el primer momento entiendas que esto no es una casa, sino un hospital, una clínica en la que nos permitimos beber, fumar y drogarnos para luchar contra el tedio. Un lugar inhóspito que procuro mirar con desprecio. Aquí solo hay un espacio, el único que he creado para sentirme libre, un lugar secreto en el que vuelvo a ser yo, igual que Mai en el jardín con sus rosales. Nuestras pequeñas Ítacas, los pequeños paraísos a los que podemos regresar un par de horas al día.

Bajo la rampa y aparco la silla de ruedas en la puerta. Mai está a mi lado, no dice nada, pero parece contenta. Te ha cocinado su sopa especial de fideos y carne de cerdo, creo que le hace ilusión hablar en español con otra persona que no sea yo, su bendito idioma de los ángeles. Smith ha ido a recogerte al aeropuerto, se marchó con tiempo de sobra, uniforme y gorra relucientes, en el coche nuevo que me ha comprado la morsa, un Mercedes Benz con un maletero enorme, un maldito coche fúnebre. Creo que hasta Smith se ha alegrado de tener otra ocupación más allá de ir al supermercado, llevar y traer médicos y enfermeros, matar el tiempo fumando y tomando el té en el jardín. Controlo la hora. Estás a punto de llegar, recuerdo mi imagen en el espejo y me entra un escalofrío. Mai sigue a mi lado en silencio, chándal azul y botas de agua negras, también se ha secado el pelo y se ha puesto color en los labios y las mejillas. ¡Menudo cuadro debemos hacer los dos juntos! Sé que te vas a llevar una impresión cuando nos veas. La Familia Monster, me burlo en voz baja, aunque sé que lo nuestro es mucho peor; ellos al menos no eran conscientes de lo esperpénticos que resultaban a la vista. Mai y yo sí lo sabemos.

Se abre la reja de la entrada, aún no consigo verte por los cristales tintados del coche, pero ya se me sale el corazón por la boca. Smith se detiene en la puerta y sales del asiento del copiloto. Te reconozco en esos vaqueros desteñidos, sudadera de Adidas, chupa de cuero gastada, coleta larga y escasa, y la bufanda tricolor tejida por tu madre. Te paras frente a mí, me miras desde arriba y pierdes el color del rostro. No dices nada, pero creo que vas a desmayarte. «Bienvenido, Lobo», te estiro la mano y me la aprietas con fuerza. No sé por qué, pero me siento más vivo. «Te presento a Mai», le das un beso con ruido en la mejilla y ella se ruboriza. Le doy a la palanca, giro la silla de ruedas y subo por la rampa a toda velocidad; quiero que creas que no dependo de nadie. Me sigues. «Mi vieja te manda unos alfajores», me dices, y yo te pregunto por el viaje, una formalidad, pero tú te explayas. Te tocó en medio de una fila de cinco. «¡Vaya putada!», te digo, pero me respondes que no, que quitando los ronquidos de unos, el olor a segundo tiempo de otros y las caras de culo de las azafatas, te lo habías pasado bárbaro hablando de música, de fútbol y de minas.

Llegamos al comedor, te señalo una botella de Macallan y una hielera. Te sirves una copa y me la sirves a mí, dos whiskies on the rocks para brindar por nuestro reencuentro. Se te ha relajado la cara, en la cena parece que estás disfrutando del despliegue de Mai. «Pará un cacho, vos. Sos la mejor cocinera del mundo, pero me va a salir la sopa por los oídos», la halagas, y ella se ríe. «Por primera vez veo reír a Mai con tantas ganas, ni siquiera cuando localizó a su famoso ángel, un periodista español que le salvó la vida cuando era niña», te cuento, y le besas la mano con guante de fieltro y todo. Nos tomamos los alfajores de postre, fumamos y bebemos como la gente normal. Me empiezo a sentir raro porque hace mucho tiempo que no estoy contento. Quizá por eso me vengo arriba y te pido que me sigas hasta el ascensor.

Bajamos juntos al sótano, te quedas paralizado frente al cartel BITTER SWEET SYMPHONY escrito en letras rojas, mayúsculas, sangrantes. Doy dos palmadas y se abre la puerta de cristal. «Es la domótica», te explico dando otras tres para que se enciendan las luces. Te quedas mirando un largo rato sin decir nada. Te acercas a las paredes, las tocas, acaricias las cuñas, uno a uno los triángulos de gomaespuma, y después orientas la vista hacia los micrófonos, los conectores y los instrumentos. La Fender, la Gibson, la Pearl, el Yamaha, encerrados como obras de arte en la pecera separada de la sala de control por un cristal impoluto. Le sacas brillo con los ojos a la mesa de mezclas, al grabador multipistas, los monitores, el ordenador, y miras los racks como si fuesen golosinas. «¡Qué lo parió, Peter! Tenés una nave espacial en tu casa», chillas y nos reímos un rato, animándonos el uno al otro, insuflándonos energía como si quisiéramos recuperar el loop de felicidad que nos habían arrebatado.

Te invito al sofá de piel negro. Te sientas y te atrapa, tú te dejas envolver. Muevo mi silla de ruedas hasta la mesa de mezclas y le doy al play del reproductor. Enciendes un pitillo mientras escuchas los acordes al piano, sueltas el humo de los pulmones cuando entra mi voz en primer plano: «Come up to meet you, tell you I'm sorry, / You don't know how lovely you are...». Desvías la mirada, bajas la cabeza. «Nobody said it was easy, / no one ever said it would be this hard», oyes mi falsete, entra la guitarra acústica y la canción se crece. Me miras y cierras los ojos, aprietas los puños, hasta que en el «I'm going back to the start» termina el tema, tres minutos exactos que nos hicieron retroceder al pasado. Los dos tenemos los ojos húmedos, pero ya no nos importa. «Sos un genio, escribiste el puto "Every Breath You Take" de The Police en el 2002», me dices, y sueltas una carcajada, te ríes y lloras a la vez, te bebes el Macallan de un sorbo, das una calada al cigarrillo y me preguntas cuándo, cómo y dónde voy a estrenar el maldito himno que he escrito. Te guiño el ojo y te tiro un beso. «Gracias por seguir viéndome como un artista», te digo con la voz engolada. «Es la verdad más grande que he dicho en mi vida», me contestas. Me miras y ya no puedes seguir fingiendo, tienes que asaltarme a preguntas, quieres saberlo todo, por qué estoy en una silla de ruedas. «Leí lo de tu accidente, pero no dijeron que..., es decir, yo nunca imaginé...», te detienes, no encuentras la frase que duela menos, necesitas saber qué demonios ocurrió después de aquel concierto fallido en el Vicente Calderón.

«¿Por qué no me contaste nada?», me increpas suavemente. Sigues adelante, ya no vas a detenerte, respiras, reúnes fuerzas: «¿Y de lo otro qué?, ¿dónde está tu hija?». Cojo una carpeta, te la entrego, te pido que la abras y tú miras el contrato con cara de susto. «Le he dado la canción a los chicos de Coldplay. Les ha gustado un montón, la van a sacar en noviembre. Vas a flipar con la idea que tienen para el videoclip, y Chris, el cantante, se está aprendiendo la letra al revés», te aclaro. Te quedas de piedra, miras el contrato y lees el nombre del autor. «Es un seudónimo, "Lola y Lobo López", que somos tú y yo». Sigues sin dar crédito, abres cada vez más los ojos. «¿No decías que el mundo era un lugar peor sin la música de Peter Russ?», te recuerdo la frase, la última que me soltaste para hacer sangre antes de volverte a Argentina. «Vamos a darle buena música al mundo, Lobo», te digo mientras me enciendo un cigarrillo. «Vamos a ayudarnos en la vida, a tu madre, a mi hija, y de paso nos hacemos millonarios. ¿Qué te parece?». Le doy de nuevo al play y brindo con Macallan on the rocks a tu salud.

3

Un hombre alado

That's me in the corner
That's me in the spotlight
Losing my religion

R.E.M.,
«Losing My Religion», 1991

Lola vio que se acercaba a ella tras doblar la curva del camino empedrado entre los rosales. El andar pausado, casi arrastrando los pies, y mostrando la misma seguridad con la que soportaría que le olisquease un perro en un aeropuerto. Se lo imaginaba dándose palmaditas mentales en la espalda. Gran error, la actitud del Lobo no colaba. Habría sacado un cero en la asignatura de fingir normalidad, un suspenso de los gordos en el intento de aparentar que en aquella casa de Belgravia la vida transcurría como si nada, como si no estuviesen reunidos en la biblioteca Peter Russ, Fabiola Ariza y Silvia Martínez de Velasco. ¿Debería llamarla Silvia Kiss? ¿O tal vez «madre»? Porque eso era, su madre, la de verdad, la auténtica e intransferible, a la que estuvo unida durante siete meses, de la que le separaban veintitrés años y unos escasos metros de distancia.

No le hacía ni pizca de gracia que el Lobo hubiese descubierto «su rincón en el jardín». Aunque, ¡menuda gilipollez!, seguramente él conocía aquel terreno al milímetro mucho antes que ella. Le habría llevado Mai —lo más probable— para enseñarle el estanque con sus peces anaranjados y que la ayudase a echar la manta térmica sobre la flor de loto.

—¿Qué andás escuchando, nena? —le preguntó el Lobo señalando sus cascos, con un cigarrillo encendido en una mano y otro de repuesto en la oreja.

Traía la sonrisa amable y la mirada patética de abuelillo cariñoso. ¿Por qué seguiría empeñado en demostrar que la quería? Le reventaban sus ojillos de afecto. ¿A quién pretendía engañar? El Lobo no había sido más que un espía a sueldo, convencido —eso era lo peor— de que su riguroso escrutinio le otorgaba algún derecho a opinar sobre su vida y a interponerse en su relación con Fran. ¡Vaya decepción! Esa actitud tan cotilla no le pegaba nada a @ElMendaLerenda, el administrador de *Los 90 Fetén* que era un tipo guay, no un fisgón como las clientas de la floristería. ¡La de charletas memas que había tenido que soportar tras el mostrador de El Pétalo de Malasaña! «Se nota que Penélope bebe los vientos por Javier», soltaba alguna abuela resabiada; «como en su día lo hizo Antonio por Melanie», completaba otra enteradilla, refiriéndose a las estrellas de Hollywood por su nombre de pila como si quedaran con ellos para tomar cañas. «¡Que no me conoces de nada, Lobo! ¡No tienes ni idea de quién soy!», le gustaría gritarle, y de paso soltarle unos cuantos reproches porque, encima, le había jodido un montón que no se hubiese acercado a ella —en plan amigos al menos— para hablarle de su padre, el de verdad, acompañarla en los momentos chungos, educarla en la música, explicarle por qué le había tocado vivir con los Acosta, que los veranos viajaban en coche hasta Marbella con una playlist que pasaba de La Oreja de Van Gogh a Luis Miguel y de Amistades Peligrosas a Álex Ubago.

—No hace falta que chilles —respondió a la insistencia del Lobo a todo volumen—. Mi generación está adiestrada para comunicarse con los viejunos leyendo los labios.

Le soltó la pulla antes de pasarle los cascos y disfrutar viendo las virguerías que tuvo que hacer el Lobo para agrandar la diadema. Logró ponérselos y le apretaban un montón, los lóbulos de sus orejas parecían el queso derretido de un sándwich mixto. Lola le dio al play en el móvil sin quitarle ojo a la reacción que ya había previsto. Era de cajón, cuando comenzaran los acordes de la mandolina y el «Oh life is bigger, /it's bigger than you / and you are not me», el Lobo se quitaría los cascos indignadísimo, porque a @ElMendaLerenda no le molaban nada los R.E.M.

—¿Así que seguís enganchada a la música de los noventa? Mirá vos —Se masajeaba las orejas rojas.

—Especialmente a este «grupo de rock alternativo que terminó afincado en el pop más comercial» —se burló ella engolando el tono como un locutor de radio—. Al menos eso posteaste en el foro, ¿no?

—¡Nena, no entendiste un carajo! —se quejó, y encendió el cigarrillo que le agonizaba detrás de la oreja—. Yo jamás criticaría a las bandas y a los artistas por vender discos. ¡Sería una reverenda pelotudez! A mí me parece muy groso poder llegarle a la gente, tocar en conciertos multitudinarios y no para los cuatro raritos de la facultad que se pasaban los casetes unos a otros.

A Lola le parecía increíble y a su *alter ego* le resultaría una broma de mal gusto, ¿cómo iba a imaginarse @LaChataResultona que @ElMendaLerenda era un tipo sesentón, medio calvo y argentino? Le seguía chirriando que el Lobo fuese el administrador todopoderoso del foro, se sentía en una de esas películas en las que el cerebro del protagonista se mudaba por arte de magia a otro cuerpo.

—Si hasta hice un posteo alabando el videoclip de «Losing My Religion», ¿no te acordás?

Claro que lo recordaba, especialmente por los absurdos emoticonos que había puesto Fran, @ElMolaMazo, el más pelota del foro, con sus manitas aplaudiendo a rabiar todo lo que @ElMendaLerenda escribiese.

—Para ese videoclip, los R.E.M. se inspiraron en un cuento de Gabriel García Márquez —siguió el Lobo, orgulloso de su posteo—, la historia del señor muy viejo con unas alas enormes que caía en el patio de una casa. ¿Lo leíste vos? Resulta que baja un ángel del cielo y nadie le da ni media bola...

—Me gusta la letra de esa canción. La gente cree que va de criticar a la Iglesia —Lola se sintió tonta, ¿qué demonios hacía opinando de ordenadores frente al puto Steve Jobs?—, pero en realidad habla de amor, de uno de esos amores imposibles que te pueden volar la cabeza.

—Tampoco es que hayan descubierto el dulce de leche porque, en general, la gente enamorada es bastante boluda. —Aplastó la colilla del cigarrillo como si fuese un cursi estribillo romántico—. No te niego que es un temazo. Todo un clásico, igual que los de tu padre, canciones que te cambian la vida. La música cuando es buena tiene ese poder, ¿viste? Pero el amor, ¿qué querés que te diga?, el amor para mí está sobrevalorado.

—Ellos dos, Peter y Silvia —no tenía el cuajo de decir «mis padres»—, ¿estaban enamorados?

—¿No escribió Peter esa historia en su cuaderno de partituras? —Se quedó pensativo, quizá escogiendo las palabras que debería de omitir—. Mirá, nena, yo tengo mi opinión, pero es mejor que te lo cuenten ellos de primera mano, ¿entendés?

—¿Está enferma? —Lola preguntó por la mujer que un par de horas antes había entrado en la casa en brazos de un enfermero—. ¿Qué le ocurre a Silvia Kiss?

—Yo creo que sufre mucho. —El cuello del Lobo crujió como si apretase una botella de plástico vacía—. En realidad, creo que Silvia ha sufrido siempre.

Lola se subió la cremallera de la chupa. Ya se notaba la rasquilla del atardecer londinense y se puso de pie mirando hacia la calle. Aquel banco de madera ubicado en esa especie de montículo del jardín era lo más parecido a un puesto de control. Que empezaba el mambo, le advirtió el Lobo al ver que el Mercedes Benz atravesaba la reja negra de la entrada y se detenía en la puerta principal. Lola sintió su mano pesada y caliente sobre los hombros. La escena era un trampantojo, una sustitución de la realidad, porque allí juntos podrían parecer miembros de una misma familia esperando contentos a sus parientes para alguna celebración especial. Lo único verdadero era la sonrisa que Smith le regalaba a las dos mujeres y al hombre que se bajaron del coche.

—Llegan demasiado pronto —dijo Lola mirando el reloj en la pantalla del móvil.

Se temía lo peor. Nada bueno podía salir de aquella convención de trapos sucios de antaño ventilados al sol. Se dieron prisa en regresar a la casa y le sorprendió que el Lobo estuviese en un tris de agarrarla de la mano. Querían estar en el salón de té antes de que los pijamas azules condujesen hasta allí a los tres visitantes.

Un Macallan on the rocks para Beltrán Díaz Guerrero, una copa de Möet para Cayetana de la Villa de la Serna y una Perrier con rodaja de limón para Brianda García de Diego. Las bebidas amenazaban con robarle el protagonismo al *afternoon tea* que Mai había dispuesto sobre la mesa, reluciente, junto al jarrón de la Rosa Tudor. Daba gusto ver el despliegue de vajilla fina, bandeja, tazas, tetera, jarra de leche y pinzas para los terrones de azúcar. Mai le había descrito el menú con entusiasmo: un bizcocho de semillas de comino en el centro rodeado de *scones*, hojaldres de salchicha y sándwiches de pepino. Todo muy *british*, muy elegante, muy de escenografía.

—Bueno, ya estáis aquí… ¡Bienvenidos!

El afectado recibimiento de Lola pasó desapercibido. Los tres invitados se centraron en el Lobo —¿desde cuándo no le veían?—, que estaba situado detrás de ella, aunque lo bastante cerca para dejarles claro que formaban un equipo —de lo más extraño, eso sí—, una de esas parejas de detectives de las series de asesinatos, sabueso veterano y becaria aventajada, que se respetaban en el fondo y se repelían en las formas.

—¡Lo sabía, joder! Estaba seguro de que te veríamos aquí. —Beltrán saludó con efervescencia al Lobo, que esquivaba con habilidad sus gestos de espantar moscas—. ¡Si es que estás igual, cabrón!

—Qué lástima no poder decir lo mismo. —El Lobo se puso en modo faltón, más @ElMendaLerenda que nunca—. Nah, vos también seguís igual, chabón, sin saber encajar una broma —remató guiñándole un ojo.

El Lobo se zafó del apretón de manos de Beltrán para plantarle en la mejilla un beso ruidoso a Cayetana, tan rubia, tan alta, tan delgada dentro de un conjunto de pantalón y camisa de seda brillante que parecía un pijama.

—Vos siempre hecha una diosa. —Le hizo un amago de reverencia que ella agradeció con la naturalidad de residir legalmente en el Olimpo.

Llegó el turno de la otra mujer, más baja, cara lavada, cabello castaño y liso.

—Y vos sos… —El Lobo se rascó la oreja como si fuesen a chivarle el nombre por un pinganillo invisible.

—¡Pero si es Brianda! Que, por cierto, ahora es mi mujer —se adelantó Beltrán, instalado ya en uno de los sofás repipis—. ¡Esta vez te he pillado, colega! Se trata de otra de tus bromitas.

—En este caso no, che, ¡y qué macana!, estoy quedando para el orto. —El Lobo continuó firme en su despliegue de pedantería camuflada—. ¿Será que estás mucho más linda o que yo estoy perdiendo la memoria?

El Lobo recurrió al modo abuelete ligón, dejando en evidencia que ni antes ni ahora le había puesto cara, cuerpo y atención a Brianda García de Diego.

Cayetana se dio cuenta y pilló protagonismo rápidamente con sus sinuosos andares de serpiente.

—Tranquilo, Lobo, nadie reconoce a Brianda, a duras penas lo hace ella misma frente al espejo. ¿Cuántos kilos te has quitado con la reducción de estómago, querida? —le preguntó con su lengua afilada y pegajosa de anfibio.

Lola empezó a sentir que la rabia le subía por el cuerpo; ¿es que Brianda no pensaba defenderse? Esa mujer parecía haberse rendido hace años, hecha un ovillo en un sofá poco apropiado para la labor de ocultarse. ¿Cómo había terminado dentro de una de las escenas tóxicas de Peter Russ en su cuaderno de partituras? Sintió pena por Brianda, por Cayetana, incluso por ella misma; era desalentador comprobar que el paso del tiempo no servía de nada, que las envidias, los rencores y los complejos se quedaban atrapados en un tablero de parchís, que, sin importar los dados, las buenas jugadas ni la suerte, regresaban siempre a la casilla de salida.

—¿Esto es mermelada de ruibarbo? —Cayetana no dejaba de moverse por el salón con aires de princesa—. ¡Qué inglés se ha vuelto Peter!

Su tonillo y sus gestos eran de pija de manual: pillaba una bola frita de carne rellena de huevo como si fuese un delicado bombón de chocolate. No iba a ser la primera en probar la mermelada, les advirtió, había que separar a conciencia los tallos de las hojas verdes del ruibarbo porque eran venenosas y, tratándose de Peter, a ver quién era el guapo que se fiaba.

—¿A qué hora piensa recibirnos lord Peter Russ? —la interrumpió Beltrán, y Lola no supo si se dirigía a ella, al Lobo o al hojaldre de salchicha que estaba a punto de engullir de un bocado.

—¡Qué bajón me acabás de dar, che! Yo pensaba que tenías unas ganas locas de ver a Peter. —El Lobo se movía de un lado para otro sin hallar postura que le acomodase—. ¡Disimulá un poquito, dale! ¿No eras el mejor amigo vos?

Por un momento pareció que a Beltrán el Macallan se le iba por el camino de las fosas nasales.

—Yo fui un buen amigo para Peter, y lo habría seguido siendo si él no nos hubiese mandado a todos a tomar por saco —se le escuchó a duras penas.

Lola seguía abducida por el ataque frontal, eso sí, con silenciadores, que Cayetana le dedicaba a Brianda. La escena era fascinante: la mujer rubia, alta y delgada se daba un festín de champán y pastelillos frente a la mujer ceniza y temblorosa, hundida en el sofá con su pantalón camel, sus manoletinas, su camisa blanca y su rebequita gris.

—¡Los *scones* están de muerte! —dijo mostrándole a Brianda el bollo de mantequilla que sostenía en la palma de la mano como si fuese una piedra preciosa.

Lo partió por la mitad, todavía estaba caliente, el vaho trajo consigo el aroma dulzón de pastelería fina. Le dio un mordisco y soltó un gemido.

—¡Qué razón tenía mi madre! —gritó con los ojos cerrados, sumida en el placer.

Su madre, que era una experta en tardes de té inglés, siempre decía que el éxito de los *scones* consistía en poner primero la mermelada y después la mantequilla, y esa estaba tan suave que parecía nata. Lola no daba crédito. ¿Qué demonios le pasaba a aquella tía?, se preguntó, ¿a cuento de qué ponía caretos y posturitas de web porno? ¿Qué pretendía con ese numerito absurdo de tía cachonda? Mucho más alucinante le estaba pareciendo la cara descompuesta de Brianda, que no había probado ni un triste sándwich de pepino y aun así parecía a punto de vomitar.

—¿Te preparo uno? Venga, Brianda, no me seas petarda, que ya no queda fatal que comas en público. —Cayetana había perdido los modales y hablaba con la boca llena, pero tragó antes de rematar la frase para que no se perdiera el hilo de la humillación que le dedicaba a su excompañera de la facultad—: Ah, no, perdona, ¡qué tonta soy!, que no puedes comer nada con ese estomaguillo de la Nancy que te han dejado.

—¡Me había olvidado de lo divertidos que son ustedes juntos! —El Lobo dio una palmadita como si de verdad estuviese disfrutando del bullying erótico de patio de colegio—. ¡Gracias, Cayetana! Menos mal que ya probaste esa mermelada. ¡Ya no me la como ni en pedo! Definitivamente tiene veneno, che, y a vos te está saliendo por la boca.

El comentario del Lobo provocó un extraño silencio en el salón, como si estuviesen esperando el inminente desplome del techo sobre sus cabezas. Brianda había empezado a sudar, le brillaban la cara y el cuello, se le pegaba el flequillo a la frente y tenía dos lamparones en la rebequita gris. Cayetana la observaba de cerca, con la nariz dilatada igual que un perro buscando pelea, mientras Beltrán seguía a lo suyo, concentrado en la botella de Macallan, de la que ya había dado buena cuenta sin ayuda.

—Vais a pasar a la biblioteca de Peter Russ en cuanto salga Fabiola Ariza.

Lola se arrepintió al segundo de su estúpido intento de calmar las aguas. ¡Qué idiota! Ahora los tres visitantes la miraban fijamente. Era terrible soportar los pequeños y agudos ojos de Cayetana de la Villa de la Serna posados en sus caderas.

—Lola Acosta... —Cayetana hizo un inventario de su ropa como si pudiese identificar los códigos de barras—. Imagino que te llamas Lola por culpa de tu abuelo, que era un viejo muy retorcido. Pensaría que era una buena venganza endilgarte el nombre que más odiaba Peter. «Lola», tan flamenco, tan *made in Spain*, que en realidad viene de Dolores, ya sabes, la doliente. ¡Qué historia tan bonita la tuya! —Se sirvió otra copa de Möet y volvió a sentarse cruzando las piernas a lo Sharon Stone.

—Las noticias vuelan. —Lola quiso salir de ese lugar común—. Si ya sabes que soy hija de Peter Russ, no hará falta que te cuente quién es mi madre.

—¡Por supuesto que no, querida! —Cayetana arrancó de cuajo los alfileres con los que Lola sostenía su enclenque seguridad.

Siguió echando sal en la herida y abriendo su pasado en canal. Los únicos que no conocían la identidad de su madre eran Clara y Leopoldo. Increíble, ¿no? Lo de Clara tenía un pase, la exoneró Cayetana con desdén, porque a la pobre, tan paleta, tan enamorada de Peter, no le daba la cabeza para imaginarse que su admirado novio se estaba ventilando todo lo que se movía, incluida su detestable y horrible madrastra.

—Pero lo de Leopoldo es inconcebible, ¿qué clase de pasmarote no se da cuenta de lo que ocurre en su propia casa? —Cayetana taconeaba con furia por el salón—. Pero así era el Polo, siempre en su mundo sin enterarse de la misa la media. Tendrías que haber visto sus caras cuando se lo conté hace un par de días, especialmente la de Clara, que llegó a creerse el cuento de que era la novia oficial de Peter Russ.

—Y lo era… —se escuchó a Brianda casi en un susurro—. La única pareja de Peter fue Clara Reyes. Su única novia, algo por lo que tú, Cayetana, habrías cambiado la popularidad y hasta tus malditos cincuenta kilos. —Se puso de pie con un chute de mala hostia—. Hubieses vendido tu alma al diablo solo por entrar en un garito de la mano de Peter Russ.

Lola contuvo la respiración mirando primero al Lobo, que disfrutaba de la escena como si estuviese en el cine con una bolsa de palomitas; después a Beltrán, perdido en sus millones de aspavientos, y finalmente a Cayetana, que, masticando de manera teatral una bola de carne frita, se paró frente a Brianda y la retó a un duelo a muerte con cada bocado.

—Qué sabrás tú de mi relación con Peter… No sabes nada de lo que ocurría en aquella época porque no eras más que la chica gorda a la que aceptábamos por lástima. —Empezó a chuparse los dedos enterrando todo el glamour—. A ver, cuéntanos, ¿a qué edad perdiste la virginidad? ¿A los cuarenta y con este pichafloja? —Señaló a Beltrán con otra bola de carne en la mano—. ¿Con este tío que se ha pasado media vida drogado y seguramente ya ni se empalma?

—A los veinticinco años, y fue con Peter Russ. —Brianda le arrebató de las manos la albóndiga deshecha y se la tragó sin apenas masticarla.

—Por favor, Brianda. —La risa exagerada de Beltrán ponía los pelos de punta—. Cayetana es una imbécil, estamos de acuerdo, pero eso no justifica que te pongas en evidencia inventando chorradas.

—Es la verdad, Beltrán. —Miró a su marido a los ojos—. Nunca te lo he contado porque imaginaba tu cara de póquer, la que tienes ahora mismo. —Se acercó a la mesa y se limpió sin pudor la mano grasienta en el mantel bordado—. ¿Cómo iba la estrella del pop a acostarse con la gorda del grupo? ¡Imposible! Peter Russ era absolutamente inalcanzable para mí y yo lo sabía.

Pero una noche, de esas tan extrañas que parecían un error de guion, coincidieron los dos solos en La Fábrica, confesó Brianda mientras volvía a encogerse en el sofá. Peter estaba muy triste, hablaba de traiciones, de abandono y de venganza. Lo escuchaba sin entenderle, alucinada de que estuviesen juntos en una barra, de que el gran Peter Russ hablase con ella, solo con ella, más de dos segundos. Se ofreció a llevarle en coche a su casa, él estaba muy borracho y no era prudente que pillara la moto. Y fue allí, frente al portal de su casa, mientras Peter hurgaba en los bolsillos del vaquero buscando sus llaves, cuando pensó que tal vez no era imposible, que quizá ese tío por el que todas suspiraban podría llegar a besarla, a tocarla, a tener sexo con ella. Era una fantasía, pero ella quería vivirla, aun a riesgo de que él la mirase de ahí en adelante con asco o, mucho peor, que la olvidase de inmediato por culpa del alcohol y la vergüenza.

—Lo intentamos, pero ni Peter ni yo pudimos olvidarnos de aquella noche. —Volvió a apuntar la mirada al suelo—. A la mañana siguiente, Clara se tiró delante de un coche en el paseo de Pintor Rosales.

—¿Así que fuiste vos? —El Lobo elevó el tono y su pierna izquierda empezó a botar descontrolada—. ¿Vos sos la mina misteriosa de aquel quilombo? Me acuerdo patente de ese domingo: la ropa de Peter en la vereda, Clara en el hospital, el desastre con la prensa…

—¡Lo que me faltaba por oír! —Cayetana dejó la comida que había mordido sobre la bandeja de bolas fritas—. Además de la foca de la pandilla eras una zorra mentirosa. —Soltó una risa tan estridente como fingida—. ¡Bravo, Brianda! Ni siquiera te hizo falta estar buena para jugársela a tu amiguita Clara, a la que le ibas detrás todo el rato como un perillo faldero.

—Yo no fui la única que traicionó a Clara. —Brianda volvía a sudar a chorros, parecía que se estaba derritiendo—. ¿Dónde estabas tú la noche del aniversario del D'Lune? —Miró de nuevo la mandíbula desencajada de su marido—. ¿Y tú, Beltrán? ¿Qué hacías tú en aquel oscuro reservado?

—Yo no toqué a Clara —respondió él lustrándose los dientes con los labios.

—Porque no era a ella a quien te morías por tocar. —Cayetana se adentraba en un camino del que le costaría regresar—. ¡Vamos, Beltrán! Si, por lo visto, el único que no logró montárselo con Peter Russ fuiste tú… ¿O acaso me equivoco?

Sin saber muy bien por qué, Lola se fue acercando al pasillo mientras escuchaba a Beltrán despacharse a gusto con Cayetana, que mantenía el tipo y encajaba el «zorra, hija de puta, perra» como una profesional; lo contrario de Brianda, a la que se le mezclaban sin ningún criterio el sudor y las lágrimas. Que se largaba ya mismo, amenazaba Beltrán, sorbiendo por la nariz un olor inexistente. Que no tenía por qué soportar esa maldita escena y que ya estaba bien de esperar a que lord Peter Russ se dignase a recibirles.

Beltrán no tuvo tiempo de cumplir su amenaza. Se escuchó la puerta de la biblioteca y unos murmullos en el pasillo, por el que Fabiola Ariza salió abrazada a su bolso, caminando con la dificultad de los juanetes hinchados, buscando atusarse el cabello en cualquier superficie en la que pudiera reflejarse. El Lobo y los tres visitantes la miraron con sorpresa, especialmente cuando Fabiola los ignoró y aceleró el paso hasta Lola Acosta.

—Muchas gracias, guapa —le dijo al oído, y siguió rumbo a la salida.

Lola se giró rápidamente hacia el otro lado del pasillo. Antes de que la puerta de la biblioteca volviera a cerrarse, los vio a los dos juntos, Silvia Kiss y Peter Russ, ella sentada con las manos sobre el bastón ubicado entre sus gruesas piernas; él de cara a la ventana como el primer día, la melena blanca y cardada, la americana negra con hombreras, su torso de niño. El reflejo a contraluz le dibujaba de nuevo un extraño contorno, aunque esta vez le parecieron un par de alas.

Cuaderno de partituras

Madrid, 18 de noviembre de 1996

Me he quedado en blanco, encefalograma plano, mirando el gotelé de las paredes, alucinado con las humedades del techo. No hay telarañas en las esquinas, pero me las imagino, a este cuartucho de mala muerte le pega tener un muestrario de insectos. ¡Mira que eres retorcida, Silvia! ¿No podrías haber buscado un lugar decente para tu venganza? No, qué va, tenía que ser en el hotel más cutre de Madrid. Una sola estrella en el portal, ¡qué huevos tienen! Más les hubiera valido poner un cartel en mayúsculas con una advertencia: ENTRAS EN ESTA CASA DEL HORROR POR TU CUENTA Y RIESGO. El conserje con olor a choto y jersey lleno de pelotillas debería entregar las llaves y hacer firmar una carta a los clientes, una de esas declaraciones en las que asumes que si la palmas es por tu culpa, como cuando te van a poner anestesia o te tiras en puenting. Yo nunca he firmado una de esas autorizaciones. Nunca me han operado ni me he dedicado a hacer el gilipollas con los deportes extremos. Entonces ¿a cuenta de qué he caído en esta maldita trampa?

Aparto la colcha con los pies, es de esas marrones extrafinas, peor que las de los aviones. No quiero pensar el currículo que le descubrirían a las sábanas los agentes Mulder y Scully. ¡Joder, colega! Qué yuyu. Hace una hora estaba revolcándome con la rubia de Las Jueves en esta cama chirriante donde podrían haber asesinado a alguien. ¡No me jodas! ¿Qué cojones hago aquí?

Ni siquiera ha sido un revolcón. Si es que es para matarme, me tumbé mirando al techo y dejé que se lo currara la veterana, que se me restregara encima como un gato. Total, mi papel era estar ahí y ella parecía encantada de la vida. ¡Manda huevos! Que Fabiola armonice con este hostal cutre no me extraña, pero tú, joder, la gran Silvia Martínez de Velasco, la que se pasea por el barrio de Salamanca saludando a los vecinos; a ti no, a ti no te pega haber urdido tu puñetero plan en un picadero de la calle Fuencarral. ¿Es que no has escuchado al nuevo presidente? Está que se sale con eso de que, ¡por fin!, somos europeos. ¿No te has enterado? Que hemos entrado en Europa, ya no somos los primos pobres, por eso hasta un mal polvo, rápido y guarro, merece algo más decente que este tugurio.

Me imagino la cara del Lobo y me pongo malo. Resulta que soy el puto número uno en ventas en España, no paro de sonar en la radio, en las consultas del médico, en los supermercados y en las gasolineras, en todo garito y discoteca que se precie, ¿y estoy aquí? La confianza da asco, Silvia. No te importo una mierda, soy uno más, como la maldita oveja que han clonado, la Dolly esa, menudo nombre de furcia. ¿Para qué clonar a una oveja si ya de por sí son todas iguales? A mí, a mí sí que deberían clonarme, otro Peter Russ, millones de Peter Russ, y el mundo de la música sería glorioso. Y de paso que clonaran a Clara, que con ella sí que mejoraría la especie. ¡Deja de pensar gilipolleces! Y cuidado con lo que deseas, chaval, que mañana van y clonan a la morsa y te joden vivo.

Estiro la mano con cuidado, no quiero tocar las sábanas. Me estoy quieto. Me pica la piel. No debería moverme, pero necesito un pitillo. El paquete de Marlboro está pegado en la mesilla de noche, ¿es que todo está inmundo en este lugar? Mierda, tengo el mechero en el bolsillo del vaquero, que está hecho un gurruño en el suelo. Me levanto, pillo el tabaco y me enciendo uno. En la mesilla junto al cenicero hay restos de farla, pierdo toda la dignidad y me hago una raya de sobrantes, una raya Frankenstein, y aspiro coca cortada con polvo, saliva, patas de cucarachas y quién sabe qué más habrá pasado por ese asqueroso mueble. Si ya no me he muerto… ¡Qué narices!, me chupo el dedo después de rebañar los restos del polvo blanco. Me huele y me sabe a la veterana. Tengo que moverme o voy a empezar a fermentar.

Me levanto y camino por la habitación como si fuese un campo minado. Me miro en pelotas en el espejo. Estoy delgado y pálido, soy una polla con piernas, un trípode, como el que Silvia puso detrás del armario para grabar mi lamentable polvo con Fabiola Ariza. Sacudo de un lado a otro mi polla péndulo, me la acaricio, voy a pillar una gonorrea si sigo follando a pelo. «¡Ponte al menos un maldito condón!», me grita Clara cada vez que me pilla en un renuncio, y se hace la digna y jura una y mil veces que nunca más se lo va a hacer conmigo sin protección. Pero al final cede. «¿De quién eres?», le susurro en la oreja con voz suave, rozándole el cuello por detrás. ¡Y listo! Su túnel entre las piernas es una autopista de cuatro carriles despejada para mí. Clara lleva razón, tengo que cuidarme más, pensar que antes o después el camionero de Fabiola, el tal Manolo, va a estar en el mismo sitio que yo, dentro de la veterana. ¿Chillará con él también como una posesa? Seguro que sí, parece su sello de la casa, tan antinatural como la protagonista de *Showgirls* lamiendo la barra de baile en el puticlub. «Manolo no puede enterarse de esto, él me quiere mucho», me soltó la veterana en plena faena; «y yo también le quiero, a mi manera», siguió hablando, y me puso de los nervios porque detesto a las tías que hablan en la cama. «Y si tanto le quieres ¿por qué le pones los cuernos?», le pregunté para jorobarla, apretándole las tetas para no cortarle el rollo. «Esta es la primera y la última vez, nos vamos a casar, ¿sabes?», me dijo metiéndome la lengua en la oreja, y eso también lo odio. «Estoy aquí porque estás para comerte y no todos los días se da una un homenaje con Peter Russ», me contestó la muy patética. Hay que joderse, otra fan absurda, me flipa; empecé a detestarla como a todas las fans que se acuestan conmigo porque se lo pidieron a los Reyes Magos. La tiré del pelo y le moví las caderas con las manos. Quería que se corriera de una puta vez y salir de este embolado, estaba harto.

Me pongo los calzoncillos y los vaqueros. Busco mis malditos calcetines debajo de la cama, donde hay mugre pegada del año de la tos. Encuentro un pendiente, un aro plateado enorme, de esos a los que les falta un loro cabrón soltando palabrotas. Me descojono, ¿será de la veterana? Ni siquiera me fijé si llevaba pendientes, pero le pegan, baratos y ochenteros, como los de aquellas tías con el flequillo engominado y los calentadores al estilo *Flashdance*. Otra época, otra vida. Menos mal que se quitó la ropa enseguida: la rubia de Las Jueves vino a lo que vino, sin mucho mamoneo, eso de los preliminares no iba con ella. Vestida era difícil de mirar, se me presentó con unos pantalones metidos hasta el higadillo, una camisa negra brillante y un abrigo imitación de cebra; un cuadro. La melena amarilla y las raíces negras. ¡Y pintada como una puerta! Colorete, sombras fucsia, los labios dibujados por fuera de la boca. Menos mal que es menudita, poquita cosa, eso le hacía menos daño a los ojos. Me pongo el cinturón y sí, mierda, estoy más flaco, tengo que mover el agujero para ajustarlo. Debería hacer ejercicio, pesas, boxeo, tomarme esas proteínas y anabolizantes que compra Beltrán. ¡Menudo capullo! Muchas pesas, proteínas y arroz blanco por el día, y por la noche te pones ciego a farla. Vamos a morir jóvenes, Beltrán, lo sé; mejor así, para qué queremos llegar a ser unos viejos cascados.

Enciendo la tele, tan antigua que me sorprende que funcione. Yo nunca veo la televisión y menos por la tarde; nunca estoy en casa por las tardes. Me siento de nuevo en la cama, en una esquina sobre la colcha de avión. En la pantalla hay una chica rubia haciendo chistes malos, me da vergüenza ajena, la pobre hace el tonto y después presenta los dibujos del Oso Yogui. Cambio de canal, noticias del corazón por un tubo; me agobio, joder, pienso que me han seguido hasta este hotel de mala muerte, que los puñeteros paparazis ya saben que acabo de cepillarme a Fabiola Ariza, la rubia de Las Jueves, que la han pillado saliendo a la calle con esas pintas. Pienso que me están esperando, agazapados en el bar de enfrente, para montar otro circo con mi vida sexual. Me acojono, imagino que van a estar ahí cuando llegue Silvia y que se va a liar la de Dios. Me asomo a la ventana. No veo a nadie raro. Gente mirando tiendas, entrando y saliendo de cañas o de camino al metro de Tribunal. «Nadie te está persiguiendo», me digo en voz alta, pero sigo nervioso. Intento concentrarme en la televisión. Bien, la prensa del corazón está más interesada en la nueva novia del príncipe, una modelo gringa, alta, delgada, guapísima, tan estilosos los dos saliendo de un restaurante en la zona más pija de Nueva York. El príncipe lleva una camisa amarilla y unos vaqueros a la cintura, pienso que yo podría dar esa imagen si hubiese elegido otra vida, carrera y máster en Estados Unidos. La morsa habría sido feliz, verme entrando por el aro de la sociedad y todos tan contentos. Pero ahora estoy aquí, en esta vida, en un picadero de Fuencarral viendo un programa de cotilleo. ¿Qué cojones pasa conmigo, joder?

Miro mi Rolex, no encaja con este sitio. ¡Que te den, Silvia! Yo me las piro, ven cuando te salga del coño y resuelve tu asunto, que para eso es tuyo, ¿te enteras? Pero no me muevo. No sé por qué, me meto de nuevo en la cama, con los vaqueros y los calcetines puestos. Tengo frío, me tapo con la sábana que huele a sudor y a sexo, a mí y a la veterana, a colonia barata y a ajo. Veo un primer plano de Lady Di en la tele, «la princesa triste», dicen. ¡Qué putada ser una triste! Es mejor que te llamen la princesa cabreada, la borde, la malcriada. Quizá las tías lo hacen a propósito, la cabrona de Clara se pone más guapa cuando está triste, y últimamente siempre está triste, y es por mi culpa.

El Lobo me manda un mensaje de texto. Que revise mi correo electrónico, ¿qué se cree, que estoy todo el rato frente al ordenador? «Dejate de joder, que con Hotmail no tenés excusa. Te metés en cualquier cibercafé y revisás los correos, chabón», me escribe. Vale, le respondo, que sí, que lo voy a hacer. Pero yo detesto los cibercafés. Vuelvo a la tele, la cosa sigue de princesas tristes, aunque a esta la entiendo, joder. Estefanía no solo canta fatal, que eso ya es motivo para estar triste, sino que encima va y se casa con un segurata que le pone los cuernos. Las imágenes son buenas, aunque en blanco y negro: debajo de la ducha de una piscina, una tía joven y maciza, él guapete y empalmado. Empiezo a sudar frío, imagino qué pasaría si llegaran a filtrarse imágenes mías con la veterana. ¿Y si el tal Manolo decide publicarlas por venganza? ¿Voy a permitir que España entera me vea en pelotas, delgado y pálido, con la veterana a horcajadas sobre mí? ¿Que sepan que estuve en este hostal tan cutre? No, qué cojones, eso sería mi ruina. ¡Que Silvia se curre otra venganza porque esta es un puto asco!

Abro el armario y despego la videocámara del trípode. Le doy al open y saco la cinta a mala hostia. Qué bien te lo has montado, Silvia; qué retorcida y qué lista eres a la vez. Un agujero en la puerta del armario tapado con una máscara de Pierrot; nadie se daría cuenta, mucho menos la veterana. Fabiola Ariza venía tan cachonda, tan mojada, tan ilusionada que ni siquiera se molestó por haberla citado en esta ratonera. Me levanto de nuevo, estoy nervioso, me enciendo otro pitillo. ¿En qué momento me dejé liar por Silvia? ¿Qué extraño poder tiene esa mujer sobre mí? ¿Me da pena, acaso? Tal vez sea eso, Silvia se acuesta con mi puñetero padre todas las noches y ese es el peor castigo del mundo. Cuando mueran, los dos irán a parar al cuarto círculo del Infierno, porque él irá fijo, condenado por avaricia; hala, gordo, a arrastrar grandes pesos de oro toda la eternidad. Aunque Silvia, no lo sé, quizá después de esta tarde acabe en el noveno círculo de Dante, al lado de Lucifer y de Caín, en el infierno de los traidores. ¡Qué cojones! Eso si la dejo, si le doy este vídeo de porno casero que me puede arruinar la vida.

El Lobo me partiría la cara si esto saliera a la luz. Le estoy oyendo, que voy a acabar en una banda de las que amenizan *Su media naranja*, me gritaría con rabia. ¡Es de coña! Si los ganadores de ese programa, además de encontrar a su supuesto gran amor, se llevan cincuenta mil pelas a casa, ¿qué se llevarán los músicos? ¿Un bocata de chorizo? Escucho el ruido de la calle, tráfico, voces, gente. Subo el volumen con el mando a distancia, cambio los canales, en ninguna cadena dan una noticia decente ni hablan de música ni de cosas importantes. Joder, ¿cómo es que nadie cuenta que Los Ramones se van a separar después de tantos años? No, eso no lo dicen, les interesa más el horóscopo de los panolis de los Backstreet Boys o si la deportista de las Spice Girls es una zampabollos.

Me pongo la camiseta blanca de manga larga y encima la gris de manga corta. Huelo a sudor, estoy pegajoso, pero no tengo huevos para darme una ducha en este sitio asqueroso. ¡Antes muerto! Apago la televisión, no soporto una promo más de *Médico de familia* ni del *Caiga quien caiga*, ¿por qué no me hacen gracia las cosas de las que se ríe la mayoría de la gente? ¿Será verdad que soy raro? Hay una radio vieja, me recuerda la que tenía mi abuelo en el taller en Carballo. La enciendo con la ruedecilla y, cómo no, escucho «Un pasito pa'lante, un pasito pa'trás, María». Cambio de emisora, «El talismán de tu piel me dice»; vuelvo a cambiar, «Me quedaré solo»; cambio de nuevo el remix de la «Macarena», ¡no me jodas!, hasta que por fin, gracia divina, escucho mi puñetera voz y casi me empalmo. Me entran ganas de cascármela, es una señal, debo largarme de aquí pitando. Cojo el paquete de tabaco y la cinta de vídeo, me bebo el culito de cerveza y, ¡hala, chaval!, a correr. Llave de la moto, cartera, gafas de sol, ni rastro de que Peter Russ pasó por este lugar. Que no se sepa, que se olvide, que sea un mal sueño. Ya se ocupará Silvia de la cámara, del trípode y, supongo, de negociar el cambio de la puerta del armario con el patán de la recepción, ese tío de calva sudorosa, barba sin afeitar, jersey con pelotillas y el eructo en la cara a manera de recibimiento.

Abro la puerta de la habitación y, ¡bingo!, ahí está ella. La veo demasiado alta, se ha puesto taconazo y se ha peinado con secador. Me quiero escabullir, pero ella ocupa toda la puerta, una gigante impidiéndome la salida. «Quita, quita, que me las piro, vampiro», le digo intentando mover el roble que tiene por brazo. «¿Cómo te ha ido?», me pregunta, y me entran ganas de darle una hostia. ¿Que cómo me ha ido? ¡De putísima madre!, le grito, que ha sido la mejor tarde de mi vida, en un hostal de mierda con olor a choto follándome a una cuarentona que gemía como una posesa, ¿qué más podía deseár una estrella del pop? Silvia entra y cierra la puerta con el tacón. Sonríe, le divierte a la muy capulla. Soy gilipollas, tendría que haberle dicho que su archienemiga era una diosa en la cama, que había sido la corrida del siglo, el mejor polvo de la historia, para que se sienta tan miserable como yo. «¿Así que Fabiola te ha dejado frío? Y yo que pensaba que era una experta en lo suyo», me dice, y me enerva, me cabrea hasta límites insospechados. «Paso de hablar de polvos mediocres contigo. No creo que tu destreza haya mejorado gracias a mi padre», le suelto.

Silvia me pide la cinta y yo le digo que ni de coña. Forcejeamos y creo que va a romperme un brazo. Me ha arañado, me arde la cara, maldita bruja. «¡Los tejemanejes con tu compañera de Las Jueves no me van a joder la vida! Si esto se filtra a la prensa, arruinaríamos la carrera de Fabiola Ariza, claro, pero, lo que es más importante, también la mía», le explico. «¿Carrera?, ¿qué carrera? Fabiola solo tuvo una carrera y fue conmigo», se indigna Silvia, y me doy cuenta de que hablamos idiomas diferentes. Ahora ella solo tenía un novio encoñado, el tal Manolo, que haría lo que fuese por cumplir el sueño de casarse con una famosa. «Pues con más razón. No hace falta que hagamos nada, la veterana caerá por su propio peso porque no tiene talento, y acabará amargada en una casa de lujo con un marido que no le pone», insisto. «Gracias por describir mi vida», me dice, y me quedo callado. «No cedas, Peter, no cedas, que esta es una lianta, no cedas…», me ordeno a mí mismo.

Que vale, que está bien, me dice Silvia sentada en la cama, y me doy cuenta de que ella tampoco pega en ese ambiente tan turbio, es demasiado para este hostal marrón y triste. «Abortamos el plan, pero dame la cinta, quiero verla, solo te pido eso», y me promete que después va a destruirla y que lo de esta tarde quedará entre nosotros tres. «Estás enferma, ¿qué necesidad tienes de ver esto? ¿Vas a tocarte mientras miras a tu hijastro con tu enemiga?», le digo. Pillo el móvil y salgo de aquella habitación infecta dando un portazo. Bajo las escaleras cabreado, convencido de que Silvia me está mintiendo.

4

Una sola palabra

Hold on, little girl
Show me what he's done to you
Stand up, little girl
A broken heart can't be that bad...

Mr. Big,
«To Be with You», 1991

Clara cerró la puerta al salir de la biblioteca. Le temblaban las piernas. Uno, dos, tres pasos, y tuvo que apoyarse en la pared. Estiró el cuello, buscó el aire desde la parte baja de los pulmones, como él mismo le enseñó cuando ella se ponía de los nervios en el estudio de grabación, tumbados en el suelo con el tomo de una enciclopedia encima de la tripa; así nunca iba a quedarse sin voz. «Respiración diafragmática» se llamaba, la misma con la que aprendió a torear los ataques de pánico desde que le dieron aquel diagnóstico a los veintiséis años, ese que le cambió la vida para siempre. Pero ahora no, allí no, en el pasillo oscuro de la casa de Peter Russ no podía permitirse palpitaciones ni mareos, aunque ya reconocía esa sensación de estar desconectándose de su cuerpo, que llegaría a su punto álgido en menos de un cuarto de hora, cuando se le empezara a escapar el alma por los pies.

«Gracias», eso fue lo último que le dijo a Peter antes de marcharse de la biblioteca. Una sola palabra, la más usada y prostituida del mundo. Idéntico tono, la misma intención, las mismas «gracias» que dio en el Hospital Central de Soria. El destinatario era el doctor López Ramos, uno de esos hombres confinados al olvido, ni alto ni bajo, ni feo ni guapo, pero al que ella recordaría siempre porque fue él quien sugirió que le realizaran una prueba de ELISA. «Yo te creo», le dijo el doctor. A su cuerpo le ocurría algo y él iba a descubrirlo. Entonces ella dijo «gracias», una sola palabra, como si escupiera una aceituna atorada en la garganta. Estaba tan cansada de desfilar por clínicas y hospitales, de soportar que las enfermeras más cotillas murmurasen a sus espaldas: «¿No era esa la chica de la tele? ¿La de Duruelo de la Sierra? ¿La novieta zumbada de Peter Russ?». Eso tenía que escuchar mientras ardía de fiebre, le explotaban los granos en la cara y la conjuntivitis más asquerosa le sellaba los ojos al vacío. «Gracias», esa sola palabra le dirigió al doctor López Ramos porque era incapaz de aceptar que otra vez la enviasen a casa con dos ibuprofenos y una dieta líquida; porque no iba a tolerar que machacaran al abuelo con el mismo discurso como si ella no existiese, ese tan atroz que le empapaba los ojos pequeñitos al yayo: «Su nieta tiene antecedentes depresivos, dos intentos de suicidio, un carácter inestable», y un rosario de pamplinas más de las que se valían los médicos para no determinar de una maldita vez la razón por la que ella se estaba muriendo.

¿Qué debía hacer ahora? Miró el pasillo largo, la alfombra mullida, las paredes empapeladas con flores que parecían moverse. Se tapó la boca para amortiguar un grito inevitable, agudo, histérico, de los que salían cuando algo se rompía por dentro. ¿Tenía que regresar a la mesa del té y comportarse como una visita? ¿Para qué permanecer en aquella casa si Peter Russ ya le había dado la respuesta que ella había ido a buscar? Aún le resultaba increíble que le hubiese aclarado la duda que había habitado en su cabeza durante los últimos veintitrés años. Ahora ya lo sabía, podría comprobarlo. Entonces… ¿qué sería lo siguiente? ¿Qué sensación ocuparía el lugar de la densa y dolorosa incertidumbre? Le hubiese gustado salir corriendo por ese pasillo lúgubre, pasar de largo por el salón principal, pillar un taxi que la llevara al aeropuerto y coger el primer vuelo de regreso a España. Pero no podía hacerlo porque Leopoldo la había mirado como el antiguo Polo, con sus ojos de abrazo caliente en plena noche de invierno. «Espérame fuera, Clara. Por favor, no te vayas», le pidió el antiguo Polo atrapado en el cuerpo de Leopoldo Martínez de Velasco. Y ella no iba a irse. No iba a escapar. No volvería a lastimarle. Esta vez no.

Desde el salón le llegaban voces superpuestas, mezcladas con un taconeo nervioso que maltrataba el parquet. Pero el peor de los sonidos lo llevaba ella dentro: dos trenes de alta velocidad chocando una y otra vez en su pecho. «Estás igual de guapa, Clara», eso le había dicho Peter con su voz gruesa y nasal, mirándola con sus ojos azules, tan reconocibles, tan hipnóticos cuando estaba de buenas. «Siempre fuiste demasiada mujer para mí, Clara, te merecías algo mejor que yo», le reconoció, y ella no supo qué responder a ese pequeño muñeco de cera en el que se había convertido; una marioneta escuálida rescatada de los escombros de un furioso incendio. ¡No era posible!, el impacto de otro par de trenes le crujió en el pecho, ese no podía ser Peter Russ.

Se despegó de la pared y empezó a mover los brazos en círculos. Se llevó una rodilla al pecho y después la otra, cuello a la derecha y a la izquierda, arriba y abajo; una coreografía que a duras penas le funcionaba para contener la ansiedad. Había imaginado muchas veces ese encuentro, hasta lo había soñado: Peter se arrodillaba suplicando misericordia y ella se la negaba porque su castigo era vivir con la culpa, cargado de remordimientos, con la misma letra escarlata que ella portaba en la frente. Algunas veces el sueño se le iba de las manos y terminaba en un sexo salvaje, que revivía la pasión por ese hombre que la había devorado.

Luego se convertía en pesadilla y los situaba en el estadio Vicente Calderón, que estaba a reventar de gente, los dos cantando juntos, coqueteando, rozándose, excitando a los presentes, ella delante y él detrás controlando con sus cuatro dedos la perfecta separación entre sus muslos, hasta que al final de la canción era ella, Clara Reyes, quien empujaba con todas sus fuerzas a Peter Russ del escenario, y él caía, desconcertado, mandíbula abierta, cabellos al aire y ojos de miedo, el terror infinito de no poder hallar el suelo. «¡Bravo, Lady Soria! ¡Por fin te has cargado al cabrón!», aplaudían en su pesadilla las fans de Peter Russ, y ella saludaba como una reina y se quedaba erguida en el escenario disfrutando de su momento, hasta que el crujido de huesos rotos se escuchaba a todo volumen desde el mismísimo infierno. Volvió a taparse la boca y soltó otro grito ahogado; el alarido que tuvo que aguantarse frente a la desoladora imagen de Peter Russ en una silla de ruedas.

—¿Te acompaño? —Clara escuchó una voz cálida y acto seguido una mano helada se apoyó en su hombro.

Se giró y vio a una mujer oriental, china, japonesa, coreana, ¿quién podía adivinarlo? El rostro lleno de arrugas, la espalda encorvada pero muy digna, la dignidad que trasciende a los que ya no esperan milagros, la que ella había perdido veinte años atrás cuando en una cama de cuidados intensivos se despedía del abuelo. En los recreos de tos y flema que le daba la neumonía, hizo un esfuerzo por saber: «¿Es verdad lo del gitano, yayo?, ¿soy la hija de un feriante que pasó una noche por el pueblo? ¿Estuvo enamorado de mi madre?», le preguntaba con un hilillo de voz. «Menudas figuras eran tus padres», le respondía el pobre yayo, tan chepudo y pequeñajo, que de tan guapos y felices se fueron pronto al cielo y le dejaron a cargo de lo más bonito, que era ella misma, un angelito de piel morena en Duruelo de la Sierra. «¿Yo también voy a ir al cielo, yayo? Me gustaría conocer a mis padres aunque fuese allá arriba», seguía hasta que se atragantaba de flema.

Se cogió del brazo de la mujer asiática y echaron a andar por el pasillo. Clara se sentía reconfortada al lado de aquella desconocida, el mismo sosiego de los meses que pasó recuperándose en el pueblo, cuando el abuelo le cepillaba los dientes y veían juntos las noticias y el concurso de la siesta en Televisión Española. Él le daba la sopa de cocido y le partía en trozos pequeños el bocadillo de panceta. Pobre abuelo, ¿cómo iba a entender las explicaciones del doctor? «No se preocupe, señor, usted siga rezando que yo me encargo de sacar a su nieta del sida, y luego verá usted que Clara va a llevar una vida normal porque la terapia antirretroviral, tres pastillas diarias de nada, está funcionando muy bien», le dijo. El pobre abuelo asintió con los ojos, preguntándose cómo su Clarita habría pillado una enfermedad de gente de mala vida, de maricones, putas y drogadictos: «Mira que te lo dije, niña, que tuvieras cuidado en Madrid, que en esa ciudad les gusta atracar con jeringuillas. ¿No te habrá pinchado alguno de esos desgraciados sin que te dieses cuenta?». El yayo no se quitó eso de la cabeza —¿quién habría sido el miserable que contagió a su Clarita?— hasta el día de su muerte. Y Clara volvió a decir «gracias», esa sola palabra, al doctor López Ramos, que tuvo la delicadeza de esperar a que el abuelo fuese al baño o a la máquina de café para preguntarle cuántas parejas sexuales había tenido. Clara le respondió la verdad, un solo novio a los veinticuatro años. ¿Y siempre había utilizado protección? Sí, por supuesto, le aseguró, ella tomaba la píldora porque eso fue lo que le machacaron en el colegio, la profesora Esther, que un embarazo no deseado era jorobarse la vida y por eso ella había tenido mucho cuidado. ¿Un condón? No, nunca, porque el amor se basaba en la confianza y ella estaba muy enamorada de Peter. Pero el doctor llevaba razón: ni el amor ni la confianza eran un método de protección seguro, su deber era darle la noticia a ese exnovio suyo para que se hiciera las pruebas lo antes posible; la detección temprana era crucial en estos casos. Clara le escuchaba atónita, cómo iba a explicarle al doctor López Ramos que su ex era Peter Russ, el famoso cantante desaparecido hacía un año después de un aparatoso accidente en el Vicente Calderón. Y también estaba lo otro, aquella noche atroz que ella había intentado olvidar. ¿Debería contarle lo del aniversario del D'Lune?, se preguntó en aquel momento con la rabia en la boca del estómago, y el asco, la repulsión de recordar aquellos olores, los cuerpos sin rostro, las manos desconocidas, la peste a tabaco y a alcohol, el sabor amargo de la coca en la saliva, la luz apagada, la música a tope y la vergüenza, sobre todo la vergüenza, ¿cómo iba a explicarle todo aquello al doctor?

—Te vendría bien un té calentito. —La mujer asiática hablaba un español sin acento—. Estás un poco pálida.

Clara asintió sin más. No era capaz de resistirse. Solo podía pensar en el rostro serio de Leopoldo, que había vuelto a ser el del antiguo Polo. ¿De qué estarían hablando los dos hermanos encerrados en la biblioteca? ¿Seguirían sosteniendo la insoportable riña sorda que iniciaron en la adolescencia? «Sé muy bien lo que vienes a preguntarme, Clara, y la respuesta es no, no tengo el VIH», le confirmó sosegado. Lo sabía por el montón de pruebas y transfusiones de sangre, por todo lo que le hurgaron en el cuerpo desde que estuvo en coma. «No fui yo, Clara, no te contagié ni me contagiaste». Entonces Leopoldo se revolvió: ¿Y cómo era que estaba tan informado desde esa cárcel de lujo?, le increpó a su hermano, ¿qué cojones pasaba allí?, siguió atacándole con los ojos inyectados en sangre, ¿estaban en una especie de centro de control?, ironizó nervioso con los puños cerrados; ¿cuál era el libro?, se acercó a una de las estanterías, ¿cuál era el que hacía de palanca?, ¿cuál abría la habitación secreta de los monitores por los que les controlaba la vida? Peter lo miró sin cambiar el gesto. Que lo lamentaba mucho, le respondió, pero que el asunto no era ni la mitad de sofisticado. Solamente una persona, eso había necesitado, y era el Lobo, que se convirtió en sus ojos, sus oídos, su conciencia y sus piernas, confesó dejando caer los brazos sobre sus rodillas delgadas, huesudas, insignificantes. Clara sintió que la alfombra roja de la biblioteca se movía bajo sus pies. ¿Así que el Lobo la había estado siguiendo? ¿Cuántas veces la habría esperado en la puerta de su casa de Soria? ¿Tendría fotos de ella haciendo la compra? ¿Vídeos entrando y saliendo del gimnasio? No entendía cómo ella no lo había descubierto.

—¿Te pongo el té solo o te apetece con leche? —La mujer asiática la condujo directamente a la mesa de la merienda.

Clara no le soltaba la mano, parecía una cría aferrada a la pierna de su madre el primer día de colegio. Que se tomara también un hojaldre de salchicha, le aconsejó amablemente, algo salado le subiría la tensión. Clara asentía, quería permanecer junto a la mujer asiática, hacer como que estaban solas, que no existían otros tres pares de ojos siguiendo sus movimientos igual que un maldito reflector.

—Está todo muy bueno, Mai —dijo Lola Acosta dejando en evidencia la complicidad que compartían.

Mai, así se llamaba la mujer que guiaba a Clara por ese salón inhóspito que olía a dulce. Le puso el té y un pastelillo en una mesa pequeña frente a un sillón de terciopelo. Antes de marcharse, Mai le apretó tres veces el brazo a Clara, ¿sería un mensaje en código morse? ¡Qué tontería!, seguramente le estaba infundiendo ánimo, un pequeño masaje cardiaco que le ayudase a soportar la mirada de las tres mujeres que, como aves rapaces, la sobrevolaban salivando de curiosidad.

—¿Qué te ha ocurrido ahí dentro? —Cayetana no esperó ni medio segundo a que Clara aterrizara en aquel gélido ambiente—. Parece que hayas visto un fantasma…

Clara ignoró el comentario y se concentró en beber su té negro sin leche ni azúcar a lentísimos sorbos. Miró hacia el jardín por la puerta de cristal. Allí estaba Beltrán, de pie junto a los rosales, fumando un pitillo que peligraba en sus dedos inquietos. Entre calada y calada, estiraba el cuello como una tortuga, parpadeaba, movía la mandíbula, se echaba hacia atrás el cabello y vuelta a empezar. Una afectada rutina de aeróbicos que observaba con atención un hombre grueso recostado en un banco de madera, con una calva redonda y reluciente de fraile, una especie de parche blanco, la diana perfecta en una cabellera gris. Lo identificó enseguida. A pesar de la distancia y los años transcurridos, aquel tipo de manos arrugadas que hacía círculos con el humo del cigarrillo era el Lobo.

—Nuestra juventud fue un accidente que nos dejó tullidos a todos. —A Clara se le escapó en voz alta aquel pensamiento.

No podía despegar la vista del Lobo, de su calva, de sus manos, del papel que había jugado en su vida. No fue difícil encontrarla en Soria, le había confesado Peter, «aunque el Lobo fue muy hábil, por eso es el Señor Lobo», quiso hacer el antiguo y trasnochado chiste sin gracia. Dio con ella en la plaza Mayor, iba andando rápido y comiéndose un bocadillo; el Lobo la siguió hasta la altura del Palacio del Marqués de Alcántara y de allí al centro de salud. Cuidándose de enumerar los tejemanejes del Lobo haciendo de detective, Peter logró pasar de puntillas por los detalles más escabrosos, pero así fue como se enteró de que la terapia retroviral le estaba funcionando, le dijo mirándola a los ojos, con esa maldita mirada que se le metía muy adentro y lo confundía todo.

—Pues sí que te ha impresionado entrar en esa biblioteca. —Cayetana trajo a Clara de nuevo a aquel salón con aroma a mantequilla, a perfume caro y a champán.

—Peter está en una silla de ruedas. —Clara la miró por primera vez, sin emoción alguna—. Pero supongo que ya lo sabías, ¿no?, porque estuviste a su lado el día del accidente.

Cayetana dio un repentino paso hacia atrás.

—¿Me estás acusando de algo, Lady Soria? —Roció sin querer una bandeja de sándwiches de pepino con su copa de Möet.

—¡Por Dios, Cayetana! ¡Para ya! No todo tiene que ver contigo. —Brianda se incorporó como si le hubiese timbrado la alarma de despertar al mundo.

Cayetana y Brianda se enzarzaron en una discusión que Clara prefirió ignorar, y descubrió que Lola Acosta tenía la mirada fija en el mismo punto: la perfecta calva de fraile del Lobo, que parecía reivindicar el paso del tiempo a pesar de que las rencillas, los rencores y los ajustes de cuentas seguían estáticos como una mala fotografía, sin luz y desenfocada, de ese grupo de gente que en su juventud había gravitado alrededor del famoso Peter Russ.

—¡Quién fue a hablar! La mosquita muerta… —Cayetana cogió un par de *macarons* azules de la mesa—. ¿Por qué no le cuentas a Clara tu único momento de gloria sexual?

—Aquella mañana de domingo —Brianda arrugó los ojos para enfocarlos en los de Clara—, cuando llegaste al ático de Pintor Rosales…

—¿Cuando Peter me arrastró por las escaleras de incendio y yo me tiré delante de un coche? ¿A esa mañana te refieres? —Clara habló como si transmitiera un dato estadístico.

—Era yo, yo soy la mujer que pasó aquella noche con Peter.

—Ya lo sabía. —Clara bebió otro sorbo de té y le dio un bocado lánguido al hojaldre de salchicha—. Te dejaste los pendientes de margaritas que te regalé por tu cumpleaños.

—¡Lo siento tanto, Clara! —Brianda sollozaba sin lágrimas—. Me he arrepentido toda mi vida…

—¿Y qué me dices del aniversario del D'Lune, Brianda? —Cayetana volvió a hablar sosteniendo un *scone* a modo de granada—. ¿No te arrepientes de no haber ayudado a tu amiga del alma?

—¿Y tú, Cayetana? ¿Qué hiciste tú? —Clara dejó la taza con furia sobre la mesita de té—. Tú también estabas esa maldita noche en el D'Lune.

—Yo no tengo ningún remordimiento —la mirada de Cayetana la atravesó con la precisión de un bisturí—, la única culpable de lo que te ocurrió eres tú misma, Clara Reyes.

—Lo siento, Clara, lo siento tanto… —Brianda no paraba de lloriquear.

—¡Estoy alucinando con vosotras! ¿No podéis estar juntas en una habitación sin clavaros el puñal? —se quejó Lola Acosta actuando como la más equilibrada y adulta de las cuatro.

—¡Quiero que dejes de disculparte de una puñetera vez! —Clara se puso de pie y Brianda se hizo aún más pequeña—. Y tienes razón, Cayetana —se acercó a la mujer rubia que acariciaba los bordes de su copa con un molesto tintineo—: la única responsable de mis desgracias soy yo.

Y dejó claro que no necesitaba que nadie, y mucho menos ellas dos, le señalara sus errores porque ya los tenía muy vistos. Clara sabía de sobra que su rumbo cambió para siempre el día que Peter Russ puso sus ojos en ella. Ni siquiera quería ser cantante ni salir en las revistas ni tener un club de fans... Le había costado muchos años aprender a conocerse, descubrirse, saber lo que le gustaba y lo que odiaba. Aceptar que nunca sería una persona normal, que nunca podría convertirse en madre. Sí, ella era la única responsable de haberse enamorado como una estúpida —miró directamente a Lola Acosta—, de haber enloquecido por aquel chaval rubio de ojos azules que ejercía un poder descomunal sobre ella, que desarmaba sus mejores argumentos con una sonrisa, que la besaba y la hacía sentirse poderosa, que cuando se alejaba ya no tenía sentido continuar respirando. Se enganchó a él de una manera insana, a Peter Russ, que la tenía en cuanto estiraba la mano y la echaba como a un perro cuando comenzaba a resultarle incómoda.

—Hice las cosas más denigrantes, más vergonzosas, más lamentables por ese tipo que ahora está ahí dentro reducido a nada, a nadie, en una silla de ruedas. —Apuntó hacia la biblioteca como si portara un arma invisible—. Pero vosotras no sois mejores que yo —miró primero a Cayetana y después a Brianda—, solo tuvisteis la suerte de no ser las elegidas.

Cuaderno de partituras

El maldito espasmo me sacude, el temblor me arrasa por dentro, me quema la sangre y la diluye. Sangre sucia, envenenada de drogas, de medicinas, de mierda que se va abriendo camino entre los nudos apretados que son ahora mis músculos. ¿Tengo músculos todavía? Aparto las sábanas, odio el pijama blanco de algodón, de viejo, de enfermo, dentro del que flotan mis piernas; dos huesos descarnados de los que roen los perros a mala hostia. Cierro los puños, me golpeo en los muslos y no siento nada. ¿Por qué cojones me duelen tanto si están muertos? ¿Por qué me queman, se contraen, se acalambran, tiemblan? Es mi cerebro, dicen los médicos, mi maldito cerebro que no quiere enterarse de que soy un lisiado, la mitad de un hombre, un pedazo de nada.

No puedo caminar ni empalmarme, sé que me he meado por la peste, porque apesto siempre, y el maldito dolor sigue ahí, cada día más agudo. Es una alarma constante que me recuerda que tuve piernas y polla, que me sentaba en el váter, meaba de pie y tiraba de la cadena; que follaba siempre que quería y me duchaba solo, que no me limpiaban el culo ni tenía una sonda, que no convivía con una docena de macarras vestidos de azul, con sus brazos musculados y sus caras anchas, que tienen prohibido sonreír, sobre todo cuando me dan crema por el cuerpo y me cambian de postura en la cama para evitar las úlceras por presión.

No soporto estar solo con los maromos del pijama azul. Ahora tengo a dos enfrente: uno más serio que un carcelero; otro piadoso, un monaguillo. «¿Qué cojones os pasa? ¿Alguien os ha pedido esa cara de cabreo?», les pregunto para tocarles las pelotas porque yo mismo los he obligado a vivir mosqueados, sin el más mínimo atisbo de alegría. Están más que advertidos: en esta casa, al que esté contento me lo cargo, ¿me oís, hijos de puta? Nadie puede disfrutar, solo yo, un par de veces al año cuando llega el Lobo y nos ponemos a hacer música juntos. ¡Malditos maromos! ¿Cuánto tiempo llevan conmigo? Quién sabe, podrían ser días o años. No los distingo, son todos iguales, como las figuras que recortaba de pequeño para las guirnaldas en los cumpleaños del colegio. El mismo pijama, la misma estatura, el cabello cortado al cero, los patucos, el carácter aséptico de quien habita en un quirófano. Y todos hombres. Esa fue mi primera condición, se lo ordené a Mai: «La única mujer en esta casa eres tú». No acepto que otra tía venga a verme, a tocarme, a meterme el dedo por el culo para moverme los residuos en el colon, solo Mai, que se ha hecho una experta en todas mis miserias. Y estos cabrones azules me obedecen, porque ni sienten ni padecen. Uno tiene careto de sudaca y el otro…, el otro parece un soldado soviético o un sargento de las SS. Menuda pareja, no creo que pasen de los veinticinco años, y están aquí quietos como dos columnas para vigilarme, para que no me tome mis pirulas favoritas. Saben que las tengo escondidas en la mesilla de noche, que soy capaz de alcanzarlas con los brazos. ¿No veis que si me apetece puedo tirarme de la cama, merluzos? Pero me dolerá, eso también lo sabéis, que mi maldito cerebro sigue creyendo que tengo piernas, polla, huevos, cadera, que todavía soy un ser humano completo.

Llamo a Mai, ven aquí, te necesito, voceo con todas mis fuerzas, que se lleve a estos dos pelmas de mi habitación, que se están burlando de mí, veo cómo se descojonan, lo sé, lo siento, solo quiero partirles la cara. Estiro un brazo, doy un manotazo a la mesilla de noche y se mueve la lámpara. Se derrama la jarra con el agua, la que tengo que beberme entera para evitar el estreñimiento, otra frase de la doctora Mai, ¿no te jode?, que precede siempre a la puta lavativa. «No es conveniente que se tome otro OxyContin ahora, míster», me dice el maromo ruso o alemán bloqueándome el acceso a la mesilla. ¡Qué voz tan ridícula tienes, colega! ¡Seguro que en el colegio te pegaron por un tubo! ¡Me voy a tomar lo que me salga de los cojones, nazi de mierda, que esta es mi casa y yo soy Peter Russ! «¡Estás despedido!», le grito. Golpeo una pata de la mesilla, se caen al suelo los supositorios, los guantes, los lubricantes, las toallitas mojadas. Ah, es eso, tenías pensado meterme el dedo por el culo, cabrón. «Fuck you», le vuelvo a gritar. Y llamo a Mai, ¿dónde cojones estás?, maldita zorra vietnamita, ¿dónde te metes cuando más te necesito? ¡Socorro! Estos dos hijos de puta me quieren matar. Dame mis pastillas, Mai, sácame de este infierno. Inyéctame, por favor, que hoy es mi día negro, como los tuyos, tú lo sabes, joder, no seas mala, Mai, te lo suplico…

El maromo sudaca se me acerca. Tiene el pelo rizado, pequeñas y brillantes espirales en la cabeza. Parece sudor, pero es gomina. Lleva el lubricante en la mano y los guantes puestos. «Voy a hacerle la movilización intestinal, míster», me enseña la lavativa con una sonrisa de imbécil, como si me estuviese ofreciendo una birra helada. Ni se te ocurra, capullo, stop, no me toques, ni lo intentes, *get out motherfucker*, que te mato. Cierro los puños, me duelen los nudillos, las muñecas, los codos, ¿dónde cojones están mis chupachús de morfina? ¿Por qué me has dejado con estos dos matones, Mai? ¿Qué demonios te he hecho yo? Empiezo a golpearme la sien y el sudaca y el ruso alemán intentan detenerme. Les escupo, los araño, grito a todo pulmón hasta que se abre la puerta y entra Mai seguida del Lobo. Mai les hace una seña y los maromos azules se piran sin rechistar. «¿Qué hacés, boludo?, ¿estás re loco hoy? ¡Qué quilombo tenés armado!», escucho al Lobo a mi lado. Me da la mano, me la aprieta y yo empiezo a llorar, desde las tripas, como un niño pequeño. No digo nada, solo lloro mientras Mai me anuda una goma por encima del codo, me palpa la vena y me inyecta por fin la puñetera paz. Antes de cerrar los ojos miro los del Lobo. Él también está llorando.

Me despierto mareado, con la boca seca, el cuello y la espalda empapados en sudor. Creo que tengo fiebre. Tardo unos segundos en darme cuenta de que estoy en mi cama y que el Lobo descansa en el sillón. «¡Buenas noches, che! ¿Cómo te sentís?», me pregunta. Le digo que literalmente machacado. Él se ríe para quitarle hierro al asunto: «Bueh, esos ataques de histeria te tienen que dejar fundido», y luego se solidariza con los maromos: «Pobres pibes los azules, lo único que querían era ayudarte a echar una cagadita nomás». Que son unos traidores, le digo. Que estoy agotado porque no me dieron mis pastillas, y sin las pastillas no aguanto el dolor en todo el maldito cuerpo, incluyendo la mitad que no debería sentir; la puta mitad que ya está muerta. «¡Qué macana, che! Y yo que pensé que te habías librado del dolor de huevos», bromea el Lobo, insiste en reducirlo todo al absurdo, no va a darse por vencido, lo conozco. Me río porque sé que le ocurre algo, tiene que contarme algo. Tiemblo. No quiero malas noticias. Hoy no.

Me adelanto. Hablo primero. Le digo que estoy currando en una canción de la hostia, que se la podemos vender al chaval ese, no recuerdo el nombre, joder, el pelirrojo, el que arrasó en los últimos Premios BRIT, el de las gafas de pasta que se llevó todos los premios. «¿Ed Sheeran? Ese es un compositor bárbaro», me responde sin ganas. Pero nosotros dos somos mejores, insisto, que le podemos presentar la canción «para que la rompa», digo imitando su acento porteño. «Ed Sheeran ya la rompe sin nosotros», me corta el Lobo en seco, y me juego la última carta, una denigrante, pero me da igual; no puedo permitirme que el Lobo esté hecho polvo, él no puede estar mal, él es mi energía, ¿qué sería de mí si al Lobo se le escapan las ganas? Entonces le digo que hagamos una canción para el Mundial de Brasil, me saco un maldito conejo de la chistera, que la selección argentina está clasificada y tienen a Messi, ¿no sería la hostia que la albiceleste ganase la Copa del Mundo y lo celebrara con una canción nuestra? Nada, mi propuesta le deja frío, se queda igual, ni siquiera pone cara de estar teniendo un ataque al hígado. «¿Competir con el hip hop y el reguetón? ¿Quedar segundos y que elijan otro "Waka

Waka"? Ni en pedo», dice medio indignado y mira a la pared, distante, como si le hubiesen inyectado una sobredosis de cruda realidad. «¿Se puede saber qué cojones te pasa?», me doy por vencido, no tengo más recursos, empiezo a marearme, veo venir las palpitaciones. Joder, Lobo, no me hagas esto. ¿Tiene que ver con Lola? ¿Le ha pasado algo? Dime la verdad.

Me mira y, ¡por fin!, veo sus ojos de siempre. El Señor Lobo vuelve a habitar su cuerpo y el mundo se organiza de nuevo. «Perdoname, che, se me fue el bondi», justifica su rareza. «Antes de ayer lo fui a ver a Gustavo», dice y suelta un bufido al aire, y entonces lo entiendo todo porque su genio dormido, Cerati, su Cerati, desde que está en coma, ¿hace cuatro años ya?, se ha vuelto un dolor que el Lobo lleva siempre en el costado. Le pregunto si Gustavo ha empeorado, pero me responde con otra cosa. Me cuenta que la última visita había sido diferente. Las otras veces, cuando le dejaban entrar en la clínica («A la familia no le gusta mucho, ya sabés, hasta pusieron un cachivache para las huellas digitales en la puerta de la habitación»), siempre iba junto con otros músicos, los chicos de la banda, y se ponían contentos, les hacía bien, se daban ánimo unos a otros. Llevaban la guitarra, le cantaban a Cerati, le hacían chistes, fabulaban con el bendito día en el que abriría los ojos y les pondría firmes a trabajar como soldaditos con solo chascar los dedos. «Esta vez fui yo solo», me confiesa el Lobo bajando la cabeza. Entrelaza las manos y me asusto, pienso que se va a arrancar con un padrenuestro, pero no: «A Cerati lo habían sentado en una silla, le pusieron una remera de The Police y unos jeans muy cancheros. Cuando lo tuve ahí, enfrente de mí con los ojos cerrados, no le pude decir nada, ¿te lo podés creer? Ni una palabra me salió. Re loco, ¿no?».

El Lobo se levanta de la silla, cruje los nudillos y yo lo imito con menos éxito. Que lo mejor era que me dejara dormir, se justifica para marcharse. No quiero que se vaya, pero no se lo digo. Me quedo mirando cómo arrastra los pies hasta la puerta. Se le está poniendo el pelo blanco. Tiene una calva redonda, me fijo ahora, como si le hubiesen aspirado esa parte de la cabeza. «Nos vemos mañana, flaco, descansá», vuelve a despedirse. Que había que ponerse las pilas, me guiña el ojo, que teníamos que empezar a tirar ideas para esa canción del Mundial. «Si le ganamos a los brasileños, te juro que salgo a la calle a bailar una de Enrique Iglesias», añade, y suelta su carcajada de siempre, la suya, la que endereza los cuadros, pule el suelo y consigue pegar los platos rotos. Me llevo la mano con los dedos juntos a la frente en señal de obediencia. «¿Te conté que Cerati también es zurdo y tocaba la guitarra con la derecha igual que vos?». No, no me lo habías dicho nunca, Lobo. Y yo tampoco necesitaba saberlo.

5

Íntimos desconocidos

No está mal
ser mi dueño otra vez,
ni temer que el río sangre y calme
al contarle mis plegarias.

SODA STEREO,
«Zona de promesas», 1993

—Empecé a tocar la guitarra para sacarme la rabia de dentro. Leopoldo escuchó la voz grave y nasal de su hermano, que se proyectaba por encima del sonido de la silla de ruedas. Una aspiradora, un secador de pelo, un ventilador a toda leche y demás cacharros eléctricos le venían a la cabeza con el runrún de la palanca de cambios que Peter Russ manipulaba con la destreza propia de la costumbre.

—Solo rasgando dos, tres, seis cuerdas, lograba quitarme la maldita angustia del pecho.

Peter completó la frase después de acortar la distancia entre los dos. Le estaba ofreciendo un plano de detalle desolador: un par de piernas raquíticas unidas en las rodillas y separadas en los talones. Una equis maltrecha, la bandera ajada de un pirata, una tijera oxidada de huesos. Recordó cuando a Peter le regalaron la Fender a los quince años. Leopoldo revivió con nitidez aquella escena, la primera merienda de Reyes que pasaron juntos. Nunca pudo olvidar la soberbia de aquel chaval rubio que era su medio hermano, que no se puso contento con los regalos de su padre, como si la guitarra, los vaqueros y las zapatillas de marca no estuviesen a su altura; como si las personas con las que iba a convivir de ahí en adelante fuesen poco, insuficiente, un estorbo.

—Vaya impresión chunga que te llevaste cuando nos conocimos. —Peter bajó la vista a sus zapatillas, impolutas e inmóviles en el reposapiés de la silla de ruedas—. Pensé que te caía fatal por celos. Y me parecía normal, ojo, menudo coñazo tuvo que ser que viniese de repente un huerfanito de provincias a robarte lo que era tuyo.

—En aquella época nada era mío. —La rodilla derecha de Leopoldo ya iba al galope—. El fotograma de mí mismo en la adolescencia es bastante patético: un gigantón delgado y tímido, con una madre que no se levantaba de la cama porque solía pasarse de copas cantando a la Carrà hasta la madrugada. Y un padre… —Se interrumpió a tiempo, no quería dar pena como un cachorro abandonado—. Bueno, ese ni siquiera se coscó de mi existencia. ¿Qué cojones ibas a robarme, Peter?

Bebió un sorbo de agua helada que le subió de golpe a la cabeza. Estaba embotado, incómodo. El corredor de la muerte debía de ser un acogedor pasillo si se comparaba con el ambiente denso e irrespirable de la biblioteca de Peter Russ.

—Tú bebiendo agua y yo un té. ¡Cómo ha cambiado el cuento! —Peter desencajó su taza del soporte de metal de la silla como si estuviese diseccionando un órgano vital—. ¿No me digas que también has dejado de fumar? Espero que al menos tú sigas follando.

Leopoldo estaba absorto en la manera en que Peter ignoraba al enfermero vestido de azul, que le servía el té con una cautela parecida al miedo. El pobre chico con pinta de culturista suspiraba mientras sujetaba la tetera de porcelana. Una imagen potente, pensó Leopoldo, mezcla de comedia absurda y película de terror; la mismísima Glenn Close en su primera escena de *Las mujeres perfectas*. Peter sopló la taza hacia el lado contrario de la famosa foto de John Lennon y Yoko Ono en blanco y negro, desnudos, de espaldas y agarrados de las manos.

—Pensé que odiabas a Yoko Ono —comentó Leopoldo mirando la taza de té, de la que salía un humo exagerado.

Luego le recordó lo mucho que atacó a la esposa malvada y culpable de que los Beatles se hubiesen separado. «En la historia de la música siempre ha habido un par de tetas jodiendo la marrana», eso era lo más suave que voceaba Peter cuando la mezcla de coca, alcohol y nostalgia le humedecía los ojos tocando el «Come together, rigth now, over me» de esos genios que —en sus palabras— «convertían el resto de canciones del mundo en un lamentable lugar común».

—¡Qué memoria de elefante! —A Peter se le escapó un gesto antiguo, reconocible, ese tan suyo de aprobación disimulada—. ¿Es directamente proporcional a tu tamaño?

De haber sabido que Leopoldo iba a memorizar las frases que él iba soltando sin la más mínima aspiración de trascendencia, fijo que se lo habría currado un poco más, dijo Peter sin ánimo de hacer sangre, frotando con sus dedos macilentos el mando de la silla de ruedas; cuatro flechas rojas que apuntaban en cuatro direcciones.

—Tu llegada a la familia marcó mi vida —Leopoldo recostó el cuello en un sillón mullido—, y tu desaparición también.

—Lo primero para mal y lo segundo para bien, supongo. —Peter manejaba el mando con urgencia, la misma que tenía con quince años cuando se proponía humillar a quien le retara en la Nintendo.

—Ambas cosas para mal. —Leopoldo perdió la mirada en el techo.

—¿Te vas a poner sensible ahora, Polito? —Mucho había tardado Peter en empezar a pinchar en hueso.

—Ya no soy el Polo —recogió el testigo incorporándose en el sillón—. Y estoy más que curado de emociones.

—Entonces respóndeme una cosa, «Leopoldo» —a Peter le temblaban las manos, tenía la piel traslúcida pegada a la garganta—: ¿te da pena verme así? Dímelo, venga, ten huevos, ¿me odias menos ahora que sabes que soy un inválido?

—Ni más ni menos. Empecé a odiarte mucho más tarde de lo que te imaginas. Para ser exactos, en 1996. —Se preocupó por mantener su rostro sin expresión—. Antes no te odiaba, ¡qué va!, todo lo contrario. Yo también fui presa de la jodida fascinación que producías en la gente.

Se detuvo a observar la silla de ruedas de su hermano. El asiento, los apoyabrazos y el soporte acolchado para los pies eran de piel negra; el mando, la palanca de velocidades, la bandeja del iPad y la repisa de las tazas, de aluminio brillante. Las ruedas lo elevaban unos cuantos centímetros del suelo, haciendo que la melena de Peter Russ por primera vez estuviese a la altura de los rizos oscuros, ahora engominados, de Leopoldo.

—Mira tú por dónde, Peter, veinte años después no te queda más huevos que mirarme a la cara. ¿Llegaste a enterarte de que yo también escribía? —Leopoldo estaba empezando a salir del modo ahorro de energía—. ¿Nunca se te ocurrió que me habría gustado fardar de hermano famoso en la universidad? Tener un sitio en tu zona VIP de La Fábrica, haber sido el primer juez de tus canciones… Que me las sabía todas, por cierto, cada compás, cada armonía, cada frase.

Leopoldo siguió hablando sin temor a dejar vacía su caja de Pandora, y le confesó que en aquellos años se habría sentido el hermano más orgulloso del mundo ocupando un asiento a su lado en la furgo durante las giras de verano. Podría haber sido el hermano más fardón por aparecer de extra en alguno de sus videoclips; o el más colega, y abrazarle eufórico después de ver el vídeo de Kurt Cobain en aquel garito inmundo de Texas; o el más cómplice, en el descansillo de la casa compartiendo pitillo, peta o chino, poniendo a parir a la morsa y aplaudiéndole, por supuesto, por el apodo tan genial con el que bautizó a su padre.

Pero nada de eso fue posible. Sus versiones fraternales jamás vieron la luz porque su medio hermano había llegado a su vida con una armadura de titanio, y levantó a conciencia un muro indestructible entre los dos. Se enderezó y cruzó las piernas en actitud de entrevista para la tele. Necesitaba reafirmarse como Leopoldo Martínez de Velasco, su identidad de superhéroe, de director de cine consagrado, de único miembro de aquella familia maldita que aún se mantenía en pie.

—¡Tiene cojones, Peter! Me pasé la juventud queriendo gustarte —dijo como un niño que descubre un sabor desconocido—. Tú me apartabas a guantazos y yo volvía con el rabo entre las piernas. Te admiraba, y era lógico, ¡si lo tenías todo, cabrón! Talento, físico, carisma… Y la chica más guapa de España estaba loca por tus huesos.

Mencionar a Clara le aceleró el puso. ¿Seguiría allí? ¿Se habría marchado? ¿Iba a perderla de nuevo? Por eso empezó a despreciarle, le soltó de frente y con los ojos enrojecidos, por haber sido tan miserable con ella, que no solo era demasiado para él sino para cualquiera. El trato que le dio a Clara hizo que Leopoldo deseara que su hermano desapareciera para siempre.

Tuvo que ponerse de pie, volvía a dolerle la espalda aunque se sentía extrañamente afortunado por el puñetero calambre que le bajaba del coxis al talón. Dio dos pasos largos y llegó hasta la ventana. El marco le quedaba por debajo del ombligo, la altura adecuada para que desde la silla de ruedas Peter pudiese observar su jardín perfecto, los rosales de película, los arbustos verdes recortados de Eduardo Manostijeras. Entonces volvió a escuchar la mezcla de secador de pelo, aspiradora y ventilador a toda leche, el lujoso y aerodinámico cacharro eléctrico de su hermano, que giraba otra vez hacia él con la taza de té pegada a la boca.

—Yoko Ono no tenía tetas ni culo. —Peter se descolgó con la observación más inoportuna—. Esas nalgas consumidas no pudieron ser las culpables de la disolución del mejor grupo de la historia de la música.

¿Es que no le importaba lo que acababa de decirle? ¿No iba a defenderse? ¿A embestirle? Por lo visto no, Peter siguió a lo suyo, que aquello de que un par de tetas tiraban más que dos carretas era un bulo, dijo mientras abría el bolsillo gris que colgaba de su reposabrazos. A las bandas y a la gente las separaba el ego, la incisiva urgencia de sentirse superior a los demás, insistió, y tiró del velcro que sonó a hueso roto. El ego que era capaz de convertir a un tipo común en un artista, agitó las pastillas dentro de un bote blanco con letras rojas; el ego que perseguía la ilusión de sentirse diferente, protegido, a salvo de acabar dentro del saco de mediocridad en el que se amontonaba el resto de los seres humanos.

—Te costará creerlo, pero yo nunca tuve mucha seguridad en mí mismo. —Peter bebió un sorbo de té como si fuese la sopa desabrida de un hospital—. Solo haciendo canciones me sentía a gusto en mi piel, o cuando tocaba con la banda y me subía a un escenario. ¡Ahí sí que me volvía inmortal! Me entiendes, ¿no? ¡Claro que me entiendes! Sin una buena dosis de ego, tampoco tú serías director de cine.

—A ver si te pillo, Peter: si los Beatles no soportaron a dos genios juntos, una familia como la nuestra aún menos. Es eso, ¿no? —Sus propias deducciones le produjeron un pinchazo en el pecho—. No doy crédito, ¿esta es tu explicación de mierda de por qué me ignorabas? ¿Así de simple? ¿O tú o yo?

Se acordó de la película *Los inmortales* y se dejó caer de nuevo en el sofá, lo que provocó otro giro sonoro de Peter Russ sobre su silla de ruedas. Sería una tontería confesarle que siendo niño, y tras alguno de sus continuos desprecios, se había imaginado con los músculos y la melena de Christopher Lambert, decapitando a su medio hermano con el «Who Wants to Live Forever» de Queen de fondo en un Madison Square Garden petado de gente. Se sabía los diálogos de la película de memoria: «Del amanecer de los tiempos venimos esperando la hora del combate final y esa hora ha llegado: solo puede quedar uno», y pensar en aquella escena, recordarse a sí mismo a los trece años dramatizándola, le dio la terrorífica sensación de estar corriendo debajo del agua. Si solo podía quedar uno —los ojos de su hermano se habían clavado de nuevo en los suyos—, ¿debería darle las gracias entonces? Volvió a ponerse de pie de un salto y empezó a aplaudir de manera teatral. ¡Bravo, tío! Las palmas le ardían, pero seguía juntándolas, cada vez más rápido, como un torpe robot descacharrado.

—¡Al final resulta que eres un tío majete, Peter! —Leopoldo descubrió su imagen en el cristal de la ventana—. ¿Me estás diciendo que desapareciste del mundo para hacerme un favor?

¡Qué detallazo tuvo su hermano!, saltar del escenario sobre el público en el concierto más importante de su carrera y en la cima del éxito, dijo, y se sintió tan exagerado como el Joker en la escena de las escaleras. Aunque, claro, se respondió a sí mismo exagerando la ironía, no se podía estar a todas, «¡si estamos a setas, estamos a setas!», como decía su padre, y soltó una falsa carcajada con vocación de imitar el gemido de una morsa. Pero a su hermano se le escapó un importante detalle, continuó en voz muy alta sin detener los aplausos, que ya le escocían en las manos: si las cosas salían mal, como de hecho salieron aquella tarde en el Vicente Calderón, Peter Russ se convertiría irremediablemente en la maldita leyenda que era desde entonces. Con el agravante, se quejó Leopoldo, de haber condenado a su hermano menor a vivir inmerso en la más jodida de las dudas.

—Me dolió que desaparecieras, Peter Russ. Y no por ti, sino por mí mismo —terminó la frase en un inevitable y ridículo falsete—. Por tu culpa nunca voy a saber si soy lo bastante bueno, si merezco todo lo que tengo. Nunca voy a saber qué demonios habría sido de mí si tú, la rutilante estrella del pop en España, no te hubieses vuelto humo el 1 de septiembre de 1997.

Un abrupto ataque de tos enrojeció el rostro de Peter. Una tos diferente, casi monstruosa, como si fuese a escupir un bicho enorme atorado en su garganta. ¿Quería que llamase a los enfermeros?, preguntó Leopoldo sin compasión, no iba a ablandarse ni aunque le viese hecho un ovillo sobre la silla de ruedas. Que lo dejase estar, le dijo Peter haciendo un lánguido quiebre de muñeca; ya estaba acostumbrado, porque la tos, el reflujo y las náuseas eran ahora sus grupis más fieles. Le señaló la jarra con agua y una copa de cristal. No poder caminar no era lo peor; eso era lo que pensaba la gente y, de hecho, también él lo creyó cuando le hablaron por primera vez de su lesión completa en la médula espinal: «La autopista protegida por la columna vertebral en la que circulaban, de ida y vuelta, los impulsos nerviosos del cerebro al cuerpo», recitó imitando a duras penas la voz pánfila de los anuncios de medicamentos en la televisión. Después se echó a reír, desesperante fusión de tos y carcajada. Que no se equivocara, le advirtió descompuesto, que él no tenía memoria de elefante, que se había aprendido el concepto al dedillo de tanto escucharlo. Veintitrés largos años siendo consciente de que lo suyo era una sádica combinación de trastornos en la temperatura, complicaciones respiratorias, úlceras sangrantes, costras infectadas pudriéndole las ingles, los talones y las rodillas.

—Pero esto tampoco es lo peor —bebió el agua que le acercó Leopoldo, un trago largo que sonó igual que una cañería a medio desatascar—: mear y cagar es un temita bastante gore para mí.

Peter no despegaba sus ojos de él, midiendo cada una de sus reacciones igual que un acuciante polígrafo. ¿Qué pretendía? ¿Provocarle? ¿Causarle asco, pena, lástima? Peter cambió el registro al de un locutor cursi de la radio y le contó que, gracias a un utilísimo protocolo para vaciar los intestinos, su vida se había llenado de lavativas y de enfermeros que le metían el dedo por el culo, sin olvidarse de los colectores peneanos, los sondajes y los pañales. Por supuesto, no había que olvidar la lamentable brasa de los médicos con el asunto del sexo, que estaba en la cabeza y no en los genitales. ¡No te jode!

—Unos cantamañanas que me siguen recomendando Viagra, Cialis, inyecciones intracavernosas… —Fingió una risa que devino en un nuevo ataque de tos—. Con eso te empalmas seguro, aunque te la va a traer al pairo que te la estén cascando los ángeles de Victoria's Secret. Y eso tampoco es lo peor —interrumpió la carcajada—, porque lo más terrible, lo que te quita las ganas de seguir respirando, es el maldito dolor que te invade, te arrasa, te espolea incluso en las zonas del cuerpo que ya están muertas.

Leopoldo desvió la mirada hacia la estantería de la pared. Peter también era un nostálgico, pensó intentando descubrir algún vinilo entre las baldas llenas de CD, o quizá un casete, un discman o un walkman oxidado. Le llamó la atención el reloj en la pared contraria, de metal envejecido con dibujos de aparatosas hazañas de montería. Las agujas se habían detenido, igual que ellos dos, los hermanos Martínez de Velasco, congelados en el instante en el que fueron inmortales.

—Silvia también está aquí, ha venido a conocer a su hija. —Peter soltó la frase que, con otros protagonistas y en un universo paralelo, hubiera sido una noticia feliz.

—¡Nunca dejarás de alucinarme, Peter Russ! Veinte años después y por tus santos cojones tomas decisiones sobre mi madre, como si tuvieras algún derecho. —Leopoldo expulsó el aire con un prolongado gruñido—. ¡Yo soy el responsable legal! ¿No se te ocurrió consultarme antes de sacarla de la clínica?

—Los médicos de Silvia han decidido tratar su fibromialgia con un enfoque biopsicosocial. —Peter se esforzaba por engolar el resuello que se escapaba de su garganta—. Los fármacos, las infiltraciones y los bloqueos ya poco o nada pueden hacer por ella. Pero eso lo sabías, ¿no? Si eres el responsable...

Leopoldo recibió el guiño de ojo de Peter como una puñalada en medio del pecho. Que la apuesta era rediseñar la rutina de Silvia fomentando el vínculo con Lola, para engañar a la memoria de su dolor cronificado.

—¿Lo pillas o te lo explico con manzanas? —dijo con la misma chulería de cuando andaba a un palmo del resto de los mortales.

—¡Estás loco! —Leopoldo agitaba los brazos como si fuese a emprender el vuelo—. Por si no lo recuerdas, mi madre tiene setenta años y lleva veinte irreconocible. ¿Crees que a estas alturas le conviene jugar a las casitas con la chica del pelo morado? ¿Tanto te aburres en esa puta silla de ruedas que solo se te ocurren estas ideas de bombero?

—No es mi idea de bombero, pero sí, me aburro un huevo en esta puta silla. —Volvió a hacer crujir el velcro del apoyabrazos—. Insisto, joder, los dolores de Silvia podrían disminuir si mejoramos su calidad de vida. —Cogió otras dos pastillas de un bote amarillo y se las tragó en seco—. Si la hubieses llamado en los últimos seis meses, lo sabrías…

—Y si no te la hubieras follado hace veintitrés años no sería el despojo humano en el que se ha convertido. —Sintió que se le inflamaban las venas del cuello—. ¿Dónde te la tirabas, por cierto? Tengo curiosidad. ¿No me digas que en la cama de la morsa? ¡Sería la hostia, tú! Pero no, seguro que fue en el descansillo de las escaleras de emergencia. ¡Te pega un montón! Eso o en plan guarrete en el asiento de atrás de su coche. ¿La chupaba bien la morena de Las Jueves?

—¡Deja ya de hacer el capullo! —De un manotazo, la taza cayó al suelo y Peter logró separar a Yoko Ono de John Lennon—. ¡Que estás hablando de tu madre, joder!

—No me vengas ahora con que te importa mi madre. —Leopoldo respondió con puñetazos de boxeador al aire—. ¿Por qué la abandonaste entonces? ¿Por qué permitiste que la morsa la destruyera? ¿Por qué no la protegiste, cabrón?

—¡Porque no pude! —Un grito le devolvió a Peter Russ su propia voz, la que estremecía a quien tuviese delante.

Llevó la silla de ruedas hacia la ventana como un campeón de Fórmula 1. Tenía recuerdos muy vagos, empezó a contarle a Leopoldo en voz baja, pantallazos que iban y venían de lo que ocurrió la tarde de su concierto en el Vicente Calderón. Se despertó del coma quince días después dentro de una máquina, solo, asustado, sin saber que se hallaba en Londres y que su único contacto con el mundo era su padre, la morsa; la persona que más había detestado en la vida iba a ser su único cable a tierra de ahí en adelante. Él se encargaría de todo, pagaría sus operaciones, su rehabilitación, sus enemas y a sus enfermeros; vigilaría que Silvia viviese como una reina en la clínica de los Alpes suizos y que Lola Acosta fuese tratada como una princesa por su familia adoptiva en Madrid.

—Entonces ¿la querías de verdad? —preguntó Leopoldo superando el miedo adolescente de resultarle cursi al gran Peter Russ.

—Puede que no me creas nunca, a veces ni yo mismo me creo, pero lo más cerca que he estado de enamorarme de una mujer fue con Clara. —Aquella frase desnuda, sin artificios, provocó un largo silencio.

Una inesperada serenidad relajó de manera asombrosa el rostro de Peter Russ. Lo de Silvia había sido diferente, volvió a hablar mirándole a los ojos, una sensación inexplicable, como si se hubiesen reconocido los dos últimos ejemplares de una especie en extinción. Se echó hacia atrás la melena blanca dejando al descubierto sus entradas. Silvia y él eran dos animalillos heridos que se escanearon al instante, le dijo, dos dolores antiguos que se habían comprendido.

—El sexo llegó por casualidad, y fue salvaje, explosivo, excitante y oscuro. —Entró de golpe en ese tema escabroso, como si aludiera a un par de desconocidos—. No te voy a mentir, también hubo una cuota de ego, de rabia y de rencor. El deseo de ganarle a la morsa, de ser más rico que el puñetero Tío Gilito, de tener más fama, mejores coches y hasta a su mujer…

Leopoldo descubrió que los ojos de Peter Russ volvían a ser los de antes, altivos, triunfadores. Por un instante su hermano se sentía de nuevo el amo del mundo, Liam Gallagher frente a Damon Albarn en plena contienda entre Oasis y Blur por ser los reyes del britpop. La ráfaga de placer que produce derrotar a un contrincante aunque sea durante unos segundos, la envenenada emoción de vencer.

—Entonces, la chica borde del pelo morado… es ¿mi hermana y mi sobrina a la vez? ¡No me jodas! Tengo que escribir este guion antes de que llegue a oídos de Almodóvar. Por cierto, Peter, va siendo hora de que me digas qué pinto yo en tu plan de reagrupación familiar. ¿Quieres que me una a la felicitación navideña? ¿Que asista a las meriendas de Reyes?

—Quiero que no te interpongas, que permitas que madre e hija se conozcan. Lo más probable es que se detesten, está comprobado que la mala sangre corre por las venas de nuestra familia. —Peter crujió los nudillos en un desagradable gesto de anuencia—. Pero, quién sabe, quizá en los Martínez de Velasco exista alguna zona libre de tragedia.

Leopoldo se levantó, la noche había caído con la urgencia de la última moneda en una cabina telefónica. ¿Cuántas horas llevaban encerrados en esa biblioteca? ¿Una, dos, mil horas? ¿Se lo habían dicho todo ya? ¿Habría una futura conversación entre ellos? ¿Volverían a reunirse alguna vez?

—El día del concierto fui a buscarte al camerino —confesó Leopoldo, que ya se había acercado a la puerta—. Iba dispuesto a partirte la cara.

Se recordó herido, indignado, furioso como un perro de caza. Lo de Clara le tenía trastornado de dolor, no iba a permitir que Peter la hiciese daño nunca más. No pudo entrar en el camerino porque le había echado de allí a gritos, le dijo apretando las manos dentro de los bolsillos de su americana, pero él se quedó merodeando en actitud vigilante, sin saber a ciencia cierta qué esperaba.

—¿Te imaginaste que iba a saltar encima del público aquella noche? —Peter se acercaba de nuevo, lentamente, a la ventana.

—Me lo contaron Cayetana y Beltrán. Me dijeron que lo tenían todo preparado al estilo Kurt Cobain en Texas. —Estaba a punto de abrir la puerta, pero ¡qué narices!, ya no iban a volver a verse—. Porque aquello fue un accidente, ¿no?

Peter soltó una carcajada tan sonora como fingida, y le aconsejó que escribiese también la historia de aquella tarde en el Vicente Calderón antes de que se la robara David Lynch. Que le hiciera el favor de decirles a Cayetana y a Beltrán que entrasen juntos a la biblioteca, que ya no tenía el fuelle de antes para soportar tantas entrevistas, bromeó como si nada, como si aquello hubiese sido una visita de cortesía, como si no se hubieran dicho un millón de barbaridades, como si pudiesen recomponer el futuro.

—Y te equivocas en una cosa, Polito —le provocó a sabiendas de que no respondería al apodo—. Hay bandas que soportan a dos genios: Mick Jagger y Keith Richards se odian, pero saben que juntos son mejores.

—«Hasta que la muerte los separe». —Leopoldo soltó la frase que había leído en una revista de música.

—Recuerdo tu cara cuando me volvieron a subir al escenario. —La voz de Peter invitaba a darse la vuelta—. Tu cara fue lo último que vi antes de desmayarme.

—Gritabas que te estabas quemando —añadió desde el umbral—. No podíamos moverte y tú te morías de dolor…

—Y me hiciste una peineta, capullo. —Le guiñó el ojo de la concordia.

—No. Te apreté la mano con fuerza hasta que llegó la ambulancia.

Cuaderno de partituras

Madrid, 1 de septiembre de 1997

Me despierto hecho una mierda. ¡Qué cojones!, ni siquiera me despierto, porque no he pegado ojo en toda la noche. Me paso la lengua por los dientes, tengo los paletos anestesiados, cubiertos por una capa de saliva viscosa. Huelo a vómito. Me reviso la ropa, el sofá, la alfombra, no hay restos de pota en ningún lado: debo de tener el tufo pegado al cuerpo. Y para colmo no puedo respirar. Me sueno la nariz y no sirve de nada, tengo mocos secos, me meto el dedo y me arranco una costra con la uña. ¡Menudo animal! Ahora sangro un huevo, me ensucio la camiseta blanca, el cuello, el puñetero almohadón del sofá. Voy al baño con la barbilla apuntando al techo. Enciendo la luz y me miro en el espejo del lavabo. Doy pena, literalmente. Esas dos putas bolsas azules debajo de los ojos me dan aspecto de zombi; nada vivo, nada bueno, nada acojonante puede salir hoy de mí. Me siento en el váter, diarrea explosiva, ¿qué demonios me tomé anoche? La mierda líquida escapa de mi cuerpo como un chorro de agua, me salpica las nalgas, abro las piernas para mirar esa asquerosa sopa de zanahorias. Empiezo a encontrarme fatal y pego la frente contra los azulejos fríos.

Necesito comer, dormir, desaparecer. ¿Cuánto hace que no duermo? Ya sé, desde que estuve con Ella. Lo recuerdo y me entran arcadas. Hace tres días, cuando renegué de la madre y también de la hija, cuando las dos me dieron miedo, repelús, yuyu. Soy un mierda, un patán como todos los que me rodean, digno hijo de la morsa, mirándome siempre el puto ombligo. Pienso en la morsa y me lleno de rabia, seguro que se está descojonando de mí. ¿De qué te ríes, Tío Gilito? ¿Has reunido tú alguna vez a cincuenta mil personas en un estadio? ¿Te idolatra alguien? ¿Te quiere alguien acaso? Dudo que consigas siquiera excitar a otro ser humano.

Hago dos bolas de papel higiénico y me las meto en la nariz. Me vuelvo a tirar en el sofá y cierro los ojos. Pienso en la hora que es y se me acelera el corazón. Mala noche para mezclar farla, Xanax y éxtasis; mala época para convertirme en padre de una niña cruda con una desequilibrada que, ¡tiene huevos la cosa!, es mi madrastra. ¡Cuánta razón llevabas, Lobito! ¿En qué cojones andaría yo pensando? ¿Dónde estás ahora, Lobo? No es ni medio normal que me hayas dejado en manos de la barbie pija, que me llena el móvil de mensajes de texto con signos, comas, paréntesis, dos puntos, gestitos para darme apoyo; ya no soporto que diga «jopé», ni «jolín» ni «superguay» ni nada. Directamente, no soporto a Cayetana. «Te mando un taxi, así llegas más cómodo», me sugiere al teléfono. Hoy tiene la patata en la boca más caliente que nunca, ese acentillo de los encefalogramas planos que me revienta, y que empeora cuando está que se sale de la alegría. ¿Qué te has creído, pringada? ¿Que hoy es el día de tu boda? La muy petarda no se ha coscado de que esta tarde me lo juego todo, subo al Olimpo o me entierro en la mierda. El primer español en abarrotar el Vicente Calderón, cincuenta mil personas haciendo cola, sudando la gota gorda, soportando un sol inclemente. Y mientras tanto su ídolo, el causante de sus desvelos, yo mismo, sigo aquí tirado en el sofá, hecho una birria, decidiendo si me enciendo un pitillo, me meto la última raya o me piro para siempre de este puto mundo.

«Me voy en la moto», le digo a Cayetana para que me deje en paz, para que se calle y no intente colarme no sé qué de un minuto de silencio por una princesa muerta. Ni la escucho, tía pesada. «¿A qué hora es la prueba de sonido?», voy al grano y le da por hablarme de la lluvia y de un maldito follón con la reventa de entradas en la puerta. No nos entendemos, conversación de besugos. Quiero mandarla a la mierda, pero no puedo, no puedo porque estoy solo, porque ya no me queda nadie, solo esta barbie pija con maneras de *wedding planner*. «A las cuatro de la tarde es la prueba de los Placeters», me suelta Cayetana, y entonces me acuerdo de mis ilustres teloneros. Me caen como el culo, tristes góticos pasados de rosca, andróginos trasnochados. ¡Cómo odié sus guitarras histéricas en el Festival de Benicasim! Y la mano lánguida del solista cuando nos presentó. ¡Ya ves, gótico de peluquín! Nuestros primeros discos salieron el mismo año, vendimos y lo petamos a la vez, os invitaron a cantarle el cumpleaños al mismísimo David Bowie en el Madison Square Garden y, ¡vaya por Dios!, ahora sois mis teloneros. ¡Pues os jodéis! Que eso os pasa por tener la canción más pegadiza de la banda sonora de *Airbag*; muy británicos vosotros, muy cool que sois, pero aparecer en una peli española de una despedida de soltero guarrindonga es imperdonable. ¿Por qué estoy pensando estas gilipolleces? ¿Qué demonios me importan los teloneros? ¡Ponte en marcha, joder! He esperado toda mi puñetera vida esta noche, no la voy a cagar. Mañana será otro día, mañana yo mismo seré otro.

Me meto en la ducha. El agua caliente me arde en la piel. Tengo arañazos frescos, rojos y en relieve, en el pecho, en los hombros, en la espalda. No quiero ni pensar cómo llegaron a mí. Cierro los ojos. Espero que el agua me corra por la cabeza y me quite el puñetero dolor. Unas cuantas pastillas, eso necesito, material del bueno, no soy capaz de plantarme en el escenario a pelo. ¡Mierda! Me jode un montón, pero no tengo más remedio que acudir al mamón de Beltrán. Me envuelvo en una toalla y le llamo, el muy petardo lo coge a la primera. «¿Dónde estás?», me saluda como siempre. ¿Es que no puede decir simplemente «hola», «qué pasa, tío» o «dime» como todo el mundo? He querido responderle muchas veces que no le importa un carajo, que no voy a decirle nunca dónde estoy ni con quién ni qué pienso ni qué hago ni a quién me follo, a ver si el imbécil se entera de una puñetera vez. ¡Qué cojones! En realidad el pringado soy yo, no me di cuenta de que me la estabas colando, Beltrán Díaz Guerrero, desde que te conocí, con tu careto de no romper un plato, de guaperas pijo y enrollado. ¡Y eso que tus rarezas cantaban un huevo! Y ahora eres el único, menuda ironía, que con tu voz de tontolaba me describes en vivo y en directo el escenario del concierto más importante de mi vida. «Es una pasada, tío, lo vas a flipar», me cuentas como si yo no lo supiera, como si no me hubiese pasado horas con el Lobo dándole forma a mi show. «Re contra galáctico», me decía el Lobo, queriendo colarme que las ideas se le estaban ocurriendo en el momento, pero ¡qué va!, yo ya lo sabía, estaba claro que se inspiraba en los montajes de los

Soda Stereo. A mí me la sudaba si era un diseño original o una copia de la copia, yo quería lo mejor y el Lobo me lo daba, me lo dio siempre.

El pelma de Beltrán sigue a lo suyo: «Hay dos escaleras metálicas enormes cruzadas en medio de la tarima, un juego de luces de la polla y tres pantallas de vídeo que te van a captar hasta las legañas», me suelta una risilla patética y después me dice que lo más alucinante es la pasarela que se abre entre el público. Me vienen a la mente los consejos del Lobo: «En las canciones más potentes caminás hasta el final de la pasarela, poniéndole onda, con gracia, con sentimiento, ¡te tenés que mezclar con la gente!, irles de frente como si te los fueras a meter en el corazón». En ese momento del diseño de escenario yo siempre me cabreaba con el Lobo porque no se daba por vencido, joder. Que yo no soy un artista de corretear por las tarimas. Que yo no bailo, tío. A mí me mola estar pegado con cemento en el escenario, con las manos en los bolsillos o tocando la guitarra con los ojos cerrados. ¿Por qué demonios tengo que fingir que me gusta la gente? A mí me gusta hacer música y que me ovacionen, pero la gente no, Lobito, la gente me aturde, me molesta, me da miedo. ¡Nunca lo has entendido y nunca lo entenderás!

Y Beltrán sigue dando el coñazo: «La pasarela tiene dos metros de altura, vas a estar pegado a los brazos estirados del público; si te agachas podrán tocarte». He llegado a mi límite, no soporto ni un minuto más su inventario de novato empalmado, pero es tan pringado que no se calla, aunque al menos baja la voz: «Quizá hoy podría ser el día, ¡quizá hoy podrías hacerlo y sería mítico, Peter!», me suelta el muy baboso haciéndose el iluminado. No hay que ser muy listo para saber de qué me está hablando, ¿a qué viene tanto misterio? Si lo hemos comentado millones de veces, idiota, viendo el cuerpecillo de Kurt Cobain manteado por el público mientras cantaba «Love Buzz» a toda pastilla en aquel concierto cutre en Texas, con un segurata tirándole de la melena para rescatarlo y, de paso, llevarse una somanta de guitarrazos del líder de Nirvana en la frente. Pienso en la imagen del concierto, en una cinta de vídeo de pésima calidad, llena de granos, que nos pasó aquel fan tan colgado del grunge y, ¡mierda!, se me vienen a la cabeza los abrazos eufóricos que nos dábamos para celebrar, como dos niñatos, la pelea entre el cantante tirillas y el segurata mazado. Me entran de nuevo arcadas porque se me cuelan otras escenas juntos, el jacuzzi en Londres, el estudio de grabación, tu puñetera risilla, Beltrán, tu asquerosa cabeza entre mis piernas. ¡Quiero partirte la cara, pero no puedo! Quiero sacarte de mi vida, pero hoy no, hoy es un día crucial, el más importante. «Apáñatelas para pillarme algo de farla, tripis, éxtasis, pastis varias», le ordeno, y corto la llamada. ¡Basta de chorradas, joder! Me subo a la habitación y me visto. El uniforme de siempre, vaqueros oscuros anchos con los bajos doblados, camiseta blanca de manga larga, una negra de manga corta encima y la parka con capucha. Lo siento, Liam Gallagher, hoy más que nunca necesito ir de ti.

Pillo el casco y pienso que no me va a entrar. La cabeza me pesa, siento que me ha crecido, que son dos en una. Pongo la moto a mil en la M-30 y el viento me alivia un poco. Antes de llegar al Manzanares tengo un momento raro, de esos reveladores, entre mágico y trágico, no lo sé. Y, si todo terminase hoy, ¿habría merecido la pena?, me pregunto. A pesar de la parka y del calorazo de septiembre me entra un escalofrío. Acelero un poco más, me cuelo entre los coches, serpenteo por el atasco de chavales que van escuchando mi música a todo volumen. No quiero que me vean, no quiero que sepan quién soy en realidad. ¿Ha merecido la pena, joder? No sé la respuesta y me da angustia.

Entro con la moto hasta la zona del campo. Se me acercan tres maromos rabiosos, tres seguratas que se me echan encima como si yo fuese un puto terrorista, hasta que me quito el casco y la melena rubia en la cara me sirve de DNI. Me reconocen, dan dos pasos hacia atrás y me saludan con buen rollito. Yo les hago la radiografía, no son muy altos pero sí muy anchos. Uno tiene careto de mono, de esos pequeños, pajilleros y sucios a los que con gusto les comería el cerebro estando vivos. El otro es rubio, más bien albino, le sobresalen los huesos de la frente; es un fauno, monstruoso. El tercero lleva bigotillo, parece un cura cachondo de los que pimplan y se van de farra con el pendón del pueblo después de la misa de domingo. O yo voy muy puesto o tócate los cojones con los tres mamarrachos que han contratado como seguridad del escenario. Y, efectivamente, esos tres son cosa de la barbie pija, me queda claro cuando me conducen hasta ella. Miro a Cayetana de lejos pegada a su Motorola: minifalda escocesa, camiseta blanca ceñida con calaveras pintadas, parece una estudiante de instituto de las chunguillas que van humillando al personal, la jefa de las memas que baten pompones en los partidos de fútbol, la mala de todas las gremlins vestidas de marca. Me acerco, sigue de espaldas y noto que me empalmo. ¡Mierda, sigo vivo!

Me reúno con Cayetana en el escenario y se me hace un nudo en el pecho. Las torres de luces parecen naves espaciales, las escaleras plateadas son inmensas y yo allí, solo en el centro, me siento un triste mosquito. Miro la pasarela en mitad del escenario. «Los bordes tienen bombillas blancas que cambiarán de color, y al final del concierto se volverán bengalas. ¡Superguay!», me suelta, y quiero asesinarla. Recorro la pasarela, me parece infinita. ¡Buena idea, Lobito! Sí, venga, ánimo, me froto las palmas de las manos en el vaquero. Cerca del público, eso es, voy a llegarle al corazón, Lobito, te lo prometo.

Cayetana me lleva al camerino y veo mi nombre escrito en la puerta con caligrafía de monja. «¡Te han faltado los corazoncitos, petarda!», pienso, pero no se lo digo, ella sabe que le estoy mirando el culo, lo mueve, pero no surte efecto. ¡Qué maldita obsesión tienen las tías con parecerse a Clara! Clara es inimitable. Lo de Clara Reyes no es un don, sino un defecto, el morbazo que genera vino con ella de fábrica, por eso es imbatible. Que no, joder, ahora no puedo pensar en Clara, ni mucho menos en la ilusión que le hacía acompañarme en este concierto. ¡Qué cojones! A mí también me hubiese gustado que estuvieras aquí, Lady Soria, poniendo cachondo a todo el personal, y yo vacilando de tía buena con los de la banda y los de la prensa, poder magrearte un poco antes de salir a cantar y que me digas mordisqueándome la oreja que soy el mejor. ¿Cómo has podido pensar eso alguna vez, Clara? Espero que haya sido todo de coña, que me hayas mentido, porque si era verdad, joder, entonces sí que eres una pobre infeliz. Nunca he hecho nada bueno por ti, Clara, y tampoco he impedido que te pasara algo malo. ¡Menuda mierda!, ni siquiera sé lo que te hicieron en el aniversario del D'Lune. ¿Por qué me has querido tanto? Si solo valgo para engañar a estas cincuenta mil almas que han pagado cinco mil quinientas pesetas para que les cante esta noche. Solo Ella, lamentablemente, es la única que entiende mi infierno porque también lo habita, somos vecinos de tormento y ahora, para colmo de males, hemos creado a un tercer ser humano que, si no sale con vida de esta, arderá en las llamas que nos ganamos a pulso Ella y yo.

Ha sido poner un pie en el camerino y me han vuelto las ganas de potar. ¡Cómo huele a comida, joder! ¿Qué cojones es esto? ¿El camerino de un músico o una puta merienda? Miro el sofá gris en forma de ele, la mesa del catering, el baño, la ducha, la habitación entera es del tamaño de mi ático de Pintor Rosales. «¡Apagad eso, joder!», grito porque las luces del espejo de maquillaje están a toda pastilla. Me tapo los ojos, la maldita luz blanca me está cegando y no soporto el dolor de cabeza. Beltrán gira la silla y se levanta de un salto como si hubiese visto al mismísimo demonio. ¿Por qué cojones lleva una acreditación de *personal stage*? Ahora ni siquiera eres mi amigo, imbécil, has sido convocado como camello de repuesto, uno malo e inexperto, por eso no te digo que te vayas, porque esta noche necesito drogas y te necesito a ti. «¡Todo el mundo a tomar por culo!», vuelvo a vocear de mala hostia. Lo hago siempre, esa frase es parte de mi personaje, me sale solo cuando voy de artista. Ella me lo dijo un día, y también el Lobo, en definitiva, los únicos que me conocen, que pasaba en un segundo de ser una persona corriente a ser un gilipollas cuando sentía que un ojo ajeno me estaba juzgando. Tienen razón, Ella y el Lobo, soy así, en cuanto alguien me mira me vuelvo implacable, soberbio, cabrón, le meto miedo a la gente antes de que me lo metan a mí, los expulso antes de que me expulsen. Ese es mi personaje y me gusta, me funciona, me convierto en Hulk y soy invencible.

Hoy, el día del concierto más importante de mi vida, mi personaje tiene el doble de peso, así que los coleguitas de la banda, un par de camareros, el personal de limpieza, del catering, amiguetes, colados y fans del todo a cien salen de mi espacio como unos críos castigados sin recreo. Me miran de reojo, y se piran salivando por los canapés que no se van a zampar, la langosta y el champán que no van a probar en su puñetera vida, el caviar y los entremeses que ha puesto Cayetana en una mesa grande de cenorrio de Nochebuena. La barbie pija ve desfilar a la peña y ni se inmuta. No hace falta que lo diga, sé que se alegra mogollón de que los macarrillas que me hacen de palmeros no puedan ni oler sus langostinos, aunque le jode que se haya quedado Beltrán porque quiere que sepa que todo su despliegue es exclusivamente para mí. ¡Menudo San Valentín que te has montado, rubita!

Me tumbo en el sofá. La puerta del camerino está entreabierta y llevo un rato detectando la figura alargada, deslavazada y luctuosa de mi hermano. «¿Qué cojones hace el Polo aquí?», le pregunto a Cayetana, pero ni la dejo responder. ¡Que se largue! Que lo quiero lejos de mí, que no se le ocurra entrar, que no es bienvenido. Cayetana sale a hablar con él, veo su pantalón de pana negro, su jersey de cuello vuelto, su cabello ondulado y su cara de desprecio. ¡Vete a la mierda, hermanito! Si ahora me odias por lo de Clara, ni te imaginas lo que vas a aborrecerme cuando te enteres de lo otro, entonces sí que vendrás a por mí con una catana. Eso si sigo aquí, si este maldito dolor de cabeza se me pasa de una puñetera vez, si los nervios, la ansiedad y la cagalera no me revientan por dentro.

«¿Qué me has traído?», le pregunto a Beltrán, que me acerca una bolsa blanca de papel. ¿Trankimazin? ¿Este imbécil está de coña? Se la devuelvo en el aire y aterriza en su frente. No necesito relajarme, busco un subidón, venirme arriba, agarrarme al puto cielo del Calderón. Que me traiga farla de la buena, no me importa si tiene que buscarla debajo de las piedras. ¡La quiero ya! Y si no la encuentra que ni se moleste en volver. Beltrán sale del camerino cabreado y vuelve a dejar la puerta entreabierta. ¡Maldito capullo!, lo sigo con la mirada, sus pantalones chinos, la camisa de cuadros, el pelo engominado de medio lado. No entiendo cómo he podido ser su amigo.

La barbie pija regresa al camerino. «No deberías drogarte más, jopé, hoy es un día muy especial», me regaña. Le pido que cierre la boca, que se trague el discursito de la salud y demás, que ya tuve una madre y que está muerta. Me trae una copa de champán y me la bebo de mala gana. No me apetece, pero tengo sed. Beltrán sigue en la puerta, ¿qué cojones hace que no se ha ido a pillar? No me jodas que está hablando con el Polo. No me lo creo, encima traidor. Cayetana me acerca un plato combinado de caviar, langosta y ostras, el olor me revuelve el estómago. Esta vez voy a potar. «¿Estás seguro de hacerlo hoy?», me pregunta con vocecilla de novia preocupada, y me dice que Beltrán le contó lo de la pasarela y el público. Me doy cuenta de que el puto Beltrán sigue ahí afuera hablando con el careto de mono, el bigotín cachondo y el fauno de los seguratas. Me descojono, me río fuerte, exageradamente. «No te fíes nunca de lo que Beltrán te diga de mí», le aclaro a voces, y que yo siempre he hecho lo que me ha salido de los cojones y, normalmente, lo decido una milésima de segundo antes.

A Cayetana no le convence mi respuesta, pero me sonríe. Se va a mirar cómo vamos de *taimin* en el evento, me dice; le encanta hablar en un inglés perfecto de rubia boba, pronunciar *traident*,

aisberg, naiqui, livais, airiem, iubifori, youtu, y tantos otros palabros de pijita de mierda. Le digo que se deje de chorradas y que
me traiga algo, lo que sea, para quitarme el dolor de cabeza. Estoy empezando a ver borroso, me va a entrar una migraña de tres
pares de cojones, y ya me dirás quién es el guapo que sale y emo-
ciona así al público. La barbie famélica se me asusta, se mueve de
un lado a otro dando saltitos y se le sube la minifalda escocesa. Le
veo las braguitas rosa chicle, se le mueve el carnet de *personal
stage* entre las tetillas de limón erecto, y me la imagino con los
pompones en la mano, en la boca, entre los dientes. ¡Por fin encuentra su bolso! Saca un bote, parecen vitaminas o cebada de
cerveza. «A ver, esto no lo he probado nunca, pero a mi madre le
sienta divinamente. Es un opioide», me advierte, y me enseña una
pastilla azul de sesenta miligramos. Leo «OxyContin» en la eti-
queta. Se lo recetaron a su madre por un flemón que la traía loca,
y santo remedio. «Casi mejor que te tomes media pastilla, creo
que es superfuerte», y me cuenta que los insensatos de sus primos, los pringados de la sierra de Madrid, se las mangaban a su
madre para machacarlas y esnifarlas. «¿Y eso se puede?», le pregunto con la píldora en la mano, y me dice que primero la chu-
pan, después la frotan en el antebrazo y luego la trituran. No, si al
final la rubita va a ser la más lista de todos; le guiño el ojo y le doy
un bocado a la langosta rebajada en champán.

«¡Joder, Peter! ¡Te has quedado sobado y ya casi te toca salir!». Abro los ojos. Tengo la cara de Beltrán demasiado cerca de
la mía, le puedo oler el aliento y la colonia, su maldita colonia.
Me da asco, le escupo, le aparto de un manotazo, intento levantarme del sofá y me voy al suelo. «Pero ¿qué te pasa, tío? ¿Qué
mierda te has tomado? ¿Por qué no me has esperado?», me aturde
con sus preguntas, y me enseña una papelina con lacito, ¡joder!,
la del maldito camello de los famosos, la que tanto odio. La bate
en el aire como en un anuncio de condones. Voy al baño y me
lavo la cara. Estoy blanco, verde, amarillo, pero me la suda. No
hay tiempo para adecentarse. Beltrán me dice que por lo menos

me seque el pelo y le grito que se haga un par de rayas gordas. Pillo el secador, siento el aire caliente en la nuca y miro cómo Beltrán hace tres tiros con su DNI. Muevo la cabeza hacia atrás y hacia los lados para que la melena caiga disparada. Veo la cara de la morsa en el espejo y grito, grito desesperado. Beltrán se me acerca corriendo, me mira con terror. «Mejor no te tomes nada más, tío, que ya vas tieso», me dice. Le doy un cachete. ¡No opines, maricón de mierda!, hazme un turulo y vete a tomar viento. El corazón se me escapa por la boca, pero cojo el billete enrollado de cinco mil pelas, casi lo que ha costado la entrada para ver el despojo de ser humano que soy. Me meto una, dos, tres rayas. Beltrán se queja y le doy otro cachete. Parece que estoy mejor, que tengo fuerzas, que voy a poder cantar, bailar y correr por esa maldita pasarela hasta meterme en el corazón del público. Beltrán me acompaña a la puerta. ¿Es ese el Polo? «¡Que te vayas, cabrón!», le grito, y Cayetana se pone a mi lado y me tira de la parka, que guarde la compostura, jolín, que están los de la prensa. Me acompaña por la escalera que lleva al escenario y me recuerda el minuto de silencio por Lady Di. Me rodean los de la banda, me abrazan y miramos todos hacia abajo. Me cantan el «Oeoeoeoeoe», lo de siempre antes de un bolo. Yo también quiero cantar, pero no me sale la voz.

Escucho chocar las baquetas de la batería tres veces y arranca el concierto. ¡Mierda! No me acuerdo del repertorio. ¿Cuál era la primera canción? Subo escalón a escalón, malditas luces, me deslumbran, no veo nada, llego a tientas hasta el micrófono. «¡Hey, Madrid! ¿Te enrollas conmigo esta noche?», grito hasta quedarme sin aire y escucho una ovación brutal. La gente chilla, da alaridos, patea las gradas y yo siento que el corazón me va a explotar. No quiero cantar, solo quiero darles las gracias, volar, meterme en sus corazones. Empiezo a correr por la pasarela, muevo los brazos, dirijo a los asistentes y me obedecen, soy el puto amo, el mejor, pero de repente los gritos parecen llantos, y en el público veo rostros de niños crudos, seres pequeñitos con la piel traslúcida, rojos y arrugados, y ya no aplauden, solo lloran, y me están pitando, abucheando, y también hay risas, la de Clara, la de la morsa, la de Ella y la del Polo, maldito Polo, y quiero ver a los abuelos, a mi madre, al Lobo. Lobito, ¿dónde estás? He llegado al final de la pasarela, tengo que cantar, a eso he venido, eso espera la gente que ahora me abuchea, me grita, me mira con desprecio. Ahí estáis, os veo, al mono, al fauno, al bigotillo cachondo. Abro los brazos en cruz, me doy la vuelta y vuelo, vuelo mirando las luces, las escaleras galácticas, la nave espacial. Me he metido en el corazón del público, Lobo, somos uno solo, mira cómo me sujetan, me sostienen, cómo me lleva la marea humana de nuevo hacia el escenario.

Los tres seguratas me suben a la pasarela. Lo he logrado, Lobito. Pero, qué cojones, ¿por qué me duele tanto la espalda? Quiero levantarme y no puedo, no puedo moverme, me arden las piernas, se me están quemando, joder, ¿es que nadie se da cuenta de que me abraso? ¿Quiénes sois? ¿Por qué me rodean estas malditas cabezas? Cayetana, ¿qué cojones te pasa? Y tú, maldito Beltrán, no te has ido. Vosotros, los de la banda, volved a vuestros lugares, insensatos. No quiero fotos, sacad a los malditos fotógrafos de aquí. «Hay que llevarle a un hospital», escucho decir a un tipo, no le distingo la cara, no lo conozco, lo veo borroso. Me pregunta cómo me llamo, qué día es hoy, quién es el presidente de España... ¿Os habéis vuelto todos gilipollas? «Esperemos a la ambulancia, no podemos moverlo», dice el tío borroso. Empiezo a tener miedo, mucho miedo, me siento fatal, estiro la mano y el Polo me la aprieta con fuerza.

Epílogo

I think you're the same as me
We see things they'll never see
You and I are gonna live forever

OASIS,
«Live Forever», 1994

Cerró la puerta tan cabreada que casi la vuelve giratoria. ¡Se lo había prometido a sí misma un millón de veces! No utilizar un baño público sin haber comprobado antes que había papel higiénico o ir surtida de clínex o de servilletas. Pero ¡cómo no!, tenía que ser precisamente esa tarde: pues nada, a hacer sentadillas para no rozar el váter lleno de gotas amarillas. «¡Hala, Lolita, te toca sacudida de chichi!», qué penoso era recordar en esas circunstancias a mamá Acosta y sus «consejillos» prácticos para salir airosa en un pis de emergencia. Venga, ánimo y a correr, que era el último trámite. Un paseo por Londres y por fin podría dar carpetazo a esta historia, que ya iba siendo hora de volver a respirar en paz.

Se subió los leggins, se lavó las manos con una raquítica pastilla de jabón y se las secó en la camisa a cuadros que volvió a anudarse en la cadera. Se miró en el espejo; corroboró que su maquillaje, su vestuario y su actitud no podían conjuntar mejor con la zona, el restaurante y la situación. Supuso que Peter Russ habría estado contento. Atravesó el comedor del tirón y con la vista al frente. Ella la esperaba en la terraza, desparramada sobre una silla de bar antiguo, de esas redondas de madera para culo estándar; una silla de gente normal que peligraba al sostener a la gran, grandísima, Silvia Kiss.

La observó un momento: pantalones y camiseta de algodón negros, zapatos bajos con cordones y una chaquetilla de señora bien que no le pegaba nada. ¿Por qué se habría puesto esa cosa con botones e hilos dorados? Que llevara algo que tuviese bolsillos, eso fue lo único que le pidió Lola y, bueno, la chaqueta los tenía, y el primer premio al mal gusto también. Completaba el look con una pañoleta gris alrededor del cuello. Se fijó en su larga melena del color de la Coca-Cola, deshilachada como una peluca de cotillón de Nochevieja. Le vendría bien cortarse el pelo, no tenía el tipo ni la edad de lucir ese melenón de folclórica; y también aclarárselo, el negro azabache le hacía la cara más blanca, las ojeras más azules, los poros más abiertos y la nariz más redonda y roja.

Lola regresó a su lado y ocupó la silla de enfrente. Silvia Kiss estaba sentada con las piernas abiertas y entre ellas sujetaba un bastón de madera clavado como una estaca al suelo. ¿Qué pensaría la gente al verlas juntas? Bebió un sorbo de la cerveza, que se había quedado caliente. ¿Se notaba el parentesco entre ellas dos? ¿Parecían madre e hija echando el rato en una terraza? Se quitó la duda de la cabeza porque, a decir verdad, en aquel bar de Hoxton Square no las miraba nadie.

Silvia apartó su plato de mala gana. La hamburguesa era una mierda, se quejó señalando el pan mordisqueado con una salsa roja que tenía muy mala pinta. Y encima las patatas estaban chiclosas; esta vez señaló la servilleta en la que había echado la última que se llevó a la boca. Normal, ¿a quién se le ocurriría pedirse una hamburguesa con salsa de arándanos?, le dijo Lola, y Silvia insistió en que en esos sitios alternativos había que experimentar: si no se iba a comer bien, tocaba asumir el riesgo de probar alguna rareza.

—¿No has oído eso de que si no eres guapa ni estilosa al menos debes ser extravagante? Ojo, que lo digo sin ánimo de ofender. —Silvia se puso el chaleco antibalas—. Aunque, ¡dejémonos de tonterías!, a juzgar por las pintas de los habituales de este barrio, tú aquí en Hoxton te tienes que sentir como en casa —dijo, y lo remató con una carcajada que la obligó a escupir una gelatinosa flema transparente.

—¿Pero tú te has visto? —Lola evitó mirar la baba densa que Silvia envolvía en una servilleta de papel—. ¡Flipo contigo! Ahora resulta que la que va hecha un cuadro soy yo.

—Deberías teñirte de verde manzana como aquel chaval. —Silvia señaló la cabeza de un chico que se zampaba una hamburguesa en la mesa contigua—. Te quedaría muy bien con el color de tus ojos.

Había que pedir la cuenta y Lola cortó por lo sano la surrealista charla sobre estilismo. Silvia recogió su bolso, que, por supuesto, también era negro e inmenso. Sacó un pastillero de los antiguos, de esos con espejito. No le tocaba todavía tomarse ningún medicamento, le advirtió Lola, abstraída en sus manos sudorosas, las uñas comidas, los pellejos en los dedos, al verla colocar una píldora blanca encima de la mesa.

—No me jodas que vas a tomarte otro Vicodin. —Lola no daba crédito cuando vio a Silvia tragarse el comprimido con un sorbo de cerveza y soltar el típico «aaah» del sediento.

—¡Déjame, petarda! El médico ya te explicó que hay días y días. Pues eso, hoy es uno de esos días. —Se quedó satisfecha con su pobre justificación para saltarse a la torera el protocolo que la desengancharía de los opioides.

Lola soltó un bufido y giró la cabeza. Se quedaría callada, no diría ni una sola palabra, total, Silvia era adulta. ¡Que se buscara la vida! Pero no pudo evitarlo, la rabia le estaba quemando la garganta.

—¡Qué días y días ni hostias en vinagre! —le voceó cabreada.

Esas pastillas eran un puto veneno, y, si habían quedado en seguir las pautas de la terapia biopsicosocial —o como fuera que la llamaran los médicos de los Alpes suizos—, tenía que respetar los acuerdos. Cero opioides, más disciplina y menos gaitas, concluyó echando chispas, o tendría que darle la razón a Leopoldo y asumir que el vínculo entre ellas dos era algo imposible. Tenía dos opciones: o le hacía caso y ponía de su parte o tendría que resignarse a terminar su vida en una camilla, atada de pies y manos, en las aburridas montañas de Heidi.

—¡Para ser tan joven, mira que eres agorera! —Silvia soltó una carcajada abierta—. ¿Así que sigues en contacto con Leopoldo? A mí el muy cabrito no me responde a los wasaps.

—Obviamente, me escribe para saber de ti. —Lola terminó de beberse la cerveza caliente y, sin darse cuenta, se comió una patata chiclosa—. Me pregunta cómo lo llevas y si sigue mereciendo la pena que vivas aquí conmigo en Londres.

—¡Ay, mi Polo, Polito, Polete! —Se sonó la nariz con el clínex usado—. Seguro que anda liadísimo recuperando el tiempo perdido en la provincia de Soria.

—Ojalá. —Lola le señaló el lado derecho de la nariz—. Tienes un moco, Silvia, límpiate.

—¿Te habría gustado que Clara Reyes fuese tu madre? —dijo mientras obedecía y revisaba sus fosas nasales en el espejo del pastillero.

—Pues sí, la verdad.

—Lo entiendo. —Silvia se acarició la tripa inflamada—. Hace veinte años te hubiese dicho que apostabas al caballo perdedor. Pero, visto lo visto, Lady Soria ha resultado ser lo mejorcito de aquel triste clan de amigos de Peter.

Un camarero extremadamente delgado, con el calzoncillo por encima de los vaqueros, un piercing en el párpado y pendientes a tutiplén, les trajo la cuenta y recogió los clínex sucios.

—Hubiera sido mucho peor la tonta del bote de Cayetana o la infeliz de Brianda; esa sí que da pena, estar casada con la floritura sensible de Beltrán. A ese trío de tristes no quisiera verlos nunca más —concluyó Silvia.

—Ni falta que hace…

—Pobrecitos, al menos antes se sentían importantes, cuando vivían con ese enorme peso en las espaldas. Me imagino sus golpes en el pecho preguntándose: «¿Habremos sido los responsables del accidente de Peter Russ?». —Silvia fingió una tenebrosa voz bobalicona—. «Yo tuve la culpa, por ponerle tantas veces el vídeo de Kurt Cobain», diría el repeinado de Beltrán.

—«¡No, bonito, de eso nada, que fui yo!». —Lola se sumó a la burla imitando el acento pijo, de patata caliente en la boca, de Cayetana—. «Yo contraté a ese equipo de seguridad tan poco profesional y tan feos, oye». —Las dos se unieron en una sonora carcajada.

—Y va el cabrón de Peter y les confiesa veinte años después que la historia era mucho más simple: fue mala suerte, nada más. No sois los villanos de esta película, petardos, en realidad no sois nadie. —Silvia torció el gesto—. ¡Me da pena Brianda! La pobre gordita cargando con su secreto de infidelidad que no le interesó a la audiencia. ¡Es todo tan absurdo! —Se puso muy seria y aferró con fuerza el bastón—. Bah, a mí me da igual, que sigan con sus estúpidas vidas.

—¿Y a Fabiola Ariza? ¿Crees que volveremos a verla? —Le pinchó Lola a propósito, a ver si se decidía a levantar el culo de la silla.

—¿Es que quieres tocarme las narices antes de empezar con el show? —Dio tres bastonazos en el suelo que daban miedo.

—Perdona, joder…

—Te voy a recordar por última vez que no me siento culpable de nada. Todos la cagamos por igual, todos fuimos unos cobardes. —Se le enrojeció aún más la nariz—. Nadie nos obligó a revolcarnos en la mierda, ni siquiera el hijo de puta de la morsa. ¿O qué te crees? ¿Que Peter no tenía otra salida? ¿Que su única opción era desaparecer? —Dio otro dramático bastonazo al suelo—. ¡Claro que tenía otra salida! Los dos la teníamos, pero no la quisimos. Era mucho más fácil pensar que fueron los otros los que nos jodieron la vida.

—Ha dicho. ¡Sí, señor! —Lola dio un aplauso fervoroso.

—Gilipollas.

Miró la hora en su móvil, tres y media de la tarde, y vio que tenía un wasap del Lobo. Que ya había hecho su parte, le contó a Silvia, Mai ya descansaba para siempre en el estanque junto a sus peces anaranjados, que en realidad eran dragones. «Dragones y cabrones. ¿Vos creés que hubiese sido mejor colarles a la vietnamita dentro de un choricito o un flan de dulce de leche a estos desagradecidos?», leyó Lola. Se rieron juntas del mensaje del Lobo, que, aunque era un listo, opinó Silvia, le había tocado la parte más fácil, ¡no te jode!, calentito y sin moverse de casa. Lola le riñó, estaba hablando por hablar, sin tener ni idea de la relación de amistad, estrechísima, que mantuvo el Lobo con Mai.

—El Lobo se ha pasado media vida en la casa de Belgravia.

—Y, por lo que veo, eso no va a cambiar. —Silvia, ¡por fin!, guardó el pastillero en el bolso—. A mí me da que a este no nos lo quitamos de encima ni con agua caliente.

—Yo creo que no se ha marchado todavía a Buenos Aires porque no se fía de ti. —Lola le clavó sus ojos azules, redondos y saltones.

—O quizá de la que no se fía es de ti, no vaya a ser que en cuanto él salga por la puerta empieces a perseguir de nuevo al papanatas del foro musical. —Se envolvió el cuello con la pañoleta gris—. ¿Cómo se llamaba ese pelma?

—Fran ya no pertenece a *Los 90 Fetén*. @ElMendaLerenda eliminó sin piedad a @ElMolaMazo. Un hecho histórico, por cierto, una expulsión en vivo y en directo. —Lola exageró el tono de emoción, como si narrase los minutos finales de un derbi.

—Me gustaría pertenecer a ese foro. ¿Le puedes decir al Lobo que me acepte?

—Imposible, no eres noventera.

—Ni tú tampoco. —Silvia fingió tanta indignación que le volvió a entrar la tos babosa—. Si ya hay una infiltrada, @LaChataResultona, ¿por qué no puede haber dos?

—¿Y cuál sería tu nickname?

—¿Eso es lo del nombre artístico? Lo tengo pensado. —Levantó el bastón en el aire—. @LaPringadaPinchadaEnUnPalo.

—Demasiado largo.

—Entonces, @LasJuevesAEurovisión. Te he contado eso, ¿no? Que estuvimos a punto de ser seleccionadas para el festival, pero, como siempre, la petarda de Fabiola…

Lola la dejó con la palabra en la boca. Ya tendría tiempo de contarle las mil y una batallitas de Las Jueves, pero se hacía tarde y en aquella ciudad nunca se sabía; en menos de lo que canta un gallo podría caer un aguacero. Silvia hizo el amago de ponerse de pie, pero volvió a sentarse como si hubiese llevado un resorte al límite.

—Me tomaría otro calmante —se quejó masajeándose las muñecas—. Pero no me des la brasa, pesada, que no lo voy a hacer…

—¿Tú nunca te inyectaste? —le preguntó Lola mientras la ayudaba a incorporarse de la silla.

—¿La oxicodona? Jamás, odio las agujas. Así que tranquila, que no pienso suicidarme. —Le dio un toquecillo en la nuca, lo más parecido a una torpe caricia—. Yo no soy tan valiente.

—Me bastaría con que consiguieras entrar en una talla cuarenta y ocho.

—Lástima que tú no vayas a crecer más…

—¡Anda, tira, que no me pagan para aguantarte tanto rato!

Fueron andando hasta el semáforo de Hoxton Square.

—O me sigues el ritmo o te irás al suelo —le ordena Lola.

—Lo que tú digas —protesta Silvia, y coge una de las dos bolsas de papel.

Ambas retiran la cinta adhesiva y se guardan la bolsa en un bolsillo del abrigo.

—¿Hasta dónde vamos a caminar? —pregunta Silvia.

—No lo sé, hasta que acabemos —responde Lola con el móvil en la mano.

Busca la canción en la playlist, «Bitter Sweet Symphony», y le pasa uno de sus auriculares.

—Cuando escuchemos los violines miramos al cielo y cuando empiece la batería empezamos a andar —le da Lola las instrucciones—. ¿Estamos?

—Estamos —asiente Silvia.

Pie derecho primero, ambas a la vez. La chica bajita, de caderas anchas y cabello morado, y la mujer obesa del pelo negro y el bastón caminan del brazo. No se detienen. No se inmutan. No miran a ningún lado. Solo escuchan la música y cada dos pasos introducen la mano en el bolsillo del abrigo. Hurgan dentro de la bolsa de papel y, lentamente pero sin disimulo, van esparciendo un puñado de cenizas por la calle.

Playlist de la novela

1. «Bitter Sweet Symphony», The Verve, 1997
2. «Wonderwall», Oasis, 1995
3. «Back for Good», Take That, 1995
4. «Love Buzz», Nirvana, 1988
5. «De música ligera», Soda Stereo, 1990
6. «Don't Speak», No Doubt, 1995
7. «Creep», Radiohead, 1992
8. «Torn», Natalie Imbruglia, 1997
9. «Flaca», Andrés Calamaro, 1997
10. «Angels», Robbie Williams, 1997
11. «Hoy la vi», Enrique Urquijo, 1999
12. «Voy a pasármelo bien», Hombres G, 1989
13. «20 de abril», Celtas Cortos, 1991
14. «Song 2», Blur, 1997
15. «I'd Do Anything for Love», Meat Loaf, 1993
16. «Sacrifice», Elton John, 1989
17. «What's Up», 4 Non Blondes, 1993
18. «November Rain», Guns N' Roses, 1992
19. «Smells Like Teen Spirit», Nirvana, 1991
20. «I Want It That Way», Backstreet Boys, 1999
21. «Barbie Girl», Aqua, 1997
22. «En blanco y negro», Barricada, 1991
23. «Morning Glory», Oasis, 1995
24. «Wannabe», Spice Girls, 1996

25. «Y sin embargo», Joaquín Sabina, 1996
26. «Lo echamos a suertes», Ella Baila Sola, 1996
27. «Zombie», The Cranberries, 1994
28. «A rodar mi vida», Fito Páez, 1992
29. «Ojos de gata», Los Secretos, 1991
30. «It's My Life», Bon Jovi, 2000
31. «Amazing», Aerosmith, 1993
32. «La Flaca», Jarabe de Palo, 1996
33. «Losing My Religion», R.E.M., 1991
34. «To Be with You», Mr. Big, 1991
35. «Zona de promesas», Soda Stereo, 1993
36. «Live Forever», Oasis, 1994
37. «The Scientist», Coldplay, 2002

Agradecimientos

A mis amigos, los noventeros, que me ayudaron a recordar y a construir paisajes humanos y nocturnos de aquella década tan vibrante en Madrid.

A Jorge Benavides, por su talento y su cariño a mis personajes.

A Alberto Marcos, Gonzalo Albert y David Trías por la confianza y el entusiasmo.

A Susana Pulido, Lara Moyano y Pilar Capel por su excelente y dedicado trabajo.

A mis queridas Vanessa Montfort, Espido Freire, Marta Robles, Carmen Posadas y Carme Chaparro por su apoyo a esta historia.

Al recuerdo tan presente de Fernando Marías que, antes desde aquí y ahora desde allá, continúa animando a esta novela de sueños rotos.

A mi familia, especialmente a mi hermana Mariana, primera lectora de mis pensamientos, y a Marco, mi compañero en la vida, por alimentar siempre mis ilusiones.

A The Verve, Oasis, Blur, Los Secretos, Soda Stereo, Los Rodríguez, Jarabe de Palo, Fito Páez... Y a todos los grupos y artistas que componen la banda sonora de mi juventud.

GABRIELA LLANOS

«Para viajar lejos no hay mejor nave que un libro».

EMILY DICKINSON

Gracias por tu lectura de este libro.

En **penguinlibros.club** encontrarás las mejores
recomendaciones de lectura.

Únete a nuestra comunidad y viaja con nosotros.

penguinlibros.club